福建師範大學文學院百年學術論叢　第七輯

歌謠與中國新詩
——以一九四〇年代「新詩歌謠化」傾向為中心

陳培浩　著

第七輯
總序

　　適值福建師範大學一百一十五周年華誕，我校文學院又與臺北萬卷樓圖書公司合作推出「百年學術論叢」第七輯，持續為兩岸學術文化交流增光添彩。

　　本輯十種論著，文史兼收，道藝相通，求實創新，各有專精。

　　歷史學方面四種：王曉德教授的《美國文化與外交》，從文化維度審視美國外交的歷史與現實，深入揭示美國外交與文化擴張追求自我利益之實質，獨具隻眼，鞭辟入裏；林國平教授的《閩臺民間信仰源流》，通過田野調查和文獻考察，全面研究閩臺民間信仰的源流關係及相互影響作用，實證周詳，論述精到；林金水教授的《臺灣基督教史》，系統研究臺灣基督教歷史與現狀，並揭示祖國大陸與臺灣不可分割的歷史淵源與民族感情，考證謹嚴，頗具史識；吳巍巍研究員的《他者的視界：晚清來華傳教士與福建社會文化》，探討西方傳教士視野中的晚清福建社會文化的內容與特徵，視角迴特，別開生面。

　　文藝學方面四種，聚焦於詩學領域：王光明教授的《現代漢詩論集》，率先提出「現代漢詩」的詩學概念，集中探討其融合現代經驗、現代漢語和詩歌藝術而生成現代詩歌類型、重建象徵體系和文類秩序的創新意義，獨闢蹊徑，富有創見；伍明春教授的《早期新詩的合法性研究》，為中國新詩發生學探尋多方面理據，追根溯源，允足徵信；陳培浩教授的《歌謠與中國新詩》，理清「新詩歌謠化」的譜系、動因和限度，條分縷析，持正出新；王兵教授的《清人選清詩與清代文學》，從選本批評學角度推進清代詩學研究，論世知人，平情達理。

　　藝術學方面兩種：李豫閩教授的《閩臺民間美術》，通過田野調查和比較研究，透視閩臺民間藝術的親緣關係和審美特徵，實事求是，切中肯綮；陳新鳳教授的《中國傳統音樂民間術語研究》，提煉和闡釋傳統民間音樂文化與民間音樂智慧，辨析細緻，言近旨遠。

　　應當指出，上述作者分別來自我校文學院、社會歷史學院、音樂學院、美術學院和閩臺區域研究中心，其術業雖異，道志則同，他們的宏文偉論，既豐富了本論叢多彩多姿的學術內涵，又為跨院系多學科協同發展樹立了風範。對此，我感佩深切，特向諸位加盟的學者恭致敬意和謝忱！

　　薪火相傳，弦歌不絕。本論叢已在臺灣刊行七輯七十種專著，歷經近十年兩岸交流的起伏變遷，我輩同仁仍不忘初心，堅持學術乃天下公器之理念，堅信兩岸間的學術切磋、文化互動必將日益發揚光大。本輯論著編纂於疫情流行、交往乖阻之際，各書作者均能與編輯一如既往地精誠合作，敬業奉獻，確保書稿的編校品質和及時出版，實甚難能可貴。我由衷贊賞本校同仁和萬卷樓圖書公司的貞純合作精神，熱誠祈盼兩岸學術交流越來越順暢活躍，共同譜寫中華文化復興繁榮的新篇章！

汪文頂

西元二〇二二年十一月於福州

目次

第七輯總序 ……………………………………………………………… 1

目次 ……………………………………………………………………… 1

引言 ……………………………………………………………………… 1

第一章　新詩「歌謠資源」的發現與發生
　　　　（1918-1927）…………………………………………… 1

　　第一節　一九二〇年代新詩歌謠資源的探索 ……………………… 1

　　第二節　「文藝的」與「學術的」：歌謠現代文化身分的生成

　　　　　　…………………………………………………………… 26

第二章　「新詩歌謠化」的階級路徑（1928-1936）…… 51

　　第一節　「文藝大眾化」與「新詩歌謠化」 ……………………… 52

　　第二節　階級文學的內在困境──《新詩歌》的兩種讀者

　　　　　　反應 ……………………………………………………… 58

　　第三節　歌謠的階級化──何謂舊形式的「改革」？………… 64

第三章　「新詩歌謠化」及其多重文化動力
　　　　（1937-1949）…………………………………………… 71

　　第一節　「舊瓶裝新酒」詩歌及「民間形式」話語 ………… 72

　　第二節　不可抗拒的轉型：新文學話語及其消解 ……………… 88

第三節　人民性的召喚和歌謠體的改良：階級民族主義話語
　　　　催生的詩歌‥‥‥‥‥‥‥‥‥‥‥‥‥‥‥‥‥‥‥‥105

第四章　無法完成的轉型──何其芳與新詩歌謠化‥‥133

第一節　雖有舊夢，不願重溫：民間資源壓力下的擱筆‥‥‥‥135
第二節　艱難轉型：「自我」和「大我」的交戰‥‥‥‥‥‥‥141
第三節　「自我抒情」與「格式詩法」的衝突‥‥‥‥‥‥‥‥155

第五章　走向山歌──一九四○年代袁水拍詩觀轉化
　　　　　的歷史語境與動因‥‥‥‥‥‥‥‥‥‥‥‥‥163

第一節　一次偶然的交集？‥‥‥‥‥‥‥‥‥‥‥‥‥‥‥163
第二節　對於歌謠，我有了偏心‥‥‥‥‥‥‥‥‥‥‥‥‥166
第三節　重建「人的道路」：一種歷史透視法‥‥‥‥‥‥‥171
第四節　人民性與歌謠的無縫對接‥‥‥‥‥‥‥‥‥‥‥‥174

第六章　革命文學體制與民歌入詩──〈王貴與李香香〉
　　　　　的階級想像及經典化‥‥‥‥‥‥‥‥‥‥‥‥181

第一節　過濾與重構──階級想像與民間意識的更替‥‥‥‥181
第二節　革命期待下的經典化接力‥‥‥‥‥‥‥‥‥‥‥‥201

第七章　重識民歌詩的「革命」與「現代」
　　　　　──〈漳河水〉的詩法政治和神話修辭‥‥219

第一節　「詩法政治」與「詩歌想像」‥‥‥‥‥‥‥‥‥‥219
第二節　「婦女解放」的神話修辭術‥‥‥‥‥‥‥‥‥‥‥228
第三節　重返古典之文：革命神話的觀念基礎‥‥‥‥‥‥‥239
第四節　革命民歌詩：作為一種特殊的「現代」詩‥‥‥‥‥244

第八章　歌謠：作為新詩的資源難題 ……………………… 253

第一節　「可歌性」與「去音樂化」：政治與文藝兩種立場
　　　　的爭辯 …………………………………………… 254

第二節　「設限」或「去限」：兩種限度意識的對峙 ……… 262

第三節　「資源」的難題：新詩與歌謠的糾葛與迷思 ……… 274

結語 ………………………………………………………… 287

參考文獻 …………………………………………………… 295

引 言

　　民歌是行走在民眾口中的風俗畫卷，在中國源遠流長的文人詩傳統之外，另有一個藏於民間、豐饒而飽滿的文學傳統 ── 歌謠傳統。傳統社會中，歌謠一向被視為難登大雅之堂的俚曲俗謳。「五四」之際，歌謠的地位在新文化倡導者的價值坐標中發生了巨大逆轉。與對古代士大夫文學傳統的徹底否定不同，新文化的倡導者一直致力於借鑒和轉化民間文學資源 ── 特別是民歌、民謠資源。自「五四」起，新詩取法歌謠構成了二十世紀詩歌史上一條或隱或顯、或穩健或激進的思路。

一　二十世紀新詩取法歌謠的四次潮流

　　二十世紀新詩取法歌謠資源的第一次大規模嘗試無疑當屬五四前後的北大歌謠運動。一九一八年二月一日，北京大學校長蔡元培在《北大日刊》第一版登載了「徵集全國近世歌謠」的〈校長啟事〉。從而開啟了延續至三十年代的北大歌謠徵集運動。一九二〇年十二月十九日，北大在原本的「歌謠徵集處」基礎上成立了「北京大學歌謠研究會」，該會於一九二二年十二月十七日起刊印《歌謠》周刊。自一九二二年十二月十七日至一九二五年六月二十八日，共出版了九十七期；一九二五年六月二十八日後，《歌謠》周刊併入《北京大學研究所國學門周刊》。一九三六年，《歌謠》周刊停刊十年後在胡適的主持下再度復刊，至一九三七年六月二十七日二度停刊，共出版五十三期。因此《歌謠》周刊前後合計共出版一百五十期。此外，圍繞歌謠

研究會和《歌謠》周刊，還單獨出版了一系列叢書專冊，朱自清於一九二九年至一九三一年寫成的歌謠講稿（後結集成《中國歌謠》）也深受《歌謠》周刊的啟發，這可以看作是歌謠運動理論成果的一部分。

　　新詩取法歌謠的第二次大規模嘗試來自一九三〇年代的中國詩歌會。「成立於一九三二年、前後活動時間不到五年的中國詩歌會，無疑是一九三〇年代在推行詩歌歌謠化方面最不遺餘力、且產生了廣泛影響的群體。」[1]中國詩歌會會刊《新詩歌》一九三四年六月推出「歌謠」專號，提出「新詩歌謠化」的口號，王亞平寫作了長文〈中國民間歌謠與新詩〉；成員們創作了大量歌謠體作品，如蒲風〈牧童的歌〉、〈搖籃歌〉、〈行不得呀哥哥〉，穆木天的〈外國士兵之墓〉，任鈞的〈婦女進行曲〉、〈祖國，我要永遠為你歌唱〉，楊騷的〈雞不啼〉，王亞平的〈兩歌女〉、〈車夫曲〉等。「但其實中國詩歌會詩人的很多作品，在總體上對歌謠的套用較為隨意和表面，未能考量歌謠與主題的恰適與否，因而難免趨於簡單化乃至公式化。」[2]中國詩歌會「新詩歌謠化」嘗試並未隨著會刊《新詩歌》的停刊而中止，這種實踐於三十年代其他刊物《高射炮》、《時調》、《中國詩壇》中繼續得到推動。一九四七年，中國詩歌會還在香港創辦了另一份《新詩歌》，延續了三十年代詩歌大眾化和歌謠化的立場，該刊由薛汕、沙鷗等人編輯，共出版五期。

　　新詩取法歌謠在抗戰背景下文藝大眾化「舊瓶裝新酒」的倡導下得到更廣泛實踐，在一九四〇年代更在「民族形式」話語加持下演繹成廣泛持久的思路，並因此形成了第三次新詩「化歌謠」乃至於「歌謠化」的實踐。在此過程中，一九三〇年代中國詩歌會「新詩歌謠化」倡導被進一步絕對化。歌謠從被視為一種可供參照的審美資源到

1　張桃洲：〈論歌謠作為新詩自我建構的資源：譜系、形態與難題〉，《文學評論》2010年第5期。

2　同上注。

被進一步作為詩的「體式」使用。一九四○年代民歌體詩歌的勃興，自有其深刻的時代淵源，它跟共產黨領袖提倡的「民族形式」有關，跟戰爭環境下特殊的讀者接受環境有關，跟戰爭激發的民族主義動力有關。更深層看，跟革命如何挑選合目的性的文學資源有關。期間，包括老舍、柯仲平、艾青、卞之琳、何其芳、袁水拍、李季、張志民、阮章競、李冰等詩人都或深或淺地捲入了這種時代性的詩歌實踐中。

　　新詩歌謠化在一九五八年的新民歌運動中被進一步激進化、政治化和絕對化。民歌作為新詩主要資源的提法事實上早在四十年代初蕭三即提出，卻在五十年代得到毛澤東的進一步確認和賦權：新詩的發展應主要以古典和民歌為資源。[3]於是，民歌迎來了它在二十世紀最顯赫的時刻，卻也演化成一場政治徵用民間資源的文化悲劇：一九五八年的一場詩歌大躍進，自上而下大採詩、大寫詩、大賽詩，人人皆可成詩人，人人皆應成詩人。多少人的命運因為寫出一首詩而改變，詩歌獲得巨大的社會效應，為普通民眾提供機遇，為古老民族造夢，理所當然牽動著無數人的心弦，可最終留下的卻不過是一批精神造假的檔案。[4]

　　不難發現，在這四次運動中，五四時代主要是基於文藝立場發掘歌謠之於新詩的詩學啟示；後面三次則主要是基於政治立場對歌謠形

3　一九五八年三月二十二日，毛澤東在成都召開的一次中央工作會議上談到詩歌問題時說：「我看中國新詩的出路恐怕是兩條；第一條是民歌，第二條是古典，這兩面都要提倡學習，結果要產生一個新詩。現在的新詩不成型，不引人注意，誰去讀那個新詩。將來我看是古典和民歌這兩個東西結婚，產生第三個東西。形式是民族的形式，內容應該是現實主義與浪漫主義的對立統一。」（《建國以來毛澤東文稿》第7冊，中央文獻出版社，1993年，頁124）毛澤東的倡議，促成了四月十四日《人民日報》的社論〈大規模搜集全國民歌〉向全國發出的倡議。

4　正如王光明先生所說，「新民歌最大的問題是失去了民歌質樸自然的本性，讓最本真的東西成了最虛假的東西。」王光明：《現代漢詩的百年演變》（石家莊市：河北人民出版社，2003年），頁354。

式簡單所帶來的表意彈性的利用。[5]相較而言，一九四〇年代的「新詩歌謠化」是後三次潮流中持續時間最長、留下成果最多、「政治化」和「藝術化」結合最深入、作品最為豐富複雜、留給後世總結教訓的學術空間最大的一次。就深廣度而言，它整合了最大量的評論家和詩人參與到對詩歌「民族形式」的探討和實踐中；它覆蓋了解放區和國統區，延續於整個一九四〇年代。它上承一九三〇年代中國新詩會乃至於五四時代劉大白、沈玄廬的寫作，下啟一九五八年的「新民歌運動」。一九四〇年代「新詩歌謠化」傾向從簡單套用民間形式的鼓詞到化用民歌體式寫新詩的〈王貴與李香香〉，再到用戲劇模式整合民間形式的〈漳河水〉，事實上是一個不斷自我超越的接力過程。這不是一種簡單的線性遞進，而是時代話語與作家精神認同、文學創造力的複雜博弈和化合。

二　新詩人的三種「歌謠緣」

歌謠作為傳統民間文藝資源在二十世紀獲得了政治和文藝的青睞。經常為人們所提及，對歌謠具有濃厚興趣的新詩人有：胡適、周作人、俞平伯、劉半農、劉大白、沈玄廬、朱湘、朱自清、穆木天、楊騷、任鈞、蒲風、老舍、柯仲平、蕭三、袁水拍、李季、李冰、阮章競、張志民等人。事實上，這份名單還可以繼續開列，其中不乏馮雪峰、李金髮、戴望舒、施蟄存、何其芳、卞之琳、穆旦、昌耀、海子等在此話題上很少被提及的名字。同一名單中不同詩人的歌謠立場也是判然相異。

---

5 民歌的修辭、體式都較為穩定、簡單，在民眾識字率不高的社會環境中具有很強接受基礎。起興、因聲衍義是民歌常用修辭，這些手法都便於利用歌謠裝載革命意識形態內容，這種由簡單所帶來的表意彈性，是二十世紀革命歌謠大量興起的技術基礎。

　　粗略看來，新詩人與歌謠之間大概呈現了三種形態迥異的「歌謠緣」。所謂「歌謠緣」，是對新詩融合歌謠實踐行為的擴大，並不限於那些在寫作上較持久表現出取法歌謠實踐的詩人。它既包括那些在取法歌謠上偶一為之的新詩人，也包括那些並沒有把歌謠興趣融入寫作，而是融入研究、翻譯和搜集整理的新詩人。如此，在「歌謠緣」的視角中，新詩與歌謠親緣性的更多細節可以被重新勾勒。我們也似乎可以按照詩人對於取法歌謠有效性的認同度由弱至強可將其分為如下三種類型：（1）研究、翻譯、搜集歌謠的新詩人；（2）在現代自由詩的基礎上探索有效運用歌謠元素的新詩人；（3）將歌謠作為新詩主要體式來使用的新詩人。

　　五四新文化運動之初，對歌謠感興趣的新詩人其實大有人在，從胡適、周作人到劉半農、劉大白、俞平伯等人無不對新詩取法歌謠表示樂觀。後面三人更是在寫作上躬親實踐。事實上，另有很多新詩人，他們並不簡單認同新詩取法歌謠的有效性，他們的理論或寫作都呈現出跟「歌謠化」截然不同的立場和趣味。但是這並不妨礙他們對歌謠的興趣，研究、翻譯和搜集整理歌謠成了他們「歌謠緣」的表達方式。譬如朱自清對新詩取法歌謠就頗多疑慮，但是他顯然對北大歌謠研究會及其會刊《歌謠》周刊很是關注，他的歌謠研究對歌謠的起源、分類、結構、修辭等問題進行了深入研究。新詩人何植三同樣對新詩取法歌謠表達疑慮，他強調新詩是一種高強度情緒壓力下的產物，新詩是用「形象的表達抽象的」，「現在做新詩的人，不能因歌謠有韻而主有韻，應該知道歌謠有韻，新詩正應不必計較有韻與否」。[6]然而這同樣不妨礙他作為北大歌謠研究會活躍分子積極地搜集和研究歌謠。人們普遍以為李金髮是象徵主義詩人，二十世紀三十年代上海左翼社團中國詩歌會倡導大眾化、歌謠化的「新詩歌」，他們對李金

6　何植三：〈歌謠與新詩〉，《歌謠增刊》1923年12月17日。

髮及其象徵詩歌有很多攻擊。[7]殊不知李金髮對歌謠同樣興味甚濃，他對家鄉梅縣的客家山歌推崇備至，並且親自搜集整理，編選出版了客家民間歌謠集——《嶺東戀歌》。「據李金髮自稱，他在十七八歲時就有編一本客家山歌集的想法。後來留學法國，身在異域，心繫故鄉，便託國內的朋友將家鄉的山歌收集了一些寄到巴黎，時時吟唱、誦讀，倍覺親切。」[8]新詩人通常能夠在歌謠的立場上欣賞歌謠，也不乏不辭辛勞，搜集編匯者。八十年代以後歌謠作為新詩資源的思路已極為邊緣，但仍有昌耀編輯《青海情歌》、符馬活編輯《畬族山歌》等行為。

　　二十世紀三十年代，戴望舒、施蟄存跟中國詩歌會主將在「新詩歌謠化」、「音樂性」等話題上有過交鋒，[9]在戴、施眼中，現代詩追求的是「肌理」，必須去「音樂性」。他們對倡導歌謠化的「新詩歌」頗不以為然。然而，這同樣不妨礙他們在歌謠的意義上欣賞歌謠。[10]戴望舒三十年代就翻譯過西班牙詩人洛爾加的抒情謠曲，並編成了《洛爾加詩抄》，成了第一個將洛爾加介紹到中國來的詩人。[11]可見，戴望舒並非簡單地排斥歌謠，他反對的只是把歌謠作為新詩的體式來使用，反對把歌謠的「音樂觀」移植到新詩上。同樣翻譯外國民歌的新詩人還有朱湘。朱湘一九二二年十月翻譯了「路瑪尼亞民歌」二首〈瘋〉和〈月亮〉；一九二四年三月，翻譯出版了羅馬尼亞民歌選

7　比如蒲風在《新詩歌》第1卷第7期就發表評論評李金髮〈瘦的相思〉，其中對象徵詩人不無冷嘲熱諷。

8　巫小黎：〈李金髮和《嶺東戀歌》〉，《新文學史料》2001年第2期。

9　參見戴望舒〈望舒詩論〉、施蟄存：〈又關於本刊中的詩〉、蒲風〈搖籃歌・寫在後面的話〉〈評《現代》四卷一期至三期的詩〉等文章。

10　施蟄存曾撰文介紹了家鄉歌謠詞彙，顯見他對民歌的興趣。見〈山歌中的松江方言〉，《書報展望》1935年第1卷第1期。

11　施蟄存：〈洛爾加詩抄・編後記〉，戴望舒譯，轉引自北島：《時間的玫瑰》，南京市：江蘇文藝出版社，2009年。

集，共收錄羅馬尼亞民歌十四首，由商務印書館出版，取名《路曼尼亞民歌一斑》，列入商務印書館的「文學研究會叢書」。

　　既對搜集、翻譯歌謠感興趣，又對新詩取法歌謠持肯定態度者同樣大有人在，只是內部也有「化歌謠」和「歌謠化」的區別。「化歌謠」者以自由體詩為基礎融化歌謠的詩學元素，並且這種「化歌謠」實踐只是其詩歌面相中的一種，譬如寫作〈采蓮曲〉的朱湘、寫作〈五月〉[12]的穆旦、寫作〈某些雙人房〉的夏宇等詩人。朱湘的〈采蓮曲〉「採用民歌的形式」「有效地模擬出小舟在水中搖擺的動態」；[13]穆旦的歌謠嘗試背後則隱藏著一個重要的理論話題，新詩在不直接以歌謠為體式的前提下如何轉化歌謠元素？換言之，新詩的現代性和傳統的歌謠元素之間如何融合？這個問題臺灣詩人夏宇在〈某些雙人房〉中有所嘗試：

> 當她這樣彈著鋼琴的時候恰恰恰／他已經到了遠方的城市了恰恰／那個籠罩在霧裡的港灣恰恰恰／是如此意外地／見證了德性的極限恰恰／承諾和誓言如花瓶破裂／的那一天恰恰／目光斜斜[14]

　　此詩的特點在於，「恰」、「恰恰」、「恰恰恰」作為句子中的擬聲元素，為全詩增添了一致的節奏。因此，一首書面語體的詩歌就跟一

---

12 一九四一年七月二十一日，青年詩人穆旦在《貴州日報・革命軍詩刊》發表了一首詩──〈五月〉，這首詩後收入《探險隊》，作者在詩後注明寫作時間為一九四○年十一月。此詩發表前的十六天──一九四一年七月五日，青年詩人袁水拍在香港《大公報》發表一首題為〈霧城小調〉的詩，（後收入詩集時改名〈城中小調〉）。有趣的是，這兩首前後發表的詩作，存在著某種形式的「心有靈犀」：兩位詩人都別出心裁地在現代抒情詩中嵌入了山歌，創造了一種很有意味的詩歌形式。

13 姜濤：〈新詩之新〉，《中國新詩總系第一卷（1917-1927）》（北京市：人民文學出版社，2010年），頁21。

14 夏宇：《腹語術》，唐山出版社，1991年。

種帶著強烈歌謠節奏的口語體結合起來。夏宇這首詩是現代漢詩「可能性詩學」中一次不可複製的嘗試，但它卻確乎是現代性跟歌謠性微妙的相遇。可資對比的是一九四○年代袁水拍所寫的山歌體新詩〈朱警察查戶口〉：

> 半夜裡敲門呀，／乒乓乒乓乒乓敲。／朱警察查戶口，／進來瞧一瞧，／咿啊海！
> 拿起了電筒四面八方照，／咿啊海！／屋角床底都照到。／樁樁件件仔細問，／嚕嚕嗦嗦，／嚕嚕嗦嗦問端詳，／咿啊海！[15]

　　此詩同樣是以「咿呀海」這類典型的民歌擬聲詞調劑全詩的節奏和韻律，使詩歌具有某種民歌的調子。對於袁水拍而言，這種「擬民歌調」是他實踐新詩山歌化的多種技法之一。一九四○年代，從自由體抒情詩轉向山歌體諷刺詩是袁水拍重要的轉型方向，為此他發展了一套相對豐富的山歌詩法。此詩明顯屬「歌謠化」的範疇；而夏宇的〈某些雙人房〉則是站在現代詩的立場上借用歌謠，屬「化歌謠」的範疇。

　　一九二○年代劉半農的《瓦釜集》擬寫江陰民歌，《揚鞭集》中運用兒歌擬曲的形式，以至於劉大白以〈賣布謠〉等歌謠體摹寫平民階層意識形態。此間確乎表現出與新詩「化歌謠」不同的「新詩歌謠化」傾向。然而，此時的「歌謠化」只是作為一種個人實踐，尚沒有獲取「政治正確」的霸權位置。一九四○年代在左翼文學體制中，「歌謠化」與「民族形式」的相遇使其迅速占據了詩歌形式的優先地位。這種霸權使得一貫提倡自由詩的艾青也不得不在〈吳滿有〉中來

---

15 袁水拍：〈朱警察查戶口〉，原載《詩歌》月刊三、四期合刊，1946年5月6日出版，又載上海《世界晨報》1946年5月18日3版，又載重慶《大公晚報》1946年5月21日2版，又載重慶《新民報晚刊》1946年5月22日。

了一段並不像樣的仿民歌；使曾經在一九三〇年代對自由體漢詩表意方式現代化有過精彩開拓的何其芳、卞之琳朝之靠近。一九四〇年代何其芳詩歌寫作幾乎擱淺的密碼隱藏於自由體寫作慣性和民歌資源格式詩法之間的衝突。一九五一年卞之琳在〈金麗娟三獻寶〉、〈從冬天到春天〉中開始採用歌謠體式，一九五三年則用歌謠體表現現實勞動生活並寫有〈采桂花〉、〈疊稻羅〉、〈搓稻繩〉。不同之處在於，卞之琳的歌謠體新詩與其說是革命歌謠，不如說是文人歌謠：

> 蓮塘團團菱塘圓，
> 採蓮過後采菱天，
> 紅盆朝著綠雲飄，
> 綠葉翻開紅菱跳。
> 「采菱勿過九月九」，
> 十只木盆廿隻手，
> 看誰采菱先采齊，
> 綠楊村裡奪紅旗。[16]

此詩拋去「奪紅旗」這一時代性極強的政治符號之後，幾乎就是一首美麗的古代文人小令。它用字的考究、趣味的雅致使得「十只木盆廿隻手，／看誰采菱先采齊」這一「政治爭先」的群眾集體活動一褪「熱火朝天」時代的集體趣味，而充盈了輕歌淺唱的傳統江南氛圍。這是新詩歌謠化過程中一種奇特的「雜交」成果：政治化的寫作趨向、民間化的資源選擇文人趣味濃厚的新詩人雜合而成的結果。五十年代的文學體制中，卞之琳並沒有刻意守持現代派立場，然而他對「新詩歌謠化」的口號卻表現得異常的謹慎。革命詩學「歌謠化」的實質在於功利性地從歌謠資源中獲取一種可複製的形式，然而，卞之

---

16 卞之琳：《卞之琳文集》上卷（合肥市：安徽教育出版社，2002年），頁148。

琳的歌謠體寫作依然拒絕了這種「可複製性」。在幾首「歌謠詩」寫完之後，他顯然難以為繼。

　　事實說明，現代詩或許有必要發展某些穩定成熟的體式，但這些穩定體式依然是在「可能性詩學」中的一種；單一「歌謠化」企圖必將新詩拖入定型化的陷阱中，某種「可能」的無限放大窒息了其他無數「可能」。「歌謠化」最核心在於要求新詩在聲響形式甚至結構體式上繼承歌謠，它既賦予新詩以形式，但又把新詩形式定型化。在「增多詩體」、「社會宣傳」、「政治動員」等目標下，多元的「詩質」建構被單一「詩形」確立所取代，詩形與詩質的矛盾也日益突出，最終的結果是「以舊為新」危機的全面暴露。這是新詩「歌謠化」在進入一九五〇年代以後成為畸形腫瘤的內在原因。概言之，「歌謠化」以歌謠作為詩歌體式，有仿作歌謠的傾向，雖有所新創，但消解了格律和自由的張力而陷入了「以舊為新」的陷阱。無論是五四時期的劉半農、劉大白、俞平伯，還是四十年代的袁水拍、李季、阮章競，抑或五十年代的卞之琳，將「歌謠化」作為新詩形式支配性導向的詩人們全部無法自外於這一陷阱。

三　歌謠與中國新詩──朝向「問題化」和「歷史化」的展開

　　新詩取法歌謠的四次大規模潮流，新詩人與歌謠結緣的內在複雜性，都啟示著歌謠與中國新詩關係這個學術話題的潛在空間。事實上，歌謠與二十世紀中國新詩是一個歷久彌新的話題。對於「新詩歌謠化」在二十世紀文學史上的延續，王瑤先生很早就有認識：

　　　　從「五四」時期起，新詩作者就開始了對民歌傳統的探索和汲取。劉半農提倡「增多詩體」，其中一條途徑就是從民間歌謠

的借鑒中創作民歌體白話詩，《瓦釜集》裡的作品就是這種創作實踐的收穫。三十年代，中國詩歌會的詩人提倡新詩的「歌謠化」。

抗戰時期又有從曲藝中汲取養料來創作新詩的嘗試，如老舍的〈劍北篇〉。〈在延安文藝座談會上的講話〉之後，解放區出現了大規模地搜集、整理和學習民歌的運動，並湧現了像李季的〈王貴與李香香〉、阮章競的〈漳河水〉這樣的民歌體敘事詩。這一趨向對新中國成立以後的詩歌創作，也產生了深刻的影響。[17]

「新詩歌謠化」譜系在《中國現代文學三十年》這部文學史著作中得到較詳細描述。該書認為第一個十年的新詩探索中「另一些早期白話詩人則熱衷於向民間歌謠傳統的吸取與借鑒」，並介紹了北大歌謠學會在歌謠搜集以及劉半農、劉大白等人仿作歌謠詩的努力，「這樣的努力也是開拓了新詩的一個方面傳統的。」[18]在第二個十年中，此書注意到中國詩歌會的「歌謠化」主張，「中國詩歌會的詩人並非僅僅關心詩的內容的革新、新意識的灌輸，他們對詩的形式上的變革也同樣採取了激進的態度。在歷史的承接上，他們在拒斥文人傳統的同時，卻熱心於向民間歌謠吸取資源：不僅是歌謠體的形式，更包括關注現實與民間疾苦，表達平民百姓的呼聲，樸素、剛健的詩風等精神傳統。」[19]對於一九四〇年代解放區新詩歌謠化實踐，該書不但有較詳細的概述，而且較為具體地評述了二部具有代表性的歌謠體敘事詩〈王貴與李香香〉、〈漳河水〉的藝術特色。

---

17 王瑤：《中國新文學史稿》（上海市：上海新文藝出版社，1954年），頁628。
18 錢理群等：《中國現代文學三十年》（北京市：北京大學出版社，1998年），頁591-594。
19 錢理群等：《中國現代文學三十年》，頁356。

　　聚焦歌謠與新詩話題的還有其他學者：張桃洲發表於二〇〇一年
《社會科學研究》第四期上的文章〈「新民歌運動」的現代來源——
一個關於新詩命運的症結性難題〉為一九五八年的「新民歌運動」尋
找現代起源，在一個過分政治化的議題中開拓出內在的複雜性：新民
歌運動並非一種完全橫空出世的新開創，其大部分作品雖然粗糙，但
在內在的理路上卻承繼了新詩歌謠化的歷史脈絡。同時關注這個話題
的還有劉繼業《新詩的大眾化和純詩化》，該書在聚集四十年代「大
眾化」詩學時涉及了新詩歌謠化以及新詩民族形式的討論，但主要是
話題和材料的陳述，並且更多地把新詩「民族形式」理解為「大眾
化」。[20]賀仲明發表於《中國現代文學研究叢刊》二〇〇八年第四期的
文章〈論民歌和新詩發展的複雜關係——以三次民歌潮流為中心〉進
一步梳理了歌謠與新詩的幾次互動關係：二十年代的歌謠徵集運動、
四十年代的民歌體敘事詩創作潮流、五十年代的「新民歌運動」。認
為「它們是本土農民文學與現代新詩的直接交流，也蘊涵著新文學對
民間文學傳統的精神籲求。由於各種因素的限制，三次民歌潮流都沒
有取得足夠的成功，甚至多是失敗的教訓」。[21]張桃洲發表於二〇一〇
年第五期《文學評論》的文章〈論歌謠作為新詩自我建構的資源：譜
系、形態與難題〉以更為詳盡的資料敘述了二十世紀新詩歌謠化的譜
系，同時補充了對三十年代中國詩歌會「新詩歌謠化」實踐的敘述評
點。在他看來，「從新詩歷史進程來看，歌謠從一開始就參與了新詩
尋求文類合法性、探索風格多樣化和更新文本與文化形態的過程：早
在新文學誕生之初，歌謠就作為重要的民間文化和文藝樣態而受到重

---

20 劉繼業：《新詩的大眾化和純詩化》（北京市：北京大學出版社，2008年），頁135-
　 138。
21 賀仲明：〈論民歌和新詩發展的複雜關係——以三次民歌潮流為中心〉，《中國現代
　 文學研究叢刊》2008年第4期。

視。」[22]二〇一二年六月出版的《中國詩歌通史‧現代卷》第十章〈面向不同的詩歌資源〉則用二節的篇幅，以更豐富的材料呈現了從五四到四十年代關於新詩與歌謠互動的各種理論思考和重要實踐。[23]

　　已有研究已經完成了二十世紀新詩與歌謠互動的譜系梳理，為將這個話題進一步問題化提供了可能。本書將聚焦如下兩個大的話題：

　　第一，探討歌謠作為新詩資源的歷史語境和文化動力，並進而探討新詩的「資源發生學」。歌謠入詩並非發生於真空的社會中，它的「發生」必然基於各種話語博弈構成的文化語境。五四時期歌謠入新詩部分因為「他們或許更注重歌謠的『民間』特性，進而言之即是一種民眾性、平民性」。[24]換言之，歌謠這種俗謳在五四獲得認同，跟五四現代轉型背景下民間話語的崛起有關，跟新文化話語內在的新／舊、貴族／平民的二分法有關。在這種透視法中，歌謠作為平民階層的文化結晶獲得了遠高於文人傳統（所謂貴族文學）的評價。它同時也勾連著發生期尚未定型的新詩到民間文學中尋求合法性資源的背景。相比之下，一九三〇年代中國詩歌會在新詩歌謠化的倡導中，一種內蘊於「大眾化」話語的「階級化」思路非常鮮明。這種「歌謠化」並非站在擴大新詩形式來源的文藝立場，體現的是政治立場借重民歌再造文學政治動員功能的功利文學觀。這種大眾化的詩歌觀既來源於中國文學「文以載道」、介入現實的文學傳統，也跟日益嚴峻的社會現實相關聯，成為日後不斷浮現於各個時代的詩歌幽靈。一九四〇年代的「新詩歌謠化」傾向，則不但是抗戰背景下「文藝大眾化」的實踐，也是以文藝「民族形式」為話語中介的階級民族主義推動的

22　張桃洲：〈論歌謠作為新詩自我建構的資源：譜系、形態與難題〉，《文學評論》
　　2010年第5期。
23　王光明主編：《中國詩歌通史‧現代卷》，該章由張桃洲執筆（北京市：人民文學出
　　版社，2012年），頁578。
24　王光明主編：《中國詩歌通史‧現代卷》，頁571。

產物。新詩取法歌謠現象背後，既有堅持新文學立場，以「民族」暫時擱置「藝術」的主張；也有以民間立場取消新文學立場，將套用「民間形式」的「舊瓶裝新酒」視為已完成「民族形式」的主張；更有以民族話語為外殼，以階級主義為內核，在政治化、階級化方向中兼顧藝術化的主張。這些不同的話語交織於新詩「民族形式」的倡導和「新詩歌謠化」的寫作傾向中，相互糾纏、博弈，構成了一個詩歌與歷史、時代、民間資源複雜糾纏的個案，值得認真辨析。

這意味著，將「歌謠」作為一種脫離歷史的民間資源跟新詩結構進行審美聯結的思路是不夠的。某種審美資源的激活和啟用，必然內在於複雜時代話語交互投射而成的強勢認知範式。因此，對於歌謠被新詩借用的話語分析，便是對新詩史上歌謠資源發生學背景的分析，它將進一步把歌謠與新詩話題問題化和歷史化。一九四〇年代「新詩歌謠化」跟「民族形式」的追求、「民族資源」的激活是一體兩面，其背後的核心概念正是「歌謠」資源在「民族」的話語框架中被啟用、論述被獲得合法性的過程。值得追問的是：四十年代「民間資源」為何必須在「民族形式」的表述框架中才獲得作為一種新詩資源的充分合法性？反過來，即使人們當時就認識到「舊形式」不等同於「民族形式」，「民間形式」為何迅速地獲得了對於「民族形式」的優先代表權？這種探討或者有助於使我們認識到，對於一種時代性的探索而言，並不存在一種脫離歷史而發生作用的資源，從而更深把握文學資源啟動背後的歷史文化閾限。

第二，透視一九四〇年代新詩歌謠化傾向的內在複雜性。已有研究往往將「新詩歌謠化」視為「政治化」、「大眾化」、「民間化」的結果，而忽視其中區域差異產生的功能分化；文化動力差異產生的文本性質分化。釐清其複雜性，至少需要回答以下四個層面的問題：

第一層問題：已有的「民歌詩」有哪些不僅僅是在套用民間形式，它們在文本上體現了何種超越「民間形式」的重構？也即它們在

「民族形式」與「民間形式」之間拉開了什麼樣的論述空間？這種說法並非憑空猜測，袁水拍以城市報刊為傳播媒介的「山歌」絕不僅僅是傳統山歌的忠實摹本，在力求地道山歌味和整合現實諷刺功能的過程中，馬凡陀山歌事實上已然實現了對「山歌詩法」的重構；同樣，阮章競的〈漳河水〉在採用「四大恨」、「開花調」等現成民歌曲調之餘，事實上離不開一種來自於新文學的對照性「戲劇結構」。這一層複雜性首先必須被分析。

　　第二層問題：在「詩」被徵用於「革命」的過程中，一種新的詩歌功能觀、詩法體系同時被生產出來。在「民族形式」召喚下，新詩發展了對民間資源的親緣性，對於新詩而言則呈現為一種詩歌資源的轉折。這種轉折和過渡並不如革命文學史所敘述的那樣順滑。在卞之琳、何其芳、艾青等在一九三〇年代已經積累起審美慣性的詩人身上，這種「轉折」無疑是一次「脫胎換骨」的革命「洗禮」。何其芳是革命信仰和革命領袖的忠實信徒，在理智上他認可詩歌「民族形式」的任務是創制「既通俗又藝術」的詩歌。可是，這個任務他卻無法通過自身創作來完成。深入透視何其芳在一九四〇年代「詩歌轉折」時的內在掙扎，會發現革命在徵用詩歌，啟用新資源的過程中，事實上也遭遇著「無法完成的轉型」——詩人在理性層面上能夠認同新的詩歌想像——以「民族形式」想像階級共同體，但在寫作的想像中，「自我抒情」的寫作機制成了他們很難擺脫的詩歌思維，雖然百般懺悔和努力，卻似乎只能選擇「放棄」或「擱筆」，這典型體現在何其芳身上。所以，本書「新詩歌謠化」傾向的研究對象也包括那些探索未果者。透過何其芳這個個案，我們希望透視革命、自我、詩歌三者的複雜糾纏：革命徵用詩歌，詩歌離不開自我，而激進革命話語卻放逐自我，這種悖論式糾纏中，自我不時在詩中還魂，如四十年代何其芳的〈夜歌〉（包括五十年代郭小川的〈望星空〉）都在提示著：在革命「大我」宰制詩歌想像之後，詩寫依然會遭遇「自我」的偷襲。

　　第三層問題：不同區域、文學制度在使用同一文學資源的過程中產生了什麼差異。在四十年代的文學環境中，新詩取法「民族資源」不但是一種解放區文學現象，同時也在國統區結出「碩果」──馬凡陀山歌在當時就廣受歡迎。追尋民族身分而「走向民間」毋寧說是一種一九四〇年代重要的時代共鳴。同時，新詩「民族資源」的激活，在兩個區域表現了「美」（解放區的革命讚歌）和「刺」（國統區的諷刺山歌）的功能分化。那麼，時代如何悄然改變了詩人的詩歌觀念？歌謠詩又如何宰制了詩人的文體認同？這是我們透過在國統區寫出風靡一時的「馬凡陀的山歌」的袁水拍所要追問的。

　　第四層問題：新詩「歌謠資源」日益激進化的使用，無疑面臨著深刻的悖論，正如張桃洲在分析一九五八年新民歌運動時所說：

> （新詩「民族形式」的啟動）導致新詩與「舊形式」之間出現了一種「怪圈」：新詩的誕生本來是為了將「舊形式」擠出詩歌領域，但「大眾化」的需要又使新詩不得不重新徵用「舊形式」。這樣，一種以建立「民族形式」為由而恢復「民間形式」（「舊形式」）的力量範式，終於置換了「五四」之初以創立新語言、新形式為宗旨汲收方言俗語和「舊形式」的努力取向。[25]

　　一方面，我們既要看到一九四〇年代「新詩歌謠化」傾向在某些作者身上具有融合「政治化」與「藝術化」的傾向。另一方面，我們也要看到歌謠體敘事詩的經典化，並非是單純「藝術」的結果。歌謠詩的經典化過程，在解放區文藝體制與詩歌文化資本生成之間發生著怎樣的互動和糾葛？這類「政治化」指導下的「藝術化」作品，又存

---

25 張桃洲：〈「新民歌運動」的現代來源〉，《現代漢語的詩性空間》（北京市：北京大學出版社，2005年），頁65。

在著怎樣「反現代」的文本結構，內置了此類作品不可避免的悲劇命運？這是我們透過〈王貴與李香香〉和〈漳河水〉所要追問的。

　　本書第一至三章，將對「新詩取法歌謠」的歷史譜系及其內在的文化動力進行深入描述；第四至七章則以何其芳、袁水拍、李季、阮章競為個案，透視一九四○年代「新詩歌謠化」傾向內在的糾葛；第八章則希望從新詩取法歌謠的立場和閾限角度對這段資源糾葛史予以理論反思。概言之，將一九四○年代「新詩歌謠化」傾向置於新詩取法歌謠的歷史譜系中，闡明它在歷史語境中的位置，又敞開研究對象本身的複雜性，將構成本書展開的學術基礎。

第一章
新詩「歌謠資源」的發現與發生（1918-1927）

　　傳統中國，歌謠流傳於民間而無法納入文化正統。雖然明代已經有「真詩在民間」之說彰顯歌謠的詩學價值，但是歌謠真正被作為詩歌資源的文化契機卻來自於五四。從五四前後北大歌謠運動肇始，新文化人物的歌謠情結甚深，新詩人取法歌謠資源的興味甚濃。值得關注的是，一九二○年代，新詩取法歌謠有著什麼樣的內在軌跡？胡適、周作人、俞平伯、劉半農、朱湘等新詩人對歌謠的詩學意義有何獨特認識？他們的歌謠入詩實踐又體現出什麼內在差異？更重要的是，歌謠作為資源被新詩發現和激活，又跟什麼樣的話語博弈相關？這些問題構成了本章討論的中心。

第一節　一九二○年代新詩歌謠資源的探索

　　眾所周知，新詩的發生跟取法西方資源有著莫大關係。然而，從新詩發生期開始，民間資源就參與了新詩文類合法性、風格多樣化的自我建構。取法歌謠，構成了新詩史初期一道特別的景觀。從理論提倡到寫作實踐，一直此道不孤，雖則各人取法歌謠的著眼點不盡相同。民間資源在一九二○年代以後的四十年間對新詩一直充滿誘惑和啟示，並且構成了一道新詩取法歌謠的長長軌轍。追溯源頭，則不能不從新詩發生期說起。此間值得關注的問題包括：發生期的新詩人們，如何理解歌謠對新詩的啟示？取法歌謠在寫作實踐上存在著何種

差異，各有什麼經驗教訓？我們又該如何解釋新詩早期「援謠入詩」
的發生？

「一切新文學的來源都在民間」

　　一九二二年，北大歌謠搜集運動正熱烈開展，此年十二月十七日
《歌謠周刊》創刊號在〈發刊詞〉中，強調了歌謠的文藝價值和學
術價值：「本會蒐集歌謠的目的共有兩種，一是學術的，一是文藝
的。」[1]此前，胡適在〈北京的平民文學〉一文中對新詩人忽視歌謠
的啟示表示遺憾：「做詩的人似乎還不曾曉得俗歌裡有許多可以供我
們取法的風格與方法」，「至今還沒有人用文學的眼光來選擇一番，使
那些真有文學意味的『風詩』特別顯出來，供大家的賞玩，供詩人的
吟詠取材」。[2]胡適的歌謠觀，跟他以白話反文言的文學觀緊密相連，
並在其《白話文學史》中有著更「高屋建瓴」的論斷：「一切新文學
來源都在民間，民間的小兒女、村夫農婦、癡男怨女、歌童舞妓、說
書的，都是文學上的新形式與新風格的創造者。」[3]這種說法當時不
乏同調者，胡懷琛也認為「一切詩皆發源於民歌」。[4]

　　某種意義上，胡適為歌謠詩學意義的發現提供了重要的文學史
觀──他從反文言文學出發建構起來的白話文學史觀。為了打倒文言
文學，胡適在白話詩歌領域躬親嘗試，自不待言。同時身為歷史學家
的胡適不能不為白話詩合法性尋求文學史法則的加持。置身於民初話
語交鋒頻仍的文學場域，胡適屢試不爽的話語武器是「進化論」：「我
們若用歷史進化的眼光來看中國詩的變遷，方可看出自《三百篇》到

1　〈發刊詞〉，《歌謠》1922年第1號，1922年12月17日。

2　胡適：〈北京的平民文學〉，《努力周報》增刊《讀書雜誌》1922年第2期。

3　胡適：《白話文學史》（上），上海市：新月書店，1928年。

4　胡懷琛：《中國民歌研究》，上海市：商務印書館，1925年。

現在，詩的進化沒有一回不是跟著詩體的進化來的。」[5]與今日學界對文學進化論的反思不同，當年胡適毫不掩飾自己對進化論的服膺：

> （與梅光迪就「詩之文字」和「文之文字」的爭論）這一次的爭論是民國四年到五年春間的事。那時影響我個人最大的，就是我平常所說的「歷史的文學進化觀念」。
> 這個觀念是我的文學革命論的基本理論。[6]

文學進化論的觀念使胡適可以輕易地把五四白話詩想像成雖然幼稚，但必然代替傳統文言詩歌的嶄新存在。進化論思維還使胡適透視歷史時獲得一條明晰的文學革命進化鏈：

> 文學革命，在吾國史上非創見也。即以韻文而論，三百篇變而為騷，一大革命也。
> 又變為五言七言，二大革命也。賦變而為無韻之駢文，古詩變而為律詩，三大革命也。
> 詩之變而為詞，四大革命也。詞之變而為曲，為劇本，五大革命也。何獨於吾所持文學革命論而疑之？[7]

這條文學革命進化鏈在胡適的論述中多次現身，今天我們當然知道不同時代文學之間不可以用進化論簡單加以線性推演和價值比較。然而，重要的是，進化論的加持，使「新」在胡適及大批他的同時代人那裡獲得了無可辯駁的歷史合法性：白話替代文言，「新」替代

5　胡適：〈談新詩──八年來的一件大事〉，《現代評論》「雙十節紀念號」第五張，1919年。

6　胡適：《嘗試集》〈自序〉，《嘗試集》，上海市：亞東圖書館，1920年。

7　胡適：《嘗試集》〈自序〉。

「舊」勢所必然，剩下的只是「如何戰勝」的枝節問題而已。

在白話作詩逐漸站穩腳跟之後，胡適需要以更翔實的歷史材料來論證「白話文學」在中國歷史上被忽視、被遮蔽然而卻無比輝煌的地位。這便是胡適在完成於一九二〇年代的《白話文學史》（上）中所要做的工作。如果說此前「進化論」中的白話替代文言還某種意義上承認了文言文學在古代的地位的話，那麼《白話文學史》則進一步把白話文學的領域延伸向源遠流長的古代。其直接結果是胡適重新發現了古典中國的歌謠資源——在胡適那裡，歌謠無疑完全可以被認定為古代的白話詩歌——它們構成了中國古代「白話詩歌」庫。[8]

胡適的論述充滿了截然的二元思維和毫不遲疑的主觀性：「漢朝的韻文有兩條來路：一條路是模仿古人的辭賦，一條路是自然流露的民歌。前一條路是死的，僵化了的，無可救藥的……這條路不屬於我們現在討論的範圍，表過不提。如今且說那些自然產生的民歌，流傳在民間，採集在『樂府』，他們的魔力是無法抵抗的，他們的影響是無法躲避的。所以這無數的民歌在幾百年的時期內竟規定了中古詩歌的形式體裁。」談及具體詩人，他雖不得不承認「曹植（字子建，死於西元232年）是當日最偉大的詩人」，至於為何偉大，則是「他的詩歌往往依託樂府舊曲，借題發洩他的憂思。從此以後，樂府遂更成了高等文人的文學體裁，地位更抬高了」。[9]

在胡適這裡，完整的中國古代歌謠譜系還沒有被建構起來，這個

8　《白話文學史》（上）並未真正完成，全書分為「唐以前」和「唐朝」兩部分。唐以前則從「漢朝民歌」講起，詩歌部分還涵蓋了魏晉民歌、故事詩、唐初白話詩、八世紀樂府新詞、杜甫、歌唱自然的詩人、大曆長慶時期的詩人、元稹、白居易。胡適為了把「白話」作為一個終極標準，對文學史建構進行了大量剪裁，如把「歌唱自然」的陶淵明、李白內容上的「自然」和身分的「民間」跟「民間文學」、「白話文學」進行聯結；把某些文言詩中偶有的白話成分當作其作為白話詩的證明。

9　胡適：《白話文學史》，歐陽哲生編：《胡適文集》第8卷（北京市：北京大學出版社，1998年），頁182。

從「詩經—漢樂府—南北朝民歌—唐代民間歌賦—宋鼓子詞和諸宮調—明代民歌——清代民歌」的完整譜系日後在朱自清的《中國歌謠》和鄭振鐸的《中國俗文學史》中得到建立。然而，胡適關於白話文學的論述卻完成了如下三種可能：

1. 確認白話相對於文言的進步性，白話替代文言的必然性；
2. 以白話為標準建構了古典白話文學的龐大資源；
　　並且因此，更加重要的是：
3. 使作為古典白話文學核心的歌謠相對於新詩的詩學價值獲得「文學史」確認。因此，我們可以說，胡適的白話文學觀事實上打開了歌謠進入新詩的閥門，胡適為此種文化實踐提供了文學史論證。值得一提的是，胡適雖對新詩多種可能性有多番嘗試，對歌謠資源表示深度信賴，然而他本人在寫作上其實較少取法歌謠。唯有一首寫於一九二一年十月四日的〈希望〉：「我從山中來，／帶得蘭花草，／種在小園中，／希望花開好。／／一日望三回，／望到花開過；／急壞看花人，／苞也無一個。／／眼見秋天到，／移花供在家；／明年春風回，／祝汝滿盆花！」此詩並無歌謠因物起興、自由聯想的特點，然而以白話作五言詩，節奏音調上卻頗有民謠味道。

歌謠作為白話文學資源得以嫁接入胡適「白話詩觀」之中，但歌謠卻不能滿足胡適以新詩鍛造「國語」的現代民族國家語言構想。「在文學資源的層面，中國傳統文學內部的差異性，直接為胡適的新詩構想提供了歷史依據」。[10]但是，「當文學運動與國語運動合流，在胡適等人對『白話』的鼓吹中，最終引申出來的是對現代民族國家語言的總體構想，『白話詩』以及『白話文學』的歷史價值由此得到了空前的提升」。[11]這就是所謂「國語的文學，文學的國語」，就此而

---

10 姜濤：〈新詩之新〉，《中國新詩總系第一卷（1917-1927）》（北京市：人民文學出版社，2010年），頁3。
11 姜濤：〈新詩之新〉，《中國新詩總系第一卷（1917-1927）》，頁3。

言，「歌謠」之於新詩又意義闕如。另外，胡適一直重視新詩表意方
式的拓展及其對現代經驗的容納性，他評周作人〈小河〉說「那樣細
密的觀察，那樣曲折的理想，絕不是那舊式的詩體詞調所能達得出
的」；評自己的〈應該〉說「這首詩的意思神情都是舊體詩所達不出
的」。[12] 可見胡適對於新詩體對現代經驗的接納能力至為關切，而這方
面同樣不是歌謠的強項。這或許是胡適何以在理論上強調取法歌謠，
但實踐上卻較少嘗試的原因。

　　胡適的「白話文學觀」在一九一〇年代中期便醞釀和傳播，影響
了一時風潮。在取法歌謠一端，俞平伯的「進化的還原論」堪稱胡適
白話史觀的回聲及延伸。關於新詩的做法，俞平伯認為：

> 從胡適之先生主張用白話來做詩，已實行了還原底第一步。現
> 在及將來的詩人們，如能推翻詩底王國，恢復詩底共和國，這
> 便是更進一步的還原了。我叫這個主張為詩底還原論。[13]

　　俞平伯持二步還原法：一是胡適的白話顛覆文言；二是他所謂以
歌謠顛覆詩。而這種顛覆，在他那裡既是胡適的「進化」，也是「還
原」——一種回到事物本相的想像。胡適那裡，三百篇變為騷賦，騷
賦變為五、七言，五、七言變為詞，詞變為曲，這四次詩體的大解放
都是語言進化趨於自然的結果。[14] 而現代白話替代文言是這個進化邏
輯的結果。俞平伯不反對這種「進化」，卻將這種「進化」視為一種
「還原」——回到原始的歌謠那裡去。所以他對傳統的詩歌文體觀念

12　胡適：〈談新詩——八年來的一件大事〉，《現代評論》「雙十節紀念號」第五張，
　　1919年。

13　俞平伯：〈詩底進化的還原論〉，《詩》1922年1月第1卷第1號。

14　胡適：〈談新詩——八年來的一件大事〉，《現代評論》「雙十節紀念號」第五張，
　　1919年。

表達強烈不滿：「他們只承認作家底為詩，把民間的作品一律除外。其實歌謠——如農歌、兒歌、民間底豔歌，及雜樣的謠諺——便是原始的詩，未曾經『化裝遊戲』（Sublimation）的詩」，「就文學一方面看，無論表現在什麼體裁、風格底下，依然不失他們的共相，就是人們底情感和意志。」「說詩是抒情的、言志的，歌謠正有一樣的功用；說詩是有音節的，歌謠也有音節；詩有可歌可誦底區別，歌謠也有這個區別。」「若按文學底質素看，並找不著詩和歌謠有什麼區別，不同的只在形貌，真真只在形貌啊。」[15]

　　此文中，作者特別強調了平民性作為詩的核心素質，未來的詩應當是平民的，因為遠古的詩就是平民的。所以，未來詩的方向就是還原到遠古詩的軌道上。如果說胡適的「進化論」為白話文學伸張了合法性，俞平伯的「進化的還原論」則為歌謠的詩學意義伸張了合法性。

　　在理論倡導之外，俞平伯躬親實踐的歌謠有〈吳聲戀歌十首〉、〈自從一別到今朝十首〉、〈山歌又一首〉、〈道情詞四首〉。俞平伯對歌謠詩學意義的強調，顯然內在於一九二〇年前後北大歌謠學會及其歌謠搜集運動營造的文化氛圍。〈自從一別到今朝〉的副題便是「讀《歌謠周刊》見此，借用其題云」。[16]俞平伯強烈否認詩與歌謠的文體界限，他所作的「歌謠」也都頗為原汁原味，譬如〈吳聲戀歌〉其六：

　　　　夏天荷花噴噴香，西風一起才打光；
　　　　綠荷葉變枯荷葉，苦心蓮子剩空房。

　　此首巧妙地將民歌常用的諧音修辭鑲嵌入一個連續性場景中，民歌中「蓮子」諧音「憐子」的用法極為普遍，有趣的是詩人將「蓮

---

15 俞平伯：〈詩底進化的還原論〉，《詩》1922年1月第1卷第1號。
16 俞平伯：《俞平伯文集》第1卷（石家莊市：花山文藝出版社，1997年），頁468。

子」置放於夏天蓮花——綠荷葉——枯荷葉的時間鏈條中，簡單的諧音修辭在鮮明的場景中內涵得到了拓展。然而依然很難認為這便是「新詩」，有趣的是，即使俞平伯本人極力主張模糊掉詩與歌謠的文體界限，他所作的這些民歌在其全集中卻被編進了「賦、詞、曲、小調」的編目之下。[17]

　　作為《歌謠周刊》主將，周作人同樣強調歌謠對新詩的資源價值。不過相較於胡適對「為何」取法歌謠進行的宏觀意義論述，周作人對「如何」取法歌謠有著更具體的思考。「新詩的節調，有許多地方可以參考古詩樂府與詞曲，而俗歌——民歌與兒歌——是現在還有生命的東西，他的調子更可以拿來利用。」[18]「民歌與新詩的關係，或者有人懷疑，其實是很自然的，因為民歌的最強烈最有價值的特色是他的真摯與誠信，這是藝術品的共通的精魂，於文藝趣味的養成極是有益的。」[19]他看重的是歌謠的「節調」和「真摯」，前者涉及歌謠優美的節奏、音調，後者涉及歌謠本真自然的意趣。周作人的歌謠視野充滿洞見，因為節奏、音調固然是形式問題，卻並不是定型的形式。「節調」並非「體式」，「參考」也不是「借用」。因此，其間需要更多新詩創造性的轉化。周作人強調歌謠之「真摯與誠信」，也是在文藝的立場上認同歌謠，殊不同於日後甚囂塵上、基於政治立場上對歌謠的利用。另外，周作人雖躬親嘗試過〈小河〉之類新詩，對「歌謠」入詩卻幾乎沒有親自動手。唯一的一首也許是用紹興方言寫的《題半農瓦釜集》，[20]不過恐怕他自己也並不把此視為新詩，而是一種

17　參見《俞平伯文集》第1卷（石家莊市：花山文藝出版社，1997年），頁460-471。

18　周作人：《兒歌》「附記」，《晨報》1920年10月26日。

19　仲密（周作人）：〈自己的園地‧歌謠〉，《晨報副鐫》1922年4月13日。

20　該詩內容為：「半農哥呀半農哥，／倷真唱得好山歌，／一唱唱得十來首，／倷格本事直頭大。／我是個弗出山格水手，／同撐船人客差弗多，／頭腦好唱鸚哥調，／我是只會聽來弗會和。／我弗想同倷來扳子眼，／也用弗著我來吹法螺，／今朝輪到我做一篇小序，／豈不是坑死俺也麼哥！／——倘若諾一定要我話一句，／我

有趣的文人應和。

　　值得一提的是，以浪漫主義狂飆風格的〈女神〉大獲詩名，最強調詩是「人格底創造衝動的表現」[21]的郭沫若，也認為「抒情詩中的妙品最是俗歌民謠」，從語境看，郭沫若推崇的是歌謠發自本心的真摯，這跟他的詩學公式「詩＝（直覺＋情調＋想像）＋（適當的文字）」並不相悖。但他對歌謠的推重，也跟新文學的平民主義視野相關：「我常希望我們中國再生出個纂集『國風』的人物——或者由多數的人物組織成一個機關——把我國各省各道各縣各村底民風，俗謠，採集攏來，採其精粹的編集成一部『新國風』；我想定可為『民眾藝術底宣傳』『新文化建設底運動』之一助。」[22]其中又有民族主義話語的滲入，「我想我們要宣傳民眾藝術，要建設新文化，不先以國民情調為基點，只圖介紹些外人言論或發表些小己底玄思，終竟是鑿枘不相容的」[23]這裡，平民主義話語跟民族主義話語的合流，使他警惕簡單的外來資源，所謂「國民情調為基點」，實質是倡導一種本民族的審美。

歌謠——作為新詩的另一種資源傾向

　　一九二〇年代，在胡適白話文學觀及北大歌謠運動的影響下，歌謠的詩學意義頗為新式文人信任。[24]雖然不乏何植三、朱自清、梁實

只好連連點頭說『好個，好個！』一九二二年春夜，於北京。」劉半農：《瓦釜集》，北京市：北新書局，1926年。

21　郭沫若：〈致李石岑信〉，《時事新報・學燈》，1921年1月15日。

22　郭沫若：〈論詩三札〉，收於楊臣漢、劉福春主編：《中國現代詩論》（廣州市：花城出版社，1985年），頁56。

23　郭沫若：〈論詩三札〉，收於楊臣漢、劉福春主編：《中國現代詩論》，頁56。

24　衛景周在一九二三年《歌謠周刊》增刊上撰文〈歌謠在詩中的地位〉，此文主要針對社會上對歌謠的偏見，認為歌謠不遜色於「三百，楚辭，十九，樂府，五言，七

秋等質疑的聲音。作為歌謠搜集的熱心者，何植三對新詩取法歌謠的有效性表示疑慮：他強調新詩是一種高強度情緒壓力下的產物，「歌謠所給新詩人的：是情緒的迫切，描寫的深刻」，而不是借用西方古代詩歌格式或是中國詞調格式。「現在做新詩的人，不能因歌謠有韻而主有韻，應該知道歌謠有韻，新詩正應不必計較有韻與否；且要是以韻的方面，而為做新詩的根據，恐是捨本逐末，緣木求魚罷。」[25]

　　梁實秋同樣表達了謹慎的疑惑：「歌謠因有一種特殊的風格，所以在文學裡可以自成一體，若必謂歌謠勝之於詩，則是把文學完全當作自然流露的產物，否認藝術的價值了。我們若把文學當作藝術，歌謠在文學裡並不占最高的位置。中國現今有人極熱心的搜集歌謠，這是對中國歷來因襲的文學一個反抗……歌謠的採集，其自身的文學價值甚小，其影響及於文藝思潮則甚大。」[26]雖然梁實秋在一九三〇年代觀點有了一百八十度轉彎，但此時歌謠在他顯然「文學價值甚小」。

　　早在一九二〇年代，朱自清即認為「從新詩的發展來看，新詩本身接受歌謠的影響很少」，即使是劉半農的《瓦釜集》和俞平伯的《吳聲戀歌十首》在他看來也「只是仿作歌謠，不是在作新詩」。[27]朱自清的這種看法是極有見地的，他認為「歌謠以聲音的表現為主，意義的表現是不大重要的」，「從文字上看，卻有時竟粗糙得不成東西。」[28]「歌謠的音樂太簡單，詞句也不免幼稚，拿它們做新詩的參

言，詞，曲等等」。並具體提出六個標準：「放情歌唱」、「詩體」、「詩的個性」、「詩的音節」、「詩的技術」、「口授保存」，認為從以上六個方面看歌謠完全可以作為「好詩」看待。這大概也是一個例證。

25 何植三：〈歌謠與新詩〉，《歌謠增刊》1923年12月17日。

26 梁實秋：〈現代中國文學之浪漫的趨勢〉，《浪漫的與古典的》（上海市：新月書店，1927年），頁37。

27 朱自清：〈羅香林編《粵東之風》序〉，《民俗》1928年11月28日周刊第36期。

28 朱自清：〈羅香林編《粵東之風》序〉，《民俗》1928年11月28日周刊第36期。

考則可，拿它們做新詩的源頭，或模範，我以為是不夠的。」[29]

　　雖有這些質疑之聲，但一九二○年代新詩取法歌謠在實踐上確乎是此道不孤。除了在民歌搜集、寫作、翻譯和研究各方面都著力甚多、獨樹一幟的劉半農外，俞平伯、劉大白、沈玄廬、馮雪峰、朱湘等詩人在「化歌謠」寫作上均有所嘗試。在姜濤看來，「馮雪峰的詩則有民歌的風味，如〈伊在〉、〈老三的病〉等，將曲折的情愛結合複沓的敘事中」。[30]而朱湘的〈采蓮曲〉「採用民歌的形式，長短錯落的詩行，配合悅耳的音調，有效地模擬出小舟在水中搖擺的動態」。[31]

　　這番新詩取法歌謠的進程，甚至可說是「代有傳人」、「南北開花」。胡適、周作人、劉半農、俞平伯、劉大白、沈玄廬當然是屬於新詩發生期的第一批詩人，而馮雪峰、朱湘則是第二代異軍突起的佼佼者。從地域看，既有活躍於北平的胡、周、劉（半農）、俞等人，也有「當時南方最有號召力的新詩人」[32]劉大白（代表作〈賣布謠〉）、沈玄廬（代表作〈十五娘〉）。從所屬文學社團看，俞平伯屬於「新潮社」，馮雪峰被歸入湖畔派，朱湘屬於後期新月派。事實上，歌謠對於詩人的影響力之大，就是象徵詩人李金髮也著力搜集編匯家鄉梅縣的客家山歌集《嶺東戀歌》。[33]

　　站在新詩發展的立場，我們該如何理解一九二○年代新詩人們對於歌謠資源的熱心呢？新詩發生期歌謠資源的啟動，跟新詩發展的張力結構相關。正如姜濤所言，發生期的新詩始終被本體性和可能性的兩股動力所推動。彼時新詩場「尚未從文化、政治等諸多『場域』的

---

29 朱自清：〈唱新詩等等〉，《朱自清全集》第4卷（南京市：江蘇教育出版社，1990年），頁222。

30 姜濤：〈新詩之新〉，《中國新詩總系第一卷（1917-1927）》（北京市：人民文學出版社，2013年），頁13。

31 姜濤：〈新詩之新〉，《中國新詩總系第一卷（1917-1927）》，頁21。

32 姜濤：〈新詩之新〉，《中國新詩總系第一卷（1917-1927）》，頁3。

33 巫小黎：〈李金髮和《嶺東戀歌》〉，《新文學史料》2001年第2期。

混雜中分離出來。與此相關的是，這一時期不少詩人的寫作，雖然在體式、音調和趣味上，還保留了『纏過腳後來又放腳』的痕跡，但他們似乎並不刻意去寫『詩』，更多是開放自己的視角，自由地在詩中『說理』『寫實』，無論是社會生活、自然風景，還是流行的『主義』和觀念，都被無拘無束地納入到寫作中。」「這種不重『原理』只重『嘗試』的態度，恰恰是早期新詩的獨特性所在。」「如果說對某種詩歌『本體』的追求，構成了新詩歷史的內在要求的話，那麼這種不立原則、不斷向世界敞開的可能性立場，同樣是一股強勁的動力，推動著它的展開。上述兩種力量交織在一起，相衝突又對話，形成了新詩內在的基本張力。」[34]

值得關注的是，兩種不同的追求事實上激起了兩種不同的傾向：

在這種新的詩歌言說方式的建構中，胡適、沈尹默等人利用「白話」的自由和靈活脹裂了傳統詩體的桎梏，是一種傾向；而劉半農等人以民間謠曲等「小傳統」為資源，又是另一種傾向。民間謠曲從本源上說是一種在「口裡活著」的文學，語言上是口語化的，內容上不太受正統道德規範和文人價值規範的約束，因而能給「白話詩」注入清新活潑的意趣和口語化、現實化的品格，順應了「新詩」從文人化向平民化轉變的時代要求。[35]

在新詩可能性一端，「白話」所輸送的現代經驗以及源於西方的自由詩體使新詩在傳統詩體之外打開了新空間；在本體性一端，新詩

---

34 姜濤：〈新詩之新〉，《中國新詩總系第一卷（1917-1927）》（北京市：人民文學出版社，2013年），頁6。

35 王光明：《現代漢詩的百年演變》（石家莊市：河北人民出版社，2003年），頁84-85。

過於自由卻也引發諸多反思，新詩本體建設於是被強調重視。新詩掙脫格律的拘束，從一種有格式的寫作變為一種自由體寫作，自由與詩、白話與詩的衝突便凸顯出來。沈從文甚至說「這一期的新詩，是完全為在試驗中而犧牲了」。[36]此背景下，新詩音節的焦慮和關切被激發起來：俞平伯在《白話詩的三大條件》中說：「音節務求諧適、卻不限定句末用韻。這條亦是做白話詩應該注意的。因為詩歌明是一種韻文、無論中外、都是一樣。中國語既系單音、音韻一道、分析更嚴。」「做白話詩的人、固然不必細剖宮商、但對於聲氣音調頓挫之類、還當考求、萬不可輕輕看過、隨便動筆。」[37]

　　在重視新詩「音節」的背景下，民歌的「音節」很自然成了格律詩與新詩之間的橋樑。它既無格律詩的煩瑣，又有優美自然的節調可為新詩參考。李思純寫於一九二〇年的文章〈詩體革新的形式及我的意見〉，認為新詩「太單調了」、「太幼稚了」、「太漠視音節了」。「音節」的焦慮是新詩發生期具有症候性的表徵，因了這份焦慮而走向對歌謠資源的親近，則是一道近乎共享的思維路徑：「為詩體外形的美起見，也不可過於漠視音節的。中國一般社會的俗歌俚謠，本無微妙之意境、深長之趣味。不過因為音節的合於歌唱，所以也就『不脛而走』，顯示出支配社會的大力量。」[38]李氏由新詩的不足談及今後的任務，以為當「多譯歐詩輸入範本」、「融化舊詩及詞曲之藝術」，不管意見是否正確，卻顯示了草創期新詩在形式資源上的饑渴。在新詩的獨特語言想像──基於現代漢語、現代經驗的詩歌修辭、想像規範──尚未「正統以立」之際，新詩倡導者們不自覺表現出在資源上轉益多師的趨向。取法西方資源自是新詩的重要法寶，取法本土資源

36　沈從文：〈論劉半農的《揚鞭集》〉，《文藝月刊》1931年第2卷第2期。

37　俞平伯：〈白話詩的三大條件〉，《新青年》1919年3月15日第6卷第3號。

38　李思純：〈詩體革新的形式及我的意見〉，《少年中國》1920年12月15日第2卷第6期。

也並不被簡單排斥。只是，新詩之立，乃在於對舊詩之破。所以，「融化舊詩及詞曲之藝術」便顯得不易被接受。其折中結果，舊詩／詞曲資源之外的歌謠資源便常常被賦予詩學啟示意義。

康白情也說「舊詩裡音樂的表現，專靠音韻平仄清濁等滿足感官底東西」，「於是新詩排除格律，只要自然的音節」。反對舊詩的格律，卻並不放棄舊詩應有的音節之美。因此，民歌便被視為典範：「『江南好採蓮。蓮葉何田田！魚戲蓮葉間。魚戲蓮葉東。魚戲蓮葉西。魚戲蓮葉南。魚戲蓮葉北。』沒有格律；但我們覺得他底調子十分清俊。因為他不顯韻而有韻，不顯格而有格，隨口呵出，得自然的諧和。」[39]

歌謠入詩——三種不同的實踐

新詩發生期取法歌謠的實踐，事實上不但文化立場不盡相同，具體的取法方向也大異其趣。此間雖以劉半農的歌謠詩最為著名，然而事實上包括劉半農在內存在著三種清晰的探索方向：以劉半農為代表，基於「增多詩體」詩學立場，主要轉化歌謠體式、方言性等要素的寫作傾向；以劉大白、沈玄廬為代表，基於特定黨派和政治立場，「側重書寫勞動階層的痛苦，在形式上沿襲了樂府、歌謠的傳統，更多地將新詩當做一種傳播便利的『韻文』」[40]的寫作傾向；以朱湘為代表，基於詩歌審美立場，側重將歌謠節奏、音調風格引入新詩的寫作傾向。下面我們將分別對這幾種傾向予以評述。

在研究劉半農的歌謠研究和歌謠詩寫作的互動關係時，陳泳超指出了五四運動前後劉半農文學改革觀念對他後來民歌詩寫作的影

---

39 康白情：〈新詩底我見〉，《少年中國》1920年3月15日，第1卷第9期。
40 姜濤：〈新詩之新〉，《中國新詩總系第一卷（1917-1927）》（北京市：人民文學出版社，2013年），頁8。

響。[41]一九一七年五月劉半農在《新青年》上發表了〈我之文學改良觀〉，論述了五個重大的文學問題，其中就「韻文之改良」問題，他提出三項意見：

　　第一曰破壞舊韻重造新韻
　　第二曰增多詩體
　　第三曰提高戲曲對文學上的位置[42]

　　就如何重造新韻問題，劉半農提出了循序漸進的三個步驟：（一）作者各就土音押韻；（二）以京音為標準；（三）由「國語研究會」撰一定譜，行之於世，盡善盡美。不難發現，「重造新韻」是劉半農站在語言學家立場上進行的思考，而「增多詩體」則是他站在文學家立場上的探索。那麼，「重造新韻」其實並非某種個人探索，而是內在於「國語運動」的重要組成部分，它是屬語言學的；「增多詩體」則可以容納文學家的個人文藝趣味和創造性，它是屬文藝的。更特別的是，站在宏觀「國語」的語言學立場，他以為作者各就土音押韻「此實最不妥當之法」；可是站在個人的文藝立場，他卻特別強調了「方言性」的文藝效果。一九二〇至一九二一年他留學法國，曾以江陰方言作「四句頭山歌」體的詩作六十多首，自選二十一首編成一集寄給周作人，並寫信求序。[43]信中，劉半農對於歌謠方言性的文藝價值給予了極高認定：「我們要說誰某的話，就非用誰某的真實的語言與聲調不可」；「我們做文做詩，我們所擺脫不了，而且是能於運用

41 陳泳超：〈文藝的與學術的〉，《中國民間文學研究的現代軌轍》，北京市：北京大學出版社，2005年。

42 劉半農：〈我之文學改良觀〉，《新青年》1917年5月第3卷第3號。

43 一九二六年由北新書局出版的《瓦釜集》便是此十八首加上作於一九二四年的三首。

到最高等最真摯的一步的，便是我們抱在我們母親膝上時所學的語言：同時能使我們受最深切的感動，覺得比一切別種語言分外的親密有味的，也就是這種我們的母親說過的語言。這種語言，因為傳布的區域很小（可以嚴格的收縮在一個最小的區域以內），而又不能獨立，我們叫它方言。從這上面看，可見一種語言傳布的區域的大小，和他感動力的大小，恰恰成了一個反比例。這是文藝上無可奈何的事。」[44]

　　一九二〇年代初留學法國的劉半農雖然學的是語言學，但遠離了國內文學革命、國語運動現場的他對歌謠的著眼點則更多「文藝的」志趣。由於對方言文學價值的個人發現，他於是特別強調了歌謠這種體式中的方言性，或者內心正視之為新文學的嶄新方向。

　　出版於一九二六年的《瓦釜集》包括劉半農自作的「四句頭山歌」二十一首和他採集的江陰民歌十九首。自作部分包括開場歌一首，情歌九首，悲歌二首，滑稽歌二首，其他短歌、勞工歌、農歌、漁歌、船歌、失望歌、牧歌各一。在江陰方言「四句頭山歌」體式中，劉半農盡量體現題材和寫法上的變化。題材變化自是一目了然，寫法上也融入了對話體民歌、詩劇等元素。「對歌」如第七歌作者注「女工的歌。一個女子問，一個女子答」、第十歌「三個搖船人互相對答」、第十八歌「牧歌」的對唱形式；詩劇則體現於第五歌「農歌」，作者注曰「五個人車夜水，一老人，一已婚中年，一未婚中年，一少年，一童子，每人唱一節，首尾各有合唱一節。」通過五個不同年齡的農人的唱詞，寫出不同年齡段者的獨特體驗。

　　在情歌中，作者極好地運用了因物起興、因境生情的歌謠修辭，把脈脈情思融於質樸真摯的民歌抒情中。如第三歌〈郎想姐來姐想郎〉：

---

44 劉半農：《瓦釜集》〈代自序〉，北京市：北新書局，1926年。

郎想姐來姐想郎，

同勒浪一片場上乘風涼。

姐肚裡勿曉得郎來郎肚裡也勿曉得姐，

同看仔一個油火蟲蟲飄飄漾漾過池塘。

第二十歌〈你乙看見水裡格游魚〉

你乙看見水裡格游魚對挨著對？

你乙看見你頭浪格楊柳頭對著頭？

你乙看見你水裡格影子孤零零？

你乙看見水浪圈圈一幌一幌幌成兩個人？

這些作品誠然原汁原味，山歌風韻十足。原因既在於劉半農對山歌體式、修辭的熟稔，更在於他對方言性的強化。為此，他便不得不對其中涉及方言詞語進行注釋。如第二十歌加注：

來：轉語助詞，其作用略同而字。

勒浪：在（彼）。

凡一片場一片地之片，均平讀；一片紙一片麵包之片，仍去讀。

仔：著。

油火蟲：或疊蟲字，螢也。

這裡劉半農不但要釋義，而且要釋音，顯見了他對「方言」意義+發音的完整性強調。然而方言的悖論也正如劉半農自己意識到的：在其傳播領域，感染力極大；一旦超出了方言圈，則那份感染力遭遇了不可轉譯之障礙。缺乏了方言母語的支撐，即使有注釋幫助讀者仍然很難感知方言文學的微妙。然而，劉半農迴避了方言文學的這種局

限性，轉而強調「語言傳布的區域的大小，和他感動力的大小，恰恰成了一個反比例」，好像一種語言傳播的區域越小，感染力就必然越大一樣，其實這種感染力僅是相對於以此種語言為母語者而言。如上引第三歌中「乙」是「有沒有」；「格」是「的」；「浪」是「上」。故「你乙看見」是「你有沒有看見」之意；「水裡格」是「水裡的」；「頭浪格」是「頭上的」。這首情歌因物起興，用四個「你乙看見」串起幾個「成雙」或「孤單」的場景，含蓄自然地寫出某種思春的少女情思，但是如果使用方言詞語太多，必然嚴重影響非江陰方言區讀者的閱讀和欣賞。

　　《瓦釜集》中仿寫的「四句頭山歌」既有對歌謠方言性的強調，同時也有對歌謠體式的直接化用。「四句頭山歌」的四句本身便規定了作品的體式，雖然在四句裡面依然存在著不同的「結構」可能性，而劉半農對於拓展「四句頭」形式也有著嘗試（如上述第五歌中融入詩劇元素），但更多仍是對歌謠體式和修辭的仿作。仿寫「情歌」確實內化了採集「情歌」「因物起興」、「因聲衍義」的技巧，如第一歌：

> 結識私情隔條河，
> 手攀楊柳望情哥。
> 娘問女兒「你勒浪望偌個？」
> 「我望水面浪穿條能梗多！」

> 第四歌：
> 郎關姐來姐關郎，
> 鑰匙關鎖鎖關簧。
> 鑰匙常關三簧六葉裏陽鎖，
> 姐倪常關我情郎。

　　同樣出版於一九二六年的詩集《揚鞭集》收錄了劉半農一九一七年以來的大部分詩作，其中包括「劉半農自己創作的十多首山歌和『擬兒歌』。此外，該詩集中還有不少詩作潛在地受到了歌謠的影響」，[45]如〈教我如何不想她〉、〈一個小農家的暮〉等。如果說《瓦釜集》中劉半農更多強調歌謠「方言性」、「體式」等要素的話，《揚鞭集》中的歌謠詩則體現了更多複雜的面向。這裡包括了把歌謠節奏、風格引入新詩的〈教我如何不想她〉；展現民歌詩與現實短兵相接能力的〈嗚呼三月一十八 —— 敬獻於死於是日者之靈〉、〈擬兒歌〉；以及體現新詩平民化、現實化品格、底層民生關懷的〈賣樂譜〉等。

　　趙元任的譜曲，使〈教我如何不想她〉廣為傳唱。在詩學意義上，這首詩被認為「具有民歌那種因物起興和情境相生的特點，它非常單純，內容很淺顯，感情是樸實的、直率的，但由於情意的纏綿和情境的開闊和諧，又與『胡適之體』白話詩的『明白清楚』、『意境平實』不同」。[46]值得一提的是，相比於「四句頭山歌」對山歌體式的襲用，〈教我如何不想她〉則是提煉了山歌的修辭和節調（節奏、音調），使新詩基於現代漢語而又呈現了鮮明的民歌風格。這是有別於新詩「歌謠化」的「化歌謠」之道，惜乎劉半農在此方向上僅此一詩。

　　一九二六年三月十八日，北洋政府武力鎮壓集會學生，造成學生嚴重傷亡。隨後魯迅寫作了著名的〈為了忘卻的紀念〉，劉半農為此事件作了山歌體詩〈嗚呼三月一十八 —— 敬獻於死於是日者之靈〉，詩中有：

　　　嗚呼三月一十八，
　　　北京殺人如亂麻！

---

45 張桃洲：〈論歌謠作為新詩的資源：譜系、形態與難題〉，《文學評論》2010年第5期。

46 王光明：《現代漢詩的百年演變》（石家莊市：河北人民出版社，2003年），頁87。

民賊大試毒辣手，

半天黃塵翻血花！

晚來城郭啼寒鴉，

悲風帶雪吹颼颼！

地流赤血成血窪！

死者血中躺，

傷者血中爬！

嗚呼三月一十八，

北京殺人如亂麻！

　　此詩用范奴冬女士筆名發表，載於一九二六年三月二十二日《語絲》。某種意義上此詩開啟的針砭現實的山歌詩路向為日後袁水拍「馬凡陀山歌」所繼承。同樣有著諷喻現實指向的是作於一九一九年的〈擬兒歌〉：

羊肉店！羊肉香！

羊肉店裡結著一隻大綿羊，

咩咩！咩咩！咩咩！咩！……

苦苦惱惱叫兩聲。

低下頭去看看地浪格血，

抬起頭來望望鐵勾浪！

羊肉店，羊肉香，

阿大阿二來買羊肚腸，

三個銅錢買仔半斤零八兩，

回家去，你也奪，我也搶——

氣壞仔阿大娘，打斷仔阿大老子鴉片槍！

隔壁大娘來勸勸，貼上一根拐老杖！

　　此詩中，大綿羊喻指積弱的中國，爭搶羊肚腸的阿大阿二喻指紛爭不斷的國內軍閥。所以此詩以兒歌的調子唱出了對外侮不斷、內爭不斷的現實諷喻，確乎開拓了兒歌的新境界。

　　五四新詩內在於平民文學反對貴族文學的文化邏輯，劉半農的取法歌謠也具有濃厚的平民主義、人道主義傾向。如〈賣樂譜〉：

　　　　巴黎道上賣樂譜，一老龍鍾八十許。
　　　　額頭絲絲刻苦辛，白髮點滴濕淚雨。
　　　　喉枯氣呃欲有言，啞啞格格不成語。
　　　　高持樂譜向行人，行人紛忙自來去。
　　　　我思巴黎十萬知音人，誰將此老聲音傳入譜？

　　這首一九二五年九月五日作於巴黎的詩，不難令人想起劉半農一九一七年的〈遊香山紀事詩・其十〉：

　　　　公差捕老農，牽人如牽狗。
　　　　老農喘且噓，負病難行走。
　　　　公差勃然怒，叫囂如虎吼。
　　　　農或稍停留，鞭打不絕手。
　　　　問農犯何罪，欠租才五斗。

　　表面上看，劉大白、沈玄廬的歌謠詩寫作跟劉半農有重疊之處，同樣鮮明的底層題材和民生關懷，同樣較為強調對民歌體式的運用。不過他們的寫作也不可混為一談，因為劉半農寫歌謠體詩歌，核心還是在「增多詩體」的詩學立場上；劉大白、沈玄廬的歌謠體詩歌，則已經是更鮮明政黨政治立場對歌謠這類民間韻文的利用。[47]可以說，

---

47 沈玄廬是共產黨第一次中央代表大會最早幾個發起人之一。

劉大白、沈玄廬正是一九三〇年代中國詩歌會蒲風、王亞平、楊騷、任鈞等人的真正前輩，雖然後者在階級性上更加自覺和極端。

　　劉大白著名的〈賣布謠〉中，雖然使用的是簡單的四言歌謠形式，然而內容上卻包含了鮮明的階級及政治經濟學視野。〈賣布謠〉寫洋布進入，土布貶值；洋布放行，土布被扣。簡單的形式和內容中鑲嵌了呼之欲出的帝國主義／封建主義壓迫的左翼政經敘述。這種文化立場的歌謠彼時並非主流，在一九三〇年中國詩歌會《新詩歌》「歌謠專號」上方蔚為大觀。

　　朱湘是另一位不得不提的詩人。一九二二年十月他翻譯了「路瑪尼亞民歌」二首〈瘋〉和〈月亮〉；一九二四年三月，出版了翻譯的羅馬尼亞民歌選集，共收錄羅馬尼亞民歌十四首，由商務印書館出版，取名《路曼尼亞民歌一斑》，列入商務印書館的「文學研究會叢書」。

　　翻譯之外，朱湘的民歌風新詩更加獨樹一幟。朱湘是胡適、周作人、劉半農之後的第二代新詩人，他的意義在於立足新詩、提煉歌謠的詩學營養。歌謠性在其詩中的融入是水乳交融的，他真正實現了周作人提倡的歌謠「節調」的參考。朱湘十分重視歌謠的詩學啟示，這在他那裡有著來自世界文學史參照性：在他看來，英國文學在浪漫主義興起之際對歌謠的興趣，源自於古典主義資源的匱竭。而一九二〇年代的中國文學，同樣經歷著一場古典資源衰竭後向民間資源求援的情況。[48]朱湘認為，民歌具有「題材不限，抒寫真實，比喻自由，句法錯落，字眼遊戲」五種「特彩」。[49]事實上，他深入了民歌的文學性內部，卻從未像劉半農那樣希望通過山歌而提煉某種「詩體」。他將比喻、句法和諧音修辭充分地融入〈采蓮曲〉這樣的民謠風新詩中

---

48 朱湘：〈古代的民歌〉（1925年），《中書集》（上海市：生活書店，1934年），頁208-231。

49 朱湘：〈古代的民歌〉（1925年），《中書集》，頁208-231。

去，獲得了「化歌謠」的空前成功：

> 小船呀輕飄，
> 楊柳呀風裡顛搖：
> 荷葉呀翠蓋，
> 荷花呀人樣妖嬈。
> 日落，
> 微波，
> 金絲閃動過小河。
> 左行，
> 右撐，
> 蓮舟上揚起歌聲。
> 藕心呀絲長，
> 羞澀呀水底深藏：
> 不見呀
> 絲多呀蛹裡中央？
> 溪頭，
> 采藕，
> 女郎要采又夷猶。
> 波沉，
> 波升，
> 波上抑揚著歌聲。

　　朱湘所謂民歌「字眼遊戲」的長處，是指民歌的諧音和諧形修辭。「民歌中的字眼遊戲分為兩類：異形同音字的遊戲，同音異義字的遊戲。」如「碑」和「悲」、「蓮」和「憐」、「梧」和「吾」、「題」和「啼」等；「第二類的同形異義字的遊戲」是將二層意義在同一字

中重疊，言此意彼，別有懷抱。如「晝夜理機縛，知欲早成匹」中的「匹」字表層是「一匹布」之意，上下文深層意義是「成雙對」的意思。在〈采蓮曲〉中，朱湘事實上把這種民歌的「字眼遊戲」融合進形象的文學情境中。上引片段，「藕」與「我」、「絲」與「思」都是民歌中極為常用的諧音，只是一般民歌，限於篇幅，「諧音」表達並不具有上下文的連續性。〈采蓮曲〉中，「藕心絲長」作為一種文學形象，被整合進女郎採藕的情境中，並獲得了對採藕者內心更強的象喻能力。「藕心絲長」是女郎內心的真實流露，跟「女郎要采又夷猶」構成了有趣的張力，因此「采蓮」便不僅是少女思春，而且是選擇佳偶時既嚮往又羞澀、既舉棋又不定的複雜心理。這種豐富性，並非一般民歌所有。

除了音調的「歌謠性」之外，還需注意此詩的建行建節。對稱的節，節中句子錯落的安排，並非沒有詩學意義。一方面是此詩有意識的短句成行，如日落／微波，左行／右撐，溪頭／采藕，波沉／波升所採用的二字建行就強行使二字所承載的畫面獲得更多的閱讀體驗時長。可以設想，在一個單行長句中，日落／微波所描述的情境也許將被快速跳過；而朱湘的建行方式，無疑在提示著放慢閱讀速度的必要性。由此，「采蓮」的那種悠閒、緩慢、晃晃悠悠、甜蜜糾結的情思才能夠被模擬出來。

如此說來，朱湘對「歌謠性」的理解既有節奏韻律等「聲音」層面，也有「修辭」指涉的「意義」層面，就詩歌建行建節安排看，他對於詩歌「視覺性」的要求一點沒有減弱。在傳統歌謠中，像〈采蓮曲〉這樣在單節內部進行的縮進或分行因無法在聲音上被識別而缺乏意義。因為「歌謠」是典型的口傳文學，「聲音模式」往往壓倒「意義模式」。即使進行「分節」基本上也是按照「聲音循環模式」進行的複沓，有別於語音斷句的獨特建行方式在口傳中無法被識別。而留心〈采蓮曲〉，我們就會發現朱湘是多麼重視這首詩視覺上的排列。

這意味著，他是站在印刷體（目看）的新詩立場上來轉化以聲音模式為主的歌謠經驗。這一點是其他所有詩人不曾嘗試的。

由此，朱湘事實上觸及了一個後來並未被解決的詩學命題，即新詩如何站在現代的立場上傳承民間歌謠的審美經驗。新詩本位的「化歌謠」之道，必然深刻地警惕「仿作歌謠」直接把歌謠體式作為新詩的展開方式，而是考慮如何把歌謠提煉為一種節奏、音調和風格，如鹽化水地融入新詩的現代漢語的語言肌理中。

站在新詩立場對歌謠詩學營養的轉化最不容易，它要求解決兩種體式的內在衝突，它拒絕簡單將歌謠體填充新時代內容，然後將其塞進新詩方陣了事。這種寫作吸引了朱湘、戴望舒、穆旦、昌耀、海子等詩人，只是由於客觀困難，他們留下來可資談論的作品並不多。但作為一種值得努力的詩學方向，依然留給後人啟示。

小結

一九二〇年代，正是新詩尚未確立正統的發生期。從格律中掙脫的新詩在白話與詩、自由與詩的衝突中面臨著強烈的資源饑渴。因此，在取法西方資源之外，將目光轉向本土民間的歌謠資源便順理成章。此階段，新詩倡導者們對歌謠的詩學意義表示了樂觀和信任，只是他們親近歌謠、關注歌謠的話語立場不盡相同。胡適主張新詩取法歌謠，與其白話詩觀一脈相承。當他把「白話文學史」上推至中國古代時，自然便不難發現歌謠作為傳統白話詩歌資源，進而可以作為現代新詩資源的地位。因此，胡適的「白話詩學」及「白話文學史」事實上為歌謠入詩準備了文學史認識裝置。順此，俞平伯等人所謂「進化的還原論」則通過把歌謠的「白話性」確認為原初詩歌的語言形態而論證歌謠作為新詩資源的合法性乃至於唯一性。

具體踐行新詩取法歌謠的詩人中，劉半農、劉大白、朱湘構成了

三種不同的面向。站在詩學立場上的劉半農，立志為新詩「創造新韻」、「增多詩體」，他的歌謠詩體現了對「方言性」「民歌體式」的偏好；然而那種借民歌針砭現實、關懷民生的寫法，事實上也由劉半農始。劉大白、沈玄廬代表了一種政治立場對歌謠通俗性的借重。他們的作品不僅有著濃厚的底層視角，更有著鮮明的政治立場。由此，劉大白、沈玄廬也成為一九三○年代中國詩歌會成員的精神前輩。基於政治立場的採謠入詩也成了日後近三十年的強勢傾向。相比之下，朱湘代表了一九二○年代取法歌謠的另一種傾向。同樣站在詩學立場上，朱湘卻並不期望創造詩體，他並不強調歌謠的方言性及體式意義，而是深入歌謠文學性內部，挖掘歌謠的修辭、節奏、音調融入新詩的可能性。朱湘的立場，也許是今日依然視歌謠為新詩潛在資源者最值得借鑒的立場。

第二節　「文藝的」與「學術的」：歌謠現代文化身分的生成

一九二二年，剛創刊的《歌謠周刊》在發刊詞[50]中明確提出歌謠的價值支點：

> 本會蒐集歌謠的目的共有兩種，一是學術的，一是文藝的。我們相信民俗學的研究在現今的中國確是很重要的一件事業。雖然還沒有學者注意及此，只靠幾個有志未逮的人是做不出什麼來的，但是也不能不各盡一分的力，至少去供給多少材料或引起一點興味。歌謠是民俗學上的一種重要的資料，我們把他輯

---

50 發刊詞原文未署名，一般將此發刊詞歸於周作人名下，有學者提出疑問。發刊詞之所以未署名，應該是因為它的觀點代表了刊物同仁立場，因此具體執筆者，似乎並無關宏旨。

錄起來，以備專門的研究：這是第一個目的。因此我們希望投稿者不必著急先加甄別，盡量的寄錄，因為在學術上是無所謂卑猥或粗鄙的。從這學術的資料之中，再由文藝批評的眼光加以選擇，編成一部國民心聲的選集。意大利的衛太爾曾說「根據在這些歌謠之上，根據在人民的真感情之上，一種新的『民族的詩』也許能產生出來」。所以這種工作不僅是在表彰現在隱藏著的光輝，還在引起未來的民族的詩的發展：這是第二個目的。[51]

　　採集歌謠古已有之，但詩歌取法歌謠卻是現代事件。傳統歌謠雖出自民間，但也潛移默化、或多或少受著詩歌影響。[52]然而除了詩經時代，「國風」也被視為詩，歌謠並不擁有影響詩歌的文化資本。因此發生於二十世紀的四次新詩取法歌謠的大規模運動便值得特別審視。從新詩發展的角度看，處於發生期的新詩尚未定型，亟須各種審美資源的進入，歌謠資源由此被發現。然而，如果我們把文化視野拉開便會發現：新詩取法歌謠的發生，還有賴於某種現代話語的構造。在傳統社會的文化想像中，詩歌／歌謠有著雅／俗的區隔，詩歌擁有高於歌謠的文化資本，援謠入詩便是一件主流文化不可想像之事。因而，新詩取法歌謠，其實是內在於五四現代話語不斷為「民間」填充

51　〈發刊詞〉，《歌謠》第1號，1922年12月17日。
52　譬如一首明代歌謠〈姐兒門前一棵桑〉：「姐兒門前一棵桑，兩個斑鳩在樹上。公的點頭母的叫，這枝跳到那枝上。小鳥兒也成雙，它比奴家分外強。唉，它比奴家分外強！」（見賈克非編：《中國歷代歌謠精選》，頁194，太原市：北岳文藝出版社，1987年）寫的是女子由物思情；馮夢龍所輯「山歌」中有〈閒來無事當院坐〉一首，同樣是表現閨中女性睹物思人之後的情緒波動：「閒來無事當院坐，猛抬頭看見一道天河。／那天河牛郎織女隔岸坐，隔著河兒過不。／天上的神仙也受折磨，受折磨，一年一次把河來過：這兩首民歌從內容到結構，顯然受唐代王昌齡〈長信秋詞〉的影響。但由於歌謠被視為不登大雅之堂的俗謳，在古代顯然不具備反過來影響詩歌的文化資本。

文化權力的文化結構。現代話語的加入，使「民間」不再是一個純粹的社會學領域，而成了一種價值領域。[53]現代知識分子的價值推演中，由「民間」加持的歌謠，獲得了截然不同於傳統的文化身分。由此而言，北大歌謠運動顯然並非古代歌謠搜集、研究順延而下的產物，所謂「整理國故」，實質是知識新創。隨著歌謠運動的推進，一個全新的學科──民俗學被建構起來。研究者才因此特別強調歌謠運動「新的意義」。[54]顯然，正是歌謠新身分的生成，使其獲得了作為新詩資源的文化權力。

　　事實上，五四同人援謠入詩的實踐同樣內在於「民間」權力的上升及新創制的「歌謠」知識。在現代的文化坐標中，歌謠獲得了什麼樣嶄新的文化身分？五四知識分子對歌謠的認定中包含了一種什麼樣

---

53 在對「民間」一詞在中國古代的意義旅行進行溯源後，劉繼林將「民間」的意義劃分為三種類型：（1）空間意義的「民間」──「民間社會」。「主要指向以自然狀態呈現的鄉土中國社會，包括田間地頭、桑間濮上、勾欄瓦肆、街頭巷陌等等場域和空間。」（2）文化意義的「民間」──「民間文化」。「主要呈現為一種自由自在、無拘無束的邊緣在野狀態，身居邊緣而遠離朝廷，遠離中心，遠離主流，遠離正統。」（3）社會意義的「民間」──「民眾群體」。「主要以『群』和『眾』的姿態呈現，處於社會和文化的底層，主要相對於貴族、官吏、富人階層而言，是一種潛在的可資利用的社會力量。」（劉繼林：《民間話語和中國新詩》博士學位論文，華中師範大學，2011年）值得注意的是，五四以來，作為社會學意義上的民眾群體越來越被文化意義上的「民間」所價值化。「民間」被生產出純粹的、質樸的、生機勃勃的，有別於「貴族」的雕琢的、腐朽的、垂死的內涵。

54 劉禾在〈一場難斷的「山歌」案──民俗學與現代通俗文藝〉中說：「我在這裡強調新的意義，是為了把五四的民俗文學研究，同表面上與之相似的古時歷代相傳的官方『采風』區別開來（毛澤東一九五八年春指示『搜集民歌』，亦是企圖模仿古代盛世之官方『采風』。它與五四時期的民間文學運動有歷史上的承接關係，但意義完全不同），甚至也有必要把它同王叔武、馮夢龍、李調元等人對山歌和民間文學的興趣作某種區分。因為一個基本事實不能忽略，那就是五四的民俗文學研究既不是由國家官方發起，也不是市民文化推動的結果。追其導因，則應回到民國初年的歷史中去看，尤其是在現代民族國家、社會和知識菁英的功能與角色之變遷中去看。」劉禾：《語際書寫──現代思想史寫作批判綱要》，上海市：上海三聯書店，1999年），頁145。

的現代認識框架？回答這些問題將有助於我們瞭解歌謠詩是在什麼文化語境下獲得並擴大其合法性的。

「文藝的」價值和「私情」歌謠的強調

　　五四一代取法歌謠的新詩人中，劉半農是非常突出的一個：他不但是歌謠搜集運動的中堅，更是日後寫出仿作歌謠並出版新詩歌謠集《揚鞭集》、《瓦釜集》之人。表面上看，他不過是按照民間的歌謠形式予以仿製；然而有必要指出，他的歌謠趣味背後有著鮮明的現代立場。

　　一九一九年劉半農回江陰故鄉，順便搜集了江陰船歌十九首，本擬單獨出版《江陰船歌》，卻由於隨後出國留學而擱置。但稿子寄給周作人還是得到了熱烈的回應，周作人專門寫了《中國民歌的價值》給予肯定。《江陰船歌》後來刊登於一九二三年《歌謠周刊》第二十四期。據劉半農自陳，一九二五年回國後又採集短歌三、四十首，長歌二首。於是集合前後搜集所得，「把幾首最有趣味的先行選出付印」，便成了《瓦釜集》後面附錄的江陰船歌十九首。據陳泳超統計，「《瓦釜集》後附錄了十九首江陰民歌，其中第一、二、十二、十四、十五、十六、十七、十八首即《江陰船歌》之第一、五、十五、四、十六、十七、十八、十九首」。[55]劉半農所選歌謠，有的只是節選，有的則將一首頭尾分拆為二。他自己辯解說：「這種割裂的辦法，若用民俗學者的眼光看去，自然是萬分不妥。但若用品評文藝的眼光看去，反覺割裂之後，愈見乾淨漂亮，神味悠然；因為被割諸章，都拙劣討厭，若一併寫上，不免將好的也要拖累得索然無味了。」[56]陳泳

---

55 陳泳超：〈學術的或文藝的〉，《中國民間文學研究的現代軌轍》（北京市：北京大學出版社，2005年），頁32。
56 劉半農：《瓦釜集》（北京市：北新書局，1926年），頁62。

超的統計和分析意在指出，在「文藝的」和「學術的」兩種歌謠價值標準中，劉半農更偏於前者。這種觀點並無不妥，就是劉半農本人也說「我自己的注意點，可始終是偏重在文藝的欣賞方面的」。[57]

　　然而，令人感興趣的是，從《江陰船歌》到《瓦釜集》附錄中，劉半農保留八首、捨棄十二首，這番取捨之間究竟透露了什麼信息？單以「文藝的」標準看，被捨棄的十二首《江陰船歌》不乏趣味盎然、頗具文藝價值的。如第十首〈門前大樹石根青〉：

> 門前大樹石根青，
> 對門姐兒為舍勿嫁人？
> 你活篤篤鮮魚擺在屋裡零碎賣，
> 賣穿肚皮送上門！

　　這首作品因物起興、譬喻獨特，民歌風味十足。這首歌謠調侃未嫁人的姐兒就像活蹦亂跳的魚兒被剁碎了賣，喻指年華逝去，容顏難駐，比喻相當有趣，然而它並沒有獲得被保留的資格，換言之並不符合劉半農的期待。顯然，劉半農採集歌謠，已經是第一次的篩選（向什麼人採集、以什麼樣的語言提示對方、採集船歌而不是兒歌或其他類型歌謠這些都是採集歌謠設置的篩選條件）；從《江陰船歌》到《瓦釜集》，則是主觀意志貫徹得更加明確、徹底的第二次篩選。細察被捨棄的十二首船歌，我們會發現劉半農「文藝的」標準其實深刻受制於「現代的」文化立場。劉半農的這種「現代的」歌謠立場有一個突出的表徵，那便是對「私情」的強調。

　　《瓦釜集》附錄的十九首船歌純為情歌，而該集劉半農仿作的二

57 劉半農：《國外民歌譯》〈自序〉，《國外民歌譯》第1集，北京市：北新書局，1927年。

十一首中，情歌就占了九首。[58]如果注意到劉半農在二十一首中試遍
了悲歌、滑稽歌、勞工歌、農歌、漁歌、船歌、失望歌、牧歌等形
式，就會發現「情歌」確實是他眾體兼備中的唯一心頭之好。所以，
《江陰船歌》中有三首跟男女歡情完全無關的猜謎問答的趣味船歌便
被排除進入《瓦釜集》附錄資格，它們是：〈舍個彎彎天上天〉、〈舍
個圓圓天上天〉、〈舍人數得清天上星〉。事實上，這些猜謎問答式船
歌卻是一種頗為典型的民歌形式，如第六首〈舍個彎彎天上天〉：

　　　舍個彎彎天上天？
　　　舍個彎彎水浮面？
　　　舍個彎彎郎手裡用？
　　　舍個彎彎姐房中？

　　　月亮彎彎天上天。
　　　老菱彎彎水浮面。
　　　鐮刀彎彎郎手裡用。
　　　木梳彎彎姐房中。

　　《江陰船歌》在《歌謠周刊》刊出時，編者常惠還特地加了後
記，重點強調這幾首歌謠的普遍性和典型性：「讀到六、七、八幾首
問答體的，就想起北方似謎語似唱歌的極多。」他舉了幾例評述說，
「有這類問答體的，在秦腔裡有『小放牛兒』最有趣味，『神話』、
『傳說』、『謎語』的意味都帶一點兒。」[59]又復舉了多個例子。有趣
的是，被《歌謠》編者所重視的幾首被劉半農悉數剔除，確乎表明了

58　自作部分包括開場歌一首、情歌九首、悲歌二首、滑稽歌二首，其他短歌、勞工
　　歌、農歌、漁歌、船歌、失望歌、牧歌各一首。
59　常惠：《江陰船歌》附記，《歌謠》第24號，1923年6月24日。

他內心所秉持的標準有別於「學術的」立場。

　　然而被排除在《瓦釜集》附錄之外的船歌也有描寫「私情」的：〈今朝天上滿天星〉、〈郎在山上打彈弓〉、〈門前大樹石根青〉、〈姐兒矚到半夜三更哭出來〉、〈結識私情一〉、〈姐兒生得眼睛尖〉、〈姐兒生得面皮黃〉、〈姐兒生得黑裡俏〉、〈窗中狗咬惱柔柔〉九首便是。而原有四節的〈手捏艣蘇三條彎〉在收入《瓦釜集》時僅保留第一節，刪掉了（二）（三）（四）節。那麼，在「私情」題材作品中，劉半農秉持的「文藝的」標準又是什麼具體內涵呢？

　　對比新收入《瓦釜集》附錄的十一首船歌，會發現「文藝的」標準頗為複雜。如被刪掉的〈門前大樹石根青〉相比於新加入的第八歌「山歌越唱越好聽，／詩書越讀越聰明，／老酒越陳越好噢，／私情越做越恩情」在「文藝的」技巧上其實是有過之而無不及。認真比較便會發現，對私情題材，船歌的取捨依據的依然是思想標準大於藝術標準。

　　劉半農對於「私情」歌謠的偏好體現為：對「主情」歌謠的推崇，那些描寫男女情愛微妙曲折過程的基本得到保留；那些雖涉私情，但並不直接描寫男女情感波瀾，或者對男女情愛持有不能被現代文化立場轉化的歌謠都被刪掉了。比如〈姐兒矚到半夜三更哭出來〉一首寫少女思春，構思獨特：姐兒夜哭，出語驚人，不恨無錢，不恨無物，只恨爹入娘房，兄入嫂房，觸景傷情。然而，歌謠中疼惜女兒的母親說出的卻是：「你裡爹娘勒十字街頭替你排八字算命，／你要六十歲嫁人八十歲死，／命裡只有二十年好風光！」這裡，封建迷信話語對情愛話語的抵銷或許是劉半農對之敬謝不敏的真正原因。

　　〈結識私情——〉一首以對話體形式討論「大小娘」（處女）作為「私情」對象的優劣：

（一）

結識私情勿要結識大小娘，

大小娘私情勿久長。

歇脫三頭二年你要到婆家去，

郎掛心機姐掛腸！

（二）

結識私情總要結識大小娘，

大小娘私情總久長。

歇脫三頭二年花花轎子抬得去，

之說隔壁娘舅來抱外甥！

　　此首歌謠感情的奔放、面對「私情」的非道德化立場確乎充滿了民間性。可是，此歌謠所使用的「處女」等男權話語也許將令劉半農這個現代知識分子不適。五四時代，民權倡導之際，也是女權勃興之時。以處女論定情愛作為封建「貞操」觀迅速被歸入落伍的話語角落。因此我們不難在「文藝的」標準之外發現劉半農剔除此類歌謠的「文化的」原因。其他如〈姐兒生得眼睛尖〉，寫的是賣酒女子貪戀年輕男子而輕視年老者：「年紀大格回頭無酒賣，／年紀輕格吃子勿銅錢」，但歌謠卻從老年男子角度表達抱怨：「我後生辰光吃茶吃酒也勿要錢，／人老珠黃勿值錢。」這種調侃「私情」的立場跟劉半農「私情」立場顯然不同；〈姐兒生得黑裡俏〉中「你要謀殺親夫要殺六刀」更是傳統婚姻道德話語對情愛話語的正面警告，顯然更難得到劉半農的喜愛。

　　如此看來，劉半農「文藝的」標準中依然混雜了相當多「文化的」思想標準。那些被各種文化立場占領的私情歌謠，在劉半農那裡被提煉為集中地對「私情」進行正面價值肯定和文學想像。再看看

〈手捏擼蘇三條彎〉收入《瓦釜集》時被刪掉的三節：

（二）
多謝你多情稱讚我花，
你順風順水我難留你茶。
望你情哥生意出門三丁對，
回來討我做家婆。

（三）
記偗生意折本勿賺錢，
那有銅錢討妻年？
問聲你裡爹娘火肯賒把我？
等我生意興隆把銅錢。

（四）
你情哥說話太荒唐！
自小火曾辮子書包進學堂？
只有十字街頭賒柴、賒米、賒酒吃，那有紅粉嬌娘賒郎眠？
一篤胭脂一篤粉，
饞饞你個賊窮根！

　　這首對話體歌謠第一節表達的是「好一朵鮮花在河灘」、「採花容易歇船難」的情愛萌動和糾結無奈，確乎有趣。可是綜合全首，便發現那種「純粹」的私情想像被現實的物質考量所打破。男女藉著情歌相互調情的場面誠然有趣，但「問聲你裡爹娘火肯賒把我」及「饞饞你個賊窮根」卻又顯出某種「無賴」與「刻薄」。這顯然是希望藉著「私情」建構純粹愛情想像的劉半農不願接受的。

對「私情」民歌的強調和想像顯然不為劉半農一人所首創，馮夢龍的《山歌》便充斥了大量「私情」描寫。馮夢龍搜集山歌作為被現代重新發掘的明代文化事件，遠非客觀自然的收集過程。搜集意味著某種價值標準的凸顯和強化，在馮夢龍搜集的山歌中不難辨認出一種清晰的「主情」想像。「私情」在這些歌謠中獲得了前所未有的肯定和超越現實比例的集中呈現。「私情」於是被發展為一種正面的價值標準發揮其文化叛逆功能。

劉半農沒有受到馮夢龍直接影響，[60]他的歌謠「主情」想像卻跟馮夢龍如出一轍。情愛、欲望在其歌謠想像中得到了正面肯定，民間歌謠於是承受著他以「現代」為標尺的篩選和過濾。「情愛」的解放本身正是五四諸多現代性訴求之一，劉半農通過私情歌謠的文學想像，為「歌謠」精心編織了一件華麗的現代外衣。它既充滿了一種對情愛、欲望的現代態度，又兼具了美麗精彩的文學想像。如此，「歌謠」與「新詩」文化身分的縫隙某種程度上被縫合起來。

一九二六年，劉半農接連推出《揚鞭集》、《瓦釜集》兩部歌謠體新詩集，反響並不熱烈。然而，他觀照歌謠的現代立場並非沒有知音，沈從文便是其中一個：「劉半農寫的山歌，比他的其餘詩歌美麗多了。」「他有長處，為中國十年來新文學作了一個最好的試驗，是他用江陰方言，寫那種山歌。用並不普遍的文字，並不普遍的組織，唱那為一切成人所能領會的山歌，他的成就是空前的。」[61]

在沈從文眼裡，劉半農作山歌詩是新文學「最好的試驗」。使他們發生共鳴的顯然是他們相近的文化立場──一種在五四新文化運動

---

60 劉半農山歌觀並未受馮夢龍影響，陳泳超認為：「馮夢龍盡可以有其卓識，但終究難以逃脫被主流話語淹沒的命運，其《山歌》之書，也失傳已久，直到一九三四年，由傳經堂主人朱瑞軒覓得，而後才重現於世。劉半農生前終究未曾見到：陳泳超：〈學術的或文藝的〉，《中國民間文學研究的現代軌轍》（北京市：北京大學出版社，2005年），頁33。

61 沈從文：〈論劉半農的《揚鞭集》〉，《文藝月刊》第2卷，1931年第2期。

中生成的現代知識分子趣味。沈從文特別看重劉半農山歌那種自然的
意趣和蓬勃的野性，對其歌謠詩中微妙的欲望書寫尤其激賞。沈從文
還引了一首鳳凰歌謠對照強調劉半農山歌中欲望書寫的文化意義：

> 大姐走路笑笑底，
> 一對奶子翹翹底：
> 我想用手摸一摸，
> 心中雖是跳跳底。

　　這首鳳凰歌謠，沈從文說它「描寫一個欲望的恣肆，以微帶矜持
的又不無諧趣的神情唱著」。[62]劉半農採集山歌中最接近上述鳳凰歌謠
的當屬《瓦釜集》附錄第十三歌：

> 山歌要唱好私情，
> 買肉要買坐臀精，
> 摸奶要摸十七八歲蓮蓬奶，
> 關嘴要關彎眉細眼紅嘴唇。

　　這是一種脫離道學的現代自由知識分子看待歌謠的眼光，不同於
封建道學家，也不同於把山歌用於「大眾化」階級鬥爭的左翼革命文
藝家。可資對比的是，雖然認同新詩取法歌謠，但沈從文對於左翼的
大眾歌謠，就頗不以為然：

> 不過，從自然平俗形式中，抓相近體裁，如楊騷在他的《受難
> 者短曲》一集上，用中國彈詞的格式與調子，寫成的詩歌，卻

---

62 沈從文：〈論劉半農的《揚鞭集》〉，《文藝月刊》第2卷，1931年第2期。

得到一個失敗的證據，證明新詩在那方面也碰過壁來。[63]

　　作為援謠入詩的先驅者，劉半農在一九四〇年代「民族形式」探討中幾乎沒有被提及，這也許並不是一個意外的疏漏。它意味著，一九四〇年代文藝「民族形式」的話語框架下，新詩取法歌謠雖跟二十年代的劉半農共享著相近的資源路徑，卻有著截然不同的文化動力和文學趣味。一個可資比較的例子是後來被視為解放區新詩歌謠化里程碑式成果的〈王貴與李香香〉。和劉半農相似，李季同樣熱衷於搜集民間歌謠。〈王貴與李香香〉正是以他搜集的近三千首順天游民歌為語言素材寫作而成，其中大量句子是對民歌的直接摘錄。有趣的是，李季本人親自記錄採集的歌謠確實呈現了某種原生態的民間性——一個突出的特徵便是其中大量的涉性歌謠。與劉半農對涉性歌謠的審美觀賞不同，李季的〈王貴與李香香〉體現了將性話語轉化為純情的愛情話語，將愛情話語編排進階級話語的敘事策略。如果說劉半農的山歌詩在對歌謠自在性態度的觀照中激發並捍衛一種現代知識分子的文化立場的話；身處革命文藝陣營的李季卻表現了革命逐性的傾向。這種傾向在後來阮章競〈漳河水〉的發表遭遇中被證明不僅是李季的個人立場。

　　作為另一部後來被列為四十年代民歌體敘事詩扛鼎之作的作品，〈漳河水〉最初發表於一九四九年五月的《太行文藝》第一期，一九四九年十二月修改稿完成於北京，一九五〇年六月發表在《人民文學》第二卷第二期。然而在《人民文學》登場前，〈漳河水〉被要求做出修改。其中重要的一點，便是對作品中可能涉性場景的刪除：

　　　　苓苓「夜訓班」降伏二老怪時，有幾句寫他們爭吵後睡覺，二

---

63 沈從文：〈論劉半農的《揚鞭集》〉，《文藝月刊》第2卷，1931年第2期。

老怪想和好的念頭，把手放在她臉上，產生像觸電似的夫妻感情。周揚同志閱修改稿後說如此寫法會產生不好影響。《太行文藝》第一期（1949年5月）發表時沒有觸電，但有手放臉上的描寫。[64]

革命大眾文藝的歌謠趣味跟劉半農這種現代知識分子的文藝趣味判然有別。所謂劉半農「文藝的」歌謠的具體內涵是：既強調情愛乃至於欲望內容，又強調對這些內容進行「現代文藝」的提煉。這裡的「文藝的」並非一般「藝術的」意思，上面諸多例子證明雖涉情愛、技巧出色但思想觀念與「現代」相左的歌謠並不為劉半農青睞。因而，「文藝的」事實上包含了現代文化立場的滲透。反過來，「文藝的」同時也塑造了歌謠通行於現代話語空間的文化身分。所謂「文藝的」並不同於「趣味的」、「娛樂的」，而是在趣味與娛樂之外多了自足的價值內涵，「文藝的」內生於現代審美自足話語。可以在「文藝的」層面進行價值論述的歌謠，因而也獲得了作為新詩資源的資格。

「學術的」價值和猥藝的召喚

顯然，歌謠「文藝的」價值受到以劉半農為代表者的倡導和踐行。然而，為歌謠伸張價值尚有他途——「學術的」路徑。強調歌謠的學術品格，這是此前中國文化所未有之創見。歌謠在中國歷代扮演著不同的文化角色，[65]卻從未在學術價值上被強調。明代馮夢龍認為

---

64 見阮章競筆記，他一九九一年一月七日重校《解放區文學書系》中〈漳河水〉一篇時隨手寫下。

65 在五四以來的現代歌謠學建構中，「詩經」往往被視為中國遠古時代的歌謠。然而，作為「歌謠」的「詩經」跟現代歌謠視野中的「近世歌謠」極為不同。《詩經》的文化功能不是文學審美，而是政教禮樂。另外，在春秋戰國的「稱詩」的氛圍中，《詩經》甚至具有某種國際準則的功能。袁行霈等人的著作中對稱詩有這樣

的解釋：「稱詩」，包括引詩與賦詩兩種形式。春秋時期，在政治、外交等場合，當人們發表意見或主張時，往往引用《詩》句，作為自己的論據，以加強議論的權威性與說服力，著就是引詩。賦詩主要是在外交之時，宴饗當中，當事的一方鄭重其事地「賦」（不歌而誦）出某首詩，或某首詩的某章甚至某句，並不另加說明，對方就可以根據彼此之間的具體情況，準確地領悟到他的意思。（袁行霈：《中國詩學通論》，頁23）朱自清：《詩言志辨》根據《左傳》對賦詩、引詩記載做了統計，其中賦詩五十三篇，引詩八十四篇，重複者不計，合共一百二十三篇，約占全詩三分之一強。足見當時「稱詩」之盛。換言之，作為歌謠的「詩經」的文化功能既關乎道德禮樂，又關乎政治外交。《漢書》〈藝文志〉指出，漢代設置采詩官采詩的目的是：「王者可以觀風俗，知得失，自考正」，事實上，漢樂府最大的功能應該是貴族娛樂。此項功能，同樣體現在南北朝民歌中。由於民眾自我歌唱、自我滿足的歌謠往往不被重視，這種淳樸的民間之音往往消失不存。很多學者指出，南朝民歌基本上應被視為「文人假作」。田曉菲就認為：「南朝樂府不可以視為單純的『民歌』。吳聲西曲中很多歌曲都是皇帝、諸王或者貴族所作。就連那些表面看來出自民間的歌曲，我們也必須記得它們是為了娛樂貴族而表演的，而且也是因為貴族的興趣而保留下來的。」（田曉菲：《烽火與流星》，北京市：中華書局，2010年，頁292-293）關於這個判斷，作者又有注釋「南朝樂府雖然表面看來文字單純，但是常常用到文學典故，也有不少歌文辭華美，非『民』歌所能辦，比如《子夜四時歌》就是典型例子。關於這一點，曹道衡有所論述，見〈談南朝樂府民歌〉，《中古文學史論文集續編》，頁298-299。如果我們承認南朝樂府有許多明顯出於貴族或皇族之手，而且是通過宮廷樂師保存下來的，實在沒有理由統稱之為『民』歌，造成『山歌野調』的錯誤印象。就是歌頌商旅生活的樂府，也來自紙醉金迷的城市生活，不是來自一般人心目中的『民歌』發源地也即田野山村。而且，有些南朝皇帝喜歡扮演商販角色，而且我們也知道劉宋時諸王從事商業活動（當然是由手下人進行實際的經營；見《宋書》82.2104），如果這樣，歌頌商旅生活的樂府也就代表了貴族想像中的商旅生活。」（田曉菲：《烽火與流星》，頁292下注釋二）這意味著，在貴族娛樂之外，南朝民歌還具有貴族階層構造文化身分想像的功能。如果我們把視線下移，不難發現，唐宋以降，雖有樂府，但「聲詩」不斷。然而「聲詩」也絕非「歌謠」，而且事實上唐宋也並未形成保存歌謠集的觀念。現在為我們所看到的唐「竹枝詞」顯然大部分為「文人假作」。而且，與其認為在劉禹錫等著名文人假作之外，存在一些被湮沒的「民間真作」；不如認為，湮沒的其實是「非著名文人假作」。而且，我們最好意識到，宋代郭茂倩編撰的《樂府歌集》主要是一種音樂材料，而不是文學材料輯錄。真正帶著民間自覺進行山歌輯錄的行為開始於明代，這跟明代特殊的文化思潮相關。如果我們注意到「性靈說」等出於明代的話，我們便會意識到產生馮夢龍的《山歌》和楊慎《古今風謠》的文化動因。而且，我們不難看到馮夢龍採／寫山歌行為並非一種純粹的審美愛好，這裡包含著他「發名教之偽藥」的文化叛逆動機。也許我們可以說，明代的「山歌」現象是中國文學文藝思潮

「山歌」乃是「借男女之真情，發名教之偽藥」[66]，則是在文化叛逆動機上強調山歌的藝術價值和思想價值；進入清代，馮夢龍的這種山歌思路迅速被掩蓋，清代最有「學術性」的歌謠選集《古謠諺》重新站在傳統「詩教」立場看待謠諺：

> 虞書曰：詩言志。禮記申其說曰：志之所至，詩亦至焉。詩大序復釋其義曰：詩也者，志之所之也。在心為志，發言為詩。觀於此，則千古詩教之源。未有先於言志者矣。乃近世論詩之士，語及言志，多視為迂闊而遠於事情。由是風雅漸離，詩教不振。抑知言志之道，無待遠求。風雅固其大宗，謠諺尤其顯證。欲探風雅之奧者，不妨先問謠諺之途。誠以言為心聲，而謠諺皆天籟自鳴，直抒己志，如風行水上，自然成文。言有盡而意無窮，可以達下情而宣上德。其關係寄託，與風雅表裡相符，蓋風雅之述志，著於文字，而謠諺之述志，發於語言。語言在文字之先。[67]

《古謠諺》把謠／諺並置，意味著在輯錄者視野中歌謠文體性、審美性並不被重視（並不具有必須跟「諺」相區分的獨特性），被強調的是與「風雅」相近的「述志」功能。杜氏基於「詩教」立場的「歌謠」觀，自然不能讓五四歌謠運動者滿意，常惠便說《古謠諺》「是完全從古書抄摘來的：完全是死的，沒有一點兒活氣」。[68]

史上第一次在文人集團內部一方透過「民間」話語對正統話語提出挑戰。這幾乎可以稱為一種現代性的萌芽了，日後，借助想像的「民間」挑戰想像的「正統」的話語策略，幾乎成了二十世紀各種文化運動習用的方式。如果我們看清代杜文瀾輯錄的《古謠諺》便不難發現，明代稍微有了變化的「歌謠」觀在這裡又重新恢復到雅正的「詩教」立場。

66　〔明〕馮夢龍：《序山歌》，明崇禎刻本《山歌》。

67　〔清〕杜文瀾輯：《古謠諺》〈序〉（北京市：中華書局，1953年），頁1。

68　常惠：〈我們為什麼要研究歌謠〉，《歌謠》第2號，1922年12月24日。

　　當《歌謠周刊》同人重新樹立歌謠「學術的」價值時，其實質是「現代」再造「歌謠」的過程。其間充滿了現代知識精英對「民間」的價值化和透明化想像。此間，一九二三年周作人發表於《歌謠》上的文章〈猥褻的歌謠〉值得特別討論。

　　一九二三年──《歌謠周刊》創刊的第二年──熱情高漲的同人們還在該年出版了一期增刊，對歌謠搜集運動中存在的問題予以檢點及反思。在該期上，周作人拿出了一篇名為〈猥褻的歌謠〉的文章，對「猥褻的歌謠」予以分類和定義，並重點伸張其學術合法性。彼時，由北大發起的歌謠徵集運動已近五載，《歌謠周刊》創刊也有兩年，周作人在一九二三年的年度盤點中對「猥褻歌謠」的關注，包含著諸多意味。周作人回顧了一九一七年歌謠徵集以來標準的調整：

> 民國七年本校開始徵集歌謠，簡章上規定入選歌謠的資格，其三是「征夫野老遊女怨婦之辭，不涉淫褻而自然成趣者。」十一年發行《歌謠周刊》，改定章程，第四條寄稿人注意事項之四雲，「歌謠性質並無限制；即語涉迷信或猥褻者亦有研究之價值，當一併錄寄，不必先由寄稿者加以甄擇。」在發刊詞中也特別聲明「我們希望投稿者……盡量的錄寄因為在學術上是無所謂卑猥或粗鄙的。」[69]

　　一九一八年北大開始徵集歌謠，然而徵集要求中卻有「不涉淫褻」的規定。一九二二年徵集標準的修改，核心內容是去除「不涉淫褻」一項。「淫褻」不但不再禁忌，周作人在〈猥褻的歌謠〉中舊事重提，其實是熱烈期盼與呼喚，因「這一年內我們仍舊得不到這種難

---

69 周作人：〈猥褻的歌謠〉，《歌謠增刊》1923年12月17日。此期為《歌謠》一周年紀念刊，以下不再說明。

得的東西」。[70]「猥褻的歌謠」自然是存在於各地歌謠中的一種，但在傳統的禮教觀及歌謠觀中，它是被壓抑和排斥的，「文人酒酣耳熱，高吟豔曲，不以為奇，而聽到鄉村的秧歌則不禁顰蹙」。[71]周作人的文章，代表著一種將「猥褻的歌謠」重新加以價值化的行動，這個過程中必然面臨著新／舊兩個價值坐標的碰撞。將這種碰撞置於歌謠運動初期蒐集歌謠的困難中會看得更加清楚。《歌謠》創刊之初有很多文章專門討論採謠的困難及方法，側面反映著採謠作為一種現代話語支持下的文化行動與舊話語之間的摩擦。

　　起初，北大歌謠學會希望借重官廳搜集歌謠，但結果極不如意。「我們第一個嘗試是『憑藉官廳的文書』」，「把簡章印刷多份，分寄各省的教育廳長，利用他高壓的勢力，令行各縣知事，轉飭各學校和教育機關設法廣為採集，匯錄送來」。[72]對此種「官方路線」，讀者張四維很不以為然，他致信《歌謠》編輯部：「這種秧歌，常被地方官禁阻，故欲求各行政官廳或各勸學所徵集，那是完全無效的。他們或許以為貴會是害了神經病呢！」[73]張四維所言非虛，常惠不得不承認寄望官廳策略的失敗：「（以為由官廳出面事情輕而易舉）誰知『大謬不然』，結果，那些文書都是杳如黃鶴，未曾發生半點影響；於是我們才知道這種政策是完全失敗的。」[74]運動之初，歌謠蒐集非但無法得到官廳相助，在「民間」也遭遇各種牴觸。歌謠蒐集者黃寶賓講述了自己遭遇的「困難」：「我的十二歲的小弟弟嘗對我說：『三哥——壽山的媳婦多會唱歌。』我對他講：『這個只好你去請她唱』，因為在鄉間年青男女對話，已足誘起蜚語，何況一個叫一個唱歌呢？我的弟弟

70　周作人：〈猥褻的歌謠〉，《歌謠增刊》1923年12月17日。。

71　周作人：〈猥褻的歌謠〉，《歌謠增刊》1923年12月17日。。

72　常惠：〈一年的回顧〉，《歌謠增刊》1923年12月17日。

73　《研究與討論‧張四維來信》，《歌謠周刊》第5號，1923年1月14日。

74　常惠：〈一年的回顧〉，《歌謠增刊》1923年12月17日。

不肯去，我又沒有偶然聽她唱，結果是許多新歌關在新娘肚裡！」[75]
劉經庵也遇到阻力：「去問男子，他以為是輕慢他，不願意說出；去
問女子，她總是羞答答的不肯開口。」[76]為此，《歌謠》編輯常惠在回
顧一九二二年歌謠運動的文章中專門歷數各人遭遇，表彰同人精神：
「在這些情形之下，不惜拿出全副精神，委曲宛轉於家庭反抗和社會
譏評的中間，去達到收穫的目的，這也足可見我們同志的熱心和毅力
了。何植三先生在親戚家裡，不顧他表伯母的竊笑，買橘子給小孩
吃，哄他們的歌謠。黃寶賓先生則躲在他母親愛的勢力之下，請求她
排除家庭中反歌謠的論調。這又是何等的竭力盡心！」[77]

　　這些材料都印證了新舊觀念在歌謠蒐集過程中的交鋒。尤需指出
的是，困難的實質是採集者與被採集者在歌謠信息和價值觀之間的錯
位：採集對象擁有豐富的歌謠材料，卻在價值上輕視歌謠；採集者基
於新的觀念賦予歌謠諸種重要價值，其身分卻遠離歌謠產生和傳播現
場。對什麼是最有價值歌謠的不同認知無疑也增加了採謠的困難：一
方基於傳統觀念而隱匿歌謠中不合禮教的類型或元素；一方基於現代
觀念而極力追蹤那些不合禮教的類型和元素。

　　在此背景下看周作人對「猥褻的歌謠」的召喚，便會發現「學術
的」事實上正是「現代」為「民間」立法的重要法寶。站在現代性一
側的周作人，對歌謠自有另一番觀照。此處表面上是以學術獨立來伸
張「猥褻」歌謠的合法性，實質上透露了一種嶄新的歌謠觀對傳統的
歌謠觀的取締。可以說，周作人等人不但在搜集歌謠，也在生產著一
種關於歌謠的新認知、新知識。他們代表著站在新的、現代的價值坐
標中重整歌謠的努力。那些傳統視野中被排斥的質素，譬如在道德化
眼光中必須加以放逐的「猥褻」，由於現代「學術的」眼光的加入，

---

75 黃樸：《歌謠談》，《歌謠》第33號，1923年11月18日。

76 常惠：〈我們為什麼要研究歌謠〉，《歌謠》第2號，1922年12月24日。

77 常惠：〈一年的回顧〉，《歌謠增刊》1923年12月17日。

重新被賦予了價值。所以，「學術的」價值作為一層文化身分的獲得，顯然更是一種文化資本的累積。

「歌謠運動」的勃興，正是現代價值坐標中「歌謠」文化資本驟增的表徵。當其方興未艾之際，還有人抱怨蔡元培也是晚清進士，何以放任一班人胡鬧，把歌謠這樣傷風敗俗的內容放到大學中。[78]可是，隨著歌謠運動的開展，歌謠「學術的」價值在兩個方面得到了充分展開：其一是關於「歌謠」文類的學術研究。朱自清一九二九年春在《大公報・文學周刊》上連續兩期發表〈中國近世歌謠敘錄〉，同年暑假過後在清華大學開設「歌謠」課程，講稿後來編成專書《中國歌謠》（分為六章：〈歌謠的釋名〉、〈歌謠的起源與發展〉、〈歌謠的歷史〉、〈歌謠的分類〉、〈歌謠的結構〉、〈歌謠的修辭〉）。《中國歌謠》從「歷時」和「共時」兩個維度對「歌謠」進行了較為全面的「學術的」考察，更重要的是，它既進入大學課堂，又進入現代報刊的公共話語空間。這意味著，「歌謠」文類研究「學術的」意義得到了大學體制和公共傳播空間的雙重認可。其二是以「歌謠」為研究對象而進行的民俗學、歷史學研究。二十世紀二十年代《歌謠周刊》上最有影響的研究文章當屬顧頡剛的〈孟姜女故事的轉變〉[79]。文章梳理了從春秋到宋代孟姜女故事傳說的演變和原因，是古史辨史法的精彩運用。發表之後影響極大，劉半農以極其誇張的口吻說：「你用第一等史學家的眼光與手段來研究這故事；這故事是二千五百年來一個有價值的故事，你那文章也是二千五百年來一篇有價值的文章。」[80]顧頡剛的文章被當代研究者視為「表明了他對於開創現代民俗學的某種自

---

78 常惠：〈一年的回顧〉，《歌謠增刊》1923年12月17日。

79 〈孟姜女故事的轉變〉刊於1924年《歌謠》第69期；隨後，作者1925年9月撰〈孟姜女故事的第二次開頭〉；1927年初發表《孟姜女故事研究》，對孟姜女故事研究見解更成熟、更體系化。

80 關於孟姜女故事的通信，見顧頡剛等《孟姜女故事研究集》，上海古籍出版社，1984年。

覺」，[81]更重要的是，歌謠之類民間文學作品的學術及學科開創獲得了具體研究成果的論證。伴隨著歌謠運動，歌謠注音和方言研究問題得到了特別的關注。[82]應該說，歌謠的「學術的」潛能被充分地挖掘出來。一九二五年，《歌謠周刊》停刊；一九二八年，由鍾敬文主持的《民俗》雜誌繼續了歌謠的學術工作。

　　客觀地說，在歌謠「學術的」和「文藝的」兩翼，「學術的」成果要明顯豐富於「文藝的」成果。可是，隨著「學術的」一翼的日漸豐滿，它所積累的文化資本也便有了推動文藝一翼的效果。

歌謠文化資本的累積

　　晚清文化界，其實一直不乏徵歌謠以為新用的興趣，[83]但歌謠由民諺俗謳而成知識正統，應該是始於五四新文化運動者的倡導。一九一七年《太平洋》第一卷第十期刊登《北京大學徵集近世歌謠簡章》，其第八條稱「本項徵集由左列五人分任其事：沈尹默、劉復、周作人、錢玄同、沈兼士」。其後由北大哲學門日刊社從第一四一期起專闢一章刊登《歌謠選》，在改期一篇啟事中稱「劉復教授所編訂

---

81 陳泳超：〈顧頡剛關於孟姜女故事研究的方法論解釋〉，《民族藝術》2000年第1期。

82 以1923年《歌謠增刊》為例，關注歌謠注音和方言問題的，便有錢玄同的〈歌謠音標私議〉、林玉堂的〈研究方言應有的幾個語言學觀察點〉、魏建功的〈蒐錄歌謠應全注音並標語調之提議〉、沈兼士的〈今後研究方言之新趨勢〉。以後《歌謠》周刊上也陸續有關於歌謠注音方案及方言的探討。如《歌謠》第31號（1923年11月4日）上周作人的〈歌謠與方言調查〉等。概言之，正是某種投射在歌謠上的純粹民間性想像，使得保留歌謠的方言狀態成為重要問題，也由是啟動了歌謠注音乃至於方言研究的議題。

83 早在一九○二年，《新小說》創辦之初即用「新歌謠」、「雜歌謠」等新創歌謠體形式描述時事。該雜誌由梁啟超（發行者署名「趙毓林」）主持，最初在日本橫濱出版，第二卷起遷至上海，一九○六年停刊。在此期間，新創歌謠在該刊從未斷絕。它某種程度上暗示了當年「歌謠」與讀者閱讀趣味的親緣性，一九一四至一九一七年，上海時報館主辦的月刊《餘興》的刊物幾乎連續用二十七期刊登一種仿作「歌謠」。

之歌謠已定由日刊發表自本日始日刊一章」。[84]《北京大學日刊》對歌
謠的選登一直延續至一九二二年專設《歌謠周刊》為止。其間帶起了
一股關注歌謠的風氣，在一九二二年《歌謠》創刊之後，同樣熱心進
行「歌謠」工作的計有《少年》（上海）、《文學周報》（上海）、《晨報
副刊》（北京）、《飯後鐘》（常熟）、《紅雜誌》（上海）、《紅玫瑰》（上
海）、《新上海》（上海）、《語絲》（北京）、《京報副刊》（北京）、《清
華周刊》（北京）、《黎明》（西安）等多種，大部分多期刊登各地歌謠
選。這些刊物的文化立場和文化趣味頗有差異，[85]它們對歌謠的關注
點也因文化立場而有所差異，但這反證了歌謠這一傳統文學樣式在現
代轉型的社會背景下所獲取的文化資本。一九二八年創刊的《民俗》
（廣州）周刊同樣熱心於進行歌謠的搜集和研究，並產生了較大影
響。應該說，從一九一七年到整個一九二〇年代，歌謠的搜集和倡導
從來沒有停止過。

　　值得注意的是，進入一九三〇年代以後，歌謠搜集研究某種程度
上跟教育行政相結合了：一九三〇年《河南教育》一篇〈令各縣教育
局——抄發歌謠及稿紙〉啟事刊登了河南教育廳訓令第二五六號，[86]
轉發民俗研究會求助函，請河南教育行政方面協助提供本省各地歌
謠。可見，歌謠搜集已經從學術界的倡導而至於獲得了教育行政界的
認同。一九三二年，《廣東教育公報》也刊發〈轉令徵集各地戲劇歌
謠及土調〉[87]、〈徵集土詞戲曲歌謠〉[88]、〈轉飭詳查抄呈劇本歌謠〉[89]
等通知；《山西教育公報》轉發教育部第七五二九號訓令，教育部訓

84　〈歌謠選由日刊發表〉，《北京大學日刊》1917年第141期。

85　這些刊物中，《文學周報》是新文學同仁團體文學研究會刊物；《紅雜誌》、《紅玫
　　瑰》為鴛鴦蝴蝶派刊物；《黎明》則為左翼傾向刊物。

86　〈令各縣教育局——抄發歌謠及稿紙〉，《河南教育》1930年第2卷第30期。

87　〈轉令徵集各地戲劇歌謠及土調〉，《廣東教育公報》1932年第203期。

88　〈徵集土詞戲曲歌謠〉，《廣東教育公報》1932年第205期。

89　〈轉飭詳查抄呈劇本歌謠〉，《廣東教育公報》1932年第226期。

令稱：「內政部禮字第六四號函開查各地戲劇歌謠及其他各種土調關係風俗綦鉅本部現擬制訂歌謠調查綱要頒發各省市區詳加調查以為移風易俗之輔助。」[90]上引一九三〇年河南教育廳令各縣搜集歌謠是由於「民俗研究學會」提請河南教育廳援助，而一九三二年卻是由教育部下達通知，覆蓋全國的一次大範圍歌謠搜集活動。一九三三年《福建省政府公報》印行通知〈部令飭調查檢送抄錄劇本歌謠〉[91]；一九三四年則有《廣東省政府公報》通知〈轉令搜集民間歌謠俗語〉[92]；一九三四年《教育周刊》刊登〈奉教部令徵集各地歌謠俗語故事匯呈訂正〉[93]，其實是對教育部通令全國搜集歌謠的成果展示。

　　可以看出，歌謠搜集及研究從一九一〇年代末期倡導以來，一直未有頹勢。累積了十幾年之後，其合法性更是從學術界轉而進入教育界，獲得了政府教育體制的授權和認可。歌謠既然進入教育行政體制，對於當時普通學生、教員自然存在影響。相比《歌謠》創辦之際受到官廳的冷落，民國政府教育機構對歌謠的態度轉化不可謂不大。《歌謠周刊》同人十年前踐行失敗的官方路線卻在十年後得以實現，歌謠文化資本的累積由此可見一斑。

　　進入一九三〇年代之後，關注刊登歌謠的刊物包括《民間月刊》、《鄉村建設》、《文藝新地》、《國聞周報》、《民眾教育季刊》、《文學雜誌》及《藝風》（杭州）等，一九三六年胡適主持北大《歌謠周刊》復刊至一九三七年中日戰爭爆發停刊，歌謠的倡導在二十年間（1917-1937）從未停歇，其影響力在民間一直存在，經學界努力，又獲得了教育體制的認可。歌謠既然進入教育行政體制，對於當時普

90　〈令各縣教育局奉部令現擬徵集各地戲劇歌謠及土調〉，《山西教育公報》1932年第29期。

91　〈部令飭調查檢送抄錄劇本歌謠（不另行文）〉，《福建省政府公報》1933年第320期。

92　〈轉令搜集民間歌謠俗語〉，《廣東省政府公報》1934年第258期。

93　〈奉教部令徵集各地歌謠俗語故事匯呈訂正〉，《教育周刊》1934年第189期。

通學生、教員自然存在廣泛影響，刊上登出的編讀互動中，來函者的地域覆蓋面，頗能說明這一點。

小結

　　開篇所引《歌謠》「發刊詞」那段並不難懂的說明事實涉及三種根本上屬現代的話語：其一是學術獨立話語，其二是審美自足話語，其三則是現代民族國家話語。雖然「民族的」是跟「文藝的」合而論之。然而，無論是強調審美自足的文藝觀，還是將歌謠跟未來民族的詩相聯結的文藝觀，都有著鮮明的現代品格。正是透過將「歌謠」在價值上跟這三種話語相聯結，歌謠被賦予嶄新的文化身分，歌謠運動也被開拓出廣闊的意義前景。傳統觀點認為，歌謠是不登大雅之堂的俚俗之作，《歌謠》卻理直氣壯地申述其無可置疑的價值合法性；傳統社會，即使是馮夢龍等人將歌謠提到以真情反名教的高度，但顯然不可能將其跟現代的民族國家話語相聯繫。從歌謠「引起未來的民族的詩的發展」，這裡投射著五四一代學人在現代轉型背景下借助各種現代性話語對「歌謠」的價值加工。強調歌謠的審美性、學術性、民族性三重標準，事實上正是一種典型的現代話語觀照的結果。學術獨立自不待言，學者的研究可以超越世俗的道德評價之上，這裡雖然並非強調學者本人的道德豁免權，卻預設了學術獨立於道德的品格。此種獨立性，正是現代知識分子孜孜以求的現代價值。審美自足既是一種典型的現代文學話語，同時也唯有知識者，具有更高的鑒賞歌謠的趣味。他們並不止於對歌謠曲調、內容的欣賞，往往是那種村夫野婦本人並不特別重視的「野趣」為他們所特別激賞，被視為具有特別的審美價值。因此，審美自足意味著，知識者有能力憑藉自身的知識趣味將原本俚俗村野的內容和情調審美化。這顯然也是一種現代知識分子立場。

　　回頭再看劉半農的歌謠詩和一九二〇年代的援謠入詩潮流，「學術」和「文藝」作為五四文化變革的兩個方向影響著這場新文學取法民間資源的運動。一方面，搜集歌謠、歌謠的現代建構乃至於民俗學崛起作為新文化運動的伴生現象而存在；另一方面，學術革命的成果也影響並轉移到文藝革命的領域中來。無論是歌謠搜集還是歌謠入詩實踐，它們都是同一思潮背景下的產物，實踐者是同一批人，因此分享著相近的思想話語。既然「歌謠」已經在現代知識分子的闡釋下獲得了現代品格，成了一種反舊、整故、知識再造的重要武器，我們便不難理解一九二〇年代劉半農們何以會把歌謠入詩作為一個重要的實踐路徑。也不難理解他是在何種意義、立場和趣味上把「民間」接納到新詩中去。

第二章
「新詩歌謠化」的階級路徑（1928-1936）

　　一九三〇年代，新詩取法歌謠的嘗試中，有延續著一九二〇年代《歌謠》傳統的，如胡適和沈從文。一九三六年胡適主持《歌謠》復刊，依然看重歌謠的文學啟示：「我們現在做這種整理流傳歌謠的事業，為的是要給中國新文學開闢一塊新的園地。」[1]沈從文則「沿著劉半農等人的路子，自覺地將民間歌謠引入新詩，成為一九三〇年代新詩取法歌謠的有力踐行者」。[2]然而真正代表了一九三〇年代，新詩取法歌謠時代特徵的卻是中國詩歌會及其倡導的「新詩歌謠化」。

　　與五四《歌謠》知識分子們親近歌謠所秉持的「文藝的、學術的」現代民間話語不同，中國詩歌會詩人們激活歌謠資源提取的卻是新興的階級話語。新文學倡導者以新／舊、平民／貴族的雙重框架，打倒了文言及其代表的古典文人文學傳統，並為民間資源進入新文學預留了一道側門。他們之致力文學，雖也牽涉社會文化變革目標，但與左翼詩歌團體中國詩歌會直接將「新詩歌」作為新階級革命手段相比，他們顯然為「文學」預留了更大的自足空間。本章關注的問題是：階級論話語如何激活新詩的歌謠資源需求？一九三〇年代階級論的「新詩歌謠化」在跟「文藝大眾化」的關聯中呈現了什麼樣的內生性困境？

1　胡適：〈談歌謠〉，《歌謠》第2卷第1期，1936年4月11日。
2　張桃洲：〈論歌謠作為新詩自我建構的資源：譜系、形態與難題〉，《文學評論》2010年第5期。

第一節　「文藝大眾化」與「新詩歌謠化」

正如論者所說：「成立於一九三二年、前後活動時間不到五年的中國詩歌會，無疑是一九三〇年代在推行詩歌歌謠化方面最不遺餘力、且產生了廣泛影響的群體。」[3]一九三二年九月中國詩歌會成立，一九三三年二月十一日以「中國詩歌社」主編的名義出版了《新詩歌》第一卷創刊號。其「會章」關於宗旨一條說：「本會以推進新詩歌運動。致力中國民族解放，保障詩歌權利為宗旨。」[4]

中國詩歌會是「左聯」領導下的一個詩歌組織，他們不僅強調詩歌與時代的關係，更強調從階級角度理解詩歌與時代的關係。他們發起的運動，創辦的刊物，既以「新詩歌」為名，便預設了他們的挑戰對象——新文化運動以來的白話新詩。他們以「新詩歌」挑戰「新詩」，其實跟當年「左聯」領袖瞿秋白以「大眾化」、「大眾語」挑戰「文言」、「五四新文言」有著緊密的同構關係。我們也時時可以在新詩歌運動者的宣言、觀點中看到瞿秋白「普羅大眾文藝」的影子。所以，理解中國詩歌會的「新詩歌謠化」，無法離開一九三〇年代的「文藝大眾化」；而理解「文藝大眾化」，又離不開瞿秋白在「大眾文學」中所力推的「普羅」想像。普羅的階級話語正是穆木天、蒲風、

3　張桃洲：〈論歌謠作為新詩自我建構的資源：譜系、形態與難題〉，《文學評論》2010年第5期。中國詩歌會及其新詩歌運動在一九三〇年代中期確實在全國不乏呼應者，上海總部倡議成立之後，迅速在各地也有分會，柳倩如此描述道：「自『中國詩歌會』總會一九三二年在上海成立以後，特別是一九三三至一九三五年這三四年間，各地分會如雨後春筍般相繼成立（如河北分會、廣州分會、青島分會、湖州分會、廈門分會等），他們創刊《新詩歌》、《詩歌季刊》、《中國詩壇》等等，會員遍及全中國，在全國各地主要的刊物和詩刊上，幾乎都有『中國詩歌會』成員的作品。」柳倩：〈左聯與中國詩歌會〉，《左聯回憶錄（上冊）》（北京市：中國社會科學出版社，1982年），頁263。

4　柳倩：〈左聯與中國詩歌會〉，《左聯回憶錄（上冊）》（北京市：中國社會科學出版社，1982年），頁261。

王亞平等人新詩取法歌謠實踐的文化動力。

　　一九三○年代初，在中共領導層被邊緣化的瞿秋白來到上海，寫作了大量關於「大眾文藝」的文章。從一九三一年到一九三二年，在「左聯」關於「文藝大眾化」問題的討論中，瞿秋白先後撰寫了〈大眾文藝與反對帝國主義的鬥爭〉、〈普羅大眾文藝的現實問題〉、〈我們是誰？〉、〈歐化文藝〉、〈大眾文藝的問題〉、〈再論大眾文藝答止敬〉等文章。[5]身兼政治家和文學家雙重身分的瞿秋白在文章中涉及了多個議題，但都具有兩個突出特點：第一是強調「大眾文藝」的階級立場，這實質是強調建構革命大眾文藝的文化領導權問題；第二是把文學作為政治的直接手段，政治將文學直接、功利地對象化，文學形式資源的選擇因此牢牢服務於現實政治目標的實現。

　　一九三一年九月，瞿秋白在〈大眾文藝與反對帝國主義的鬥爭〉中這樣寫道：

> 中國大眾是有文藝生活的，當然，工人和貧民不看徐志摩等類的新詩，他們也不看新式白話的小說以及俏皮的幽雅的新式獨幕劇……城市的貧民工人看的是《火燒紅蓮寺》等類的「大戲」和影戲，如此之類的連環圖畫，《七俠五義》，《說岳》，《征東》、《征西》，他們聽得到的是茶館裡的說唱廣場上的期扮戲，變戲法，西洋錢……小唱，宣卷。這些東西，這些「文藝」培養著他們的「趣味」，養成他們的人生觀。豪紳資產階

5　〈大眾文藝與反對帝國主義的鬥爭〉（原發《文學導報》1931年9月第5期，署名史鐵兒）、〈普羅大眾文藝的現實問題〉（原發1932年3月號《文學》，署名史鐵兒）、《我們是誰？》（1932年5月4日，根據魯迅保存的作者手稿，初刊《瞿秋白文集》第2卷）、《歐化文藝》（1932年5月5日，根據魯迅保存的作者手稿，初刊《瞿秋白文集》第2卷）、〈大眾文藝的問題〉（原發《文學月報》1932年6月第1期，署名宋陽）、《再論大眾文藝答止敬》（原發《文學月報》1932年9月第3期，署名宋陽）。

級所需要的，正是這樣的民眾的文藝生活！[6]

　　這段論述暗示著一種既反五四新文藝，又反傳統舊文藝的嶄新的「大眾文藝」立場。革命「大眾文藝」反對五四新文學，是因為它太「歐化」，形式上不夠「大眾」，內容上又不夠「革命」；反對舊戲文，則是因為它淪為豪紳資產階級塞給貧民階層的精神麻醉品，雖然形式通俗，但內容意識上卻極端「反動」。「革命大眾文藝」雖以「大眾」為名，卻不同於舊戲文「習聞常見」的大眾性。這裡，瞿秋白的分析中便內蘊著一種階級論的意識形態分析法，他看重的不僅是形式技術（通俗或晦澀），更是創造這種形式藝術的階級意識。按照這種思路，舊戲文雖為大眾所喜愛，卻不是喚醒而是麻痺了大眾的階級意識。所以，瞿秋白的「大眾文藝」之「大眾」，不但形式上必須區別於知識分子、有閑階層的晦澀，內容上更需要能提供想像無產階級共同體的功能。在這裡，瞿秋白事實上通過反對通俗文藝，申明了革命大眾文藝跟通俗文藝不同的再造階級主體性的意識形態功能。

　　一九三二年六月，在〈大眾文藝的問題〉中，瞿秋白更是旗幟鮮明地指出：

　　　　現在決不是簡單的籠統的文藝大眾化的問題，而是創造革命的大眾文藝的問題。這是要來一個無產階級領導之下的復興運動，無產階級領導之下的文化革命和文學革命。[7]

　　革命大眾文藝追求的不是一般的「大眾化」，瞿秋白花了大量精

6　瞿秋白：〈大眾文藝與反對帝國主義的鬥爭〉，原發《文學導報》第5期，1931年9月，署名史鐵兒。

7　瞿秋白：〈大眾文藝的問題〉，《瞿秋白文集·文學編》第3卷（北京市：人民文學出版社，1989年），頁13。

力來批判封建主義、帝國主義意識所宰制的通俗文藝。瞿秋白追求的是通過文學建構無產階級的階級主體性，或者說一種具有自覺階級意識的大眾文藝。因此，「大眾化」和「階級化」在瞿秋白這裡是相互表述的。值得指出的是，瞿秋白一方面強化了文學的階級意識形態功能，另一方面又突出強化了文學的政治功利性。在〈普羅大眾文藝的現實問題〉這篇長文中，瞿秋白從用「什麼語言」、「寫什麼東西」、「為什麼而寫」、「怎樣寫」、「要幹些什麼」五個方面論述「普羅大眾文藝」的現實展開。其中「為什麼而寫」最能看出其政治—文學合一，為政治（階級訴求）而文學的功利文學觀。「為什麼而寫」包括：（1）鼓動作品：「這當然多少不免要有標語口號的氣味，當然在藝術上的價值也許很低。但是，這是鬥爭緊張的現在所急需的，所謂『急就章』是不能夠避免的。」[8]（2）為著組織鬥爭而寫的作品：「我們的大眾文藝，應當反對軍閥混戰；反對帝國主義瓜分中國的戰爭，反對進攻蘇聯，為著土地、革命，為著無產階級領導的工農民權獨裁，為著中國的真正解放。」[9]（3）為著理解人生而寫的作品。這裡所謂的理解人生，便是對閱讀者思想意識的階級改造。「總之，普羅大眾文藝的鬥爭任務，是要在思想上武裝群眾，意識上無產階級化，要開始一個極廣大的反對青天白日主義的鬥爭。」[10]這裡不是一般性地發揮文學的政治功能，而是把文學作為政治鬥爭的直接延伸，把文學作為階級鬥爭的宣傳、輿論、組織和思想手段。

　　瞿秋白論「大眾文藝」的「階級立場」和政治功利性對左聯領導下的新詩歌運動及「新詩歌謠化」產生了直接影響。新詩歌運動者自覺把詩歌寫作放置在反帝、反封、反資的階級分析框架中，在創刊號

8　瞿秋白：〈普羅大眾文藝的現實問題〉，《瞿秋白選集》（北京市：人民日報出版社，1985年），頁469。

9　瞿秋白：〈普羅大眾文藝的現實問題〉，《瞿秋白選集》，頁470。

10　瞿秋白：〈普羅大眾文藝的現實問題〉，《瞿秋白選集》，頁472。

上以詩歌會同人名義發表的〈關於寫作新詩歌的一點意見〉中便將寫
作直接置於時代和國家的現實背景中：

> 極顯明的事實：我們是生活在資本帝國主義的矛盾制度下，第
> 二次世界大戰有一觸即發的可能。而中國，我們的近郊——日
> 本帝國主義者，在「國聯」（即國際聯盟）的默認下，屠殺，
> 壓迫了千千萬萬勞苦大眾，同時民眾運動卻受了阻礙不能充分
> 發展，不久更開始了軍閥混戰，使民眾受多方面的蹂躪、壓
> 迫、加重了種種負擔。[11]

並從階級立場出發規定了「新詩歌」寫作的任務：站在被壓迫者的立
場，反對帝國主義的第二次世界大戰，反對帝國主義侵略中國，反對
不合理的壓迫，同時引導大眾以正確的道路。他們總結了新詩歌寫作
三方面的內容和九方面的題材，都有著鮮明的階級化和政治功利性特
徵。[12]在這份內容和題材清單中，無法直接為階級政治創造價值的題
材被排斥；不從「階級化」立場進行表述的內容也被拒絕。

　　值得注意的是，「新詩歌」運動取法歌謠的資源策略同樣是因為
階級化和政治功利性的推動。換言之，文學形式選擇是在階級目的論
指導下進行的。歌謠被階級文學選擇的原因在於，在一個識字率低下

---

11 中國詩歌會同人：〈關於寫作新詩歌的一點意見〉，《新詩歌》（旬刊）1933年2月第1
　卷第1期。

12 三方面內容是：一是理解現制度下各階級的人生，著重大眾生活的描寫；二是有刺
　激性的，能夠推動大眾的；三是有積極性的，表現鬥爭或組織群眾的。九方面題材
　是：一、反帝、軍閥壓迫、階級的熱情；二、天災人禍（內戰）、苛捐雜稅所加予
　大眾的苦況；三、當時的革命鬥爭和政治事變；四、新勢力、新社會的表現；五、
　過去革命鬥爭的史實（如陳勝、吳廣以及洪秀全的革命）；六、農人、工人的生
　活；七、有價值、有意義的「社會新聞」；八、戰爭的慘狀；九、國際詩歌（的改
　作）。見中國詩歌會同人：〈關於寫作新詩歌的一點意見〉，《新詩歌》（旬刊）1933
　年2月第1卷第1期。

的大眾群體中建構階級主體性，階級化和大眾化不可避免地有所重疊。訴諸歌謠等民間資源，無疑將使階級意識在普通民眾中具有更強大的傳播效果。因此，與五四《歌謠》同人聚焦於歌謠「文藝的」和「學術的」側面不同，新詩歌運動者聚焦的是歌謠可歌可誦的形式，或者說形式的傳播便利性。在功利文學觀的形式期待中，詩的內容獲得了超越形式的地位：「有什麼寫什麼，要怎麼寫就怎麼寫」，「卻不要忘記應以能夠適當的表現內容為主」。[13]同時，改造意識的教育功能超越了文藝審美功能，「事實上舊形式的詩歌在支配著大眾，為著教育和引導大眾，我們有利用時調的必要，只要大眾熟悉的調子，就可以利用來當作我們的暫時的形式。所以不妨是『泗州調』、『五更歎』、『孟姜女尋夫』……等等」，「歌謠在大眾方面的努力，和時調歌曲一樣厲害，所以我們也可以採用這些形式」。[14]詩的「可歌性」被特別強調：「要緊的使人聽得懂，最好能夠歌唱。」[15]

　　因為「階級」發現的是「歌謠」的傳播便利，所以「歌謠」在「階級」的文藝期待中並不具有唯一性，具有相似便利性的體式同樣被熱烈地嘗試著：

> 我們對這期「歌謠專號」所持的態度是當為新詩歌運動中一部門的工作這點是不夠的。我們主要的在創作方面是要致力於大眾合唱詩，朗誦詩，詩劇以及一般大眾詩歌的創作。[16]

---

13 中國詩歌會同人：〈關於寫作新詩歌的一點意見〉，《新詩歌》（旬刊）1933年2月第1卷第1期。內容超越形式是階級功利文學觀的內生物，順延而下，則在40年代的延安文藝講話中發展為政治第一，藝術第二。

14 中國詩歌會同人：〈關於寫作新詩歌的一點意見〉，《新詩歌》（旬刊）1933年2月第1卷第1期。

15 中國詩歌會同人：〈關於寫作新詩歌的一點意見〉，《新詩歌》（旬刊）1933年2月第1卷第1期。

16 《新詩歌》編輯部：〈我們的話〉，《新詩歌》「歌謠專號」，1934年第2卷第1期。

　　中國詩歌會這種功利化的取法歌謠策略，在左翼陣營和青年學生中產生了巨大影響，卻很難獲得秉持五四歌謠立場者的同情。一九三六年胡適在《歌謠周刊》復刊詞中盛讚一首古代民間歌謠，強調了歌謠引發未來新詩的可能，話鋒一轉便有對「新詩歌」運動者的譏諷：「現在高喊『大眾語』的新詩人若想做出這樣有力的革命歌，必須投在民眾歌謠的學堂裡，細心靜氣的研究民歌作者怎樣用漂亮樸素的語言來發表他們的革命情緒」；胡適特地提到一首明代末期的革命歌謠，說「真不能不誠心佩服三百年前的『普羅文學』的技術的高明」。[17]胡適雖不直接跟「大眾語」、「普羅文學」、「革命情緒」等階級話語對壘，然而他強調的「細心靜氣」的態度，「漂亮樸素的語言」、「技術的高明」卻清晰顯示了知識分子的歌謠趣味跟階級化的歌謠趣味截然的分界線。

第二節　階級文學的內在困境 ──《新詩歌》的兩種讀者反應

　　一九三三年七月，朱自清對《新詩歌》及其歌謠化寫作有過頗為迅速的評論。作為新詩人及新詩、歌謠研究者，朱自清自然敏感於「新詩歌」運動者的資源策略。值得注意的是，一九二〇年代朱自清對於新詩取法歌謠的前景並不看好，但此時他對於「大眾化」卻不失幾分理解之同情：「那些用民謠、小調兒歌的形式寫出來的東西雖然還不免膚泛，散漫的毛筆，但按歌謠（包括俗曲）的標準來說，也不比流行的壞。」朱自清批評「新詩歌」那些採用新形式的，「除了分行外，實在便無形式，於是又回到白話詩初期的自由詩派。」在他看來，「新詩歌」並未實現「大眾化」的目標：「這些詩裡，也許確有

---

17 胡適：〈《歌謠周刊》復刊詞〉，《歌謠》第2卷第1號，1936年4月11日。

『新世紀的意識』[18]，但與所有的新詩一樣，都是寫給一些受過歐化的教育的人看的，與大眾相去萬里。他們提倡朗讀，可是這種詩即使怎麼會朗讀的人，怕也不能教大眾聽懂。《文學月報》[19]中蓬子君的詩似乎也是新意識，卻寫得好，可是說到普及也還是不成。」[20]

　　朱自清並未對「新世紀的意識」、「大眾化」等目標提出商榷，只是對「新詩歌」文學成就評價不高，對「大眾化」的落實也頗不樂觀。同樣是對《新詩歌》做出迅速評論，一九三三年《出版消息》[21]第十七期上以「新書推薦」形式刊發了署名方土人的評論文章《作為烈火而出現的一新詩歌》，則表達了對「大眾化」的另一種觀感。

　　他由《新詩歌》編後提出的「是一架鐵扇，還是一爐烈火」這個設問入手，將「純詩」作品視為「電扇」，「大眾化」作品視為「烈火」，並旗幟鮮明地擁護「烈火」的寫作——《新詩歌》及其代表的方向。

> 我們所要擁護的，是作為「烈火」而出現的「新詩歌」！在這本小冊子裡，沒有一句欺騙我們的話，沒有一句麻醉我們的話，沒有一句想把我們的鬥爭情緒冷卻下去的話。[22]

18　《新詩歌》在創刊號〈發刊詩〉中有「我們要抓住現實/歌唱新世紀的意識」，此處指階級鬥爭意識。

19　「左聯」機關刊物之一，一九三二年六月十日創刊於上海，月刊，十六開本，初由姚蓬子主編，第三期起有周起應（周揚）主編。同年十二月十五日出版第五、六合刊後被國民黨查禁。共出版六期。

20　朱自清：〈《新詩歌》旬刊〉，《文學》（上海）創刊號，1933年7月。該文作於1933年7月1日。

21　《出版消息》是由樂華書局出版的一份介紹上海出版界、文學界動態的刊物，初定為半月刊，後來並不定期。刊物主編顧瑞民，該書局並無明顯中共背景，但一九三二年十一月開始出版的《出版消息》卻有很明顯的「左」傾傾向。一九三五年三月三十日，該刊在發行了總第四十六、四十七、四十八期合刊之後宣布停刊。

22　方土人：〈作為烈火而出現的——新詩歌〉，《出版消息》1933年第17期。

　　作者特別強調「大眾的鬥爭情緒」，特別強調詩歌「與政治形勢的直接聯繫」。無疑是站在鮮明的「大眾化」、「階級化」的文學立場上，他之所以贊同《新詩歌》，是因為它的大眾化、階級化，他批評《新詩歌》，卻是因為它還不夠真正的「大眾化」、「階級化」。作者對〈東洋矮鬼打中國〉和〈雞不啼〉兩首提出了批評：

> 〈東洋矮鬼打中國〉是用道情體寫的；在詩歌大眾化這一點上，已有了相當的成功，是無疑的。不過，大眾化最容易犯的錯誤——不能從舊的大眾文藝的框子裡解放出來——在這首詩中，依然沒有被克服。例如「小子」、「正是人生不滿百，常懷千歲憂」種種舊的大眾文藝裡的腐詞，濫調，應該完全去掉。這是說這首詩的形式方面。而我認為最重要的是這首詩的意識方面的錯誤。就本質上講，要來打中國（大眾的中國）的並不是全部的東洋矮鬼；我們不能「好不威風凜凜，直殺得那東洋矮鬼『個個』叫饒命」。和我們勢不兩立的是任何帝國主義，至於任何帝國主義國家裡的大眾，和我們卻有不可分離的聯繫。[23]

　　對新詩歌「大眾化」的批評並不是反對「大眾化」，而是在消遣的「大眾化」和革命的「大眾化」這兩種面向中強調後者，強調「大眾化」內部的無產階級身分塑造；對〈東洋矮鬼打中國〉「意識方面的錯誤」的批評，則是出於階級國際主義反對狹隘民族主義意識的立場。這種「普羅文學」身分想像話語和階級主義超越民族主義話語在當年大眾化主將瞿秋白的論述中有著鮮明的體現。沒有證據證明該文出自哪個普羅文學理論家之手，但該文站立的階級文學制高點大概不是普通讀者所能到達。

---

23 方土人：〈作為烈火而出現的——新詩歌〉，《出版消息》1933年第17期。

　　針對《新詩歌》及「新詩歌謠化」的兩種立場迥異的讀者反應，事實上說明：新詩歌運動及其新詩歌謠化策略作為左翼「文藝大眾化」運動的一部分，同時複製了「大眾化」的內在困境。前面已經提到，在當年中國民眾教育程度較低的背景中創造階級文學，階級化與大眾化必然產生歷史性的重疊。「大眾文藝」由此分裂出「大眾」和「普羅」兩副面向。具體在新詩歌謠化中，「大眾」面向體現為手段「大眾化」，對民間形式傳播便利性的借用，追求的是「通俗易懂」「喜聞樂見」；「普羅」面向體現為「化大眾」的目標，把大眾閱讀者建構為階級主體的訴求。中國詩歌會作為左聯領導下的一個組織，服務並促進無產階級文學的產生是其宗旨。[24]「普羅」，而不僅僅是「大眾」，才是無產階級文學的內核。因此，瞿秋白才特別把「大眾文藝」強調為「普羅大眾文藝」。問題在於，普羅文學（或所謂無產階級文學）的建構在特定歷史中，面臨著現實土壤的營養不良問題一廣大的無產階級群眾，並不具備閱讀的能力，遑論創造自己文學的寫作能力。因此，在這種特定的現實中如何建構無產階級文學，便產生了兩種不同思路的爭論。錢理群先生將其概括為兩種無產階級文學的想像和實踐：一種以魯迅為代表，認為無產階級文學的產生必須由無產階級作家創造，必須在工農階級獲得較好的閱讀和文化能力之後方有可能；另一種則以李初梨為代表，認為無產階級的文學並非無產階級階層的自然觀念，所謂的無產階級意識，不是「個個的無產者的意識」，而是「全無產階級意識」，[25]它是由掌握了馬克思主義理論的無

---

24 一九三〇年三月二日左聯成立大會上通過的《中國左翼作家聯盟底理論綱領》便確立了階級文學指導的方向：「我們並不抽象的理解歷史的進行和社會發展的真相。我們知道帝國主義的資本主義制度已經變成人類進化的桎梏，而其『掘墓人』的無產階級負起其歷史的使命，在這『必然的王國』中作人類最後的同胞戰爭——階級鬥爭以求人類徹底的解放。」「我們的藝術是反封建階級的，反資產階級的，又反對『失掉社會地位』的小資產階級的傾向。我們不能不援助而且從事無產階級藝術的產生。」

25 李初梨：〈自然生長性與目的意識論〉，《思想月刊》，創造出版部，1928年。

產階級革命者所代表的。[26]如果說作為現實主義者，魯迅關注的是階級文學的現實困難的話；作為激進左派，李初梨關注的則是如何繞開現實困難而創造階級文學的可能性。以李初梨為代表的階級文學觀，在充滿困難的歷史現場強行創造階級文學，便帶來了中國無產階級文學「內容決定論」和「強力批評建構」的突出特徵。

　　既然親自領受階級經驗者無法自我言說，更無法為自身的階級經驗創造文學形式——階級文學無法獲得自身的形式，階級文學必須被落實在「大眾化」的現實指向中，那麼判定階級文學的標準只能從內容上給定。現實迫切的功利訴求，使階級文學創作者往往擱置「階級經驗」籲求的「文學形式」，而將「階級性內容+大眾化形式」視為無產階級文學的理想表達。因此，中國詩歌會倡導「新詩歌謠化」的詩人們，從未有人想過「歌謠」這種傳統民間形式對於階級經驗的表達是否合體的問題。方土人評論《新詩歌》也並不認為「道情體」跟當代經驗之間具有切身性問題，他強調的只是「思想意識」問題。換言之，內容上的立場、意識問題徹底地蓋過了藝術問題。事實上，內容問題就被當成了藝術問題的核心。這種內容決定論既是由中國左翼文學的政治功利性決定，也是由左翼文學展開的現實土壤決定。對藝術本體問題的漠視，將凝結在內容上的意識、立場作為藝術分析核心的左翼批評觀，在隨後的幾十年中愈演愈烈。

　　以傳統民間形式包裹階級內容的普羅文學無疑是粗糙的，但是，階級文學革命者卻必須為其創造「先進」的文化身分。於是，「批評

---

26 據錢理群先生研究，在日後中國左翼文學關於無產階級文學的創制過程中，這兩種想像和實踐是並行推動的：「一方面，是對工人、農民出身的作家的著意培養，對工、農、兵自身創作的高度重視；一方面，則是用無產階級意識的自覺形態——黨的意識和意志來改造知識分子，創造為工、農、兵服務、為黨領導服務的革命與建設服務的黨的文學的持續努力。這兩條線索貫穿以三十年代為開端的左翼文學發展的全過程。」錢理群：〈構建無產階級文學的兩種想像和實踐〉，《蘭州大學學報》2005年第6期。

的強力建構」便隨之而來。粗糙的民間形式只要表述了階級內容，馬上被賦予了革命大眾文藝的華麗標籤，被視作嶄新的文藝方向。中國詩歌會「企求尚未定性的未來詩歌的不斷嘗試中，藉著普遍的歌、謠、時調諸類的形態，接受它們普及、通俗、朗讀、諷誦的長處，引渡到未來的詩歌」。[27]曾經的象徵主義詩人穆木天於是說：「時代的不住的變化，使我們感到詩歌之歌謠化是一天比一天必要了。（自然並非主張只有歌謠詩一途）然而歌謠的創作，總是我們的努力之主要的方向之一。」[28]

　　這種論述中，古老的歌、謠、時調具有引渡到「未來的詩歌」的潛力，這番意義的獲得，其實是文學批評不斷強化「普羅想像」的結果。正如一位學者指出的那樣：「在政治和社會實踐中，『無產階級』又指向一個沉默無聲的群體，他們遠離文字，被擱置於文字／文學之社會文化功能的影響之外。」但是，「在左翼人士的知識體系中，『無產階級』是一個理想中的社會階層，它承載著人們對未來社會形態和道德水平的美好想像。普羅文學的合法性也相應地建立在這一歷史和道德的相像之上」。[29]因而，無產階級文學的合法性正是一種文學批評強力運作的結果。具體到新詩歌謠化中，則是穆木天、蒲風、葉流等人在「階級透視法」中不斷建構的結果。

　　現實和想像的分裂，製造了「階級文學」評價的困難。對於並不分享理想普羅想像的朱自清而言，他自然難以在階級坐標系中賞讀歌謠詩。他當然不能認可這樣的「歌謠」具有代表新詩方向的資格；而對於把無產階級的崛起自明地從社會擴展到文藝領域的普羅文藝信仰

27　中國詩歌會同人：〈關於寫作新詩歌的一點意見〉，《新詩歌》（旬刊）1933年2月第1卷第1期。

28　穆木天：〈關於歌謠的制作〉，《新詩歌》「歌謠專號」1934年第2卷第2期。

29　曹清華：〈身分想像——一九三〇年代「文藝大眾化」的討論〉，《二十一世紀》2005年第6號。

者，他們的階級透視法則讓他們在形式的「大眾化」上解讀出普羅的意義來。雖然兩種解讀對《新詩歌》「大眾化」都有著不盡滿意之處，但朱自清看到的是「大眾化」的現實之難；方土人看到的卻是「大眾化」的理想之難。所以，這不僅是兩種不同的意見，而且是兩個不同價值坐標的碰撞。朱自清思考的是怎樣才能讓大眾讀懂「文學」；方土人思考的卻是由「大眾」出發，在「普羅」中發展出一個可以裁定文學的新坐標、新風格。這種普羅的文藝新理想一九三〇年代瞿秋白有反覆的論述，又在一九四〇年代毛澤東的延安文藝講話中被發揮到極致。它是某種現代思維的產物，其烏托邦性和政治功利性卻悖論地將其導向了反文明的政治農民文學那裡。

第三節　歌謠的階級化──何謂舊形式的「改革」？

讓歌謠這種傳統民間的文學體式躋身於新文學的尖端品種之中，首先就面臨著新／舊混淆的合法性質疑。因而，「新詩歌謠化」倡導者在襲舊與新創之間依然強調後者。瞿秋白就特別強調了推陳出新：「要預防一種投降主義，就是盲目的去模仿舊式體裁。這裡，我們應當做到兩點：第一是依照著舊式體裁而加以改革；第二，運用舊式體裁的各種成分，而創造出新的形式。」[30]第一種是襲用舊體而有所改革；第二種則是化用舊成分創制新形式。瞿秋白的觀點在新詩歌運動的實踐者那裡多有回聲。如穆木天認為「歌謠之制作是不宜死板地拘泥著過去的形式。對於舊形式之利用，是不宜『削足適履』的。以往好些人，如填詞似地填『五更調』、『無錫景』，結果，是沒有較好的作品被產生出來。而能活用歌謠舊形式的，如石靈的幾篇作品，就比較

30　瞿秋白：〈普羅大眾文藝的現實問題〉，《文學》1932年4月25日第1卷1期。

好些。詩歌之歌謠化是要去採用活的歌謠形式」。[31]蒲風說「形式方面卻不刻板於一門，除批判的採用或利用時調歌謠外，主要的是在創造新的方面」。[32]分別是對瞿秋白兩個層面觀點的複述。不管「改革」還是「新創」，都意味著新詩歌運動者渴望為舊形式帶來新的文化身分。

　　問題在於，雖然在理論上意識到對舊形式「改革」乃至新創的重要性，可在實際上，他們新制的歌謠並未能使舊形式脫舊入新。在左翼文學「內容決定論」推動下，歌謠「改革」只體現為階級性經驗的植入。一九三四年，《新詩歌》推出「歌謠專號」，我們不妨以此期專號為對象考察「新詩歌謠化」究竟在何種意義上實現了「改革」和「活用」。此期專號包括了「歌」「謠」「時調」「介紹」「論文」五個欄目，除「介紹」中的「民歌選」[33]帶有歌謠搜集性質外，其他部分都為創作。共刊登「歌」二十二篇、「謠」二十二篇、「時調」二篇、論文二篇，全部由個人作者完成。仔細閱讀這批作為新詩革新的歌謠，不難發現，這種個人新制之歌謠作品，最大的特點並不在於創造了新的歌謠形式，而在於為歌謠形式輸送了合階級目的性的底層經驗。因此，舊形式改革的實質是階級對歌謠的重構。

　　朱自清在《中國歌謠》中將民歌分為情歌、生活歌、滑稽歌、敘事歌、儀式歌、猥褻歌和勸誡歌七大類。[34]不難發現，這裡主要是按照題材標準，間或加入了修辭標準。按照朱自清的解釋，「生活歌」「大抵是詠婦女的，殆多為婦女自作」。[35]然而，新詩歌歌謠專號的新創作品則幾乎都是描寫饑餓、勞苦、流離、破產的底層經驗。它已經

---

31 穆木天：〈關於歌謠的制作〉，《新詩歌》「歌謠專號」1934年第1卷第1期。

32 蒲風：〈五四到現在的中國詩壇鳥瞰〉，《詩歌季刊》1934年12月15日-1935年3月25日第1卷第1-2期。

33 分別是「四川民歌選」、「峽內民歌選」、「廣東民歌選」、「廣東情歌選」、「廣東客家山歌選」、「廣西民歌選」、「湖南情歌選」、「浙江民歌選」、「雲南民歌選」。

34 朱自清：《中國歌謠》（北京市：金城出版社，2005年），頁202。

35 朱自清：《中國歌謠》，頁205。

漲破了原有的分類框架，很難在上述類別中找到對應，與看似最靠近的「生活歌」也是迥異其趣。少漁的〈村婦歌〉以村婦向丈夫訴說的口吻寫道：「黑妮家爸，你莫要掉淚。身上無衣真受累。阿毛叫冷，黑妮叫冷，下雪無衣苦難當。家無破片怎能睡！」蒲風的〈牧童的歌〉則是長篇敘事歌，以年幼家貧被父母所賣的牧童視角，自述了悲慘的身世和底層輾轉的遭遇。白曙的〈天未明〉寫「天未明，／雞剛叫，／爸帶框子田裡挑。／田裡挑，／雪風這麼冷，／自己還得流臭汗，／有喝有吃誰傻幹！」葉流的〈兒歌〉借用兒童視角，以家庭因貧而吵的細節折射工業破產停工背景下工人生活的困難：「媽媽夜夜哭，／哭倒不噢粥。／爸爸歇了工，／喝酒格外凶；／酒害了爸爸，／性子變可怕！打我還不算，／打媽媽更慘！」這種過早感染悲音的「兒歌」是成人化的，正是一種有意為之的「改革」。

　　武蒂的〈月光歌〉帶著濃郁的歌謠風味，以民歌常見的對照修辭強化「貧／富」對立世界的不公和反抗的必要：

> 月光光，
> 耀耀光，
> 團團出在正東方。
> 富人吃香肉，
> 窮人喝白場；
> 富人吃的白米飯，
> 窮人吃的粗秕糠；
> 咦呀呀，
> 餓肚腸！
>
> 月光光，
> 遙遙光，

　　漸漸移到正中央。

　　富人住高樓，

　　窮人住茅坊；

　　富人穿的皮袍子，

　　窮人身著破衣衫；

　　咦呀呀，

　　風難當！

　　月光光，

　　耀耀光，

　　斜斜掛在西南方。

　　富人走一步，

　　窮人用轎扛；

　　富人搖著鵝毛扇，

　　窮人扛得汗汪汪；

　　咦呀呀，

　　兩肩傷！

　　月光光，

　　澹澹光，

　　飄飄墜落西山崗；

　　富人坐享福，

　　窮人種田莊；

　　窮人收得稻和麥，

　　富人打開倉來裝；

　　咦呀呀，

　　怎心甘？

　　柳倩借用〈長相思〉調，寫的卻是「長相思，又一春，／家中沒有米和錢。／東家借豆三兩升：東家沒了口糧，西家一樣窘。／／長相思，淚滿臉。／不咒命運咒天年。／洋貨進村農產賤；／老闆仍不放鬆，／糧稅更加緊！」值得注意的是，這曲底層悲歌中所隱含的階級視角：「洋貨進村農產賤」和「糧稅更加緊」，傳統「長相思」中閨怨婦人被置放在「反帝」、「反官僚」的階級視野中，其「怨」已經獲得了某種「政治經濟學」分析的支撐。她對於「貧困」的理解擺脫了宿命的命運觀而獲得了對中／洋對抗中資本主義體系對本土農村產品價格的壓制的「政經」意識。從這個意義上說，這確實不是傳統民間所可能產生的「歌謠」，它對底層「民生」的關注，也截然不同於五四那種知識分子人道主義的視點。

　　作為左聯領導下的新詩歌運動主要文學主張的「新詩歌謠化」是「文學大眾化」在詩歌領域的表現，更是建構無產階級詩歌的探索和實踐。因此，歌謠化與階級化便成為一個互為表裡的過程。值得注意的是，中國無產階級文學一直尋求著某種「底層發聲」的可能，[36]穆木天也說：「為的使各地民眾發抒情感，為的使各地民眾表露出其真正的要求起見制作歌謠，使民眾自己去制作歌謠，是非常地必要的。」[37]可見，新詩歌謠化包含了讓民眾自己制作歌謠的目標。在此過程中，我們發現「民眾」作為一個「發聲主體」在這些新制歌謠中不斷被襲用和想像。與五四時代站在知識分子視角對底層表達悲憫不同，新詩歌運動者刻意迴避了作者和底層對象之間的區隔，大量採用無產者自述的角度。少漁的「村婦歌」、蒲風的「牧童的歌」、柳倩的「長相思」「舟子謠」都具有某種底層發聲的感覺。然而，這種底層者抒發的帶有無產階級主體性的聲音，其實質卻是某種「代言」的結

---

36 錢理群的文章中回顧了魯迅和李初梨的爭論，魯迅便主張無產階級文學必須由無產階級作者來完成。這種觀念在左翼文學實踐中發展為大力培養工農兵作者的潮流。
37 穆木天：〈關於歌謠的制作〉，《新詩歌》「歌謠專號」1934年第2卷第1期。

果。它是階級文學倡導者基於階級立場進行的文學投射。如在蒲風的「牧童的歌」中，便有大段對牧童心理的假設性描寫。如何書寫牧童哀歌，其實存在著多種立場選擇。作品中，作者一直強調「不怨我的爹，／不怨我的媽。／我來時，／爹媽都流著傷心淚，／說不出半句話。」在無產階級視角下，「悲慘」的解釋並不在個體善惡那裡尋求解答，而是在政治經濟學的框架中導向資本批判和階級覺醒。既然不怨爹娘狠心，那麼牧童悲慘的根源何在？作者並未直接點出，卻通過對牧童狠心「東家」、「東家娘」的描寫暗示了嚴酷的階級關係。可見，這種「不怨爹、不怨媽」的「心聲」依然是階級規劃下的「代言」。

小結

　　二十世紀三十年代新詩歌運動所倡導的新詩歌謠化實踐，是左翼陣營文藝大眾化的重要組成部分。這種文學實踐跟一九二○年代以五四新文化運動為主體者的新詩取法歌謠大異其趣。五四歌謠詩的興起是現代知識分子在創制新文學過程中對「民間」資源的激活；新詩歌運動則是基於階級功利論對舊形式的啟用和改造。一九三○年代的文藝大眾化倡導者已經意識到在大眾化路徑上發展出文化領導權的必要性。然而，在將文學作為階級政治鬥爭直接延伸的功利視野下，在廣大「普羅」群眾並不能閱讀的現實上建構「普羅文學」的文化領導權，其結果只能是強行將通俗的「大眾化」形式包裹的階級化內容作為理想的「普羅文學」來想像。這種文化策略催生的作品自然難以在歷史上留下足跡。但是此階段「新詩歌謠化」表現出的政治功利性、通過文學批評強力建構「文化領導權」的文化策略，卻將在日後三十年中國左翼文學中沿襲並進一步激進化。

第三章
「新詩歌謠化」及其多重文化動力（1937-1949）

　　進入抗戰以後，「新詩歌謠化」同樣進入了新階段。二十世紀三十年代初由左翼詩歌群體所倡導的「新詩歌謠化」在更大的範圍中被實踐。「早在抗戰爆發之初，創刊於上海的《救亡日報》從第五期起，闢出板塊刊載套用『唱春調』、『五更調』、『孟姜女調』、『鳳陽歌』等曲調，填進宣傳抗戰內容的作品，穆木天、王亞平、辛勞、包天笑等參與了制作。隨著一九三八年三月全國文協『文章下鄉、文章入伍』號召的發出，一股以通俗易懂、宣傳鼓動為目的，借助於謠曲、鼓詞、快板等形式的創作浪潮驀然高漲起來，甚至出現了像柯仲平的〈邊區自衛隊〉、〈平漢鐵路工人破壞大隊的產生〉這樣的長篇巨制。」[1]新詩取法歌謠在抗戰背景下強烈的文藝「大眾化」訴求中產生，也由於更複雜的文化動力而在四十年代開枝散葉。

　　延續著之前的新詩歌謠化、大眾化的方向的探索，解放區詩歌出現了一大批敘事長詩，包括李季的〈王貴與李香香〉，張志民的〈王九訴苦〉、〈死不著〉，李冰的〈趙巧兒〉，田間的〈趕車傳〉、〈戎冠秀〉，也包括阮章競的〈圈套〉、〈漳河水〉等。值得注意的是，四十年代的「新詩歌謠化」並不僅是一個解放區命題，它同樣在國統區產生了影響廣泛的作品——袁水拍的馬凡陀的山歌。將四十年代具有新詩歌謠化傾向的作品等量齊觀並不合適，事實上這些作品產生於不同

1　張桃洲：〈論歌謠作為新詩自我建構的資源：譜系、形態與難題〉，《文學評論》
　　2010年第5期。

的地理區域、藝術水準參差不齊、文化功能並不相同、文學實踐背後
的理論話語也判然有別。總體而言，一九四〇年代新詩歌謠化傾向中
湧現了如下幾類作品：（1）以大眾化為訴求，大量採用舊形式的「舊
瓶裝新酒」式詩歌，以柯仲平、老舍為代表；（2）認可抗戰背景下的
大眾化方向，站在新文學立場否認民間形式相對於民族形式的代表
性，在革命文藝體制壓力中勉為其難進行詩歌歌謠化轉型。以何其芳
和艾青為代表；（3）將「新詩歌謠化」作為新詩「民族形式」的具體
舉措，將歌謠化跟階級化等人民性話語聯結起來。這類作品內化了延
安文藝講話所建構的新的文學想像，將歌謠體視為一種創造全新文藝
的探索。以〈馬凡陀的山歌〉、〈王貴與李香香〉、〈漳河水〉為代表。
在這幾種作品類型背後，我們還得以辨認出它們跟一九四〇年代文藝
場域的「民間形式」話語、「新文學」話語和階級─民族主義話語的
相關性。

第一節　　「舊瓶裝新酒」詩歌及「民間形式」話語

　　一九四一年五月二十五日《中國文化》第二卷第六期發表了王實
味的文章〈文藝民族形式問題上的舊錯誤和新偏向〉，他的文章就民
族形式問題對陳伯達、艾思奇、胡風等人的觀點提出質疑。在他看
來，毛澤東「民族形式」問題的實質是「馬克思主義中國化」。「所謂
中國作風與中國氣派，只是『在中國環境的具體運用』底一個注釋，
或其同義語。在文藝上，這作風與氣派，只能在對民族現實生活的正
確反映中表現出來，不能瞭解為中國所固有的什麼抽象的作風與氣
派，更轉而瞭解為抽象的中國所固有的『形式』。」[2]取得實際文化影

2　王實味：〈文藝民族形式問題上的舊錯誤和新偏向〉，《中國文化》1941年5月25日第
　　2卷第6期。

響的是他文章的兩個主要論敵——陳伯達和艾思奇。值得我們今天繼續追問的是：為什麼在彼時的文化環境中，「民族形式」這個「中國化」（遷移化用）問題會被轉換為「民間形式」（本土固有）問題，並且日漸自明化。換言之，在這場討論中，「民間形式」何以相當大程度上獲取了「民族形式」的代表權？它催生的作品體現的又是一種什麼樣的「新詩歌謠化」？

　　早在「民族形式」這一新的時代共名形成之前，新詩取法歌謠，甚至是「新詩歌謠化」這樣以借用歌謠體式為主的嘗試都在新詩中得到實踐。一九三〇年代初中國詩歌會的新詩歌謠化主要在「大眾化」的階級話語中伸張合法性。「抗戰」[3]以後，這種「化歌謠」的實踐多了起來，較有代表性的是老舍的《劍北篇》和柯仲平的〈平漢鐵路工人破壞大隊的產生〉等長篇作品。跟新詩歌運動的階級立場有所不同，抗戰背景下「新詩歌謠化」的主要動力來自民族主義話語。這也是它們日後很容易便在「民族形式」這一表述中獲得共鳴的原因。更重要的是，跟「大眾化」相聯結的「新詩歌謠化」中，政治動員的文化功能支配了形式資源的選擇權。當創作的主要接受對象是百分之八十文盲的普通大眾時，如何「喜聞樂見」為大眾所接受、喜歡的問題便成為核心問題。寫作者在「民族」問題面前讓渡部分文藝權利，這種選擇既自然而然，也自願自發。即使是慣唱反調的王實味也說：「在用這些東西（指舊文藝形式，引者注）能起預期的作用的時候，我們也應該毫不躊躇地讓『藝術價值』受點委屈，因為抗戰和革命有著更偉大的『藝術價值』。」[4]抗戰背景下的文學大眾化獲得前所未有的共識：

3　本書所說的「抗戰」是指一九三七年開始的全面抗日戰爭。
4　王實味：〈文藝民族形式問題上的舊錯誤和新偏向〉，《中國文化》1941年5月25日第2卷第6期。

目下中國的大眾，即老百姓，至少有百分之八十不識字，你寫
的宣傳，鼓動，組織他們加入抗戰的文字，他們認不得。因此
戲劇和詩歌是宣傳抗戰最有力的工具：演戲，他們可以看；唱
歌，念詩他們可以聽。但是假如唱出的調子，尤其是朗誦出來
的詩太洋化了的時候，老百姓一定不會喜歡的，一定不會接
受，那麼，詩歌的效應便會完全收不到。[5]

又如：

所以當前的文藝運動，若果不把大眾抗戰的文藝活動，抗日肅
奸的政治鬥爭，作為自己生命所寄託的緊密的環扣，使自身逐
漸的和突躍的加強起來，它將詩脫節的非戰的運動，而走上殘
廢短命的路途。[6]

以上顯然是以抗戰的迫切性取消文藝獨立性的論述。抗戰使得民
族話語的合法性獲得巨大擴張，秉持著不同立場的文藝家們也獲得了
共同的橋樑，因此，他們才得以在「民族形式」這一公約概念下對
話，這側面印證了民族話語在彼時的號召力。

這裡，值得關注的是戰爭、民族和文學這三者的相互作用和相互
變化。戰爭激發了強烈的民族情感，改變了作家們的生活環境和心理
體驗，並進而改變了作家們寫作中的文化立場：「作家們的生活環境
根本變了，真正接觸和體驗了民眾的現實生活，思想情感和創作觀念
都發生了巨大的變化，文藝創作活動在非常實際的意義上與廣大民眾
結合，這種結合的廣度與深度又是空前的。文學必須充當時代的號

5　蕭三：〈論詩歌的民族形式〉，《文藝突擊》1939年6月25日第1卷第2期。
6　黃繩：〈當前文藝運動的一個考察〉，《文藝陣地》1939年9月1日第3卷第10期。

角，必須直接反映現實，必須為普通民眾所接受，這些觀念都成為眾多作家的共識。」[7]戰爭背景下民族話語的勃興對中國文學的影響體現為：大眾化的形式由此獲取了無可置疑的合法性，民族危機為大眾化提供了最大的文化動力，大眾化在彼時中國又往往體現為民間形式依賴。因此，抗戰大眾化便跟民間資源的啟用歷史性地聯繫起來。

　　三十年代前期堅守新詩現代性探索及純詩立場的戴望舒，在抗戰發生後，詩歌風格發生了重大的變化，寫出了「抗日歌謠」十幾首，〈題獄中壁〉、〈我用殘損的手掌〉等具有強烈民族情懷的作品，這些鏗鏘悲愴的詩歌音調中幾乎不可辨別當年「雨巷」的纖細哀婉之音。特別是「抗日歌謠」的寫作，更有效地說明，「歌謠」這種文體跟戰爭背景下大眾化傳播之間的親緣性。須知，戴望舒對於「歌謠」一直抱著複雜的態度：他一方面既希望吸納歌謠營養，但另一方面又深刻警惕照搬歌謠體式。然而，在抗日歌謠寫作中，他拋棄了這種糾結。此時，所謂的詩歌文體性、審美性問題在民族危機中讓位於民族話語召喚的大眾化、救亡圖存等現實性問題。

　　抗戰影響了文藝家的文體選擇，正如蕭三所說：「戲劇和詩歌是宣傳抗戰最有力的工具」，詩歌為抗日服務的過程，也是詩歌文體悄然改造的過程：「詩歌朝廣場藝術的方向發展，發表量猛增。各種詩歌體式都有往『廣場藝術』靠攏的傾向，普遍追求通俗、鮮明、昂揚，還出現了牆頭詩、傳單詩、槍桿詩等便於鼓動宣傳的形式。」[8]「歌謠詩」在戰爭背景下無疑同樣極大地發達起來，幾乎所有有志抗日的愛國文學家，沒有誰不曾寫過幾首譴責日寇、歌頌本民族偉大意志的歌謠詩。如今，在各地的文史資料中可以找到不可勝數的抗日歌謠。這些歌謠有的由知名作家寫作，流傳過程中佚名；也有的由作家署名而明確了寫作主體。它們基本具有如下特點：主題上的抗日愛

7　錢理群等：《中國現代文學三十年》（北京市：北京大學出版社，1998年），頁447。

8　錢理群等：《中國現代文學三十年》（北京市：北京大學出版社，1998年），頁447。

國、語調上的鏗鏘有力、風格上的通俗化和大眾化。如以下這首流傳
於山西芮城的抗日歌謠：

　　　一更裡，月正名，
　　　我們要進敵兵營，
　　　腰裡暗藏殺豬刀，
　　　快步奔跑一溜風。
　　　二更裡，月偏西，
　　　將在山凹出主意，
　　　鬼子哨兵睡著了，
　　　手要麻利腳要輕。
　　　三更裡，月朦朧，
　　　進了敵營莫心驚，
　　　敵人睡得像死豬，
　　　快手卸槍往出沖。
　　　四更裡，黑沉沉，
　　　我們出了敵兵營，
　　　臥倒開槍乒乒乓，
　　　看你還殺中國人。
　　　五更裡，東方明，
　　　武裝起來真英雄，
　　　東西南北隨意走，
　　　打他們汽車奪縣城。[9]

　　這裡以民歌常見的「五更調」描寫了一次殺鬼子的過程，由於直

9　中國人民政治協商會議山西省芮城縣委員會編：《芮城文史資料》第1輯，1986年，
　　頁92。

接借用民歌體，這類作品幾乎難以辨別個性，跟流傳於合陽地區的這首〈殺東洋〉實在只有歌謠調式上的不同，而無內容、主題、風格上的差異：

> 白葉樹，箭箭高，老爺騎馬掂關刀。
> 大刀長，殺東洋，東洋鬼子命不長。[10]

這種抗戰歌謠與其說是「寫實」，毋寧說是「抒情」。它們抒發了被侵略國家人民抗敵的意志和殺敵的願望，對於凝聚民族情感、在廣大民眾中進行民族情感動員具有巨大作用。因此，它的功用並非體現在純粹的文學性上，於是即便是老舍這樣主要被視為小說家的作家也願意犧牲個性，發揮他通俗文藝方面的特長，寫出了不少以「大眾化」政治動員為目標，融合「民間形式」的「新詩」。這裡，也包含了老舍耗費精力極多，寫作歷時數月，長達萬行的〈劍北篇〉。

早在九一八事變發生之後，老舍就經常在報紙上發表表達強烈民族情感的詩歌。一九三一年十二月老舍在《齊大月刊》第二卷第三期發表〈日本撤兵了〉，諷刺國民黨在外交上對國聯、美國的依賴主義；一九三二年三月《齊大月刊》第二卷第六期發表〈國葬〉，哀悼為國捐軀的「愛國的男兒」；一九三二年十二月《微音》月刊第二卷第七、八期合刊號發表的〈紅葉〉則是帶著民族創傷而抒情：「流盡了西風，流不盡英雄淚」、「適者生存焉知不是忍辱投降；努力的，努力的，呼著光榮的毀滅！」一九三三年一月《東方雜誌》第三十卷第一號發表〈慈母〉抒發多難之邦子民的家國情懷：「沒見過比它再偉大的東西，因為它的名字叫『國』。」「夢裡，常是夢裡，我輕唱著鄉歌，病中，特別是病中，渴想著西湖的春色，我的信仰，也許只有一

---

10 中國人民政治協商會議合陽縣委員會文史學習祖國統一委員會：《合陽文史資料》第7輯「合陽雜詠專輯」，2003年，頁270。

點私心，離著中華不遠的當是天國！」「我的慈親，就是它們的聖母，名字叫中國！」這種「積弱民族的情緒鬱結」同樣體現於一九三三年十月《論語》第二十七期的〈痰迷新格〉。

　　一九三三年老舍發表的抗戰題材新詩在抒發民族創傷之情之外，還有更多諷刺詩：一九三三年二月二十日發於《申報・自由談》的〈長期抵抗〉諷刺國民黨實質不抵抗的對日政策；一九三三年三月十三日刊於《申報・自由談》的〈空城計〉對不抵抗政策的揶揄更加直白：「日本小鬼嚇了一跳，／怎麼城裡靜悄悄！」「日本小鬼亦欣然，／各得其所哥倆好。／君不見滿洲之國何以興？／只須南向跺跺腳」；一九三三年五月刊於《論語》第十六期的〈致富神咒〉則諷刺那些缺乏良心，大發國難財者：「君不見滿洲之國名士多，神仙不斬狼心與狗肺」；一九三三年五月《文藝月刊》第三卷第十一期〈謎〉以「兄弟相爭」為喻「諷刺外敵當前，國共相爭」；同月《文藝月刊》第三卷第十一期〈打刀曲〉則是一曲「打刀者」之歌，淬火煉刀殺敵的報國情懷躍然紙上。

　　「文協」成立之後，老舍成了主要領導人之一。文藝家不再安於書齋，用文藝發動民眾抗日，詩歌成了極為便利的文體。一九三九年三月二十一日《大公報》上發表的〈怒〉，老舍在題記中交代寫作動機：「作這首小詩的動機，是文協的詩歌座談會擬於最近出《抗戰詩歌》，大家幹得起勁，所以就編這麼幾句，彷彿是先來預賀一下。」一九三八至一九四〇年老舍創作了不少抗日詩歌，[11]這些作品發揮了「大

11　一九三八至一九四〇年間，老舍創作的抗戰題材詩歌，除上述兩首外主要有1938年3月《抗戰畫刊》第7期〈雪中行軍〉；1938年4月4日《武漢日報》〈為小朋友作歌〉，讚譽抗戰的小英雄；1938年5月《抗戰畫刊》第11期〈流離〉；1938年6月《民族詩壇》第二輯〈新青年〉讚美抗戰的新青年；1938年10月1日《掃蕩報》〈保民殺寇〉；1938年10月4日〈保我山河〉；1938年11月12日《掃蕩報》〈抗戰民歌二首〉、〈大家忙歌〉、〈出錢出力歌〉；1939年2月13日、14日《大公報》〈成渝路上〉（〈劍北篇〉中摘錄）；1939年4月3日《中央日報》〈壁報詩〉；1939年4月4日《大公報》「重慶市兒童節紀念特刊」〈她記得〉；1939年4月4日《中央日報》「重慶市兒童節

眾化」、「通俗化」、「可歌可誦」的特點，與其說是新詩，不如說是「歌詩」。寫於一九三八年的〈丈夫去當兵〉就在張曙譜曲後流傳廣泛。

　　老舍的寫作以小說、戲劇為主，在抗戰詩歌的大眾化訴求下自然而然地走近了歌、謠、鼓詞、小調等形式。如〈童謠二首〉之二：

> 小小子，
> 坐門椿，
> 哭著喊著要刀槍。
> 要刀槍幹什麼呀？
> 練刀，抵抗；
> 練槍，好放；
> 明兒個早上起來打勝仗！[12]

便是對北平兒歌的仿製，老舍親自為其形式出處做了說明：

> 北平有一首極美的童歌：「小小子（小男孩），坐門墩兒，哭著喊著要媳婦兒（婦兒讀成分兒，可與墩兒成韻；為北方特有的『小人辰』轍）。要媳婦兒幹什麼呀？點燈，說話兒；吹燈，作伴兒；明兒個早上起來梳小辮兒。」事多句簡，流利自然，尤為上品，不易仿作。[13]

　　即使並非直接使用歌謠等民間形式，也表現出相近的風格特點，

紀念特刊」殺敵題材的〈童謠二則〉；1939年4月11日《中央日報》〈打〉（游擊隊歌）；1939年10月《抗戰文藝》第4卷第5、6期合刊號〈戰〉；1939年《抗戰詩選》，戰時文化出版社出版，〈為和平而戰〉；1940年1月《政論》第2卷第6期〈蒙古青年進行曲〉。

12　老舍：〈童謠二首〉，《中央日報》「重慶市兒童節紀念特刊」，1939年4月4日。

13　老舍：〈童謠二首〉，《中央日報》「重慶市兒童節紀念特刊」，1939年4月4日。

如〈丈夫去當兵〉：

> 丈夫去當兵，老婆叫一聲：
> 毛兒的爹你等等我，
> 為妻的將你送一程。
> 你去投軍打日本，
> 心高膽大好光榮；
> 男兒本該為國死，
> 莫念妻子小嬌身！
> 丈夫去打仗，
> 女子守家庭[14]

　　值得一提的是，老舍詩歌除了這類短小篇什之外，還有一部鴻篇巨制〈劍北篇〉。這是老舍一九三九年作為文協代表參加北路慰問團到西北慰勞抗戰士兵的結果。「由夏而冬，整整走了五個多月，共二萬里。路線是由渝而蓉，北出劍閣；到西安；而後入潼關到河南及湖北；再折回西安，到蘭州、青海、綏遠、榆林和寧夏。」原計劃中，老舍雄心勃勃要寫萬行，實際只完成了三分之一。舒乙認為〈劍北篇〉特點在於：「『行行押韻，一韻到底』，涉及的中國城市最多，老舍創作這部作品耗時一百六十五天，期間到過七十四個城市，因而也是描寫各地景色最詳細的作品。作品緊扣現實，是老舍先生將現實和理想高度統一的心血之作。」[15]寫作新詩對老舍是個挑戰，他也感慨「現在我要作的是新詩。真難」。因為「沒有格式管著」，沒有「那麼

---

14 劉東方：〈老舍〈丈夫去當兵〉及抗戰歌詩〉，《中國現代文學叢刊》2012年第7期，此詞借用大鼓詞，後來被張曙譜曲。

15 姜小玲：〈老舍研究新發現：〈劍北篇〉創造諸多第一〉，《解放日報》2011年10月17日。

多有詩意的俗字」，行行用韻如何寫得自然。「有上述三難，本已當知難而退；卻偏不！不但不退，而且想寫成一萬行！」[16]〈致友人函〉中老舍透露了寫此詩的困難和堅持，是什麼促成老舍這種堅持？細讀此詩，不難發現不是一種創造傑作的衝動，而是一種以「記錄山河」為表徵的民族精神的確認。

　　抗戰帶來了民族人口的大遷徙，文學家在時代的大浪潮中被推到了被蹂躪的家國山河面前。所以，透過對山河的書寫來確認一種在危機中變得強烈的民族國家情感成了抗戰之後詩歌中一種帶有普遍性的範式。在此過程中留下的著名作品包括艾青〈雪落在中國的土地上〉、〈北方〉、〈手推車〉、〈時代〉，戴望舒〈我用殘損的手掌〉，穆旦〈讚美〉、〈在寒冬的臘月裡〉，阿壠〈縴夫〉，光未然〈黃河大合唱〉，等等。無疑，〈劍北篇〉也屬於這類以「山河」表徵民族的詩歌類型。值得注意的是，與其他詩歌採用「自由體」不同，由於老舍本人對民間藝術形式的熱愛，也由於當時已經興起的「民族形式」討論的影響，〈劍北篇〉也表現了以舊形式為民族形式的傾向：

> 草此詩時，文藝界對「民族形式」問題，討論甚烈，故用韻設詞，多取法舊規，為新舊相融的試驗。詩中音節，或有可取之處，詞彙則嫌陳語過多，失去不少新詩的氣味。行行用韻，最為笨拙：為了韻，每每不能暢所欲言，時有呆滯之處。為了韻，乃寫得很慢，費力而不討好。句句押韻，弊已如此，而每段又一韻到底，更足使讀者透不過氣；變化既少，自乏跌宕之致。[17]

16　參見老舍〈致友人函〉，《老舍文集》第13卷（北京市：人民文學出版社，1988年），頁316。

17　老舍：〈致友人函〉，《老舍文集》第13卷（北京市：人民文學出版社，1988年），頁316。

不難發現，老舍的詩歌寫作一直站在新詩寫作傳統之外，他面對沒有形式約束的新詩感到惶惑，因為民族形式問題討論甚烈，「用韻設詞」就「多取法舊規」，可見他對舊形式是否足以代表民族形式問題持正面肯定態度。他雖然感到「不能暢所欲言，時有呆滯之處」的弊端，但在時代思潮的裹挾下未能做出反思。

〈劍北篇〉以慰勞沿途城市風物入詩，激發的都是山河美好，民族自強的情感。就詩歌而言，由於在敘事與抒情、體式與意象等方面缺乏有效技術，詩歌過分冗長而感染力有所不足。跟老舍的努力相比，此詩並無相稱的藝術回報。老舍的例子證明了，民族情感的刺激如何影響著一個作者的形式資源選擇。與老舍同時期，活躍於延安的柯仲平則是同時代不同區域另一個歌謠入詩的積極踐行者。作為左翼詩人，柯仲平同樣表現出將民間形式跟民族形式關係自明化的傾向，這種傾向在解放區有著民族之外的階級文化動力。

抗戰之初，柯仲平被何其芳視為「利用民間形式而且有了成就的作者」，[18]然而他的問題意識無疑是從實際工作中來，是文藝如何更好吸引老百姓問題。「你給老百姓弄一套洋八股，弄得他們莫名其妙，他們雖然也講你『本事大』，『了不起』的，但你的戲一唱舊了，就一定『站不住』他們。」[19]由現實政治動員的需求出發，很自然地把「中國化」問題轉換為「民間形式」問題。

柯仲平自一九二〇年代初便開始寫詩，那時寫的大部分還是浪漫主義自由詩。時代風潮激發了他少時接受的民歌資源，他又長期在群眾中做文藝宣傳工作，因此民族形式討論興起之後，他「想到詩歌的民族形式這問題，我以為有好大一部分中國民歌的形式，它比『五四』以來的大部分的詩歌形式優秀得多」。[20]雖然他並不否定吸收民歌

---

18 何其芳：〈論文學上的民族形式〉，《文藝戰線》1939年11月16日第1卷第5期。

19 柯仲平：〈談「中國氣派」〉，延安《新中華報》1939年2月7日。

20 柯仲平：〈談中國民歌〉，《中國文化》1940年6月25日第1卷第4期。

入新詩需要「融化」：「我們發展民歌，吸收民歌作風到新詩歌的創作
中來，不只因為在政治上它有功用性，而且同時因為它是中國文化中
的一種優秀的、活的、大眾的藝術。它有許多優點是值得我們吸收的。
當然，吸收它，也如吸收中外其他詩歌的優點一樣，要加以融化。它
只不過是新的大眾詩歌創作中的最重要的因素和基礎。」[21]然而民歌
形式的「融化」問題在現實中常常被簡化為「填充革命內容」問題，
形式上不免牽強。何其芳承認「柯仲平同志的詩值得我們注意、佩
服」，「他的寫作那樣大的詩篇的企圖和他的題材的現實性，這兩者都
是很好的而且是以前的一般詩作者所缺乏著的」[22]，但也認為：

> 他的詩的形式，我都覺得有一部分由於利用舊形式成功了，有
> 一部分卻因利用得不適當，成了缺點。最主要的是不經濟。當
> 我剛回到延安，我讀著他的〈平漢路工人破壞大隊的產生〉，
> 我感到像讀著〈筆生花〉、〈再生緣〉之類彈詞一樣，就是說很
> 性急地想知道究竟後事如何，而埋怨作者描寫得太多，敘述得
> 太鋪張，故事進行得太慢。其次是不現代化。自然，我在上面
> 已經說過，他利用民歌之類在某種程度上是相當成功的，但假
> 若他的詩的形式更現代化一些，一定會更成功一些。過度地把
> 民歌之類利用到長詩上有時是並不適當的：或者由於各種不同
> 的形式的兼收並容和突然變換，使人感到不和諧，不統一
> （〈邊區自衛軍〉給我這種印象）：或者由於民間形式的調子太
> 熟，太輕鬆，太流動得快，破壞了大的詩篇的莊嚴性（〈平漢
> 路工人破壞大隊的產生〉使我有了這種結論）。[23]

---

21 柯仲平：〈談中國民歌〉，《中國文化》1940年6月25日第1卷第4期。
22 何其芳：〈論文學上的民族形式〉，《文藝戰線》1939年11月16日第1卷第5期。
23 何其芳：〈論文學上的民族形式〉，《文藝戰線》1939年11月16日第1卷第5期。

　　考察柯仲平作品，會發現何其芳所言不虛。〈邊區自衛軍〉是一部所謂「老太婆也能聽懂」的作品，因此作者有意識地「利用流行民間的多種多樣的調子，如民歌，民謠，小調，大鼓，小戲，各種地方戲，說書」。[24]這也是何其芳所謂的「形式的兼收並容」。

> 左邊一條山
>
> 右邊一條山
>
> 一條川在兩條山間轉
>
> 川水喊著要到黃河去
>
> 這裡碰壁轉一轉
>
> 那裡碰壁彎一彎
>
> 它的方向永不改
>
> 不到黃河心不甘
>
> 有個男兒漢
>
> 他從左邊山上來
>
> 他一彎一彎
>
> 下得山來要過川
>
> 他的身材不高也不矮
>
> 結結實實的一條好漢
>
> 他的服裝上下藍
>
> 腰間纏著一條黃河水色帶
>
> 他的背上背著刀
>
> 右手揮著一根旱煙袋
>
> 鴨嘴帽兒歪歪戴

---

24 柯仲平：《邊區自衛軍》〈前記〉（上海市：讀書生活出版社，1938年），頁1。

腳下蹬著一雙麻草鞋

他那派頭像什麼？

說他像從前的俠客

他的腰間卻有小手槍一桿

他身上的槍疤刺刀傷不算

額頭也曾帶過彩

他的一生好比這條川

不知碰過多少壁

轉過多少灣

他的方向永不改

他的工作比到黃河更艱難

他是不達目的心不甘

不達目的心不甘[25]

　　用民歌的調子寫作，如作者所說「這詩，可以用民間的歌調唱」，有著民歌的婉轉流暢，但確實很不「經濟」，用民歌講故事的傾向很明顯，但故事講得比較拖沓。然而，這樣的嘗試卻依然被視為可貴的創新，甚至被確立為嶄新的方向。因為在這種化用舊形式的時歌實踐背後，存在著一種強勁的將民間形式為民族形式透明聯結的話語。持此觀點者一方面攻擊新詩存在的「形式」問題，並反過來在歌謠、民歌等民間形式中索取解決之道。蕭三便是這方面突出的代表，他這樣發問「這十五六年來中國的『新詩』脫掉了濟川君所批評的『矯揉造作』，『構造潦草』沒有呢？」答案當然是否定的，他認為歸根結底「就是新詩的形式問題」：

---

25 柯仲平：《邊區自衛軍》（上海市：讀書生活出版社，1938年），頁5-6。

中國的新詩直到現在還沒有「成形」——這是無可諱言的。這
原因在哪裡呢？我以為是，自從「白話」戰勝「文言」以來，
作新詩的一下子從古詩的各種形式和體裁「解放」了出來，於
是絕對「自由」，你也「嘗試」，我也「嘗試」。結果，弄得毫
無「章法」，沒有一個完全「嘗試」成功的，也就到現在還沒
有很多很好的詩的。[26]

如何為新詩確定一個「形」呢？於是便涉及何謂「民族形式」的
源泉：

發展詩歌的民族形式應根據兩個泉源：一是中國幾千年來文化
裡許多珍貴的遺產，《離騷》、詩、詞、歌、賦、唐詩、元
曲……二是廣大民間所流行的民歌、山歌、歌謠、小調、彈
詞、大鼓詞、戲曲。[27]

　　蕭三的「古典＋民歌」的二源泉說日後在五十年代獲得政治確
認，當時也不乏支持者。署名鐵夫者便在一九四〇年的一篇文章中幾
乎背書般地重複了蕭三的觀點。[28]
　　在理論上堅持民間中心源泉說最廣為人知者是向林冰，然而，當
年不乏影響更大的黨內理論家持相同觀點，陳伯達便是其中一位。陳
伯達在文藝民族形式爭論之初便著文指出：

近來文藝上的所謂「舊形式」問題，實質上，確切地說來是民
族形式問題，也就是「新鮮活潑，為中國老百姓所喜聞樂見的

26 蕭三：〈論詩歌的民族形式〉，《文藝突擊》1939年6月25日第1卷第2期。
27 蕭三：〈論詩歌的民族形式〉，《文藝突擊》1939年6月25日第1卷第2期。
28 參見鐵夫：〈談談詩歌的民族形式〉，《黃河》1940年3月25日第1卷第2期。

中國作風和中國氣派」的問題。[29]

　　這裡非常迅速地將「舊形式」問題提到「民族形式」、「中國作風和中國氣派」等時代共鳴的高度來，雖然陳伯達也強調「屈服形式，使舊形式服從於新內容」的改造一面，但在現實功用的作用下，他提出以接受效果評價文藝價值：「一個文藝的真價，不但應估計其內容，還應估計其形式，而做這種估價，事實上應以該文藝所發生的感召力量為準繩。」[30]

　　另一個當時黨內頗有影響的理論家艾思奇在民族形式爭論之初的文章同樣值得分析。他同樣將舊形式使用視為創造民族形式的主要途徑，《舊文藝運用的基本原則》一文立意便在於為舊形式使用伸張合法性，然而他並沒有直接把舊形式跟強勢的「民族形式」話語相聯結了事。他反對把舊形式使用視為一個臨時的、技術性的問題。理由是：（1）基於「歷史的要求」和「必然的規律」：「要從這裡看出，中國今天的現實對於文藝人所提出來的歷史的要求。這一個要求，指示著文藝發展的一個必然的規律，不管你個人之觀點願意不願意，它總要推動著你走上這樣的前途。」（2）基於抗戰現實走進民眾的需求：「真正有價值的藝術創作，都是戰鬥者的創作，都是社會戰鬥的一種特殊形式。」「文藝不是要『束之高閣』的東西。它是社會的民族的，它主要的目的是要走進現在的廣大的民眾中間。在這樣的目的前面，就必然要提起了舊形式的利用的問題。」「舊形式，一般地說，正是民眾的形式，民眾的文藝生活。」[31]

　　寫作過《大眾哲學》的馬克思主義哲學家艾思奇把「走進民眾」設置為藝術的標準，並且將這種標準視為一種必然規律和歷史要求。

29　陳伯達：〈關於文藝的民族形式問題雜記〉，《文藝戰線》1939年4月16日第1卷第3期。
30　陳伯達：〈關於文藝的民族形式問題雜記〉，《文藝戰線》1939年4月16日第1卷第3期。
31　艾思奇：〈舊形式運用的基本原則〉，《文藝戰線》1939年4月16日第1卷第3期。

因此，舊形式就因為和民眾的親緣性而獲得了文藝合法性。他認為我
們雖有五四的新文藝，五四文藝的優點是「否定過去的與民眾生活無
關的舊文藝」，缺點是「並不是建立在真正廣大的民眾基礎上」。這是
一種典型的左翼「五四」觀，它抽空了五四的現代轉型意義，把「民
眾」性發展為一種絕對歷史標準。可見，在艾思奇的歷史觀和文藝觀
中，「民眾」具有通約一切的能力。因此具有「民眾性」的舊形式被
提升到「民族」的高度來論述就自然而然了：「我們有新的文藝，然
而極缺少民族的新文藝」。那麼何謂「民族」呢？（我們需求的）「民
族的，也就是大多數民眾所接受的，它能被民眾看做自己的東西。」
正是因為通過「民眾」定義文藝合法性，並進而定義「民族」，「舊形
式」在艾思奇那裡已然獲得了對「民族形式」的代表性，因此他便斬
釘截鐵地說：「我們的民族的東西，主要地都是在舊形式的東西。」[32]
　　如此，能在彼時背景下被廣大文盲受眾所喜歡的「舊形式」便自
然是具有最大價值的形式，也當然就是「民族形式」。我們因此得以
窺見大眾化的迫切性如何在「民族形式」的時代共名中發聲，成為當
年擁有極大影響力的一種抗戰文藝方案。

第二節　不可抗拒的轉型：新文學話語及其消解

　　新詩歌謠化是中國新詩一條顯豁的軌跡，然而詩歌取法歌謠的資
源命題卻必須通過具體、分裂的話語場發生作用。當老舍、柯仲平等
人在抗戰大眾化的文化動力下認可了民間資源對於民族形式的代表權
時，另一批人卻對此保持疑慮。這一節的討論將從何其芳開始，他同
樣認可「民族形式」的文藝方向，然而由於濃厚的新文學趣味使他對
這個問題的思考跟民間派卻有很大的差異。

---

32 艾思奇：〈舊形式運用的基本原則〉，《文藝戰線》1939年4月16日第1卷第3期。

「實在無法取消這種文化上的分工」

一九三九年十一月十六日，何其芳在《文藝戰線》上發表了〈論文學上的民族形式〉一文，較早地參與了這場討論。這篇文章對柯仲平新詩融合民間資源的嘗試進行了頗為及時的回應。然而，何其芳肯定的是柯寫作「大的詩篇的企圖」和「題材的現實性」，對民間形式入詩表達了一般性的「佩服」之餘卻又批評它們的「不現代」和「不經濟」。細察全文，何其芳的重點其實在後面的批評。他雖一般性地相信「既通俗又高度的藝術性」統一的可能，也認同「大眾化」的必要性：「為了動員廣大民眾參加抗戰，文藝工作者是應該做這種工作的。」[33]然而此時何其芳的「大眾化」立場卻是新文學式的。因此，他便認為新文學不該為不夠大眾化負全部的責任：「新文學不夠大眾化不僅是形式問題，更主要的還是由於內容。而且這種責任不應該單獨由新文學來負，更主要的還是由於一般大眾的文化水準的低下。……中國還有著百分之八十以上的文盲。無論怎樣大眾化的作者，總不能寫出不識字的人能閱讀的書。」[34]他甚至認為新文學不夠大眾化是一種客觀的文化分工的結果：

> 文學的各部分，除了戲劇，和它的讀者發生關係應該是通過文字和眼睛，而不是通過聲音和耳朵。原始的人類的文學和音樂可能是合一的，然而由於人類文化的進步，它們分家了。到了現在，我們實在無法取消這種文化上的分工。不管詩人苦心地，反覆地用著各種不同的腔調唱他的詩，我們從來沒有遇見一個工人或者農民或者甚至一個知識分子記得一首朗誦詩，而

---

33 何其芳：〈論文學上的民族形式〉，《文藝戰線》1939年11月16日第1卷第5期。

34 何其芳：〈論文學上的民族形式〉，《文藝戰線》1939年11月16日第1卷第5期。

　　且能夠照樣唱出，然而冼星海同志的一個普通曲子卻流行在各
個地方，各個階層的人民中間。[35]

　　何其芳事實上是在含蓄地堅持以作家主體意識為核心的新文學價
值，從而拒絕一種絕對化的「大眾化」。對於此時的何其芳而言，「大
眾化」是一種手段和途徑，而不是具有通約性的價值。因此，對大眾
化是否會降低文藝水準的問題，他的回答耐人尋味：經過作者和讀者
的雙向提高之後「當然不會」，但「假若是指目前的，以利用舊形式
為主的，即為了影響文化水準較低的大眾去參加抗戰而採取的那種部
分的臨時的辦法，那無疑地會或多或少地降低一些的」。[36]

　　何其芳的文章代表了一個在民族情懷感召下參加抗日，接受大眾
化，但依然站在新文學立場的寫作者的觀點。他不反對民間形式的使
用，但認為過分使用也並不妥當。理論上他期盼一種「既通俗又高度
的藝術性」的作品，但認為這是作者和讀者雙向努力的問題；他並不
簡單認為大眾化會降低藝術水準，但又認為那種以抗戰宣傳、政治動
員為目的，以利用舊形式為主的寫作「無疑地是會或多或少地降低一
些的」。「現代」依然是他判斷作品的標準；同樣，訴諸文字和眼睛的
寫作在他那裡依然不是負面價值，[37]而是一種值得堅持的「人類文化
的進步」。

新文學立場的「大眾化」和「民族形式」

　　如果把何其芳的觀念放置於三、四十年代之交的論爭，便會發現

---

35 何其芳：〈論文學上的民族形式〉，《文藝戰線》1939年11月16日第1卷第5期。

36 何其芳：〈論文學上的民族形式〉，《文藝戰線》1939年11月16日第1卷第5期。

37 對目視之詩的討伐，從三十年代的新詩歌運動就不斷被重複，左翼詩歌也由此開啟
　了歌謠化、朗誦化等訴諸耳朵和口傳的詩寫方式。

它並非偶然，也不是何其芳獨有的觀念。而是當年文藝場域中帶有時
代性和普遍性的話語。是一種從五四立場來思考「大眾化」「民族形
式」的典型思維。大眾化的結果自然導向對傳統民間資源的激活和啟
用。於是便產生了對大眾化、舊形式、民間形式的各種不同立場；進
而產生了新形勢下如何評價舊形式與五四新文學、如何評價五四新文
學與「民族形式」關係的爭論。新文藝的文化信仰者更願意相信「大
眾化」是特殊環境下的暫時、權宜之計；更不認可舊形式相對於民族
形式的代表權。在「民族形式」論爭中，正是這種聲音跟「民間派」
的論爭構成了討論最重要的兩極。在一九四二年以前，從新文學立場
出發探討「民族形式」的主要人物包括郭沫若、茅盾、胡風、周揚、
王實味等。有趣的是，這些人的思想同樣存在著相當差異，彼此間也
發生過爭論（如胡風和周揚，王實味和胡風）。一九四二年之後，周
揚逐漸成為毛澤東文藝路線的闡釋人。然而一九四二年延安文藝講話
之前，他在民族形式問題上卻依然保留著某種程度的新文學立場。一
九四二年之後，「民族形式」論爭的結束實質是這些異質性聲音的消
弭和統一。論爭中的這些新文學聲音揭示了一九四二年之前延安文藝
界思想上的內部張力。

　　在階級立場出發批判五四新文學是二、三十年代「革命文學」論
爭、文藝大眾化論爭的主要命題。五四白話文學被斥為「新文言」，
承接著對新文學的階級批判，向林冰諸人直接宣告五四文學資源在締
造民族形式競爭中的出局。然而，這種觀點在三十年代末、四十年代
初卻引來了多番批駁，就是二十年代革命文學論爭主將郭沫若、三十
年代文學大眾化論爭主將周揚都對五四新文學持有更加客觀的判斷。
作為五四時期文學研究會重要成員的茅盾、以五四精神傳人自居的胡
風對此更是展開了猛烈的批判。

　　一九四〇年六月九至十日兩日，郭沫若在重慶《大公報》連載長
文〈「民族形式」商兌〉，對民間形式中心源泉論拒絕外來資源的自閉

傾向提出商榷。郭沫若無心「袒護新文藝，以為新文藝是完善無缺或者已經有絕好的成績」，在他看來新文藝「最大的令人不能滿意之處，是應時代要求而生的新文藝未能切實的把握時代精神，反映現實生活。」「第二個令人不能滿意的缺點，便是用意遣詞的過分歐化。」[38]在郭沫若看來，破解此兩個新文學弊端的方式是作家對大眾生活的親歷，「是要作家投入大眾的當中，親歷大眾的生活，學習大眾的言語，體驗大眾的要求，表揚大眾的使命。」[39]郭沫若把作家與大眾的關係定義為一種代表與被代表的關係，但前提是作家從思想到生活必須「大眾化」，因此才能獲得對大眾生活的代表性和表述權。因此，在他這裡，作家的主體性是非常明顯的。他特別警惕把群眾「喜聞樂見」的「民族形式」等同於中國民間固有的「習聞常見」的形式。「工廠，公司，輪船，鐵道，汽車，電信，電話，電燈，電梯，自來水，學校，政黨，聲光化電，朵列米伐，上至大總統，主席，委員長，中華民國，哪一樣式『中國老百姓所習見常聞』的？如這一切都要從新來過一遍，以某種中國所固有的東西為『中心源泉』，任何人聽了都會驚駭，何獨於文藝而發生例外？」[40]郭沫若在社會現象跟文藝現象之間進行直接類比，雖然並不妥當，但是他顯然突顯了民間形式中心論者在現代性與民族性發生矛盾時的偏執。抱著某種文化進化論的思想，郭沫若相信民間形式終究是一種落後的形式，它之使用是一種權宜之計，「我們在這時就必須通權達變，凡是可以殺敵的武器，無論是舊式的蛇矛，牛角叉，青龍偃月刀，乃至鐮刀，菜刀，剪刀，都可使用」。[41]他相信落後的形式在進入正常時間軌道之後，必然會被淘汰，「抗戰前差不多絕跡了的手搖紡線機，自抗戰以

38 郭沫若：〈「民族形式」商兌〉，重慶《大公報》，1940年6月9-10日。
39 郭沫若：〈「民族形式」商兌〉，重慶《大公報》，1940年6月9-10日。
40 郭沫若：〈「民族形式」商兌〉，重慶《大公報》，1940年6月9-10日。
41 郭沫若：〈「民族形式」商兌〉，重慶《大公報》，1940年6月9-10日。

來四處復活了。這也就是權。這種一時的現象，在抗戰勝利以後，是注定仍歸消滅的。我們當然不能說，將來的新紡織工業形式會從這手搖紡線機再出發。」[42]特殊的情勢下，「不僅民間形式當利用，就是非民間的士大夫形式也當利用。用鼓詞、彈詞、民歌、章回體小說來寫抗日的內容固好，用五言、七言、長短句、四六體來寫抗日的內容，亦未嘗不可」，「我們不得不把更多的使用價值，放在民間形式上面。這也是一時的權變，並不是把新文藝的歷史和價值完全抹煞了」。[43]顯然，郭沫若的評價體系中新／舊並未發生價值逆轉，舊形式只是在變／常的狀態之下從「權」的結果。

　　郭沫若另一個貢獻在於，他以歷史學家的學識，通過考古發現的唐代「變文」[44]證明：（1）民間形式的中心源泉事實上可能是外來形式；（2）外來形式經過充分的中國化是可以成為民族形式乃至於民間形式的；（3）民間形式本身有自身的發展。可見，即使在古代，民族和民間也不是封閉的、固定的，強行以「民間」定義「民族」並不符合文藝史複雜流變。這些論述，對於如何理解「民族形式」，如何堅持民族形式的開放性和現代性都有啟發意義。

　　三十年代曾經被魯迅稱為「四條漢子」之一的周揚，在四十年代初「民族形式」討論中顯示了相對公允的態度。他反對關於五四新文藝的一種批判性意見，這種意見「贊成發展民族新形式，但是『五四』以來的新文藝卻是脫離大眾的、歐化的、非民族的，民族新形式必須從頭由舊形式發展出來。」周揚認為：「新文藝無論在其發生上，在其發展的基本趨勢上，我以為都不但不是與大眾相遠離，而正是與之相接近的。」他承認「不錯，新文藝是接受了歐化的影響的，

42　郭沫若：〈「民族形式」商兌〉，重慶《大公報》，1940年6月9-10日。

43　郭沫若：〈「民族形式」商兌〉，重慶《大公報》，1940年6月9-10日。

44　變文是一種受印度宗教文化影響而產生的一種文體，又是後來的民間形式的各種文藝的母胎。

但歐化與民族化並不是兩個絕不相容的概念。」[45]這意味著，此時周揚的「民族形式」觀同樣是開放型的，既不主觀切斷跟五四新文學的聯繫，也不一味排斥「歐化」。

和郭沫若相近，周揚同樣堅持新文學相對於舊形式的價值優勢，卻又批評新文學所存在的不夠大眾化的缺點。有趣的是，「大眾化」在此時的周揚那裡並不成為一種絕對的價值標準，他相信有不大眾化卻符合藝術化標準的作品。「例如長篇的體裁，複雜性格心理的描寫，瑣細情節的描繪，這些不容易為大眾所接受，但在藝術上卻不成為缺點，且往往是構成大藝術品所必需的。」

由於承認「大眾化」和「藝術化」存在分裂的狀態，也即是認可一種並不大眾化的藝術合法性，周揚在「舊形式」、「大眾化」問題上事實上跟郭沫若一樣，都認為是抗戰形勢的「權變」之需。所以，周揚認為抗戰背景下舊形式利用的「麻煩」在於「抗戰政治宣傳和大眾啟蒙教育需要大量的舊形式，但是由於它帶有時代所加於它的缺點和限制性，所以對它就不能不採用批判地利用的態度加以改造，而且這改造比新形式的改造，那意義還更不同，因為這是以最後否定舊形式本身為目的。」[46]周揚雖然相信舊形式經過藝術和思想改造，可以發展為較高藝術，但是「它現在一般地還只能是較低的藝術，它能夠使藝術與大眾大步地接近，但並不能就是藝術與大眾之最高結合」。[47]

民間形式中心源泉論者倡導「舊瓶裝新酒」，並且認為舊形式具有內在自我轉化的能力，即是所謂「新質發生於舊胎中」。周揚對此頗有疑慮，「一定的舊形式是適應於一定的舊內容，產生於舊的社會

45　周揚：〈對舊形式利用在文學上的一個看法〉，《中國文化》1940年2月15日第1卷第1期。

46　周揚：〈對舊形式利用在文學上的一個看法〉，《中國文化》1940年2月15日第1卷第1期。

47　周揚：〈對舊形式利用在文學上的一個看法〉，《中國文化》1940年2月15日第1卷第1期。

結構，根基於舊的世界觀，具有其舊的一套形象」，他相信即使去除舊形式中的世界觀，提高它的藝術性和思想性，「卻不能不帶來破綻，這個破綻就是由進步的內容與落後的形式相矛盾相鬥爭而來的」。因此，對於「大眾化」和「藝術化」，即是後來所謂的「普及」和「提高」，周揚採用了一種分而治之的策略。他認為不能向舊形式要求藝術化，那是一種「紳士式的惡意」，「也不能以舊形式能博得大眾的拍掌就認為是最高藝術」，「這太近乎一種廉價樂觀與自我陶醉」。[48]他認為正當的態度是，「盡可能利用舊形式」，「在多少遷就大眾的欣賞水平中逐漸提高作品之藝術的質量，把他們的欣賞能力也跟著逐漸提高，一直到能鑒賞高級的藝術。另一面所謂高級的限制的新文藝應切實大眾化。」[49]

　　周揚的觀點概述之：（1）新文藝的產生和發展，都是靠近大眾的結果，雖然存在不夠大眾化問題，但是跟舊形式相比依然具有更高藝術性和進步性；民族形式跟歐化並不衝突。（2）舊形式雖然可以進行改造和提高，但由於舊形式和新內容之間的衝突，「舊」並不能自動轉化為「新」。舊形式使用的最終目標是揚棄舊形式。（3）可以盡量利用舊形式，但必須輔之以對形式和觀眾的提高。

　　茅盾對民間形式中心源泉論同樣提出非常鄭重而有分量的批駁。他強調五四文化合法性，認為向林冰「把『五四』以來受了西方文藝影響的新文藝等看作是完全不適宜於『中國土壤』，或者是『中國土壤』上絕對不能產生外來的異物，而不知各種文藝形式乃是一定的社會經濟的產物」。強調民間形式只是跟民眾文化水平較低狀態相適應的形式，認為向林冰「不知民眾之所以能夠接受民間形式，不是口味

48　周揚：〈對舊形式利用在文學上的一個看法〉，《中國文化》1940年2月15日第1卷第1期。

49　周揚：〈對舊形式利用在文學上的一個看法〉，《中國文化》1940年2月15日第1卷第1期。

的問題，而是文化水準的問題」，「如果為了遷就民眾的低下的文化水準計，而把民間形式作為教育宣傳的工具，自然不壞，但若以之為將要建設的民族形式的中心源泉，則是先把民眾硬派為只配停留於目前的低下的文化水準，那是萬萬說不過去的謬論」。[50]

　　指責向林冰把民族形式理解為狹隘的民族主義口號。「民間」未必就是活的，進廟堂未必就是死的。茅盾還以文藝史上具體的例子證明向林冰所謂「生於民間，死於廟堂」的誤導性。他承認自然有很多生於民間而死於廟堂的藝術形式，「但是也有例外：民間之『皮黃』進了廟堂而成『平劇』以後，依然不死。且為老百姓所『習見常聞』乃至『樂見喜聞』。餘如『鼓詞』，『蹦蹦』之類，既『活』於民間，亦為新式廟堂一都市中之流行品」。[51]在茅盾看來，重要的不是藝術形式究竟活躍於民間還是廟堂，而是那些經過廟堂眾人沾手以後的東西，「在『形式』上是進步了呢，還是倒退了？」他認為，「雜劇」和「南曲」之間，雖然後者在民間已經不再流行，但「我們不能不說，在『形式』上後者確實勝過了前者」，「在整個形式上，不能不說『南曲』是進步的」。[52]

　　茅盾觀點的重要性在於，他反對在民間／廟堂這樣的二元對立框架中進行簡單的價值認定，反對民間形式中心源泉者邏輯的簡陋及其對具體文藝現象的遮蔽性。我們會發現，民間論者通過這種二元對立的話語操作，賦予「民間」以並不恰當的價值高位，這種唯民間化的論辯邏輯在二十世紀新詩史上還將繼續出現。雖然四十年代的「民間」論與九十年代末的「民間」論在內涵上截然不同。以「民間」為發聲機制的唯民間化思維，顯然一以貫之。而四十年代茅盾對此問題的看法，顯然有著更多從事實出發的客觀和公允。

---

50 茅盾：〈舊形式‧民間形式‧與民族形式〉，《中國文化》1940年9月25日第2卷第1期。
51 茅盾：〈舊形式‧民間形式‧與民族形式〉，《中國文化》1940年9月25日第2卷第1期。
52 茅盾：〈舊形式‧民間形式‧與民族形式〉，《中國文化》1940年9月25日第2卷第1期。

　　茅盾從樸素的馬克思主義文藝思想出發，不免要在舊形式和新形式之間進行進化論判斷：「向先生所推崇的『口頭告白』性質的『民間形式』，則正是中國這封建社會中最落後的階層（農民階層）的產物，縱使其中含有如高爾基所稱的長期積累的民眾機智的金屑，然而其整個形式斷然是落後的東西。」[53]由此，茅盾顯然否認民間形式具有自我轉化的可能性。「除非我們不要中國進步而自願永保其封建性，否則，中國文藝形式一定也得循著世界文藝形式發展的道路而向前發展。」他於是便否認「民間形式」對於「民族形式」的代表性，「它們所代表者，正是封建社會經濟的特徵，而不是什麼『民族形式』的特徵。」「封建文藝此種病瘤式的『特徵』，如果拿來認作民族形式的特徵，那就和崇拜長指甲、辮髮、小腳，同樣的可笑。」在他看來，向林冰最強調的所謂民間形式的「口頭告白」性質，「無非是從封建社會的農村社會生活之遲緩、散漫、遲鈍所形成。由於農民的聯想力很差，感覺遲鈍，所以民間形式不能不平鋪直敘」，傳統戲劇中獨白、旁白的設置，「也無非因為那時一般觀眾的感覺還不太銳敏，聯想力也差之故」。[54]

　　因此，民間形式自身並不能完成自我轉化，也不能具備對於民族形式的代表性，民間形式「名目雖多，實質上還是大同小異，其間真有獨創性的，不還寥寥數種而已。」「我國民間形式之眾多，亦何嘗與什麼民間創造力有關？」[55]

　　茅盾論述的深層動機和啟發性在於，他雖認為「民族形式」這一課題具有深遠的前程，卻始終警惕「民族形式」成為一種自閉的排斥性機制，而期待其具備吸納古今中外文化營養的開放式結構：「新中國文藝的民族形式的建立，是一件艱巨而長久的工作，要吸收過去民

53　茅盾：〈舊形式・民間形式・與民族形式〉，《中國文化》1940年9月25日第2卷第1期。
54　茅盾：〈舊形式・民間形式・與民族形式〉，《中國文化》1940年9月25日第2卷第1期。
55　茅盾：〈舊形式・民間形式・與民族形式〉，《中國文化》1940年9月25日第2卷第1期。

族文藝的優秀的傳統，更要學習外國古典文藝以及新現實主義的偉大作品的典範，要繼續發展五四以來的優秀作風，更要深入於今日的民族現實，提煉熔鑄其新鮮活潑的質素。」「在民族形式一問題上，首先不得不廓清諸凡要以一種現成的什麼形式作為什麼中學源泉的『抄小路』、『占便宜』的苟且貪懶的念頭」，因為他們的主張「不但是向後退的復古的路線，而且有『導引』民族形式入於庸俗化與廉價化的危險」。[56]

　　在文藝史規律上對「民間形式」自我轉化的可能性進行深刻反駁的當屬胡風。胡風紀念魯迅逝世四周年的長文〈論民族形式問題的提出和爭點〉第三部分標題為「關於『新質發生於舊質的胎內』，『移植形式』」，副標題「一個文藝史底法則問題」。這篇文章從馬克思主義文藝社會學原則出發，深刻地揭示「新質發生於舊質胎內」在思維上的誤區。

　　在民間形式中心源泉論者看來，民族形式的締造必須借用民間形式。因此，胡風首先便借用 V.M. 弗里契提出的文藝原則，指出獲得經濟、社會、文化成功的新社會階層從其他國家同一社會層借用某一體裁而成功的條件。他用 Ode（頌詩、頌歌）這一體裁在法俄之間的發展為例子。胡風認為「Ode 這一體裁，是在法蘭西底絕對主義氣氛圍裡面繁榮了的。它適應了因為需要它所以創造了它的社會層底長音階的氣氛」。十八世紀的 Ode，百年之後，卻被移植到俄羅斯並生根發芽。在他看來是因為「俄羅斯底各種條件底複合體在種種特點上和法蘭西底條件是類似的」。和這種封建君王的開明專制相適應，「高度的悲愴的表現，誇張，譬喻，許多修辭上的濫調─充滿了對於被稱讚的英雄們的形容詞，這種言語上的構造也是相同的。這樣地，詩的構造底一切配合──主題、構成、風格，融為一體，形成了文藝上的一

---

56 茅盾：〈舊形式・民間形式・與民族形式〉，《中國文化》1940年9月25日第2卷第1期。

個體裁（形式）」。[57]

胡風特別強調文藝體裁移植的社會條件，Ode 是不同國家同一社會層在相近的政治經濟文化體制下成功移植的例子。顯然，四十年代「民族形式」作為無產階級的文化創造在胡風看來並不適宜從封建社會的農民階層那裡借鑒文藝形式。

與移植或繼承相反，胡風指出 V.M. 弗里契所提的第二個文藝原則：「作為對於這以前是支配的，但現在卻失去了力量的社會層底體裁和風格的否定的對立，特定的社會層形成了自己底體裁和風格。」[58]

這是一種新對舊的挑戰、顛覆中凝定的新形式，這個原則無疑在伸張著五四新文學形式的進步性和合法性。胡風進而設問：「為什麼文藝形式底發展不能有它本身『內在』的辯證法呢？是不是辯證法不能支配到這個領域呢？」[59]這實際是說為什麼文藝形式不能如向林冰所謂的「新質產生於舊質的胎中」呢？

胡風接著便用馬克思主義的存在與意識、經濟基礎和上層建築理論對此予以解釋。他認為，上層建築具有對經濟基礎的反作用，我們可以在「上層建築（文化形式）裡面看到了歷史的墮性和延長」，「特定文藝形式底崩潰就遠遠地落在產生它的特定社會存在崩潰後面」。[60]胡風的潛臺詞是，這是為何社會存在發生變化，而舊形式依然存在的原因。然而「如果文藝創作是為了真實地反映現實生活，並不能拋掉這原則去意識地發展某一固有形式，那麼文藝底發展就不是用『形式本身固有的』內的辯證法平行地去對應存在底發展，而要採用『跳』的路線」。[61]

57　胡風：〈論民族形式問題底提出和爭點〉，《中蘇文化》1940年10月25日第7卷第5期。

58　胡風：〈論民族形式問題底提出和爭點〉，《中蘇文化》1940年10月25日第7卷第5期。

59　胡風：〈論民族形式問題底提出和爭點〉，《中蘇文化》1940年10月25日第7卷第5期。

60　胡風：〈論民族形式問題底提出和爭點〉，《中蘇文化》1940年10月25日第7卷第5期。

61　胡風：〈論民族形式問題底提出和爭點〉，《中蘇文化》1940年10月25日第7卷第5期。

「內的辯證法」與「跳的路線」關涉的正是在民間形式中以舊納新方案還是在新形式對舊形式的斷裂和叛逆中以新反舊方案。胡風認為「特定文藝形式底力學是特定社會層的力學——氣氛、情調、作風、氣派底反映」，文藝形式的發展並不能進行脫離社會化的主觀處理。因此，舊形式「內的辯證法」既不可能，舊瓶裝新酒便構成一種以舊納新的陷阱。如何在此背景下繼續堅持「新」，「尤其是當舊的形式裝作願意接受『批判』，願意讓出一點地位給『新內容』寄居的時候（如現在的舊瓶裝新酒理論），這鬥爭就更必要，也更艱難」。[62]

胡風文章的重要性，在於他以馬克思主義文藝理論家的理論高度，對舊形式自我轉化可能性的闕如進行了深入的剖析。他始終有著一種「新」的執著，與各種實用主義、功利主義和農民主義的文藝觀作鬥爭，爭取一份文藝家的主觀戰鬥精神跟新形式化合的自由。正是這份來自五四，作為啟蒙現代性重要組成部分的獨立文藝家主體性，日後構成了跟革命功利主義文藝體制的嚴重衝突，也引來了胡風本人的滅頂之災。

概而言之，堅持新文學立場者堅持：（1）五四新文藝雖存在過分歐化、不夠大眾化問題，但以魯迅為代表的新文學同樣也是「民族形式」的代表。在他們那裡，「民族形式」是發展的、開放的體系，必須融合現代生活、現代形式，吸納外國有益的資源，而不能退回到「民間形式」的自閉思路中；（2）在「大眾化」和「藝術化」這對後來被概括為「普及和提高」的關係問題上，他們並不簡單強調寫作者向大眾靠攏，同時也強調大眾必須在教育、欣賞水平上有所提升。換言之，他們確實將抗戰「大眾化」看成某種臨時的宣傳需要，從而保持了教育大眾、提高大眾的精英姿態。這種知識分子的「普及-提高觀」在講話中受到嚴厲批評，並被一種為政治所確認的「工農兵方向」所統一起來。

---

62 胡風：〈論民族形式問題底提出和爭點〉，《中蘇文化》1940年10月25日第7卷第5期。

艾青的轉向

　　延安文藝講話之後，艾青是在新詩取法民間資源方面值得一提的詩人。一貫提倡自由詩，也強調寫作自由的艾青，在一九四二年發表過〈理解作家，尊重作家〉[63]的雜文。在延安文藝講話之前，他從未有過援引歌謠資源入詩的念頭。然而，講話之後，他顯然面臨著做出調整的巨大壓力。[64]〈吳滿有〉便是這種背景下產生的作品。

　　一九四三年三月九日，《解放日報》「文藝副刊」整版發表了艾青的〈吳滿有〉。這是一首以邊區勞動英雄吳滿有的生活、命運為題材的傳記體敘事長詩。全詩共分九部分，分別是：「寫你在文化界的歡迎會上」「寫你受苦的日子」「寫你翻身」「寫你勤耕種」「寫你發起來了」「寫你愛邊區」「寫你當了勞動英雄」「寫你叫大家多生產」「寫你的歡喜」，完整地敘述了吳滿有受苦、翻身、發家、當上勞動英雄等生活經歷。

　　更重要的是，〈吳滿有〉作為一部轉型之作包含了艾青對「大眾化」「民族形式」等時代共名不無生疏但又勉力為之的回應。這體現在此詩對「口語化」「歌謠性」的嘗試上。像「啥都是革命給我的，只要革命需要，我怎樣都行」、「我們不多繳公糧／他們餓著肚子打球仗」、「婆姨吃病了，／沒有錢醫」、「全個吳家棗園大大小小都歡喜你」等句子中大量運用口頭詞彙、甚至粗俗語言（如「打球仗」）的使用，可視為艾青以「口語化」探索「大眾化」的努力。

　　有趣的是，在「你像一棵樹，人人叫你老來紅」一句中艾青使用的「老來紅」一詞是對口語的借重，卻遭到來自吳滿有的反對。「老

63　該文原載《解放日報》副刊《文藝》1942年3月11日第100期，與丁玲的《三八節有感》、王實味的《野百合花》、羅烽的《還是雜文的時代》等文章一起構成了延安文藝講話之前的解放區雜文潮。

64　程光煒：《艾青傳》，北京市：十月文藝出版社，1999年。

來紅」包含著輕微的調侃和善意的嘲諷，這種口語中細微的感情色彩
被艾青所忽略，卻被吳滿有所強調。分歧的背後是艾青和吳滿有對於
「口語」文藝價值的不同理解。在解放區的文藝體制中，口語、群眾
語言被革命投射而生成了作為文藝方向、嶄新人民語言的特性，當艾
青努力內化這種新文藝標準的時候，作為農民勞模的吳滿有卻未必共
享相同的價值坐標。吳滿有於是敏感地感受到「老來紅」這個在艾青
那裡作為褒義詞的口語中令他不快的「嘲諷」。

　　〈吳滿有〉對民族形式的應和還表現為某種程度的「歌謠化」傾
向，此詩第六節便借用了「歌」的形式——一種艾青此前此後都從未
使用的形式：

　　〈一個歌〉

　　黃土地呀——
　　黃泥水，
　　高旱地呀——
　　多風砂；
　　邊區原是呀——
　　苦地方，
　　十年便有呀——
　　九年荒。
　　地主剝削呀——
　　無止境，
　　軍閥壓迫呀——
　　更凶狠，
　　不是打來呀，——
　　就是殺，

吃不盡的苦頭呀——
是窮人！

自從出了呀——
劉司令，
咱們窮人呀——
才算翻了身，
苛捐雜稅呀——
齊廢除，
講民主，
家家戶戶呀——
都安寧，
山也綠呀——
水也清。[65]

把這首歌詩調整一下，便是典型的七言山歌：

黃土地呀黃泥水，高旱地呀多風砂。邊區原是苦地方，十年便
有九年荒。
地主剝削無止境，軍閥壓迫更兇狠。不是打來就是殺，吃盡苦
頭是窮人。
自從出了劉司令，咱們窮人翻了身。苛捐雜稅齊廢除，家家戶
戶都安寧。

艾青通過「呀」語氣詞斷句，以「——」提示語氣的延長，更強

---

65 艾青：《艾青全集》第1卷（石家莊市：花山文藝出版社，1991年），頁641-642。

烈地把朗誦體山歌轉換為歌化之詩。革命詩乞靈於「歌」，這是由
「革命」與「詩」的內在衝突造成的：詩要求語言可能性的充分實
現，而革命則要求發揮最大的群眾動員作用，要求詩歌在思想內容上
與黨保持一致，在語言風格上與工農兵趣味保持一致。所以，在政治
正確的同時，便有著詩性匱乏的危險。而此時，「歌」則成了在革命
與詩之間搭建的橋樑，維繫著革命詩歌政治性與文學性的某種平衡。
正是由於此種內在矛盾，解放區詩歌對「歌」的借用不絕如縷，從
〈吳滿有〉的嘗試到〈王貴與李香香〉的成功，再到〈漳河水〉的超
越，都有著清晰的以歌為詩的傾向。

　　這樣的大眾化山歌顯然不能發揮艾青獨有的詩歌想像和意象造型
方面的天才。它折射著艾青在延安尋求寫作轉型的努力、焦慮和糾
結。[66]一方面，艾青已經不再是那個寫作《瞭解作家，尊重作家》的
象徵主義詩人，他早年的寫作經驗在延安的新標準下亟須更新，他的
焦慮促使他呼應和內化了正熱烈討論著的「民族形式」倡導。但文本
本身，政治正確與藝術缺席同在，即使是艾青付出了巨大努力，也無
法彌合這道縫隙。他找到了方言（民族語言形式）包裹革命主題的方
式。但顯然，他還無法處理好歌謠入詩「大眾化」之後的「藝術化」
問題。這跟他的生活經驗和內化了的藝術經驗有關，跟他在延安的生
活狀態有關。[67]

　　人們一直疑惑這樣一個問題：三十年代便已享有詩名並有豐富寫
作經驗、穩定個人風格的詩人何其芳、艾青為何不能在四十年代引領
風騷，反而是李季、阮章競等籍籍無名的業餘詩人[68]，在詩歌「民族

---

66 值得補注一筆的是，〈吳滿有〉作為艾青轉型之作，既為艾青帶來了革命陣營的認
　　可和讚譽，卻因為後來吳滿有詭異的「政治失貞」而不再被提及。

67 跟李季、阮章競、李冰等長期作群眾文藝工作的寫作者不同，艾青是作為職業作家
　　生活在延安，他對民歌資源並不熟悉，接觸群眾是透過下基層「體驗生活」的方式
　　完成。

68 業餘是指他們在革命陣營中具有其他身分，寫作並非他們的主業。

形式」探索中留下更深足跡？一個極為重要的原因便是，何其芳、艾青在面對新的文藝體制和寫作資源時，原有的新文學立場始終無法完全退卻。延安講話之後，五四新文學話語已經被左翼革命話語分解和消化，文藝舞臺換了新天地，革命文學迎來新坐標。原來的優點，迅速地成了寫作中需要克服的局限性。四十年代，何其芳和艾青並非沒有面對新的民間資源的誘惑和壓力，其結果卻是何其芳的失聲和艾青的硬寫。這些詩人看似並未在新詩歌謠化的舞臺上粉墨登場，卻以缺席的方式印證了文藝體制的建構和制約。

第三節　人民性的召喚和歌謠體的改良：階級民族主義話語催生的詩歌

　　日後常被作為四十年代歌謠體新詩代表的詩人包括袁水拍、李季和阮章競等人，「馬凡陀的山歌」、〈王貴與李香香〉和〈漳河水〉等作品也迅速經典化。正是這些影響巨大的作品，奠定了歌謠詩作為新詩重要體式之一的地位。日後的詩體研究者把現代歌謠體跟現代自由體、現代格律體並列主要依據的也是這些作品。[69]那麼，這些主要產生於抗戰勝利之後的歌謠詩，它們之間有何內在差異？跟抗日時代以大眾化為動力的詩歌相比，又有何實質不同呢？

歌謠詩傳播、功能的區域分化

　　對於解放區文學而言，新詩取法歌謠跟戰爭時代陝北的口傳文化環境緊密相關。汪暉就指出：「在進行廣泛的抗戰動員過程中，抗戰時期的文學形式已經不僅僅是書面文學形式，而且還大量地包括了各種戲劇、戲曲、說唱、朗誦等表演形式。在廣大的鄉村，印刷文化不

69　呂聚周等：《中國現代詩歌文體的多維透視》，濟南市：山東人民出版社，2009年。

再是唯一的主導文化。」[70]不過，這個判斷顯然並不能推廣至整個一
九四〇年代的新詩歌謠化實踐。一個顯豁的事實是，來自國統區並產
生巨大社會影響的「馬凡陀的山歌」顯然具有跟〈王貴與李香香〉、
〈漳河水〉等作品截然不同的傳播形態和文化功能。雖然同樣首先刊
登於報紙，但這些報紙的屬性卻極不相同。〈王貴與李香香〉由典型
的黨報《解放日報》發現、指導、發表和闡釋；〈漳河水〉首發於
《太行文藝》，一九五〇年再次發表於《人民文學》。這兩部作品都是
在革命文藝體制內部浮出水面；相比之下，「馬凡陀的山歌」則主要
刊登於商業性質極濃、以普通知識分子及廣大市民為主要受眾的城市
報紙。本書第六章「革命文學體制與民歌入詩」將聚焦黨報及黨屬出
版機構如何通過發表、出版平臺和文學批評闡釋和建構〈王貴與李香
香〉的文學意義。跟這種「體制性」極濃的傳播方式不同，袁水拍雖
有不少作品發表於《新華日報》等具有濃厚黨報性質的報紙，但一九
四六年他創作「馬凡陀的山歌」最旺盛時期，卻更多將其發表於上海
《新民晚報》等帶有都市報性質的媒體。

　　作為共產黨員，[71]袁水拍一九四〇年代中期的詩歌寫作帶有鮮明
的「政治性」，但這種政治性的發揮，卻通過了都市媒體的中介。一
九四六年，袁水拍在《新民晚報》任編輯，該報並非是共產黨直接創
辦的刊物，但共產黨員詩人袁水拍卻充分運用了詩歌的現實介入和諷
刺功能，將政黨政治需求跟傳播效果、市場需求緊密結合起來。

　　一九四六年的《新民晚報》是一份極受歡迎、非常市場化的報
紙，這從它所獲得的廣告投放量可見一斑。以一九四六年十一月二十
日為例，八開四版的報紙上共有大小廣告一〇九種。

---

70 汪暉：〈地方形式、方言土語與抗日戰爭時期「民族形式」的論爭，《現代中國思想
　　的興起》（北京市：生活・讀書・新知三聯書店，2008年），頁1503。
71 袁水拍於一九四二年由夏衍介紹加入中國共產黨。參見韓麗梅編著：《袁水拍研究
　　資料》（北京市：中國國際廣播出版社，2003年），頁20。

《新民晚報》各版廣告投放情況

版次	廣告大小	內容	數量
第一版	配大圖廣告，占用空間大	大來飯店、上海余再記茶號五層樓酒家、吳錦昌西服號消治龍（藥品）、紅金香煙	6
第二版	簡短文字廣告	華士舞所、仁大茶號、永得勝派司套、寶寶襯衣、正章乾洗店、中醫師張慎夫瘋科、黃興記床廠、大陸眼科醫院、皮膚花柳專科、晨風高級口琴、精美床廠大減價、眼科專家魏光財、發記-真真喬家柵（小吃）、女科宋光泰醫生、源昌商店[72]	34
第三版	中（文字廣告，占用空間較大） 中（文字配圖廣告，占用空間較大） 小（文字廣告，占用空間小）	大中銀行上海分行、四川農工銀行、金城銀行、羊毛圍巾盧山汽車出租行、飛雲汽車公司、安泰汽車公司、永孚汽車公司、[73]共舞臺、大舞臺、蘭心、光華、光陸、國際、麗都、上海[74]	59

72　其餘廣告還有：「黑人毛巾、中華工商補習學校招生、金牌清魚肝油、寶塔糖、寶成提莊（高價收購皮貨、西服）、婦產科鄭推先女醫生、婦科及花柳科陳愈衷醫生、朱少雲癲癇丸、打字機轉讓、最新運到好萊塢千餘種花色紐扣、馬永記飯店、徵求住屋、遺失聲明、祖傳肺癆治療丸、新德茂壽衣、愛亨鐘錶行大減價、瘋科中醫生楊九牧、五龍園飯店、王永泰爐灶行、茂利爐灶行」。

73　其餘包括「祥生汽車公司、六新汽車公司、大華汽車公司、滬東汽車公司、東華汽車公司、銀色汽車公司、五一汽車公司、通利汽車公司、滬南汽車公司、拉都汽車公司、銀色汽車公司、公大汽車公司」。

74　其餘包括「杜美、巴黎金門、金城、金都、新光、浙江、虹光、滬東、百老匯、蓬萊、新新、東海、泰山、民光、海光、大光明國泰、美琪、南京、大上海、大華、

版次	廣告大小	內容	數量
第四版	大（文字配圖廣告）	金獅牌香煙、回力牌鞋子、四川建設銀行、亞西寶業銀行、謙泰豫興業銀行上海分行、和成銀行、四川美豐銀行、火炬牌圍巾、三貓牌香煙、通億信託公司	10

　　從廣告投放看，一九四六年的《新民晚報》是一份充分商業化的報紙，投放的廣告包括以下行業：銀行、服裝、醫療、日用百貨、汽車、影院劇場、飲食飯店、金融信託、家具樂器、教育招生、租屋尋人。商家選擇一份報紙投放廣告，包含了他們對報紙受眾的市場預判。換言之，商家相信，其產品的消費群體主要來自於這份報紙的讀者。從大量的廣告投放可以推斷出《新民晚報》在當年的受歡迎程度：從產品所屬的領域和檔次看，我們也大概可以推想這份報紙主要以城市中等收入人群和具有一定知識的大眾群體為受眾。這樣一個具有一定經濟能力（銀行、信託的客戶群、飯店、汽車）、具有一定欣賞趣味和娛樂需求（樂器、電影）的群體，他們對報紙的閱讀需求是最全面的。既包含了資訊，更包含娛樂。某種意義上說，「馬凡陀山歌」這種「諷刺文體」正是左翼政治要求、特定社會現實和讀者媒體需求構成的共振。

　　《新民晚報》不是《中央日報》、《解放日報》，也不是《新華日報》，它必須巧妙地在政治禁忌中為讀者提供更多跟他們的現實體驗共鳴的信息，才能占領市場。對於左翼政治而言，只有把政治性瀰散到市場需求中，才能在鬥爭中居於有利地位。一九四六年十一月十五日，《新民晚報》第一版最大標題新聞〈國大今晨揭幕：主席致辭望

滬光、皇后、新光、國聯、平安、上海文化會堂、西海、大滬、匯山、亞蒙、山西」。

還政於民〉，第二版副刊漫畫標題為〈他不要演戲的〉，實在是饒有趣味地彰顯了媒體的發聲藝術。同時也說明在當年政治高壓時代漫畫、諷刺詩這類隱晦而具有表達彈性的藝術形式廣泛流行的內在因由。

　　同樣服膺於延安文藝講話和革命文藝體制的文化設計，同樣選擇歌謠化這種資源路徑，袁水拍和李季、阮章競的山歌詩卻由於不同政治地域而體現出截然不同的文化功能。在前者，歌謠詩則主要體現為「刺」功能；在後二者，歌謠詩主要體現為「美」功能。左翼文藝在解放區和國統區的功能分化，其實在延安文藝講話中已經被規劃了。

　　一九四〇年代初延安曾經爆發過一場「歌頌或暴露」的爭論，毛澤東在延安文藝講話中如此總結道：「只有真正革命的文藝家才能正確地解決歌頌和暴露的問題。一切危害人民群眾的黑暗勢力必須暴露之，一切人民群眾的革命鬥爭必須歌頌之，這就是革命文藝家的基本任務。」他對一九四二年延安的「雜文時代」倡議提出批評：

　　「還是雜文時代，還要魯迅筆法。」魯迅處在黑暗勢力統治下面，沒有言論自由，所以用冷嘲熱諷的雜文形式作戰，魯迅是完全正確的。我們也需要尖銳地嘲笑法西斯主義、中國的反動派和一切危害人民的事物，但在給革命文藝家以充分民主自由、僅僅不給反革命分子以民主自由的陝甘寧邊區和敵後的各抗日根據地，雜文形式就不應該簡單地和魯迅的一樣。我們可以大聲疾呼，而不要隱晦曲折，使人民大眾不易看懂。

　　如果不是對於人民的敵人，而是對於人民自己，那末，「雜文時代」的魯迅，也不是嘲笑和攻擊革命人民和革命政黨，雜文的寫法也和對於敵人的完全兩樣。對於人民的缺點是需要批評的，我們在前面已經說過了，但必須是真正站在人民的立場上，用保護人民、教育人民的滿腔熱情來說話。如果把同志當作敵人來對待，就是使自己站在敵人的立場上去了。我們是否

廢除諷刺？不是的，諷刺是永遠需要的。但是有幾種諷刺；有
對付敵人的，有對付同盟者的，有對付自己隊伍的，態度各有
不同。我們並不一般地反對諷刺，但是必須廢除諷刺的亂用。[75]

　　這段著名的論述應視為毛澤東為延安文藝「拔刺」的體制規劃。
諷刺作為一種手段只留給「敵人」；而歌頌才是面對「人民」的可行
手段。毛澤東以鮮明的敵／我思維對革命文藝家面對不同寫作對象的
寫作手段也做出限制。這是革命立場對寫作自由選擇的進一步收編，
它使產生於解放區〈王貴與李香香〉、〈漳河水〉都傾向於表達階級革
命帶來的巨變，而產生於國統區的「馬凡陀的山歌」則傾向於揭露現
實黑暗。「馬凡陀的山歌」觸及了大量現實問題，如物價飛漲、外交
軟弱、警察橫行、稅負高企、殘暴鎮壓學生等。袁水拍三十年代末四
十年代初開始接受共產黨左翼思想影響，一九四二年加入共產黨。他
的寫作是跟共產黨在國統區的文化政策、統戰工作密切聯繫的。所
以，「馬凡陀的山歌」所體現的現實性，其實更是政黨文化鬥爭的政
治性。可是，「馬凡陀的山歌」的政治性跟解放區民歌詩的政治性並
不相同，後面兩者是典型的革命文藝體制下的包辦發表一批評；前
者，則是一種更直接跟讀者、現實和媒體發生作用的作品。如果說解
放區歌謠詩體現了更多體制性的話，國統區的歌謠詩則體現了左翼詩
歌政治功能跟現實生活、媒體市場的互動。我們既要看到這兩種歌謠
詩相近的左翼屬性，也要看到左翼詩歌即使採納相近資源路徑，依然
呈現出不同的傳播和功能分化，並構成了歌謠體新詩的內部差異。

---

75 毛澤東的〈在延安文藝座談會上的講話〉，包括一九四二年五月二日作引言和二十
　三日作結論兩部分。一九四三年十月十九日發表於《解放日報》。此處引自《毛澤
　東論文藝》（北京市：人民文學出版社，1992年），頁61。

歌謠詩技藝的改良

　　需要指出的是，「馬凡陀的山歌」、〈王貴與李香香〉、〈漳河水〉等歌謠詩之所以被經典化，既因為它們呼應了革命文藝體制的需求，也因為它們在技藝上有所改良。正是在這方面，它們體現了跟抗戰時期「舊瓶裝新酒」式歌謠詩的區別。文學史家已經指出〈漳河水〉對〈王貴與李香香〉在歌謠體式上的改進。[76]如果對比〈漳河水〉的敘事技巧和柯仲平〈邊區自衛隊〉、老舍〈劍北篇〉，會發現前者的剪裁技術大大降低了這類長篇敘事詩原有的冗長感。本書第七章〈重識中國新詩的革命與現代〉對〈漳河水〉中高超的剪裁技藝有專門分析。此處不妨對「馬凡陀的山歌」的技藝改良進行一點分析。袁水拍山歌寫作同樣是一個摸索而臻於完善的過程，他詩歌的見證者、詩人徐遲這樣說：

　　　　在一九四四年的馬凡陀山歌裡，開始出現了向民歌轉變的痕跡，但還不明顯，民歌形式的應用還不熟練。到一九四五年，馬凡陀山歌的形式和風格漸漸確立起來，寫出了〈黑和白〉、〈親啟〉、〈一隻貓〉等民歌風格很純的東西。……然而也仍然是形式掌握得還不夠熟練之故，所以有的山歌沒有採用民歌的形式。

---

76 在比較〈漳河水〉和〈王貴與李香香〉的詩歌技藝時，研究者指出：「這是用民歌體反映更為複雜的現實生活的一個新的嘗試，不同於〈王貴與李香香〉的單一情節的直線發展，〈漳河水〉同時寫了荷荷、荃荃、紫金英三個婦女不同的婚嫁遭遇，三條故事線索平行、交錯發展，在更為廣闊的背景下展現了婦女解放的時代主題的豐富性和複雜性。在藝術表現上，也因為同時借用了漳河地區流行的多種民歌、小曲（如〈開花〉、〈割青菜〉、〈四大恨〉等），雜采成章，比之〈王貴與李香香〉單用信天游格式，更自由靈活，富於變化。」錢理群等：《中國現代文學三十年》（北京市：北京大學出版社，1998年），頁594。

馬凡陀山歌到了上海，回到詩人自己的家鄉吳語地區，語言的
運用更加自由了。

他寫了新詩、自由詩、格律詩、兒歌、山歌、歌曲，不為形式
所限制了，而其中民歌形式顯然是主流。[77]

「山歌」的創制並非一蹴而就，一九四四年以馬凡陀之名創作的
作品中很多還只是頂著山歌之名的自由詩。馬凡陀的處女作〈老王求
婚記〉後來就甚少收入作者的各類選本，這一年寫得比較出色的幾
首，如〈致黃泥漿〉、〈凍結〉等雖然幽默機智、通俗直白，顯示出諷
刺文學的才華，但語言卻更接近自由詩：

黃泥漿，黃泥漿，你從那裡來？
你要什麼時候才走？
每天你折磨我的破皮鞋，幸虧他的臉皮像你一樣厚。

──〈致黃泥漿〉

這裡借對重慶馬路的黃泥灌漿的呼告，來諷刺國民黨統治。這種
對物呼告的擬人寫法以後發展成「馬凡陀的山歌」中非常成熟的手
法，但在語言上並無山歌味，「幸虧他的臉皮像你一樣厚」完全是一
種自由口語鬆散的節奏。這大概是徐遲「民歌形式的運用還不熟練」
的所指。

一九四五至一九四六年，「馬凡陀的山歌」不但數量大增，山歌
味也漸濃。但作者卻很少直接使用山歌常用的七言句式，如〈一隻
貓〉：「軍閥時代水龍刀，／還政於民槍連炮。／鎮壓學生毒辣狠，／

---

77 徐遲：〈重慶回憶（三）〉，轉引自韓麗梅編：《袁水拍研究資料》，北京市：中國國
　際廣播出版社，2003年。

看見洋人一隻貓：妙嗚妙嗚，要要要！」七言僅僅是獲得民歌的外部節奏，馬凡陀有時在七言中還雜以其他民歌手法，比如「嵌數」[78]：「大男打仗死前方，／二男挨打死後方，／三男去吃日本炮，／四男去挨美國槍。／／五男掘地覓草根，／六男觀音土當飯，／七男投身當警察，／八男失蹤永不回。」（〈一胎八男說因由〉）嵌數手法在各地民歌中都極為常見，在袁水拍的〈加薪秘史〉、〈赫爾利這老頭〉中也有相似手法的運用。

　　七言句式雖能帶來山歌節奏，卻也不免對句子的展開造成限制，馬凡陀於是常突破七言句式，綜合運用各種民歌句式，使自由口語獲得節奏；有時則以湊「擬聲詞」的方式創造某種民歌曲調。比如這首非常有名的〈朱警察查戶口〉：「半夜裡敲門呀，／乒乓乒乓乒乓敲。／朱警察查戶口，／進來瞧一瞧，／咿啊海！／拿起了電筒四面八方照，／咿啊海！／屋角床底都照到。／樁樁件件仔細問，／囉囉嗦嗦，／囉囉嗦嗦問端詳，／咿啊海！」

　　〈朱警察查戶口〉以活潑的形式嘲弄查戶口警察狐假虎威的吆喝，「咿啊海」這種無意義的擬聲詞語起到調劑節奏的作用，使口語節奏轉變成歌謠節奏。這種手法在「馬凡陀的山歌」並不少見。又如這首〈人咬狗〉對南方「稀奇古怪歌」[79]的化用：「忽聽門外人咬狗／拿起門來開開手／拾起狗來打磚頭／反被磚頭咬一口！」有時則運用諷刺民歌常用的諧音格，如〈萬稅〉：「這也稅，那也稅，／東也稅，西也稅，／樣樣東西都有稅，／民國萬稅，萬萬稅！」有時則通過「疊字」[80]手法創造民歌味，如〈活不起〉：「要吃飯，吃不起；／要

78　「嵌數」是朱自清《中國歌謠》中列出的歌謠修辭「嵌序」中最常見的一種，指歌謠中通過數字疊加來推進的手法。朱自清：《中國歌謠》（北京市：金城出版社，2005年），頁265。

79　又稱「顛倒歌」。

80　朱自清在《中國歌謠》中將「疊字」歸入「重章疊句」之一，見《中國歌謠》（北京市：金城出版社，2005年），頁226-242。

穿衣，穿不起；／要坐車，坐不起；／要租房子，頂不起；／／養小
孩，養不起；／爹娘死了，棺材買不起；／鄉下難過活，城裡住不
起；活不起呀，死不起！」全篇每句句末都是「×不起」，通過重疊
這個句式，並置各種當年的底層熱點民生話題，形式和內容，都極容
易引起共鳴。

又如〈發票貼在印花上〉，這首詩諷刺國民黨命名繁多的印花
稅，印花貼在發票上，貼得太多，竟如「發票貼在印花上」，作者於
是對「×××在××上」的句式進行重疊推衍：「發票貼在印花上，
／蔻丹攝在腳趾上，／水兵出巡馬路上，／吉普開到人身上。／／黃
埔栽到階沿上，／房子造在金條上，／工廠死在接收上，／鳥巢做在
煙囱上。」[81]

可以發現，馬凡陀越來越熟練地用民歌體來提煉生活經驗，克服
了日常口語鬆散節奏。為了用「舊瓶」合體地承載新生活經驗，它要
求作者某種程度上的技藝新創。「馬凡陀的山歌」其實也創制了很多
傳統山歌中所沒有的諷刺手法，比如戲擬。

在〈民國三十五年的回顧和民國三十六年的展望〉中，詩人戲擬
了國民黨領袖的講話：「呃一嘿！／今天！／我們！／兄弟！／為了
節約！／諸位的！／寶貴光陰！／時間！／呃，／這個，／今天的講
話！／就算，／這個，／告一段落！」這裡通過對空洞無物、支支吾
吾、顛三倒四的語言形式的戲仿諷刺了國民黨的八股式講話。〈毛巾

81　「鳥巢做在煙囱上」諷刺國民黨接受工廠之後工廠荒廢。同時，此詩還是對民歌中
「顛倒格」的運用，這裡屬朱自清在《中國歌謠》中所說的「情理顛倒」，在各地民
歌中多有所見，如潮汕民歌有〈老鼠拖貓上竹竿〉：老鼠拖貓上竹竿，和尚相打相挽
毛。擔梯上厝沽蝦仔，點火燒山掠田螺。老鼠拖貓上竹枝，和尚相打相挽辮。擔梯
上厝沽蝦仔，點火燒山掠磨蜞。（丘玉麟選注：《潮汕歌謠集》，香港：香江出版公司
2003年，頁160）朱自清在《中國歌謠》中舉吳歌例證「情理顛倒」：四句頭山歌兩
句真，後頭兩句笑煞人；蝲蚆出扇飛過海，小田雞出角削殺人。（乙集，頁109）小
人小山歌，大人大山歌。蚌殼裡搖船出太湖：燕子銜泥丟過海，螃蟹跳過洞庭山。
（甲集，頁4）朱自清：《中國歌謠》（北京市：金城出版社，2005年），頁290。

選舉〉題記以「霜萊」之名戲擬雪萊的名句而作「毛巾已經送去了，
選票還能遠嗎？」諷刺國民黨把持的所謂民主選舉的虛偽性。〈施
奶〉中有「人無分老幼，／地無分南北，／美國給你吃，／美國給你
穿」的句子，前兩句顯然來自蔣介石抗戰演講著名句子，把這兩句慷
慨激昂的話跟後面極度諂媚親美的話並置，產生諷刺效果，這是另一
種意義的戲仿。

　　擬人這種常用的手法在「馬凡陀的山歌」中也常有創造性的運
用。〈皮鞋〉、〈致古巴皮鞋〉、〈王小二歷險記〉、〈發瘋的槍〉等作品
都是通過對物告白的擬人式寫法來引入現實經驗：「歡迎你們，古巴
皮鞋，／我們的親愛的表兄弟！／你們大概累了吧？／老遠從南美來
到這裡！／也許你們的臉皮已經磨去不少，／啊，那真是對不起！
／／一百萬雙軍鞋，／穿在我們兵士的腳上，／打起仗來也要勇敢
些。／日本刀，美國槍，古巴皮鞋，／這也是三位一體？／我們幾乎
忘了這塊中國臉皮！」（〈致古巴皮鞋〉）

　　此詩寫於一九四五年，諷刺當年國民黨某要人在古巴訂製皮鞋。
這裡的寫法未免直露，語言也稍缺山歌味，但這種擬人式寫法在傳
統歌謠中較為少見。它包含了袁水拍對山歌修辭的創造性發揮。對物
呼告的擬人手法可以追溯到〈衛風・碩鼠〉首章云：「碩鼠，碩鼠，
無食我黍！三歲貫女，莫我肯顧。誓將去女，適彼樂上。」這裡是人
對鼠的呼告，袁水拍則是透過中國皮鞋致古巴皮鞋，「擬人性」更加
突出。

　　隨著技藝的純熟，這種手法在袁水拍手中也不乏精彩的表達：一
九四六年寫的〈王小二歷險記〉諷刺當年物價的上漲，此詩寫王小二
加薪回家，妻子拿著錢樂滋滋去買食物，不料家中的各式物品都紛紛
發話，要求加薪：

　　　　忽然屋裡有聲響，／好像有人在演講，／細聽原來是煤球，／

「我的薪水也要漲！」／／煤球說話還未了，／肥皂的聲音也
不少：／「我的薪水也要加，／再不加薪不幹了！」／／碗裡
豬肉籃裡菜，／櫥裡豆腐桌上蛋，／他們一齊高聲喊：「加
薪，加薪，快快快！」

　　這裡的擬人用得貼切雋永，更有趣的是，王小二妻子並未買得食
物歸來：

撬起老婆問緣由，／老婆氣得雙淚流：／「你的鈔票不值錢！／
年糕不肯跟我走。」／／「店裡東西都笑我，／大家罵我睏扁
頭[82]，／大家都說漲了價，／昨天的鈔票大不了今天的油！」

　　不說買不到東西，卻說「年糕不肯跟我走」、「店裡東西都笑我」，
顯出非常節制而高超的諷刺藝術。民間歌謠同樣有相近的擬人式寫
法。如〈吳歌〉中的一首：跳虱有作開典當，壁虱強強作朝本，白虱
末當破衣裳，跳虱白虱打起來。白虱話：「你這尖噴黑殼，東戳西
戳，惹起禍來連我一道捉。」跳虱話：「你這小頭大肚皮，說話無情
理，自家判得慢，倒委怪我小兄弟。」這裡從頭至尾是動物之間的對
話，不如〈王小二歷險記〉中小二老婆突然遭遇「店裡東西」恥笑更
有突如其來的趣味。
　　馬凡陀山歌詩法是一個從簡到繁，從生疏到熟練的過程。這個過
程，並非簡單的「舊瓶裝新酒」，它要求某種程度的技藝創新。值得
探討的是，這種「創新」及其帶來的「藝術化」是否足以彌合政治立
場寫作的內在危機？如果答案是否定的話，那麼這種政治推動下的
「藝術化」的危機又是什麼？本書第七章將以〈漳河水〉為例，探討

---

82 睏扁頭，上海話「睡傻了」、「太糊塗」的意思。

革命民歌詩在彌合「政治化」和「藝術化」的裂縫之餘重返「古典之文」的文本屬性。

「今天和明天的文藝」

一九四〇年代，對於袁水拍而言最有意味的是他完成了從自由體抒情詩人向山歌詩人的轉變。在讀了一首純對白的歌謠詩〈兩個雞蛋〉後，袁水拍驚歎道：「這短短二十行許的新的山歌分明是篇傑作，太巧妙，太迷人」，「假如沒有人責備我過火的話，我會說它是中國新詩的希望。」[83]一九四四年在詩論〈人的道路〉中，他更是在中國詩歌傳統中梳理出「人的道路」和「筆的道路」的對立。在他看來，文人詩代表的是「筆的道路」，而只有歌謠才代表了「人民」，也代表了「人的道路」。因此，歌謠便是新詩未來的不二方向。[84]本書第五章將聚焦袁水拍詩觀轉變的歷史語境和動因。值得關注的是，在袁水拍確立山歌認同的過程中，將山歌與新詩的同一性確認為新詩全新方向的動機清晰可見。這種創造全新文藝的文化動機，事實上為國統區和解放區新詩歌謠化實踐者所共享。

一九四七年，〈王貴與李香香〉被周而復、郭沫若等人確認為「給我們提供了人民文藝創作實踐的方向」[85]，「人民意識中發展出來的人民文藝」及「今天和明天的文藝」。[86]這當然是革命文學批評對大眾文藝的意義闡釋和建構，不過革命文學批評坐標的確立，卻必須追溯到一九四二年的延安文藝講話。

83　袁水拍：《冬天，冬天・前記》，桂林市：遠方書店，1943年版。

84　參見袁水拍〈人的道路〉，《中原》1944年3月第1卷第3期，以「李念群」的筆名發表。

85　周而復：〈王貴與李香香後記〉，〈王貴與李香香〉，香港海洋書屋「北方文叢」第二輯，1947年4月。

86　郭沫若：〈序王貴與李香香〉，香港《華商報》1947年3月12日。

　　延安文藝講話論述的內容很多，關鍵的問題卻是如何確立以階級
民族主義為內核的革命大眾文藝的文化領導權。前面的兩節中，我們
看到了一九三九年文藝「民族形式」論爭發軔之際新文學話語和「民
間」話語之間的對壘。在新文學立場的支持者那裡，「大眾化」只是
一種手段，而非一種價值；在民間形式派那裡，「民間形式」雖被直
接賦予對「民族形式」的代表權，但這種「返古」的策略顯然無法打
敗新文學話語。事實上，在這場論爭中獲得最終勝利的既不是新文學
派，也不是民間形式派。作為論爭的仲裁者、文藝體制的設計者，毛
澤東在延安文藝講話中的任務是為「大眾文藝」論證出超越性價
值——階級文學的文化領導權。

　　「民族形式」論爭之初，左派理論家黃繩提出的「高級文藝」問
題無疑在某方面成了「講話」的先聲：

　　　在從文藝的大眾化到大眾的文藝這過程中，或遲或早，在先在
　　後，必陸續的產生優秀的作品。——所謂高級文藝。而這高級
　　文藝史以前沒有的，和現在那樣的所謂高級文藝是不同的。[87]

　　黃繩的觀點之所以值得重視，是因為它在日後被整合進延安文藝
講話，被提煉成符合工農兵方向的正確「提高觀」。它通過對知識分
子「大眾化」觀念的批判，確立了無產階級立場上的「大眾化」路
徑。其實質，是賦予了建構大眾文藝的價值合法性和階級主體性。

　　「民族形式」論爭之初，即使是周揚這樣的左派批評家，對於
「大眾化」的文藝價值也並不樂觀。因此，大眾化和藝術化是分開
的。大眾化是抗戰的需要，以知識分子為主體，以大眾為對象；藝術
化則是藝術的需要，以知識分子為主體，以在知識、趣味上努力向知

---

87 黃繩：〈當前文藝運動的一個考察〉，《文藝陣地》1939年8月16日第3卷第9期。

識分子靠近者為對象。這種觀點相當普遍，所以何其芳才特別強調大
眾知識水平提高的必要性。

　　某種意義上，發生於一九四一年解放區的「大戲風波」，昭示的
正是這種將大眾化和藝術化分而治之的知識分子思維被體制取消了合
法性的事實。一九四○年，隨著抗戰進入相持階段，解放區文藝界不
滿足於「大眾化」作品而呼喚文藝精品。在此背景下，演出技術複雜
的「大戲」成了一股從延安魯院到各前線解放區的熱潮。這股風潮迅
速被叫停，魯院院長周揚等人進行了深刻的反省。[88]毛澤東的文藝講
話無疑具有對這種解放區文藝現象的鮮明針對性。「大眾化」和「藝
術化」被他提煉為「普及」和「提高」問題。更重要的是，他指向的
不是「普及」和「提高」的雙重迫切性，而是「普及」和「提高」的
階級立場：

> 提高要有一個基礎。比如一桶水，不是從地上去提高，難道是
> 從空中去提高嗎？
> 那末所謂文藝的提高，是從什麼基礎上去提高呢？從封建階級
> 的基礎嗎？從資產階級的基礎嗎？從小資產階級知識分子的基
> 礎嗎？都不是，只能是從工農兵群眾的基礎上去提高。也不是
> 把工農兵提到封建階級、資產階級、小資產階級知識分子的
> 「高度」去，而是沿著工農兵自己前進的方向去提高，沿著無
> 產階級前進的方向去提高。[89]

　　普及和提高不可分離並不是毛澤東講話的核心，核心是把知識分
子立場的普及─提高觀改造為無產階級立場的普及─提高觀。「大

---

88 陳培浩：〈大戲風波中的延安文藝走向〉，《粵海風》2012年第8期。
89 毛澤東：〈在延安文藝座談會上的講話〉，《毛澤東論文藝》（北京市：人民文學出版
　　社，1992年），頁47-48。

戲」熱潮體現的是一種知識分子本位的普及—提高觀：在技術上提升劇本難度，讓一般群眾去跟著相應提高，知識分子扮演的是啟蒙者和引領者的角色；毛澤東希望為革命文藝植入一種工農兵本位的普及—提高觀：普及是為了革命需要，為了工農兵，而提高也必須是在工農兵方向上的提高。不是把工農兵趣味改造為知識分子趣味，而是要革命文藝從相對粗糙的工農兵趣味走向相對藝術化的工農兵趣味。所以，普及和提高事實上依然是「講話」關於「我們的文藝是為什麼人」問題的延續，是文藝「工農兵方向」的延續。

通過階級立場對「大眾化—藝術化」「普及—提高」問題的重構，毛澤東事實上確認了「大眾」、「工農」、「群眾」的價值優先地位。它們指向的不是一些現實對象，而是被價值化的歷史主體。[90]在文藝方面，跟「大眾」、「工農」、「群眾」具有親緣性的「民間形式」也分享了前者的價值光暈。雖然對「民間形式」的簡單套用（「大眾化」）並未獲得革命文藝的至高榮耀，但只有沿著「大眾化」的方向進行的「藝術化」才具有被肯定的資格。

---

90 「大眾」、「工農」、「群眾」，還有「人民」，被價值化並賦予的歷史主體地位，這從毛澤東的這段講話中表露得淋漓盡致：「在這裡，我可以說一說我自己感情變化的經驗。我是個學生出身的人，在學校養成了一種學生習慣，在一大群肩不能挑、手不能提的學生面前做一點勞動的事，比如自己挑行李吧，也覺得不像樣子。那時，我覺得世界上乾淨的只有知識分子，工人農民總是比較髒的。知識分子的衣服，別人的我可以穿，以為是乾淨的；工人農民的衣服，我就不願意穿，以為是髒的。革命了，同工人農民和革命軍的戰士在一起了，我逐漸熟悉他們，他們也逐漸熟悉了我。這時，只是在這時，我才根本地改變了資產階級學校所教給我的那種資產階級的小資產階級的感情。這時，拿未曾改造的知識分子和工人農民比較，就覺得知識分子不乾淨了，最乾淨的還是工人農民，儘管他們手是黑的，腳上有牛屎，還是比資產階級和小資產階級知識分子都乾淨。這就叫做感情起了變化，由一個階級變到了另一個階級：「髒」、「乾淨」這類革命衛生學詞彙帶著鮮明的道德色彩，工農何以比知識分子「乾淨」並不需要論證。這裡更迴避具體個體的比較，這是一種集體化、抽象化、本質化的想像投射。毛澤東：〈在延安文藝座談會上的講話〉，《毛澤東論文藝》（北京市：人民文學出版社，1992年），頁38-39。

　　「講話」確立的這道文藝邊界，產生了兩個直接結果：其一是以階級為內核的「大眾化」文藝獲得了作為最進步文藝的可能性和召喚性。文藝體制發揮了對寫作的生產性：「大眾化方向的藝術化」被先驗地預設為最誘人的價值位置，而後便「生產」出在某種程度上統一了「大眾化和藝術化」的作品，這些作品反過來進一步確認了革命文藝體制的穩固性。

　　在袁水拍、李季、阮章競這些作者那裡，都有一種創造全新文藝的自我感覺。與抗戰期間的「民間派」以民間形式代表民族形式不同，他們自覺已經完成了對民間形式的改造和超越。寫於八十年代的回憶錄中，阮章競如此評價了抗戰期間的民間形式派：

> 抗戰初期，老舍的「舊瓶裝新酒」曾時髦了一陣、抗日根據地的趙樹理同志也做過嘗試，但都不成功。趙樹理同志當時主持《黃河日報》太南版副刊《山地》等刊物的編輯出版工作。在利用舊形式的過程中，有不少問題往往是生搬硬套，甚至無批判地接受其中落後和庸俗的東西，或者將舊形式和新內容極不調和地結合在一起，抗日將士邁著方步，婦救幹部合手道萬福，是很滑稽的。一些致力於通俗文藝的提倡，並作出一定成績的通俗讀物編刊社都存有很大偏差。抗日戰爭已不是當年抗遼抗金抗元抗清的鬥爭，我們是站在民主革命的基礎上從事反侵略鬥爭的。對於利用舊形式的錯誤，《新華日報》上曾有人著文批評，認為「盲目地採用舊形式」，結果反而會被「舊形式所利用」，出現「開倒車」的現象。[91]

　　很難說這裡沒有新時期文學觀念影響下的修補性記憶存在，但

---

91 阮章競：《異鄉歲月——阮章競回憶錄》（北京市：文化藝術出版社，2014年），頁96-97。

是作者對「民間形式」派的不屑卻並不奇怪。毛澤東雖然主張主要以民間形式為資源，但講話的核心，更包含了超越「民間形式」派，將「工農兵方向」文藝建構為具有文化領導權的嶄新文藝的指向。因此，順著民間形式派的道路前進和超越，正是當年阮章競們的自覺努力。

第二個結果則是知識分子及其文藝形式被確認為需要改造的對象。「工農兵方向」的確立和「知識分子的自我改造」顯然是解放區文藝體制的一體兩面。早在「民族形式」論爭發軔的一九三九年，陳伯達、艾思奇便提出了知識分子接受群眾教育的觀念，同樣成了日後知識分子「思想改造」的先聲：

> 文藝家同時也是教育家，但是卻不要以為自己不必受教育，馬克思有句名言：「教育家本身也要受教育。」你要成為大眾化的文藝家來教育大眾嗎？你首先應當向大眾方面去受教育。[92]
> 我們的文藝人，一方面是民眾的教育者，而另一方面卻又要同時向民眾學習。[93]

知識分子接受大眾的教育，知識分子的文藝立場也必須接受大眾文藝立場的教育。關於作家向群眾學習，事實上一九三一年瞿秋白早就提出了：

> 甚至於有人說：不能夠把藝術降低了去湊合大眾的程度，只有提高大眾的程度，來高攀藝術。這在現在的中國情形之下，簡直是荒謬絕倫的論調。現在的問題是：革命的作家要向群眾去

---

92 陳伯達：〈關於文藝的民族形式問題雜記〉，《文藝戰線》1939年4月16日第1卷第3期。
93 艾思奇：〈舊形式運用的基本原則〉，《文藝戰線》1939年4月16日第1卷第3期。

學習。現在的作家，難道配講要群眾去高攀他嗎？老實說是不配。[94]

　　只是瞿秋白的階級文學觀內蘊的改造知識分子功能要等到四十年代的解放區才得以實施。在「工農兵方向」確立為革命文藝唯一正確方向之後，一代文藝家的小資原罪意識和一代文藝家的無產階級主體自豪感也被建構起來。換言之，一種以大眾化、民族化為表徵的黨性、人民性、階級性的新的文藝價值觀被建構起來。因此，「講話」之後，何其芳便有過這樣一段文字：

　　　我們常常以為我們的藝術趣味高，而人家的低。比如我們能夠欣賞契訶夫而群眾卻不大能夠。這真似乎是一個精粗之別。但這高與低，精與粗，到底是一個什麼關係呢？假若我們以為兩者是兩種不同的東西，那就錯了。它們不過是一個東西的不同的程度而已。假若兩者成了兩種東西，而且互相牴觸，那就是我們的高和精有了毛病，即不是真正的高和精，而是一種變態的東西了。[95]

　　回視一九三九年，何其芳還認為一味大眾化將或多或少導致文藝水準的下降。如今卻反過來將知識分子立場的「高和精」視為「變態的東西」。這無疑是接受了革命新文藝觀之後的結果。正是在這樣一種新的文藝價值觀的照耀下，一代文藝家開始了藝術上大眾化、民族化的艱難蛻變。最初，他們也許以為他們是以藝術為抗戰做出犧牲；之後，他們被革命洗禮而在新的文藝價值坐標中獲取了身分認同，並相

94　瞿秋白：〈普羅大眾文藝的現實問題〉，《文學》1932年4月25日第1卷第1期，署名史鐵兒。

95　何其芳：〈雜記三則〉，《草葉》1942年9月15日第6期。

信自己正代表著真理的方向在創造一種全新的文藝。這是何其芳、丁
玲、周立波、袁水拍等從新文藝立場上轉化的革命文藝家的心靈寫照，
也是李季、阮章競等從戰火中成長起來的文藝工作者的切身體會。

階級民族主義的勝出

　　某種意義上說，延安文藝講話的「工農兵方向」「普及一提高」
既是對民族形式爭論中某些觀點的改造和整合，也是三十年代瞿秋白
「大眾文藝」建構無產階級主體性的延續。[96]何以瞿秋白在三十年代
大眾文藝方案中頗惹爭議的階級化立場，在四十年代能借助延安文藝
講話而取得文化領導權呢？拋去革命政權機器的賦權不說，單就兩個
方案而言，毛澤東的階級民族主義在中國的具體現實中，體現了瞿秋
白的階級世界主義所不具備的優勢。

　　關於三、四十年代之交的民族形式討論，一個研究者認為：「值
得注意的是，毛澤東所說的『中國作風和中國氣派』是在國際／中國
的關係中提出的，即在民族戰爭的背景下，國際共產主義運動應該與
被壓迫民族的民族鬥爭結合起來。民族問題，而不是階級問題，成為
抗日戰爭時期中國共產主義運動的主導性問題。」[97]

　　換言之，在其綱領性論述中訴諸「民族」話語，在中國共產黨之
前並未出現。以往無論是中國共產黨的官方論述還是某些代表人物的
個人文章，國際問題、民族問題和國內矛盾都被訴諸「階級性」解決

---

96 一九三二年，瞿秋白在《大眾文藝的問題》中寫道：「現在決不是簡單的籠統的文
　藝大眾化的問題，而是創造革命的大眾文藝的問題。這是要來一個無產階級之下的
　文藝復興運動，無產階級領導之下的文化革命和文學革命：提出的正是大眾文藝的
　革命立場問題。最初發興於1932年6月《文學月報》第1期，署名宋陽。此處據瞿秋
　白《瞿秋白文集文學編第三卷》（北京市：人民文學出版社，1989年），頁13。
97 汪暉：《現代中國思想的興起》（北京市：生活・讀書・新知三聯書店，2008年），
　頁1496-1497。

方案。三十年代的國共之爭，在文化上便呈現為國民黨的文化民族主義和共產黨的階級世界主義之爭。二十年代末開始，階級論的思想和文學開始興起，革命文學論爭及三十年代的文藝大眾化實踐努力以新型的無產階級文化產品構建階級的想像共同體。這種階級文學實踐中包含著鮮明的世界主義傾向，這在瞿秋白的一段論述中表露無遺：

> 我們的大眾文藝，應當反對軍閥混戰；反對帝國主義瓜分中國的戰爭，反對進攻蘇聯，為著土地革命，為著無產階級領導的工農民權獨裁，為著中國的真正解放，而努力的一貫的去貫徹反對武俠主義和民族主義的鬥爭，宣傳蘇維埃革命，宣傳社會主義和反帝國主義的國際主義。[98]

中國的大眾文藝的戰鬥目標包含著「反對進攻蘇聯」[99]，瞿秋白已經明白無誤地用「國際主義」予以解釋。正是這種「反對民族主義」的階級國際主義成了國民黨重點攻擊的對象。一九三○年三月，左聯成立促使國民黨做出的應對便是由潘公展、朱應鵬等人召集發動的「民族主義文藝運動」。出版了《先鋒周報》、《前鋒月刊》，要求剷除多型的文藝意識，而統一於「民族主義」的中心意識。民族主義文

---

98 瞿秋白：〈普羅大眾文藝的現實問題〉，《文學》第1卷第1期，1932年4月25日，署名史鐵兒。現據《瞿秋白選集》（北京市：人民日報出版社，1985年），頁470。

99 反對「進攻蘇聯」的口號是中共六大提出的。一九二九年，蔣介石密令張學良以東北軍名義收回「中東鐵路」主權，隨後引發跟蘇聯爭端。七月二十日，蘇聯宣布斷絕跟南京國民政府外交關係，並命加侖將軍出兵三路進攻東北軍，中東戰爭爆發。戰爭從七月二十日打到十一月二十四日，後在英、美等國調停下結束。反對「進攻蘇聯」便是在戰爭結束後召開的中共六大上提出的。當時共產黨很多領導人都寫了文章，如李立三〈進攻蘇聯與瓜分中國〉、惲代英〈反對國民黨向蘇聯挑戰〉、羅綺園〈帝國主義進攻蘇聯瓜分中國要開始了〉，還有以中央名義發表的〈中央通告第四十一號中東鐵路事件與帝國主義進攻蘇聯宣言〉、〈中央通告第四十二號動員廣大群眾反對進攻蘇聯〉、〈中央通告第四十九號擁護蘇聯與反對軍閥戰爭〉等。

學雖未取得像樣的成果，但「民族主義」話語在三十年代對於部分右傾或自由主義知識分子並非沒有影響。這從梁實秋發表的《如何對付共產黨》和〈我為什麼不贊成共產黨〉中可以看出：

> 我最不滿於共產黨的是它對於民族精神的蔑視。共產黨的理論，重視階級，而不重視民族。他們的革命的策略是世界上的無產階級聯合起來推翻資產階級。這「世界革命」的理想，本身即是 Imperialism（此處不能翻譯為「帝國主義」。此字原義是：勢力的擴張，引者注）其是否合理姑且不具論。我們立在中國人的地位，我們應該知道我們的需要。我們受著各種帝國主義的壓迫，唯一的出路是抵抗帝國主義，而抵抗帝國主義者應該是「國家主義」或「民族主義」，或更抽象的說，「愛國主義」。我們當外患當前的時候，應該各階級的人都聯合起來抵禦外侮。而共產黨人告訴我們，工人的祖國是蘇聯！我在上海的時候，奉系軍隊與蘇聯為了中東路開戰，我在租界裡看見電線杆上牆壁到處貼有「武裝擁護蘇聯」、「反對進攻蘇聯」的標語，寫這標語的人如其是用盧布雇來的倒也罷了，如其是青年們自動幹的，那可真是令人痛心。我對於奉系軍人並無好感，他們的領袖之驕奢淫逸，是很可惡的，然而這是我們國內的事，一旦和外人開起戰來，外國的軍隊踏進了我們的領土，無論敵人是誰，我覺得中國人只有一心一力的對外，怎能說出「反對進攻蘇聯」的話來？現在中國需要的是大量的國家主義或民族主義的意識，不承認國家的共產主義我們現今還承受不起。中國共產黨不是中國國內的一個單純的革命黨，它是聽命於第三國際的，它是世界革命的一環，它是為階級鬥爭，不是為國家民族而鬥爭。[100]

100　梁實秋：〈我為什麼不贊成共產黨〉，《宇宙旬刊》1936年第5卷1期。

　　這裡以「民族主義」、「國家主義」、「愛國主義」反對階級國際主義（或者「階級世界主義」）的傾向是非常明顯的。雖然梁實秋也承認「十年來，左傾的出版品多如春筍，其影響於一般思想未成熟之青年至深至鉅。官方固然也有宣傳，然而那宣傳脫不了官氣，絕對不能取得青年的同情。」「整個的思想界，出版界，最活躍的分子幾乎完全是傾向共產的分子。」[101]可見三十年代中國社會左翼思潮的崛起已勢不可當，然而在民族危機深重之中「民族主義」的感召力絕對不可能遜色於「階級主義」。所以，不但國民黨借重民族主義攻擊「共產主義」，共產黨的共產主義運動中也不可避免地跟民族主義產生了合流。[102]梁實秋也觀察到共產黨借重民族話語的變化：

　　　　現在中國共產黨的理論似乎稍稍改變一點了。一九三五年八月一日中國共產黨中央發表的宣言有這樣的句子：「同胞們起來：為祖國生命而戰！為領土完整而戰！為民族生存而戰！為國土完整而戰！為人權自由而戰！大中華民族抗日救國大團結萬歲！」一九三六年三月十日「中共中央北方局」受中國共產黨與紅軍領袖朱德毛澤東的委託發表宣言，又有這樣的句子：為著集中全國人民的力量實現抗日救國的目的起見，中華蘇維埃工農共和國宣告：特將自己改為蘇維埃人民共和國。並將蘇

---

101 梁實秋：〈我為什麼不贊成共產黨〉，《宇宙旬刊》1936年第5卷1期。
102 汪暉認為：「共產主義運動成為民族主義運動的一個組成部分，或者，民族主義成為共產主義運動的一個組成部分，是現代中國歷史中值得注意的現象。」「包括中國在內的許多第三世界國家，共產主義運動歷史地成為民族主義運動的一部分，並逐漸擺脫共產國際的控制和操控，在共產主義運動內部形成『民族自主權』。在這個意義上，共產主義運動本身也成創建民族─國家的政治和文化的動力之一。」（《現代中國思想的興起》，頁149下注釋，生活・讀書・新知三聯書店，2008年）事實上，最後的結論如果倒過來，民族主義創建民族─國家的目標成為共產主義運動的助力也許更符合歷史事實。

　　維埃人民共和國政策的許多部分改變到更加適合於民族革命戰
　　爭的要求，更加表明蘇維埃政府不只是代表工農利益的政府，
　　而且是代表全民族利益的政府。[103]

　　梁實秋將此視為缺乏誠意的策略性調整，「決不能用一紙宣言遮
掩住那只認階級不認國家的色彩」。[104]梁實秋將民族—國家的目標完
全排除在中國共產主義運動之外，並不完全符合事實。但也是某個階
段的現實，一九三三年夏季，十九路軍將領發動「福建事變」，提出
反蔣抗日。以王明為首的中共中央公開反對，「王明集團在『九・一
八』事變後對中國政治形勢的分析是，日本帝國主義侵占我國東北
三省，是各個帝國主義瓜分中國，進攻蘇聯的一個步驟，提出了『保
衛蘇聯』的行動口號，不強調保衛祖國，一致抗日」。[105]這個分析由
共產黨員吳奚如做出，說明階級國際主義跟民族主義的內在衝突確乎
事實。

　　只是，民族—國家訴求同樣在中國共產主義運動中被進行了階級
化的安排。所以，這決定了主要借重民族主義話語的狀態在抗戰結束
之後就必然迅速地改變。在抗戰中發展起來的階級民族主義策略的側
重點在二次內戰中迅速調整為階級上。

　　明瞭「民族形式」作為中日民族戰爭背景下中國共產主義運動訴
諸民族話語的部分結果，我們便明白「民間資源」的啟用，三、四十
年代「歌謠入詩」其實有著民族話語、階級話語的雙重動力。在抗戰
的背景下，民族話語和階級話語共享著以激活民間資源為特徵的文藝
大眾化目標。在民族話語的視野中，民間資源凝結著約定俗成的中國

103　梁實秋：〈我為什麼不贊成共產黨〉，《宇宙旬刊》第5卷第1期，1936年。
104　梁實秋：〈我為什麼不贊成共產黨〉，《宇宙旬刊》第5卷第1期，1936年。
105　中國社會科學院文學研究所《左聯回憶錄》編輯組編：《左聯回憶錄》（上冊）（北
　　京市：中國社會科學出版社，1982年），頁338。

文化符號。它以習聞常見的「大眾化」為民族抗戰服務；在階級話語的視野中，新的「大眾文藝」、「群眾語言」有別於古典文言和五四新文言，也有別於傳統白話。它的「大眾化」的群眾俗語為基礎執行著建構階級想像共同體的功能。在具體的實踐中，抗戰期間的民間資源啟用更多體現為民族話語下的大眾化；內戰期間的民間資源啟用則更多體現為階級話語下的大眾化。

　　毛澤東的方案將五四的現代性訴求和抗日的民族性訴求整合進階級論敘述中，借助於進化論觀念，透過社會主義／新民主主義／舊民主主義的遞進式概念，規劃了階級論的合法性。相比之下，瞿秋白的方案猛烈攻擊五四新白話的歐化傾向，其世界主義缺乏了對民族問題的關注、其階級論推出的大眾俗語對五四現代性的通盤否認很難為五四培養起來的知識階層所認同。四十年代左翼革命陣營的追隨者中，既有「愛國主義者」卞之琳、艾青，也有五四信徒、魯迅精神傳人蕭軍，也有三十年代的個人主義作家何其芳，自由作家丁玲。通過特立獨行的蕭軍的觀察，我們不難發現毛澤東及其文化方案在當年知識者心目中的形象，並進而理解其感召力的來源。一九四三年七月十三日的日記中蕭軍記道：

> 把信寫給毛澤東，事後又有點後悔，但這是不必要的。我不應以市俗的見解來放棄真正的工作。對於他們提供意見，這是我的義務，也是權利。我應一切以革命利益為前提，見到就說，萬一它們對革命有些用處，總是好的。我應絕對打破一類「明哲保身」以及「知好歹」的庸俗觀念。國家是人人的國家，革命是人人的事業，任何人絕取消不了一個人革命的權利。[106]

---

106 蕭軍：《蕭軍全集》第19卷（北京市：華夏出版社，2008年），頁166。

　　蕭軍是帶著距離感來看毛澤東的，他論述革命時是從「一個人的權利」這種啟蒙現代性的自由話語出發的，革命的遠景在他是「人人的國家」，而不是「階級的國家」。蕭軍在革命陣營中的存在，意味著四十年代毛澤東文化方案對共產主義邊沿的思想者的吸納能力。這些人包括民族主義者、愛國主義者。在為家國讓渡個人權利的民族主義情懷中，一種進化論的階級想像往往被成功地確立和鞏固，這在何其芳身上突出地表現出來。而毫無疑問，三十年代瞿秋白的大眾文藝方案是不能絲毫影響到當時正寫著〈預言〉、〈畫夢錄〉的何其芳。

　　因而，支撐這種寫作的話語動力並不僅是民族的，同時也是具有某種現代性特徵的左翼進化論話語——一種兼容了新型民族國家想像，以線性時間觀為基礎的階級論話語。在五四新文學那裡，它繼承了一種現代的線性時間觀和革命的求新意志；在馬克思主義文藝中，它轉化了階級論和大眾話語。因此，它成了當年最具說服力的國家—民族—文藝的巨型話語。

　　與瞿秋白旗幟鮮明地在語言上反五四新白話不同，四十年代革命文藝以「消化」的方式消解和重構了五四。它接過了魯迅這面五四的旗幟，傳承了五四的影響力遺產。但以階級論為內核的文學觀取代了以現代性人道論為內核的文學觀。無論是瞿秋白還是毛澤東，他們的文藝規劃中都包含著建構一種全新文藝的意圖。所以，革命「大眾文藝」截然不同於沉澱著舊思想的通俗「大眾文藝」；工農兵方向的文藝精品也並非僅止於為不能閱讀的無產者提供娛樂這樣的大眾化訴求。建構革命大眾文藝的文化領導權這個硬幣的另一面是改造知識分子、再造無產階級主體性的意識形態功能。從民族形式的爭論中不難看到，階級民族主義話語在政治整風的助力下逐漸取代了文化領導權。

小結

　　抗戰背景下，民族話語獲得了無可置疑的感召力。文學「大眾化」也跟民族主義產生了時代性合流。因此，民族化和大眾化催生了以戰爭動員為目標的舊瓶裝新酒式詩歌，這種詩歌實踐得到了當年「民間形式」話語的助力。文藝民間資源趨向的甚囂塵上，給秉持新文學立場和作家主體意識的寫作者帶來了巨大壓力。新文學話語主要在延安文藝講話確立的體制中被瓦解和消化。在延安文藝講話中獲得主導權的是階級民族主義方案。毛澤東為「民族形式」注入了階級論內涵，從而論述了兼容「人民性」和「民間性」的革命文藝作為全新文藝方向的合法性。一九四〇年的「新詩歌謠化」實踐在多重文化動力的支撐下，便呈現趨同的資源趨向和差異的文學面貌。一九四五年之後，當政治形勢從中日戰爭轉為國內戰爭之後，階級矛盾超越了民族矛盾，此時的革命文藝迫切地需求著更多為階級文學方案服務的作品。在詩歌領域，〈馬凡陀的山歌〉、〈王貴與李香香〉、〈漳河水〉等正是這種已經醞釀多年的階級民族主義話語的衍生物。特別是後兩者，它們的敘事特徵明顯、民間形式運用方面更加嫻熟，被作為「今天和明天的文藝」來建構。

第四章
無法完成的轉型
──何其芳與新詩歌謠化

　　在二十世紀四十年代的新詩歌謠化話題下，袁水拍、李季、阮章競等人當然是值得考察的對象，但另有一些詩人也跟這個話題構成了隱秘的聯繫。比如何其芳、卞之琳、艾青等詩人。這幾個在三十年代成名、抗戰之後投奔延安、寫作面貌發生巨大變化的詩人，並不能自外於以詩歌「民族形式」的時代共名出現的歌謠化傾向。作為新詩人，他們之理解歌謠、接受歌謠、消化歌謠呈現為另一種形態：何其芳主要是在理論上肯定歌謠，在生活中搜集並出版歌謠集，歌謠資源始終沒有改變並融進他原有的寫作慣性中；卞之琳在《慰勞信集》中進行了「大眾化」嘗試，與他三十年代那些充滿智性自審和句法轉折的詩歌相比，《慰勞信集》無疑是清晰明瞭。但跟同時代的抗戰詩歌相比，《慰勞信集》依然顯得過分纏繞。[1]三十年代以象徵手法和嘶啞喉嚨歌唱苦難土地，有著較為自覺自由詩信仰的詩人艾青，反而是以上三人中最早進行歌謠入詩實踐者。一九四三年寫出並發表的〈吳滿有〉便是他在延安文藝講話後進行寫作調整的結果。值得注意的是，〈吳滿有〉雖然主要是自由體，但其中無疑實踐了口語、方言和歌謠化等嘗試。此詩給艾青帶來了現實的肯定和榮譽，[2]但一首因政治因

---

[1] 卞之琳一定意識到這種兩邊不靠的不合時宜，四十年代擱下詩筆十年很難說跟此沒有關係。然而，四十年代沒有寫作民歌體的卞之琳，卻在五十年代寫出了〈采菱〉、〈采桂花〉、〈疊稻籮〉等歌謠詩，民歌的明快曉暢徹底替換了他自由詩寫作那種曲折多姿。卞之琳終究以遲來的民歌體對時代的召喚和壓力做出了正面的回應。

[2] 一九四五年，艾青在「邊區群英大會」上被評了「甲等獎」，成為甲等勞動模範，中

素而被肯定的詩歌，也迅速地因政治因素而貶值。[3]

　　顯然，四十年代「民族形式」和新詩歌謠化傾向對詩壇的影響並不僅體現在那些成功的代表者身上，同樣體現於那些受著誘惑和壓力，卻終於未能成為代表者的詩人身上。前者是袁水拍、李季、阮章競等人，後者便是何其芳、卞之琳、艾青等人。有趣的是，當後面三位詩人名滿天下時，前面三位依然籍籍無名。表面上看，「詩歌歷史」尋找了新的代言人；實質上，值得我們追問的是：何以三十年代這幾位懷著真誠的左翼信仰和家國情懷的成名詩人，無法在新的寫作規範中完成轉換。假如說取法歌謠構成了四十年代左翼文藝陣營中政治正確的詩學路徑的話，是什麼導致這些技法純熟、風格獨特的詩人難以轉化新的寫作資源？在這個新舊對接的過程中，卞之琳的詩寫發生了長達十年的停頓，何其芳則是且寫且停聲聲慢，艾青的「強寫」後來自己也承認並不成功。這三人的特殊性在於，他們在理智上並不排斥新的寫作規範。那麼，在詩歌寫作的內部，是什麼構成了理智無法調停的衝突並導致寫作的難以為繼呢？本章擬主要以何其芳為考察對象，對歌謠資源壓力下這一新／舊對接過程中的寫作衝突現象進行研究。

央黨校勞動英雄模範工作者選舉總籌委會在評語中說：「艾青……被選為甲等模範工作者的表現：1.在整風以來，執行毛主席的文藝方向，於去年赴吳家棗國調查，寫了〈吳滿有〉的詩篇，並給吳滿有朗誦，走向調查研究、為工農兵服務的新文藝方向。這首詩在艾青同志自己是一個轉變，即由寫小資產階級而轉變為寫勞苦群眾。這首詩在《新華日報》發表以後，影響許多大後方的青年嚮往延安，宣傳了我黨在邊區的經濟建設。」見程光煒《艾青傳》（北京市：十月文藝出版社，1999年），頁395。

3　一九四七年，在胡宗南部隊攻打延安時吳滿有被捕，後國民黨登出吳滿有「投誠」新聞，（多年後證實為假新聞）吳滿有成了政治上的失貞者。〈吳滿有〉也隨之迅速貶值。

第一節　雖有舊夢，不願重溫：民間資源壓力下的擱筆

　　歌謠與二十世紀新詩這個話題繞不過何其芳，不僅因為他對新詩如何取法歌謠提出了很好的理論意見。一九五八年，在民歌作為新詩資源已經得到政治確認的時候，何其芳卻亮出不同立場，直陳歌謠體的限制。[4]事實上，早在一九五〇年的《陝北民歌選》代序〈論民歌〉中，他已經意識到歌謠的作用不在為新詩提供一種統一的體式，而在於「具有優美的節奏」。[5]可是，這些真知灼見還不是何其芳與新詩歌謠化這個話題的真正核心。核心問題也許在於：作為一個真誠響應革命召喚，鄭重其事進行自我精神和藝術改造的詩人，在四十年代新詩「民族形式」探求的大氛圍中，何以寫作上竟沒有片鱗隻甲的歌謠化痕跡。

　　一九三九年十一月，在「民族形式」討論剛剛興起之際，剛到延安的何其芳便撰文參與了討論，理論上認同「既通俗又藝術」的訴求：「我很希望我們寫出一些這樣的作品，既通俗又高度的藝術性（這兩者並不是不可統一的矛盾），而且讀給不識字的人聽。」[6]如果考察四十年代何其芳的理論文章，會發現他對「民族形式」、「民間文學」、「歌謠」等四十年代熱門而強勢的詩歌資源簡直是熱心得很。

　　一九四二年在〈雜記三則〉其三談「舊文學與民間文學」中，何其芳再次重申了民間文學與大眾化的重要性：

4　參見何其芳：〈關於新詩的百花齊放問題〉，《何其芳文集》第5卷，北京市：人民文學出版社，1982年。

5　何其芳：〈論民歌〉，《何其芳文集》第4卷（北京市：人民文學出版社，1982年），頁291。

6　何其芳：〈論文學上的民族形式〉，《文藝戰線》1939年11月16日第1卷第5期。

（民間文學）對於民族形式的建立更有特殊的重要作用。文學上的民族形式的提出已經三年了。有的人主張利用舊形式，至於利用一些什麼與如何利用則並沒有進一步去研究，實踐，檢討。有的人又主張外國的東西可以搬過來，而且說現實主義的口號已經可以解決一切。他不曾想到為什麼談了這樣多年的現實主義，而在它的大旗之下仍然不斷地搬運著非現實主義的貨品。他更不知道我們的新文藝應該更中國化，也就是更大眾化，正是現實主義的一個極其重要的問題。[7]

他又特別強調了民間傳說、故事、歌謠作為文學資源的重要性：

其次，那些還活在民間的傳說，故事，歌謠，我們也要算入我們的財產單內。它們也許比那些上了文學史的作品更粗更低一些吧。然而恐怕也更帶著中國人民大眾的特點。[8]

一九四四年在〈談寫詩〉一文中，他提出了拒絕歐化語言，提倡方言口語等觀點，事實上也是對當時主流觀點的回應：

（討論一首叫〈厭惡和詛咒〉的詩）這首詩的表現形式是太像某一類型的詩了：就是那種相當歐化的，便於知識分子用來表達曲折與錯綜的思想情感的自由詩。一個最顯著的缺點是它和一般群眾的語言實在距離得太遠。

7　何其芳：〈雜記三則〉，《何其芳文集》第4卷（北京市：人民文學出版社，1982年），頁8。

8　何其芳：〈雜記三則〉，《何其芳文集》第4卷（北京市：人民文學出版社，1982年），頁9。

然而這篇詩的作者在信上說，他感到把許多口語寫進作品，不像一篇詩。我想這恐怕是因為他對於詩，先有了一個定型的概念的緣故。他也許覺得這些口語從來沒有上過詩篇，因此寫出來不大像詩的語言。但是我們現在正是要打破那種定型的詩的概念，改變那種知識分子的語言的傳統。
當然，文學作品裡運用地方語言還是有些問題存在著的。一種地方語言，對於自己也說這種語言的讀者是親切而又生動：但對於不熟悉的人便成了一種困難。但假若不是為了用來裝飾作品，為了獵奇，而是出於描寫某種生活、人物的必要，地方語言還是應該大膽地使用。地方語言可以豐富文學的語言，而反過來，文學作品又可以使地方語言普遍化。還沒有普遍化的時候，可以加上注釋。[9]

　　這裡，何其芳對於歐化自由詩脫離群眾提出批評，對於方言口語入詩則持樂觀態度。「地方語言可以豐富文學的語言，而反過來，文學作品又可以使地方語言普遍化」，化用胡適「國語的文學，文學的國語」的表述邏輯則是「方言的文學，文學的方言」。
　　一九四六年，何其芳再次談及「民族形式」問題，觀點仍不脫主流的人民性闡釋框架：「民族形式問題實際是一個文藝與中國廣大人民結合的問題」，[10]又重申了民間形式的重要性：「大量地利用各種民間形式，如唱本、說書、章回小說、舊戲（地方戲在內）等等，也是很必要的。這不但為了適合眾多的文化程度較落後的讀者，而且這種利用經過一定時期的提高、改造，還可以給中國的文藝帶來新的創

9　何其芳：〈談寫詩〉，《何其芳文集》第4卷（北京市：人民文學出版社，1982年），頁64。

10　何其芳：〈略論當前的文藝〉，《何其芳文集》第4卷（北京市：人民文學出版社，1982年），頁112。

造，如陝北的秧歌劇就是一個最顯著的例子。」[11]

　　不難發現，一九四〇年代的何其芳的文學觀念，在左翼革命文藝話語諸如民族形式、人民性、大眾化、反知識分子氣等批評實踐劃定的範疇中延展，對於「民族形式」表露了充分的關切，對於民間形式相對於民族形式的代表性也持逐漸認同態度。這種整體性的文學觀落實在詩歌中，便是對歌謠入詩的肯定和信任。寫於一九四六年的〈從搜集到寫定〉中，何其芳透露了他的歌謠情結以及這個情結的北大淵源：

> 北京大學從民國七年二月起就開始徵求歌謠，並曾經出過兩次《歌謠周刊》。第一次從民國十一年十二月出到民國十四年六月。第二次是民國二十五年四月復刊。我曾經看過三十多期。他們搜集的歌謠在數量上的確不少。但憑我的印象來說，還是民謠兒歌居多。真正藝術性高的民歌還是較少。[12]

　　二十年代的北大歌謠徵集運動，對何其芳構成了某種若隱若現的影響。四十年代，他的歌謠情結沒有匯入具體詩寫，卻轉化成歌謠的採集和輯錄行動。一九四八年，由何其芳和張如選編《陝北民歌選》，由哈爾濱光華書店出版。一九五〇年何其芳為《陝北民歌選》寫的代序便是那篇〈論民歌〉，其中提出民歌對新詩的啟示在節奏這個很好的見解。

　　對於新詩取法歌謠的問題，五十年代的何其芳表現了更清醒客觀的觀察和分析，這或許正是他在一九五三年一次講座中所謂的「最近一二年我才有了一個比較確定的看法」。[13]然而在四十年代，他的觀點

---

11 何其芳：〈略論當前的文藝〉，《何其芳文集》第4卷，頁112。
12 何其芳：〈略論當前的文藝〉，《何其芳文集》第4卷，頁148。
13 何其芳：〈略論當前的文藝〉，《何其芳文集》第4卷，頁467。

卻頗同於左翼主流，對於歌謠入詩表露的是純然的樂觀：

> 已經快三十年了，在新文學領域內最早出現的新詩卻似乎到現
> 在還最成問題。一般的意見是既不好讀，又不好記。這個弱點
> 剛好是民歌的優點。也許有人說，民歌多七言四句，像舊詩，
> 用口語來寫恐怕很多束縛吧。其實北方的民歌就不是死板板的
> 七言，而只是音節大致差不多。比如陝北的「信天游」，就二
> 句一首，表現生活與情感很自由。……並且我們也不一定要死
> 套民歌體，我們還可加以改變與提高的。[14]

　　其樂觀程度，令人不免疑惑：作為一個不乏感性表現力的詩人，
何其芳這樣的理論認識為何不能指導自身的詩歌創作呢？問題也許在
於，四十年代的何其芳顯然陷於一種理論和寫作的分裂狀態：在理性
思考、理論倡導上他盡可以說出最政治正確的觀點，但一寫詩他又甩
不掉那種令他沮喪又不斷懺悔的「小資」音調。理性認同和寫作慣性
的衝突在四十年代的何其芳這裡成了一種症候性的表徵。

　　一九四二年前後何其芳的詩寫一定經歷著一場巨大的衝突和內在
消解。這指的還不是他寫作風格的轉折，早在一九三八年的〈成都，
讓我把你搖醒〉中，何其芳詩歌語言已經發生了巨大的變化；一九三
七至一九三九年這幾年，他的寫作雖發生變化，數量也在減少，但進
入一九四○年之後，夜鶯雖已變聲，歌唱並未停止。當年有〈夜歌〉
七首，〈我們的歷史在奔跑著〉、〈快樂的人們〉、〈叫喊〉、〈解釋自己〉、
〈《北中國在燃燒》斷片（一）〉；一九四一年有〈革命──向舊世界進
軍〉、〈給 T.L. 同志〉、〈給 L.I. 同志〉、〈給 G.L. 同志〉、〈讓我們的呼喊

---

14 何其芳：〈談民間文學〉，《何其芳文集》第4卷（北京市：人民文學出版社，1982
　年），頁146。

更尖銳〉、〈黎明〉、〈河〉、〈鄘鄂戲〉、〈我為少男少女們歌唱〉、〈生活是多麼廣闊〉、〈雖說我們不能飛〉、〈我看見了一匹小小的驢子〉、〈從那邊路上走過來的人〉、〈我把我當作一個兵士〉十四首；一九四二年寫作數量大幅減少，只有〈《北中國在燃燒》斷片（二）〉、〈平靜的海埋藏著波浪〉（3月8日）、〈這裡有一個短短的童話〉（3月13日）、〈什麼東西能夠永存〉（3月15日）、〈我想談種種純潔的事情〉（3月15日）、〈多少次呵我離開了我日常的生活〉（3月19日）六首。隨後的三年中，他沒有任何詩歌作品面世。及至一九四五年以後，他偶爾提筆，但數量極為稀少：一九四五年發表〈重慶街頭所見〉，一九四六年發表〈新中國的夢想〉，一九四九年發表〈我們最偉大的節日〉，一九五二年開始寫作〈回答〉，一九五四年完成並發表，卻遭到了各種質疑。

　　不少人從轉向實際革命工作等角度解釋何其芳詩筆的停頓，然而事實並不這樣簡單。一九五三年何其芳在一次關於詩歌的講座中，描述了四十年代寫作不暢的心理過程：

　　　　要我說真心話，我還是很想寫詩的，而且我相信，如果能夠再寫的話，大概總可以比過去稍微寫得好一點。那麼到底又為什麼很久不寫呢？真是有些說來話長。整風運動以後我對於自己過去的詩作了批判，認識到無論在內容上還是形式上都不能照那樣寫下去了。我認為首先應該改造自己的思想感情，然後是改造自己的詩的形式。後來好幾年都忙於做別的事情，連業餘的時間都輪不到用在詩歌上。由於沒有時間去研究和實踐，詩的形式問題也長期得不到解決。一直到最近一、二年我才有了一個比較確定的看法，因此很想按照這種看法重新寫詩。[15]

---

15 何其芳：〈關於寫詩和讀詩〉，《何其芳文集》第4卷（北京市：人民文學出版社，1982年），頁467。

　　沒有寫並非不想寫，恰恰相反，「我還是很想寫詩的」。問題在於整風後照舊寫是不行了，可是改造與求新卻不能一蹴而就。所以，所謂詩筆的停滯表面上是忙——「連業餘的時間都輪不到用在詩歌上」；實際上是迷惑——「詩的形式問題也長期得不到解決」。正是「欲舊不願，求新不能」的糾結導致了何其芳詩筆的停頓。

第二節　艱難轉型：「自我」和「大我」的交戰

　　考察三、四十年代何其芳寫作的轉變，不難發現他一直處於「擺脫舊風格，尋找新語言」的掙扎中，這種「新語言」在特定背景下指的是群眾語言——一種新的階級語言。

　　在《畫夢錄》代序中他曾經說過「對於人生我動心的不過是它的表現」，然而現實環境很快改變了他的寫作題材、文體和風格傾向。一九三五年，當何其芳從校園走向社會之後，先後到天津南開中學和山東萊陽省立第二簡易鄉村師範任教。在此，他和一個朋友常在附近的堤上散步，「呼吸著不潔的空氣，那位朋友告訴我這片窪地裡從前停放著許多無力埋葬的苦人的棺材：常有野狗去扒開它，偷食著裡面的屍首」，令何其芳「感到我們也就是被榨取勞力的工人」。環境的變化改變了他寫作的文體偏向：「在這種生活裡我再也不能繼續做著一些美麗的溫柔的夢，而且安靜的用心的描畫它們。」[16]於是，「我再也不想寫所謂散文。我感到只有寫長篇小說才能容納我對於各種問題的見解，才能舒解我精神上的鬱結」。[17]

　　長篇小說的寫作計劃雖沒有完成，但一九三六年他的詩歌題材和風格開始發生悄然的變化。從醉心於精雕細琢夢的鏡像和感覺營構中

---

16 何其芳：《還鄉雜記》〈代序〉，《何其芳文集》第2卷（北京市：人民文學出版社，1982年），頁126。

17 何其芳：《還鄉雜記》〈代序〉，《何其芳文集》第2卷，頁127。

退出來，此時他的詩歌更多了對現實尖銳的諷刺和憤怒。〈送葬〉中他便喊出了「燃在靜寂中的白蠟燭／是從我胸間壓出的歎息。／這是送葬的時代。」「我再不歌唱愛情」、「在長長的送葬的行列間／我埋葬我自己」；〈醉吧〉副標題是「給輕飄飄地歌唱著的人們」，針砭現實的動機非常清晰，他要寫的是「如其酒精和書籍／和滴蜜的嘴唇／都掩不住人間的苦辛」。於是，「蒼蠅」「死屍」「西瓜皮」等跟何其芳以往「畫夢」之詩格格不入的語象紛至沓來。

　　一九三七年的〈雲〉標示著紛紜複雜的現實經驗在何其芳的詩中籲求著位置，並催生了他詩歌轉型的自覺性。「我走到鄉下。／農民們因為誠實而失掉了土地。／他們的家縮小為一束農具。／白天他們到田野間去尋找零活，／夜間以乾燥的石橋為床榻。／／我走到海邊的都市。／在冬天的柏油街上／一排一排的別墅站立著／像站立在街頭的現代妓女，／等待著夏天的歡笑／和大腹賈的荒淫，無恥。」「我走到」表徵著「行走」和「足跡」所獲得的現實經驗對寫作的支配性作用，此詩以何其芳詩歌前所未有的及物性徹底打破了他畫夢之詩「傾心感覺、自我完美」的封閉格局，轉而呈現出在跟現實對話中確認自身文化位置的努力。這種努力的結果是對以往寫作的清算：「我情願有一個茅草的屋頂，／不愛雲，不愛月，／也不愛星星。」

　　順著這個邏輯下去，才有了一九三八年的〈成都，讓我把你搖醒〉。戰爭打響，國土淪陷，何其芳不能滿意的是「然而我在成都，／這兒有著享樂、懶惰的風氣，／和羅馬衰亡時代一樣講究著美食，／而且因為污穢、陳腐、罪惡／把它無所不包的肚子裝飽，／它在陽光燦爛的早晨還睡著覺」。詩人以峻急的家國意識對仍沉溺於日常生活的「睡著」的人們發出大聲呼告。何其芳的風格轉向呈現了詩歌與時代的複雜張力關係：在大時代的動盪乃至於傾頹中，背對時代、自我表現的詩歌空間總是不自覺地被民族情懷等社會性因素所擠壓和徵用。一九三六年至一九三八年，何其芳詩歌從內傾向外傾的轉換，正

是調適詩歌與時代張力關係的結果，它也是何其芳四十年代詩歌發生更巨大轉折的橋樑。

從寫作主體的角度看，四十年代何其芳詩歌寫作的體驗可以概括為「驚醒和彷徨」。一方面，他自覺地採用了革命的文藝透視法來審視寫作，因此發現了自身的「落後性」；另一方面，他的思想「驚醒」卻進一步加劇了寫作上的「彷徨」。這種矛盾的「驚醒與彷徨」在何其芳身上悖論而糾結地存在著。

日後在回憶四十年代初的延安文藝講話和自身思想轉變時，何其芳一再強調了對「自我改造」極為必要的「覺悟」：「它使我第一次感到和認識到小資產階級知識分子必須經歷從一個階級到另一個階級的變化，」[18]「聽了毛主席在延安文藝座談會上的講話，我才恍然大悟，原來我雖然參加了革命，參加了黨，我的世界觀還沒有改造，我的資產階級和小資產階級的思想感情還沒有經過改造。我寫的詩和散文雖然是歌頌延安，歌頌革命，歌頌中國共產黨，歌頌工農兵的，但我的歌頌都帶有濃厚的資產階級和小資產階級的思想感情，還並不能代表工農兵，並不能真實地反映他們的生活和鬥爭，還不過是一種革命的小資產階級的『自我表現』。」[19]內化了革命文藝的階級論透視法，何其芳並不缺乏改造自身寫作的自覺性。然而，過程卻很曲折。日後他這樣描述道：

> 我當時的文藝思想也存在著許多問題，也還是資產階級的文藝思想。我抗戰初期上前方，不是深入敵後軍民的鬥爭生活，而是採用單純搜集材料寫報告文學的做法，結果寫的作品不能吸

---

18 何其芳：〈毛澤東之歌〉，《何其芳文集》第3卷（北京市：人民文學出版社，1982年），頁76。

19 何其芳：〈幸福的回憶〉，《何其芳文集》第3卷（北京市：人民文學出版社，1982年），頁150。

引人、感動人，自己也不滿意。回延安以後，讀到一篇蘇聯的
反概念化的文藝論文，我一下子就接受了其中的觀點。我從一
個極端走到另一個極端，完全否定了搜集材料的方法，向文學
系學習寫作的同學們提出這樣的創作主張：「寫熟悉的題材，
說心裡的話。」對沒有到工農兵中去、沒有改造思想感情的小
資產階級知識分子來說，這樣的創作主張只能引導他們去寫舊
社會的生活，去寫個人小天地裡的生活，而且表現出大量的小
資產階級的思想感情。我那時寫的詩歌和散文很多都是屬於這
樣的範疇。[20]

　　這段話是何其芳站在無產階級革命立場，以一個改造好思想的知
識分子的立場進行的自我懺悔。然而拋去這種主觀透視法，依然不難
辨認出何其芳初到延安時期寫作上那種進退維谷的困境：用具體的材
料寫抗戰題材的報告文學，內容上沒有問題，卻苦於「不能吸引人，
感動人，自己也不滿意」，就是沒有文學感染力。期間也有所調整和
變化，從蘇聯文論中接受了「反概念化」的觀點，寫熟悉的生活，於
是又回到了「個人的小天地」，「表現出大量的小資產階級的思想感
情」。這正是何其芳當年「欲舊不願，求新不得」糾結過程的絕佳注
腳：求新，卻無感染力；求變，則又不自覺用激活了原來的文學手段
和審美趣味。

　　證之以具體作品，不難更深入體察何其芳的掙扎。

　　顯然，一九三九年的〈一個泥水匠的故事〉便是那種「報告文
學」式的寫法，它的對象和內容並不來自詩人的內在體驗，而是來自
於戰爭中湧現的英雄事蹟。〈一個泥水匠的故事〉寫的是一個叫王補

---

20 何其芳：〈毛澤東之歌〉，《何其芳文集》第3卷（北京市：人民文學出版社，1982
　　年），頁58。

貴的泥水匠的抗日事蹟。如果從寫作抒情機制角度看，這首詩雖然保持著抒情主人公「我」（「我就講一個泥水匠」、「我的故事還沒有完」等）的聲音痕跡，但這並不是一首「自我抒情」的作品。由是，何其芳詩歌產生了「抒情」和「講故事」的博弈。須知，在一九三六至一九三八年間的詩歌中，雖然題材、風格和寫作功能發生了巨大變化，但是，「自我抒情」作為何其芳最擅長的寫作機制並沒有變化。「自我」始終是詩歌處理內外關係（寫作主體和寫作對象）、統攝諸種材料的轉軸；寫作對象在自我的觀照下獲得審美內涵。然而在〈一個泥水匠的故事〉中，「我」已經轉型為一種講故事的人，「我」的主觀體驗不再具有意義。

　　我們不難在解放區文學中辨認出大量和〈一個泥水匠的故事〉相同類型的作品，某種意義上，艾青寫於一九四三年的〈吳滿有〉和〈一個泥水匠的故事〉走的是相同道路（至於卞之琳的《慰勞信集》則雖然努力明白曉暢，依然打上了深深的卞之琳語言印記）。詩歌的故事化、對「自我抒情」機制的捨棄成了這類詩歌的共同特徵。[21]然而，值得特別注意的是，何其芳顯然極度不適應對「自我抒情」的放逐。他自己便明確說「作品不能吸引人、感動人，自己也不滿意」。[22]因此，他迅速地做出了調整，寫於一九四〇年的〈《北中國在燃燒》斷片（一）〉雖然寫的是抗戰，但那個「自我」視角又回來了：

　　　　聽呵，我們的土地在怒鳴！
　　　　我們的土地在顫抖著，而且發出吼聲，
　　　　如同受著一陣沉重的打擊，
　　　　一面大鼓發出它的號召，

---

21 在此背景下還發生了徐遲「放逐抒情」和穆旦提倡「新的抒情」的爭論。
22 何其芳：〈毛澤東之歌〉，《何其芳文集》第3卷（北京市：人民文學出版社，1982年），頁58。

號召我們去迎接戰爭。

今天，來到這裡一個禮拜後，

我第一次聽見了戰爭的聲音。

今天，當我們和司令員正用著早餐，

吃著青色的菠菜，

軍號象受了驚似地叫了起來。

而現在，司令員正站在城牆上，

叫他的警衛員找一個隱身的地方，

準備用照像匣子給日本飛機照像。

但天空裡一直沒有它們的影子出現：

「他媽的，日本飛機瞎了眼睛，

找錯了嵐縣城！」

　　這裡也寫戰爭的慘烈，也寫司令員的鎮定，然而，那種講故事式的「客觀」敘述被一個「我」視角所替代，雖然「我」是以複數「我們」的形式出現。換言之，「自我抒情」中，「自我」雖然被「大我」化，但相比於〈一個泥水匠的故事〉那種「講故事」方式，抒情的框架卻得到了保留。

　　《北中國在燃燒》寫的是何其芳的前線見聞，一九四〇年和一九四二年他兩次嘗試處理相同的題材，足見他對這次上前線經驗的重視。然而，他大概也並不甚認可這些詩歌，於是又回到了「寫熟悉的題材，說心裡的話」那裡去，一九四〇至一九四二年延安講話前創作的大部分作品中，他又熟悉地運用起「自我抒情」來「說心裡的話」了。

　　〈夜歌〉七首和〈解釋自己〉，我們看到的是何其芳強烈的自我剖析、自我對話的願望，對他而言，「詩」與「自我抒情」如此緊密地聯繫著，抒情宰制了他這個階段的詩歌想像。

　　　你呵，你又從夢中醒來，

　　　又將睜著眼睛到天亮，

　　　又將想起你過去的日子，

　　　滴幾點眼淚到枕頭上。

　　　　　　　　　　　　　——〈夜歌（一）〉

　　〈夜歌〉清楚地標示了小資「舊風格」對在新舊地帶來回徘徊的何其芳的誘惑：只有早期詩歌那種憂鬱、寂寞的情緒才讓他的心靈有不可自禁的悸動（這種情緒被命名為「小資產階級情調」，成了何其芳日後千方百計驅除的感情）。某種意義上，〈夜歌〉和〈解釋自己〉提供的不是理想詩歌的範本，而是一個真誠渴望在革命的美麗新天地中完成自我蛻變的青年詩人困惑和掙扎的心靈切片。

　　〈夜歌〉的人稱顯得尤其有趣。不同於三十年代詩歌中經典的「自我抒情」句式，「告訴我，用你銀鈴的歌聲告訴我，／你是不是預言中的年輕的神？」（〈預言〉）「告訴我，歡樂是什麼顏色？／像白鴿的羽翅？鸚鵡的紅嘴？」（〈歡樂〉）那時抒情主人公的困惑通常通過和一個難以確指的「你」的對話來展開：〈預言〉中的「你」具體的所指是麋鹿，但麋鹿卻又是神秘自然的意象化。所以，「我」跟意象化的「你」的直接對話，是何其芳所找到的跟神秘世界對話的橋樑。「你」有時又是一個有意虛化的現實對象，「你的腳步常低響在我的記憶中，／在我深思的心上踏起甜蜜的淒動」，〈腳步〉中的「你」便是一個具體愛戀對象。「你」作為一個對話型人稱，有效地使抒情主體「我」的情緒獲得了比第三人稱敘述更內在、有溫度的抒發可能。借助「你」來導引和輔助「我」的抒情，是何其芳三十年代詩歌就頗駕輕就熟的技法。對話型人稱還體現在〈雨天〉、〈羅衫〉、〈楚歌〉、〈花環〉、〈月下〉、〈夏夜〉、〈祝福〉、〈贈人〉、〈再贈〉、〈圓月夜〉、〈歲暮懷人（一）〉、〈歲暮懷人（二）〉。有趣的是，一九三四年

之後，何其芳詩歌中極少採用「你」「我」對話抒情模式。

　　如此說來，上引〈夜歌（一）〉的開篇便有了更多意味了。被何其芳擱置多年的對話抒情模式重新被激活了，對話式抒情大概是辨認和抒發某種混雜著困惑情緒的最貼身工具。它的重新啟用，意味著何其芳在革命陣營中積聚著大量困惑的情緒需要借助詩歌來處理。只是，詩歌重新出現的「你」在內涵上已經發生了巨大的變化。三十年代的詩中，「你」往往是昔日戀人、神秘自然的人稱化；而〈夜歌〉中的「你」，同樣有著不同指稱對象，但主要指稱對象變成：「抒情自我」的另一個分身、現實中的戰友。

　　換言之，〈夜歌〉的「你」絕大部分情況下是詩人跟自己的對話，是一個「革命新我」（在詩中往往以複數形式的「我們」出現）跟一個「小資舊我」的對話。「革命新我」占據了詩歌中的「抒情主體」位置，「小資舊我」卻被安排在「你」稱謂之下，成了與「我」有著密切關係，又需要被「我」辨認、審視、引導和批判的對象。因此，在人稱中，我們發現了〈夜歌〉中何其芳詩歌「自我」強烈的新舊交戰。

　　　　但你這個年青的孩子，
　　　　你說你在人間的寵愛中長大，
　　　　你又有什麼說不出理由的理由
　　　　有時也不能好好地睡？
　　　　你說你是一團火，
　　　　那你就快活地燃燒吧。
　　　　你說知道自己聰明便多痛苦，
　　　　知道自己美麗便多悲哀，
　　　　不，聰明的人不應該停止在痛苦裡，
　　　　美麗的人不應該只想到自己美麗。

　　　　　　　　　　　　　　　　　——〈夜歌（一）〉

在詩歌的話語位置中勸解、批評、引導著「你」，為「小資」的「你」提供更正確的思想方向的主體，顯然不可能由何其芳的真實「自我」來充當。於是，〈夜歌〉在激活了昔人對話抒情模式之後，又為這個模式增添了一個作為主體的「我們」，只有集體化的主體「我們」堪當救贖小資舊我的革命導師重任：

　　我們不應該再感到寂寞。
　　從寒冷的地方到熱帶
　　都有著和我們同樣的園丁
　　在改造人類的花園：
　　我們要改變自然的季節，
　　要使一切生活都更美麗要使地上的泥土
　　也放出溫暖，放出香氣。
　　你呵，你剛走到我們的隊伍裡來的夥伴，
　　不要說你活著是為了擔負不幸。
　　我們活著是為了使人類
　　和我們自己都得到幸福。
　　假若人間還沒有它，
　　讓我們自己來製造。

這種帶著真理口吻的革命說教跟「抒情自我」並不屬於同一個話語系統，但跟「集體大我」卻有著內生性關聯。〈夜歌〉是何其芳在黑夜中面對自己內心洶湧而出的真實聲音和不可抑制的憂鬱情緒的產物，詩人的身體同時被「憂鬱者何其芳」和「革命者何其芳」所占據。這兩個不同的主體被安排進一個弗洛伊德式的「自我」人格結構中：憂鬱的「本我」生產著源源不斷、跟革命要求並不合拍的情緒；而革命的「超我」便負責調教和規訓「本我」的非理性情緒。本我和

超我的交戰、對峙和膠著中，何其芳式的「革命抒情」得以形成。不能不說，一九四〇至一九四二年初的何其芳，在內心的焦灼、掙扎、「驚醒」和彷徨中，已經極少有餘暇來關注那種關切現實、書寫英雄的報告文學式寫作。(〈我們的歷史在奔跑著〉、〈革命——向舊世界進軍〉仍是以搜集來的材料為主要內容) 他必須先處理內心那個「舊我」的搗鬼，因此，此階段的寫作便成了他心靈波折、慕新棄舊、「雖有舊夢，不願重溫」、「欲舊不願、求新不能」的絕佳展現。

　　我們幾乎可以說，何其芳的「自我」向「大我」蛻變著，然而他的詩歌卻始終必須置於「抒情」框架中才能展開。所以，〈快樂的人們〉、〈讓我們的呼喊更尖銳一些〉、〈我為少男少女歌唱〉、〈生活是多麼廣闊〉、〈雖說我們不能飛〉、〈我把我當作一個兵士〉中的「我」已經完全可以換用為「我們」，它們事實上開啟了五十年代賀敬之、郭小川那種「政治抒情詩」的先聲：抒情主人公自覺地占據著階級和歷史的主體位置發聲，那種真理在握、發號施令和為歷史、革命、人民獻身的熱情交織在一起，構成了一支氣壯山河、不容置辯的革命交響曲：

> 我們使荒涼的地方充滿了歌唱。
> 在寒冷的夜晚我們感到溫暖。
> 我們開墾出來的山頭突起而又豐滿
> 來裝滿了奶汁的乳房，
> 從它們，我們收穫了冬天的食糧。
>
> ——〈快樂的人們〉

> 而我們卻喊著
> 「同志們，前進！」
> 我聽見了我們的隊伍的整齊的步伐，
> 我聽見了我們的軍號的聲音。

　　我們是幸福的。

　　我們知道我們要去的是什麼地方。

　　我們知道那裡是什麼狀況。

——〈叫喊〉

　　起來！起來！

　　所有並不夢想逃避到火星上去的人！

　　今天我們是自己的民族的子孫，

　　也是全世界的公民，

　　今天輪到我們來為歷史的正常前進而戰鬥了，

　　我們要以血去連接先驅者的血，

　　以戰爭去撲滅戰爭！

——〈讓我們的呼喊更尖銳一些〉

　　當抒情「自我」鑽進了「我們」的位置中，在革命透視法加持下獲得的歷史正義感可以克服「自我」暗湧的憂鬱小氣泡；可是，何其芳不同於五十年代的賀敬之、郭小川之處在於，階級大我的主體想像在彼時依然是一種理想期待而非獲得政治文化多重支撐的制度現實。白天太陽照耀下，何其芳努力在詩歌中發出虎嘯龍吟，可是當夜晚月上林梢，昔日夜鶯歌唱的清麗之聲依然不時來尋找他、折磨他。因此，在一片磅礴的階級大我之聲中，那種憂鬱的、寂寞的聲音依然不時冒頭，寫於一九四一年的〈河〉便可視為三十年代〈預言〉的重光：

　　我散步時的伴侶，我的河，

　　你在歌唱著什麼？

　　我這是多麼無意識的話呵。

　　但我知道沒有水的地方就是沙漠。

你從我們居住的小市鎮流過。

我們在你的水裡洗衣服，洗腳。

我們在沉默的群山中間聽著你

像聽著大地的脈搏。

我愛人的歌，也愛自然的歌，

我知道沒有聲音的地方就是寂寞。

　　當何其芳獨對一條小河時，他的想像方式又從階級、歷史、社會的進化論透視法中退出來，「自我」重新從階級「大我」中釋放出來，與天地自然對話的想像蓋過了社會階級文化想像。此時，群山聽得見河流，「我們」自然也聽得見「大地的脈搏」。「我們」被循喚為「自我」，階級革命話語為「自我」話語所替代。「無意識」、「沉默」的「寂寞」又回來了，取代了集體勞作的光榮、歷史奔跑的喧囂。

　　於是，我們在一九四〇至一九四二年初的何其芳詩歌喉嚨中聽到三種截然不同的聲音：「大我」的「叫喊」、「自我」的迷醉和「自我」的懺悔。有時候，則是「大我」在抒情主人公位置上對「自我」的批評和引導。〈快樂的人們〉這種「前政治抒情詩」無疑便是「大我的叫喊」；〈河〉則是較為少見的「自我」的偷襲和迷醉之聲；〈多少次呵我離開了我日常的生活〉則顯然是「大我」審視下「自我」的懺悔。再沒有任何一首詩如此詩般清晰地勾勒了何其芳彼時分裂糾結的精神結構：他在本能感受上體驗著新生活帶來的不適：「那狹小的生活，那帶著塵土的生活，那發著喧囂的聲音的忙碌的生活」。他必須「離開」──「走到遼遠的沒有人跡的地方」──必須從集體的「大我」回到「自我」的園地中透口氣。而重歸「自我」對於他居然也有著「新生」的作用：

我像回到了我最寬大的母親的懷抱裡，

> 她不說一句話，
>
> 只是讓我在她的懷抱裡靜靜地睡一覺，
>
> 然後溫柔地沐浴著我，
>
> 用河水的聲音，用天空，用白雲，
>
> 一直到完全洗淨了我心中的一切瑣碎、重壓和苦惱，
>
> 我像一個新生出來的人……

可是迎著「自我」往回走在何其芳更像是一個精神假動作，「本我」的誘惑迅速地被「超我」建構的革命主體想像所制止。於是，在「折返」幾步之後，詩人的主體認同又經歷著朝向革命的二度「折返」：

> 但很快地我又記起我那日常的生活，
>
> 那狹小的生活，那滿帶著塵土的生活，
>
> 那發著喧囂的聲音的忙碌的生活，
>
> 我是那樣愛它，
>
> 我一刻也不能離開它，
>
> 我要急急忙忙地走回去，
>
> 我要走在那不潔淨的街道上

有趣的是，在詩歌的修辭想像中，「日常生活」一方面被分配給了革命，那個「自我」空間於是便具有了幻想和不真實的性質，它使自我「新生」的功能顯出不可靠的意味。另一方面，日常生活雖然二次被指認為「狹小」、「帶著塵土」、「喧囂」、「不潔淨」，但在詩人的認同朝向中，這種現實的「不潔」反而獲得了背反性的道德效應。在左翼的革命道德衛生學中，身體／精神的潔／不潔始終存在著背反關係，它被提煉為「勞動人民的手是髒的，但靈魂最乾淨」。在一番懺

悔式的表白中詩人寫道：

> 呵，我是如此願意永遠和我的兄弟們在一起，
> 我和他們的命運緊緊地連結著，
> 沒有什麼能夠分開，沒有什麼能夠破壞，
> 儘管個人的和平很容易找到，
> 我是如此不安，如此固執，如此暴躁，我不能接受它的誘惑和
> 擁抱！

　　此詩由重回「自我」開始，卻以公開表態抵制「自我」的誘惑結尾。它意味著何其芳其實處在不可抑制的雙重糾結中：當他的主體認同結構被革命階級自我所完全占據時，他的「自我」在強烈地要求著空間；當他的「自我」獲得了些微透氣的縫隙時，他又陷入了深深的懺悔和自省中。

　　由此，一九四○至一九四二年何其芳的寫作便主要是一種「解釋自己」的寫作，在雖有舊夢，不願重溫、欲舊不願，求新不能的糾結中，何其芳在「說心裡的話」的蘇聯理論支撐下，內心未必十分否定這種「解釋自己」的寫作。只是，延安文藝講話無疑打破了他這種以懺悔維繫的脆弱寫作平衡。在習得了「我雖然參加了革命，參加了黨，我的世界觀還沒有改造，我的資產階級和小資產階級的思想感情還沒有經過改造」[23]之後，他的寫作便難以為繼了。

　　進入革命陣營之後，何其芳在題材、風格上都有了明顯的「革命化」，但從對「報告文學」式寫作的排斥中，可以發現他對詩歌抒情框架的珍視乃至依賴。更重要的原因還在於，何其芳的認同結構中始

---

23 何其芳：〈幸福的回憶〉，《何其芳文集》第3卷（北京市：人民文學出版社，1982年），頁150。

終存在著衝突和糾葛，他的審美體驗慣性籲求著「自我」的空間，他的寫作觀念使他更願意「說心裡的話」，其結果是啟用抒情的寫作框架，呈現了一個革命青年主體「求進步」過程中思想周折。概言之，在寫作的革命化過程中，何其芳對抒情和自我體驗的重視幾乎到了頑固的程度。「講話」之前，他的寫作始終在維繫自我情感體驗和政治正確的平衡中來落實「革命化」訴求。可是，這一切在「講話」之後顯得不再合適。用他自己的話說，是意識到「思想改造」的長期性和艱巨性。事實上，是藝術趣味改造相對於思想傾向改造的滯後性。此時的何其芳，大概有某種無能為力的感覺吧！於是停頓，從一九四二至一九四九年近八年時間，僅有〈重慶街頭所見〉（1945）、〈新中國的夢想〉（1946）、〈我們最偉大的節日〉（1952）三首詩面世。

　　中華人民共和國成立後，寫於一九五二至一九五四年間的〈回答〉，顯示的不是何其芳寫作上的「蛻化」，而是某種固有症候的復現。那種後來被批為具有「小資情調」的詩句，[24]在寫作上依然是他以自我體驗為出發點的觀念導致；在主體認同上卻又顯示了已到中年的何其芳依然不能擺脫內心「自我」的誘惑。

第三節　「自我抒情」與「格式詩法」的衝突

　　在革命進化論的趨新召喚中，何其芳已經成了最忠誠的思想新人，可以不斷發表理論見解並勝任到重慶宣講「講話」的重任；可是詩歌寫作上他卻依然是個尷尬的舊人，導致他不斷地自我懺悔乃至停

---

24 〈回答〉第一節寫道：「從什麼地方吹來的奇異的風，／吹得我的船帆不停地顫動：／我的心就是這樣被鼓動著，／它感到甜蜜，又有一些驚恐。／輕一點吹呵，讓我在我的河流裡／勇敢的航行，借著你的幫助，／不要猛烈得把我的桅杆吹斷，／吹得我在波濤中迷失了道路。」這種具有不確定情緒的詩句在一九四九年後的批評體制中自然迅速地被批判消毒。

筆。這份思想／文學的趨新程序中，文學改造相對於思想改造的滯後
性的實質何在？以寫作慣性言之似略嫌籠統，那麼什麼才是這種「慣
性」的真正內涵呢？又是什麼造就了這種慣性？什麼是何其芳思想之
腳邁進革命新天地，文學之腳卻被絆留在小資舊風格的真正玄機呢？

　　在何其芳一生的詩歌寫作中，下面這首是非常特別的：

　　　　滿天的星斗長庚星最明，（滿天星斗長庚明）

　　　　古來的詩人李白杜甫最知名。（古來詩人李杜名）

　　　　如今的詩歌誰作得最好？（如今詩歌誰最好？）

　　　　千千萬萬個勞動人民。（千萬萬勞動人民）

　　　　　　　　　　一九五八年十一月十四日，河南登封二官廟村

　　這是何其芳極少見的歌謠詩，雖然作者努力用一種現代漢語的鬆
散節奏來表達，但詩歌依然可以極其容易地轉換為七言民歌體。比
興、問答手法的運用，同樣使此詩顯出濃郁的民歌特徵。在一九五八
年的「新民歌運動」氛圍中，何其芳終於完成了一次詩歌的「民歌
化」。這首並不高明的民歌詩，[25] 再次激起我們的疑問：在袁水拍、李
季、阮章競等更年輕的詩人那裡很快完成轉換的新詩歌謠化，何以在
何其芳這裡顯得困難重重、一拖再拖？詭異的是，正是這首普通得不
能再普通的歌謠詩，更清晰地鏡照出何其芳過往寫作的動力坐標，並
成為回答何其芳一九四〇年代詩寫困境的鑰匙。

　　王光明先生認為戴望舒、何其芳三十年代詩歌「較為成功的是把
象徵主義思維和想像手段跟中國抒情傳統結合起來的戴望舒、何其芳

25　一九六一年第三期的《詩刊》刊發了一首民歌詩〈在一起〉：「星星和月亮在一起，
　　珍珠和瑪瑙在一起，莊稼和土地一起，勞動和幸福在一起：這是一首當年群眾作者
　　創造的革命民歌詩，跟這些作品放在一起，很難辨認出何其芳民歌詩的特質。話說
　　回來，民歌詩正是以「去個人性」為特徵的。

等人，這種結合使他們寫出了最優秀的抒情詩，同時也豐富了現代漢語詩歌的表現力和接納比較複雜的現代經驗的能力」。[26]這裡敏銳地把握了三十年代現代詩歌取鏡象徵主義和古典詩學的傾向，具體到何其芳，似乎仍有話可說。三十年代何其芳詩歌在中西交融、新舊匯通的努力中，發生著散文詩和分行新詩的不同功能配置：何其芳習慣用象徵和自我抒情的詩寫方式，前者運用更多「對話」以容納各種不同的聲音；後者卻直接訴諸寫作者本人的情感，只是相比於早期浪漫主義詩歌，何其芳的新詩添了些晚唐詩的憂鬱溫潤和綺麗想像。就此而言，何其芳的散文詩把象徵主義和古典詩傳統結合；他的分行新詩則把新詩浪漫主義的自我抒情框架跟古典詩傳統結合起來。

　　換言之，「象徵」、「抒情」這兩個三十年代何其芳詩歌的關鍵詞需要加以進一步辨析。它們不僅作為寫作的修辭手段而存在，有時還上升為寫作動力意義上的話語機制。在〈預言〉這樣的新詩中，我們誠然可以讀到「象徵」，但這種「象徵」卻可以落實為意象、修辭層面；而在〈樓〉、〈岩〉這樣的作品中，「象徵」卻上升為全篇的動力結構和話語機制。我們不妨說，〈預言〉採用了象徵修辭，在寫作動力上卻依然以「自我抒情」為框架；〈岩〉、〈樓〉、〈弦〉顯然同樣有某種抒情色彩，但寫作動力上卻以「象徵思維」為框架。於是我們不難辨認出何其芳寫作上的某種突出的個性特徵：在分行新詩中，不管何其芳借用象徵主義還是晚唐詩的營養，「自我抒情」框架已經成為他寫作極難擺脫的潛意識。以至於你極難在何其芳的新詩寫作中，發現有幾首不是以「自我抒情」為話語中樞來展開的詩歌。新詩史上，郭沫若的〈女神〉將「自我抒情」提升為一種寫作動力意義上的話語交流機制：

26　王光明：《現代漢詩的百年演變》（石家莊市：河北人民出版社，2003年），頁287。

（郭沫若詩歌）這種以「自我」抒情為出發點的詩歌話語交流機制，改變了傳統詩歌對情境關係的重視。在詩歌「說話者」、「聽者」、「說的事物」三重關係中，強調的已不是言說者的感情對事物的融入，追求物我關係的和諧；詩人考慮的也不是在「言不盡意」的宿命中，面對語言與事物的親和與疏離的辯證，如何言說事物，如何進入、分辨詩歌的「有我之境」或「無我之境」，而是把「說話者」的主觀感情抬高到了壓倒一切的高度。[27]

一個研究者在評述王光明對新詩「自我」問題的洞見時說：

「自我」在這裡成為一個自覺的考察範疇和比形式更為內質的動力角度。它與時代精神、現實社會、個人意識、形式藝術、語言策略等等因素都有著複雜的糾結。更是作為「新詩」區別於古典詩歌一個內質的、根本的話語據點，要求語言與形式採取相對應的策略來抒發感覺與想像。也就是：倘若沒有「自我」作為內核，「新詩」就不能成其為「新詩」。[28]

　　從寫作動力機制的角度看，四十年代何其芳寫作轉換的核心困境其實是如何把詩歌從「自我抒情」框架轉移為「格式詩學」框架。「自我抒情」詩和「歌謠詩」從屬於兩種截然不同的寫作發生學的話語機制。前者以「自我」作為整合、統攝各種感覺、意象和想像的中心，物象和語象被「自我」所觀察、侵入並主觀化。整個文本結構中，「自我」及其「感情」居於絕對的支配地位，意象和感覺為「自

---

27 王光明：《現代漢詩的百年演變》（石家莊市：河北人民出版社，2003年），頁96。
28 王芬：〈論新詩中「自我」問題研究現狀〉，《綏化學院學報》2011年第5期。

我抒情」所選擇、裁剪，並在其規定的方向中發揮作用。以自我抒情為寫作話語機制[29]的詩歌，基本上以自由體為主。相比之下，「歌謠體」是一種以外在形式為主要參照物，並在此基礎上進行藝術運思、意象選擇的寫作話語機制。詩歌形式和格律當然並不絕對排斥隱喻、象徵等詩歌思維，然而這些思維只是在詩歌的局部發生作用，並不能獲得支配詩歌展開的核心地位。阮章競總結〈漳河水〉的寫作經驗時說「像曹氏父子作樂府民歌，依曲添詞」，[30]事實上透露了「歌謠體」乃至一切有律詩歌的運思機制。

　　事實上，新詩史上反思新詩之弊的一種重要聲音，便是倡導為新詩創造相對固定體式。一九二六年饒夢侃連發〈新詩的音節〉[31]〈再論新詩的音節〉[32]兩文，認為新詩必須有好的「音節」，他所謂的「音節」，包含格調、韻腳、節奏和平仄等諸方面，他認為「格調」即「一首詩裡面每段的格式」；還推崇「韻腳」，他認為「韻腳」的功能是「把每行詩裡抑揚的節奏鎖住，而同時又把一首詩的格調縫緊」，「一首詩裡要沒有它，讀起來絕不會鏗鏘成調。」饒夢侃認為「節奏」是新詩的音節裡面最難操作的因素。節奏分兩種，一種「由全詩的音節當中流露出的一種自然的節奏」，另一種是「作者依著格調用相當的拍子（Beats）組合成一種混成的節奏」。前者渾然天成，「簡直沒有規律可言」，後者卻能靠詩藝的磨煉而成，他認為〈死水〉便是後一種的成功之作。「平仄」在新詩中一般被視為殘骸，饒夢侃卻認為它是中國民族文字的特色。它決定了詩中文字的「抑揚輕重」，沒有它就沒有了詩的節奏和韻腳，一首詩就只剩下「單調的音節」。

29　饒孟侃：〈新詩的音節〉，《詩鐫》第4號，1926年4月22日。

30　阮章競：《異鄉歲月——阮章競回憶錄》（北京市：文化藝術出版社，2014年），頁188。

31　饒孟侃：〈新詩的音節〉，《詩鐫》第4號，1926年4月22日。

32　饒孟侃：〈再論新詩的音節〉，《詩鐫》第6號，1926年5月6日。

三十年代魯迅在〈致竇隱夫〉中所說的「新詩先要有節調，押大致相近的韻，給大家容易記，又順口，唱得出來」[33]，說的是新詩的形式問題。

新詩格律化的探索，更體現在從聞一多、徐志摩、陸志韋以及後來何其芳、卞之琳、吳興華等人的探討中。這些探討聚焦於新詩的形式秩序探索，並不一律強調用一種古詩、歌謠體的形式來統一全部新詩。然而，就詩歌的寫作動力學而言，這種強調形式依憑的「格式詩學」顯然截然不同於從郭沫若那裡肇始的「自我抒情」詩學。

四十年代的革命陣營中，關於新詩發展方向問題上，「民間資源」和「格式詩學」顯然受到了更多的鼓勵。「民族形式」論爭中，蕭三在反思新詩之弊時便旗幟鮮明地要求新詩必須有一個成型的形式。這種「格式詩學」思維雖然受到反駁，[34]但並不妨礙它在革命陣營中獲得體制的加持。

所以，在寫作上阻礙何其芳的真正原因是他無法從「自我抒情」的寫作思維中切換到「格式詩學」的寫作規範中來。這番困擾，導致了他在五十年代專門對「現代格律詩」進行了理論探討。有趣的是，三十年代同為自由詩詩人的卞之琳，五十年代同樣在現代格律詩問題上用力頗多。這似乎意味著，革命詩歌體制在自由和格律問題上的偏向加諸他們的壓力。值得思考的是，無論是何其芳還是卞之琳，他們可以寫出自由詩經典，也可以對現代格律詩進行有益的理論探索。然而，具有豐富創作經驗的詩人，他們卻並未在自己創設的現代格律詩理論指導下寫出優秀詩歌，這或許並不僅是意外。顯然，新詩並不排

33　魯迅：〈致竇隱夫〉，《魯迅全集》第12卷（北京市：人民文學出版社，1981年），頁555。

34　力揚便認為「對於民間文學的吸收，只限於受它的影響而已，若要按它的字數，句數，像古人填詞那樣去填，由形式而求內容，絕不是辦法吧」。力揚：〈關於詩的民族形式〉，《文學月報》第1卷第3期，1940年3月15日。

斥形式秩序對經驗的提煉，然而一旦「形式詩學」被強化到排斥「自我體驗」的程度，單純的「形式」很難激活和啟動詩人的寫作能量。

小結

四十年代的何其芳，雖在理論上強調了民歌的重要性，然而他本人的寫作如果要吸納歌謠資源，甚至轉化為「歌謠體」──把歌謠作為詩歌展開的體式，實質性的問題是如何從一種「自我抒情」的話語機制轉移到「格式詩學」的話語機制。四十年代何其芳「寫作困境」在於，他對於自我抒情型寫作有著某種無法擺脫的依賴，以至於他根本無法轉換另一種話語機制來運思歌謠詩。有趣的是，中年以後的何其芳卻寫了很多近體詩。這或者說明，何其芳並非不能寫作「形式依憑」的詩歌，而是「自我抒情」宰制了他對新詩的歷史理解，至少在新詩寫作上，他極少有非自我抒情型以外的寫作。

顯然，並非何其芳排斥歌謠，更不是他漠視詩歌的聲音問題。在何其芳這裡，我們看到了一種形式資源進入作家的運思結構過程中存在著的「自我」中介。何其芳的詩歌寫作顯然特別依賴於「自我」這個資源整合器。在前期，「自我」是他詩歌中的感覺收集器；在後期，「自我」雖成了革命話語的傳聲筒、投影屏，然而，「自我」依然是詩歌的情感發射器。何其芳的詩歌，始終無法卸下「自我」這個發動機，唯有通過「自我」，感覺、激情、民族認同，甚至革命口號，才能夠在他的詩中具體化。

第五章
走向山歌——一九四〇年代袁水拍詩觀轉化的歷史語境與動因

　　一九四〇年代初，國統區青年詩人袁水拍的詩名並不盛，他寫著的那些自由體抒情詩雖然在小圈子中獲得肯定，卻不能廣為人知。一九四二年前後，他對於歌謠產生了強烈興趣，幾年後更是寫出了風靡一時的山歌詩——「馬凡陀的山歌」。本章以袁水拍為個案，探究他從自由體抒情詩人到山歌詩人這一詩體認同轉變的發生學問題。換言之，在何種話語術和透視法中，一九四〇年代的袁水拍得以完成山歌詩學對抒情詩學的替換。

第一節　一次偶然的交集？

　　一九四一年七月五日，青年詩人袁水拍在香港《大公報》發表一首題為〈霧城小調〉的詩（後收入詩集時改名〈城中小調〉），其中有這樣的段落：

　　　　夜街的燈火跳動，移行，奔馳，搖晃，
　　　　從上坡到下坡，轎子，人力車，消失到黑影中去，
　　　　電燈，植物油燈，豆油燈，蠟燭，有芒的光電，
　　　　交叉，衝突，干涉，琥珀色，酒的顏色，
　　　　投影，旋轉，汽車頭燈，掃射，延長，閃電……
　　　　正月裡來去交情，

　　　郎提禮物上姣門，

　　　郎說不才如糞土，

　　　姣說人義值千金。[1]

　　十六天後──一九四一年七月二十一日，另一位青年詩人穆旦在
《貴州日報‧革命軍詩刊》發表了一首詩──〈五月〉（這首詩後收
入《探險隊》，作者在詩後注明寫作時間為1940年11月），起頭就給人
新奇之感：

　　　五月裡來菜花香

　　　布穀流連催人忙

　　　萬物滋長天明媚

　　　浪子遠游思家鄉

　　　或是爆進人肉去的左輪，

　　　它們能給我絕望後的快樂，

　　　對著漆黑的槍口，你就會看見

　　　從歷史的扭轉的彈道裡，

　　　我是得到了二次的誕生。

　　　無盡的陰謀；生產的痛楚是你們的，

　　　是你們教了我魯迅的雜文。[2]

　　有趣的是，這兩首前後腳發表的詩作，存在著某種形式的「心有

1　袁水拍：〈城中小調〉，徐遲選編：《袁水拍詩歌選》（北京市：人民文學出版社，
　　1985年版），頁100-102。

2　穆旦：〈五月〉，李怡編：《穆旦作品新編》（北京市：人民文學出版社，2011年），
　　頁35-37。

靈犀」：兩位詩人都別出心裁地在現代抒情詩中嵌入了山歌，創造了一種很有意味的詩歌形式。[3]上引僅為兩詩的小部分，但不難看出，在自由體部分，他們都表達了某種現代的緊張感。袁水拍把各種不同時代、不同階層的「燈光」攪拌在一起，其中「汽車頭燈」、「有芒的光電」這些「現代」器具顯得特別突出。詩歌內蘊了「現代」（由「汽車頭燈」、「光電」等所代表）凝視下的城市暈眩主題。穆旦則是用「槍」來表達這一相近的「緊張」，穆旦的緊張來自於對「歷史」巨獸和現實糾纏中「自我」位置的追問——似乎他對於歷史賦予的「二次誕生」，依然帶著「魯迅雜文」那樣的尖刻和狐疑。

在「現代的緊張」背景下來看詩中的「民歌」就顯得別有意味：民歌悠揚的音節、前現代鄉村集體化生活圖景無疑在詩中稀釋著那種現代的緊張和撕裂。換言之，「民歌」跟「自由體」被有意識地進行差異化使用（不同於日後「新詩歌謠化」以「歌謠體」取消「自由體」內在的彈性和緊張）。這可以說是一種具有「現代」立場上對歌謠的有趣使用。日後袁水拍對於山歌愈益執著，卻不但放棄了「自由體抒情詩」，而且放棄了「自由體」內蘊的「深度自我」；穆旦則雖然還有《搖籃曲》這樣歌謠化的作品，但對於在歷史和現實糾纏中「自我」位置的執著，使他一九四〇年代的寫作並未真正被裹挾進「走向民間」的民歌潮中。

至於這一次詩歌上的相遇，很難說存在著相互借鑒的可能：穆旦成詩在一九四〇年，袁水拍成詩時間不可考（從當年他的發表渠道而言，很可能完成於一九四一年）；發表時間相差僅十六天，袁水拍在先，但穆旦既然已經成詩於一九四〇年，便不存在模仿袁水拍發表詩歌的可能。從當年的傳播條件和二人的交往情況看，似不存在發表前相互借鑒的可能。那麼，這種相似也許意味著一種相近的文學思維在

3　穆旦和袁水拍兩詩的相似，得自北京大學姜濤老師啟發，特此致謝。

詩歌實踐上的小小「投影」。這種思維，概言之，大概是「詩歌取法歌謠」的觀念，它發端於五四，而後又在一九三〇年代經中國詩歌會的「詩歌歌謠化」倡導和一九三六年之後胡適主持的《歌謠》學會再倡導。

第二節　對於歌謠，我有了偏心

　　一九四〇年代初，袁水拍已經有了對歌謠的愛好和翻譯，但此際他的寫作仍以自由體抒情詩為主，雖然他的寫作有明顯從自我表現向關懷時勢轉化的「大眾化」趨向，但他尚沒有找到很好的「化歌謠」之道。他的山歌寫作是在一九四四年十一月之後才漸漸多起來的，並在一九四六年達到了高峰。一九四六年是袁水拍全力寫作山歌的一年，翻譯、雜談、書評、小說一概讓道，此年他發表作品一百七十八篇，其中譯詩二十八首，雜感、文章等十九篇，自由體詩十首，其餘皆為山歌，共一百二十一首。一九四七年他全年發表作品六十七篇，山歌三十二首，自由體詩九首。更重要的是，山歌寫作突起之後，袁水拍的自由體抒情詩，所抒之情已經很難區分於他那些山歌了。

　　一九四〇年代中期〈馬凡陀的山歌〉的出版使袁水拍完成了從抒情詩人向山歌詩人的轉變，這種轉變使他在彼時獲得了來自左翼文學界熱烈的讚美和對普通讀者巨大的影響力。[4]時過境遷，在一九八〇年代以來的啟蒙主義話語和純文學詩歌想像中，「山歌」之於新詩的合法性大大削弱，以至於很多研究者在袁水拍的抒情詩人和山歌詩人

4　茅盾在日記中記著一九四七年二月十六日他出訪蘇聯，隨身就帶著袁水拍的〈馬凡陀的山歌〉，這反證了當年袁水拍山歌的影響力。查國華、查汪宏編：《茅盾日記》（太原市：山西教育出版社，1997年），頁73。李廣田的文章〈馬凡陀的山歌〉〈再論〈馬凡陀的山歌〉〉中稱收到很多讀者來信，請求解答關於「馬凡陀山歌」的問題。當時《文藝生活》社編輯部，甚至組織進行「馬凡陀的山歌」研究，並整理了《〈馬凡陀山歌〉研究大綱》，都是其影響力的證明。

兩種身分間，不自覺地強化前者淡化後者，[5]甚至於否認四十年代袁水拍的寫作存在從抒情詩人向山歌詩人的轉折。[6]然而我們不能因為對於「山歌」與「抒情詩」的價值偏好，而模糊了對歷史現場的敘述。上述實證的材料可以說明，一九四〇年代中期袁水拍的寫作道路確實存在從自由體抒情詩向山歌詩改向的「轉折」。

假如進入一九四〇年代袁水拍的寫作和思想脈絡中，我們會發現，從一九四〇年起，他已開啟了走向歌謠、認同歌謠的進程。他不但是詩人，同時也是翻譯者、理論愛好者，一九四〇年代他發表的很多文章解釋了他的山歌認同建立的過程。拋開抒情詩與山歌孰高孰低的判斷，去辨認袁水拍在複雜詩歌觀念的變換中民謠認同的發生，會更有意義。

寫於一九四二年的《冬天，冬天》前記，就多處表達了袁水拍對歌謠的心儀。此文中，他提及寫作認同的悄然變化：

> 之所以出版《冬天，冬天》，是因為很多舊作隨遷徙而丟失，讓他特別想念的是幾首「政治詩」，試作的民謠，和一首〈米〉，一首自己所喜歡，也為一個友人所愛好的〈火車〉。此外又刪去了幾首，其中〈士兵，士兵，你肯不肯娶我？〉那一首也刪了。別的試作的歌謠既然找不到，也不願留下這一首孤

5　譬如詩人徐遲，作為袁水拍的密友和詩歌見證者，徐遲在八十年代的回憶中表示他當年並不贊同袁水拍的山歌嘗試，同時認為袁水拍抒情詩成就遠高於山歌。徐遲認為在袁水拍的抒情詩、山歌和政治諷刺詩三者中，他最看重袁的抒情詩。「袁水拍本能寫出很多很好的抒情詩，然而終究不能寫出更多更好的抒情詩，是無可奈何的。」見徐遲：〈袁水拍的詩歌〉，《讀書》1984年第11期。

6　劉繼業在《新詩的大眾化與純詩化》中認為：「可以這麼說，對於袁水拍，自由體抒情詩和山歌，都是大眾化新詩創作的嘗試和努力，這只是一個詩人在同一時間之中的兩種不同面貌，並不存在山歌代替抒情詩、袁水拍轉變為馬凡陀的明顯事實：《新詩的大眾化和純詩化》（北京市：北京大學出版社，2008年），頁266。

單不太現實的東西。因為，對於民謠，我有了偏心。[7]

　　這意味著，一九四一年發表的那首〈霧城小調〉確實是在一種取法歌謠的思路下產生的。只是，一九四〇年代初，他尚未找到新詩取法民謠的穩定方式。可以肯定的是，他的民謠信念萌芽生根了，因為他「有了偏心」。「有了」的意思是以前還沒有，是剛產生的意思。身邊朋友，不乏同好者，比如徐遲：

> 徐遲也是一個民謠的信奉者。他也主張搜集民謠，歌唱它們，制作它們；附帶要搜集各地的方言，學習它們那些不靠書本而能把話說得明白動人的人（也許只有不靠書本才行）；他說從歌謠到史詩是我們的詩歌的道路，我同意他。[8]

　　他還提到剛讀過一首全用對白寫就的通俗敘事短詩〈兩個雞蛋〉，認為「這短短二十行許的新的山歌分明是篇傑作，太巧妙，太迷人」，一番激賞之後說「假如沒有人責備我過火的話，我會說它是中國新詩的希望。」[9]這裡顯示了詩人探索詩歌方向的思考，在他看來，這個方向就是歌謠。同時也說明這種思考其實已經在朋友圈中漸獲共識。正因為視歌謠為新詩的希望，所以才有所謂他對歌謠有了偏心。又因為把歌謠視為「新詩的希望，在寫作中便開始化用歌謠，〈關於米〉、〈士兵，士兵，你肯不肯娶我？〉都借鑒了對話體歌謠的形式。

　　袁水拍歌謠認同的發生，其實關涉著一個更加重要的話題，即兩種差異很大的詩歌想像如何在同一個詩人身上更替。雖說歌謠作為新

7　袁水拍：《冬天，冬天》〈前記〉，桂林市：遠方書店，1943年。

8　袁水拍：《冬天，冬天》〈前記〉。

9　袁水拍：《冬天，冬天》〈前記〉。

詩資源的合法性在五四以來就不斷累積著，但是歌謠和新詩之間其實存在著深刻的差異，甚至是難以彌合的縫隙，對此朱自清一直有很清醒的認識：「歌謠的音樂太簡單，詞句也不免幼稚，拿它們做新詩的參考則可，拿它們做新詩的源頭，或模範，我以為是不夠的。」[10]朱自清敏銳地抓住了「仿作歌謠」與「作新詩」的差異，歌謠與新詩之間的差異顯然比當年很多人認為的要大得多，它不僅是有韻體跟自由體的區別，也不僅是詩歌修辭、意趣上的不同。極重要的一點，還在於歌謠的書寫主體是集體化的，即使像李長之所說，歌謠的寫作者是個人而不是集體，[11]這個「個人」在觀物時採用的也基本是一種集體化的視點。所以，歌謠中並不存在一個「深度自我」。而這個「深度自我」卻是自由體抒情詩的內在動力，對於現代詩而言，就更其如此了。

　　一九三七年抗戰爆發之後，一大批詩人政治觀念急速左轉，這同時影響著他們的詩學立場。但是，真正完成從現代抒情詩學向大眾化山歌詩學轉變的，事實上僅有袁水拍一人。抗戰以後，大批詩人奔赴延安，這裡面最著名的三位大概當屬卞之琳、何其芳、艾青了。眾所周知，卞之琳在《慰勞信集》之後「大眾化」詩歌就有點難以為繼，並且很快離開了延安；何其芳和艾青都留在了延安，並且得到延安從文學到政治上的認可。一九四二年延安文藝講話之後，他們無疑都以自我更新乃至於自我改造的姿態面對舊日寫作。[12]何其芳在一九三九

---

10 朱自清：〈唱新詩等等〉，《朱自清全集》第4卷（南京市：江蘇教育出版社，1990年版），頁222。

11 參見李長之：〈歌謠是什麼〉，《歌謠》第2卷第6期，1936年5月9日；〈論歌謠仍是個人的創作〉，《歌謠》第2卷第12期，1936年6月20日。

12 兩人情況略有不同，何其芳在「講話」前對文藝大眾化就表示衷心認同，在「講話」發表現場及之後迅速做出正面回應，寫作了〈改造自己，改造藝術〉等文章；艾青在「講話」前有自由派作風，甚至寫作了〈理解作家，尊重作家〉，但「講話」後，在延安「工農兵方向」的文藝氛圍中，迅速進行寫作調整和轉向，並發表了受到認可、歌頌邊區勞模吳滿有的長詩〈吳滿有〉。

年文藝「民族形式」討論剛開始時，馬上就著文指出：「我很希望我們寫出一些這樣的作品，既通俗又高度的藝術性（這兩者並不是不可統一的矛盾），而且讀給不識字的人聽。」[13]革命化、大眾化如何不以犧牲藝術為代價，革命大眾化的方向如何創制藝術精品？這個問題的提出與解決，事實上伴隨於整個四十年代新詩歌謠化的實踐過程。很難說作為詩人的何其芳沒有在「大眾化」「民族形式」的追求方面的自我期待，可是他並沒有成功；相比之下，艾青的解放區時期作品似乎比何其芳「成功」一點，他至少寫出了歌頌邊區勞動英雄的長詩〈吳滿有〉——一部融合了口語、方言和謠曲的作品。一九四三至一九四八年間，〈吳滿有〉一直是艾青「成功轉型」的例證。[14]然而，〈吳滿有〉畢竟只是「大眾化」，還很難被解放區文藝批評列為「民族形式」方向的典型。對於在自由體抒情詩中積累了相當穩定審美慣性的詩人而言，從自由體到歌謠體轉變之困難在於，一個「深度自我」及其相匹配的象徵、隱喻等詩法隨著「歌謠體」的到來而被遮蔽、退場之後的表達空白。

那麼考察袁水拍山歌認同的建立，就不是一種現象描述，更重要的是探究出，「抒情詩學」在他那裡是如何逐漸喪失合法性的，作為同一個過程，山歌詩學是如何迅速地從詩法詩體之一而獲取了詩歌想像的霸權的。這背後的話語機制是什麼？

13　何其芳：〈論文學上的民族形式〉，《文藝戰線》第1卷第5期，1939年11月16日。

14　一九四七年，國民黨胡宗南部隊攻打延安，邊區勞動英雄吳滿有被捕。其後國民黨的報紙、電臺製造吳滿有「投誠」的新聞，吳滿有一時成了政治「失節者」。曾經熱烈讚美吳滿有的大批文藝作品隨之迅速貶值，這部很長時間被視為艾青向革命轉型的作品，自然沒有進入周揚在第一屆文代會上列出的解放區文藝成果單。

第三節　重建「人的道路」：一種歷史透視法

　　袁水拍歌謠認同的確立，跟他對「書本詩」的批判有關。一九四三年，他在《冬天，冬天》前記中寫道：

> 如果我們再不加倍地留心我國的民謠，將他們記錄下來，歌唱它們，誘發新的作品，加進新的血液進去，也許我們的民謠傳統會慢慢衰亡。詩人們只顧自己做「書本詩」，歐美資本主義社會末期的那種再也不能生長下去的詩，那麼詩人們和他們的作品會越來越離開人民，越來越和本國的土地隔膜的吧。[15]

　　在上面這段不無憂心的呼喚中，我們窺見歌謠得以植入袁水拍詩歌觀念的話語框架：一種把「書本詩」／歌謠進行二元對立的「正本清源」的文學話語。這種回歸歌謠的思路，在袁水拍發表於一九四四年三月的一篇叫〈人的道路〉的文章中有更充分的表達。該文以筆名「李念群」發表於《中原》第一卷第三期，某種程度上隱藏著袁水拍詩歌觀念遷移的密碼。此文原是對徐遲提起的「放逐抒情」話題的回應。一九三九年徐遲提出過在新的環境下必須「放逐抒情」的觀點，穆旦隨後提出「新的抒情」予以反駁。袁水拍的這篇文章則希望超出「敘事」、「抒情」的對立，進入中國詩歌史去尋找答案，然而他卻因此建構出了「人的道路」和「筆的道路」的對立。

　　在袁水拍看來，從《詩經》以來，中國詩歌的敘事和抒情從來就是交叉而不可分的，敘事詩有存在的必要，同時也沒有簡單放逐抒情的可能。但是，在梳理中國詩歌傳統時，他卻提出一個「人的道路」和「筆的道路」的區分，他開篇明義指出「寫詩是人的道路不是筆的

---

15 袁水拍：《冬天，冬天》〈前記〉，桂林市：遠方書店，1943年。

道路」，所謂「人的道路」是指：

> 當人與人之間還沒有築起高牆，當人對待自然的態度還沒有被
> 已成的情操和觀念所曲解和變性的時候，人的興趣的對象不僅
> 是自己而常常是直接所接觸的過程。所謂生活，在這裡應該有
> 人與對象之間的交流的意義，物質上，精神上。感情在詩裡往
> 往是一種直接而自然的擁抱，無論對象是什麼，無論那感情裡
> 是怒還是樂。在這裡，情與事之間不能分出明白的條件。[16]

這種人／物未分的狀態，在作者看來就符合文學中「人的道路」，
它保存於民間文學傳統中，其間人與人，人與物之間有未受扭曲的交
流。而文人書面寫作傳統的興起，是所謂「筆的道路」的興起，它是
對「人的道路」的扭曲和背叛，所以袁水拍做出了如是判斷：

> 士大夫階層的形式，人間的牆建立起來，這是人的苦難，因此
> 也是詩的災禍，從這兒開始，筆漸漸代替了人，寫代替了生
> 活，歌唱變成了職業。詩到了曹子建手上以後，就失掉了世
> 界，失掉了人，從而失掉了詩人自己。[17]

在他看來，之所以有敘事和抒情的分野，其實正是因為詩歌寫作
「筆的道路」背叛了「人的道路」，抒情主義和敘事主義的截然劃
分，表現的正是知識分子寫作傳統乏力的精神狀態。由於對民間歌謠
文學中的人／物關係投射著一種近乎烏托邦式的美好想像，歌謠就被
建構為文學應該回歸的本源。既然寫作中存在著「人的道路」和「筆
的道路」的分裂，那麼詩歌的任務顯然就在於縮小或顛覆這種分裂，

16　袁水拍：〈人的道路〉，《中原》1944年3月。
17　袁水拍：〈人的道路〉，《中原》1944年3月。

重回「人的道路」。而詩歌中的「人的道路」──無疑正是由歌謠來代表的。在這種話語運作中，袁水拍已經為歌謠尋找了充分的理論合法性了。

如果把袁水拍這番「筆的道路」與「人的道路」的論證放置在五四以來的新文學歌謠論述中，就會發現，它們不是衝突而是共振。一九二二年，北大《歌謠》周刊同人在論述〈我們為什麼要研究歌謠〉時，採用了一種幾乎相同的文學史透視法。文章認為，從古至今只有兩部書跟歌謠有點兒關係：一部是《詩經》，一部是《古謠傍》。「《詩經》怎麼就能夠說是一部好書呢？因為他是從民間採集來的，不根據什麼書。《古謠傍》呢？是完全從古書抄摘來的：完全是死的，沒有一點兒活氣。」這裡已經非常典型地採用了書面／民間等於死／活的二元對立框架。同樣是民歌，作者贊同〈孔雀東南飛〉，「因為他是真正的民眾的藝術」。〈木蘭辭〉卻「不能引起大家的同情」，「因為文人動筆太過了，句法非常拘泥」。將文人詩傳統和民間傳統相對立並貶此揚彼的思路同樣被使用於對「文學史」經驗的推導中：

> 到了後來，擬古詩的多了，和個人的吟詠多了，就不注重民眾的藝術。最顯明是唐朝李白把民眾的樂府盡量模擬，從他手中把民間的意味葬送了，即是結了一筆清帳。杜甫又給不自然的詩翁開了個新紀元，更把民俗的詩人排斥得淨盡。所以學杜的人成了癖，就能作首傷心的詩，什麼「舍弟江南沒，家兄塞北亡」。像這樣的人，他能作得出民歌中的「黑夜聽著山水響，白日看著山水流，有心要跟山水去，又怕山水不回頭」嗎？[18]

這裡對李杜的評價之低，對民歌評價之高，跟作者使用的那套書

18　常惠：〈我們為什麼要研究歌謠〉，《歌謠》第2號，1922年12月24日。

面文學／民間文學，文人傳統／歌謠傳統之間的死／活之辯有著密切的關係。正是在這種典型的排他性、過濾性的元敘事論證中，民間文學、歌謠文學被賦予了前所未有的合法性。這套論證法，胡適當初在為白話詩爭取合法性時使用過，《歌謠》同人為歌謠爭取合法性時也使用著，後來又匯入了一九四〇年代袁水拍為歌謠論證優越性的論述之中去。

　　視諸一九四〇年代，這種思維不乏同調者，某種意義上說確乎成了一種時代性的思考路徑，時人王楚材在一篇介紹歌謠及詩歌的源流的文章中說：

> 迨至帝堯，始聯綴成文，謂之堯典，內中所載歌謠，不講音韻，隨口吟成，係自然的音響，心中鬱結，得以發洩而舒暢，咸謂天籟。莊子云：女聞人籟，而未聞地籟，女聞地籟，而未聞天籟，此即歌謠的濫觴，而詩的始形也。[19]

　　該文並未直接在歌謠與詩歌之間進行價值判斷，但把歌謠與莊子的「天籟」相提，其潛在的價值傾向卻很清晰。所以，「歌謠」的某種本源性、自然性便被建立起來，它區別於文人詩的「異化」、人為和扭曲。即使不能說這種思路在四十年代初已經獲取了詩歌領域的「文化領導權」，歌謠作為新詩核心資源，甚至是以歌謠體替代自由體的觀念顯然具有相當民意基礎。

第四節　人民性與歌謠的無縫對接

　　如果說在書面／民間，文人詩／歌謠之間進行二元對立從而在死

19　王楚材：〈談歌謠與詩〉，《中國文藝》1940年第5期。

／活之辯中確立歌謠合法性的思路自五四以來就不斷強化的話，那麼不難發現：袁水拍的歌謠認同的突出特點就是一種左翼藝術視角的滲透。一九四〇年，袁水拍在香港時經常參加一個左翼讀書會，讀書會由胡喬木主持，經常研讀馬克思《資本論》等著作。[20]

　　左翼文藝論有一種典型的意識形態思維，文藝被視為對某種社會形態或某個階級意識形態的直接反映。這種左翼階級論文學論述在一九二〇年代創造社諸君批判魯迅及後來「革命文學」論爭中開始引入中國。袁水拍《冬天，冬天》〈前記〉中對「書本詩」的批判，會發現其中鑲嵌著一個左翼意識形態批評的框架：

> 詩人們只顧自己做「書本詩」，歐美資本主義社會末期的那種再也不能生長下去的詩。

《歌謠》週刊的同仁也批「書本詩」、文人詩，也推崇歌謠，可是他們並不使用「歐美資本主義社會末期」這樣的左翼分析框架。他們尊民眾的、平民的藝術，卻並不借重左翼的「人民性」話語。袁水拍利用剛剛接觸到的左翼思想方法，把詩歌置於馬克思主義批判資本主義的透視法中，因此推演出「歐美資本主義社會末期」的詩歌病灶──「書本詩」，一種脫離土地和人民的詩歌。它不但「脫離人民」，而且作為「行將沒落」的資本主義社會的意識形態而顯示其沒落性。在這裡，「人民性」認同的內核，並不是一種五四式的人道主義；而是一種左翼的階級論。作為最先進的階級主體，「人民」在左翼話語中擁有裁定一切的權力，「人民性藝術」也便擁有了最至高無上的歷史正當性。

---

20 三、四十年代之交的袁水拍在中國銀行工作，偶爾派駐香港，經常參加戴望舒、徐遲等人組成的左翼讀書會，平時會寫些不俗的抒情詩。在這種猶豫和摸索中，他對歌謠開始有了不一般的情感。參見徐遲《我的文學生涯》，天津市：百花文藝出版社，2006年。

在左翼文藝觀的推動下，袁水拍進一步把「人民性詩歌」跟
「現代派」及「個人抒情」進行切割，對於「個人抒情」，他
甚至有這樣斷然的判斷：

在詩歌方面，我們明顯地覺得，那種半明半掩的個人抒情的東
西，那種主要是從西洋近代詩歌所模擬來的東西，再也不能受
到讚美或鼓勵了。甚至我們可以大膽地說一句，這一種西洋種
的接木已經實實在在到達了垂死的階段，很難再有妙手回春的
指望。

這次戰爭中，值得注意的英美的詩歌，也不是現代派的作品，
而是過去被認為粗俗的，不是真正的詩的作品。[21]

可見，「個人抒情」在袁水拍歌謠認同確立之後被遮蔽並非偶
然。左翼的意形態分析框架，把「現代派」跟「資本主義」相連，把
「個人抒情」視為「現代派」的內生物，視為「人民性文學」的對立
面。因此，「（藝術家）的理想是具有希臘古代樂人般的純潔，擺脫了
自我，來蒙上吹遍人間的集體的熱情……一百五十年來，個人抒情主
義的過度的發展，已經有了病態的成分」。[22]

理直氣壯地宣判了「現代派」及「個人抒情」的死刑，必然導致
對「詩的道路」的追問。袁水拍在某種歌謠氛圍中，沿著左翼思路堅
定了以歌謠代替自由抒情詩的詩寫方案。他所使用的這種左翼分析框
架，四十年代初的穆旦也曾某種程度上採用，穆旦當年反思的不是
「抒情」，而是現代派詩歌的智性傾向：

（在20世紀的英美詩壇上，以機智來寫詩就特別流行起來）我
們知道，在美英資本主義社會發展的現階段中，詩人們是不得

---

21 袁水拍：〈通俗詩歌的創造〉，《文聯》1946年6月10日第1卷第7期。
22 袁水拍：〈通俗詩歌的創造〉，《文聯》1946年6月10日第1卷第7期。

不抱怨他們所處在的土壤的貧瘠的，因為不平衡的社會發展，
物質享受的瘋狂的激進，已經逼使得那些中產階級掉進了一個
沒有精神理想的深淵裡了。在這種情形下，詩人們沒有什麼可
以加速自己血液的激蕩，自然不得不以鋒利的機智，在一片
「荒原」上苦苦地墾殖。[23]

　　穆旦在論證「新的抒情」時也認為，卞之琳一九三〇年代寫作的
智力化傾向是受英美現代派影響，而英美現代派詩歌是資本主義社會
發展階段下的產物。穆旦一九四〇年代的寫作並未被左翼話語所定型
化，而是充分融合了民族認同、歷史省思、生命野力和個人玄思。但
他寫於一九四〇年的這篇文章的分析法，部分說明了左翼思維在當年
的某種文化影響力。

　　需要進一步說明的是，人民性與歌謠常被進行無介質對接：歌謠
的民間性被視為其人民性的充分條件；日益強大的「人民性」話語轉
而反證了歌謠的絕對正當性。進而，「歌謠性」跟「人民性」便成了
化合不分的一體兩面。歌謠被三十年代左翼文學和四十年代革命大眾
文學所選擇，有其文體上的原因：即歌謠作為一種老百姓「習聞常
見」、「喜聞樂見」的文學形式，更適合於政黨政治在廣大民眾中進行
社會動員。同時，歌謠作為一種屏蔽「深度自我」的文體，符合革命
陣營對文藝家「自我」的改造需求。因而，歌謠性便獲得了對人民性
的充分代表性，並且被革命話語有意識地自然化。一個帶有左翼傾向
的論者這樣說道：

　　　　因著文藝是屬於大眾的，而歌謠又是代表了大眾樸實的語言；
　　　　代表一個民族的心聲，作為一個文藝工作者，就應該而且必須

---

23 穆旦：〈《慰勞信集》——從《魚目集》說起〉，香港《大公報》1940年4月28日。

積極地對人民的聲音底「歌謠」加以深切的體味，研究和學習的。[24]

袁水拍同樣是這樣在「人民—歌謠」之間進行無縫對接的：

我們的廣大的人民大眾並沒有受到過現代派詩歌的壞的洗禮，儘管中國的象徵派，什麼派出版了多少冊詩集，我們的老百姓還是只懂得山歌，小調，京戲，鼓詞……他們的胃口沒有吃壞過，還是健全得很！[25]

「胃口沒有吃壞」這種健康修辭加諸文藝分析，轉喻出「山歌」對於人民性的絕對代表性。時風所及，三十年代另一個「漢園詩人」李廣田在四十年代一篇談歌謠的文章中，也不自覺地在「人民性」話語的感召下，表達了對「為人民的文學」特別是「人民的文學」的衷心嚮往。在這篇文章中，李廣田由一首叫〈酸木瓜〉的歌謠談起，他設問道：「為什麼這首詩——我們把這首歌謠也稱之為詩——會作得這樣的好呢？簡單的回答：就因為它是人民自己的作品。」[26]「人民自己的作品」被視為寫作優勝性的充分條件，「人民性」話語的致幻性顯露無遺。「歌謠」因此堂皇地占據了「詩」的位置，而歌謠的合法性，來自於它作為「人民自己的作品」的絕對民間性。可見，民間性與人民性已經被無縫對接，絕對透明化及自然化了。

24　荷林：〈歌謠——人民的文藝〉，《文藝展望》1946年第1卷第2期。

25　袁水拍：〈通俗詩歌的創造〉，《文聯》1946年6月10日，第1卷第7期。

26　李廣田：〈從一首歌謠談起〉，《作家雜誌》1947年第2期，文章發表時李廣田正在天津南開大學任教，一九四八年入黨的他此時顯然已經受到人民性話語的熱烈感召。它頗能說明人民性話語及其致幻性在四十年代歌謠認同建立過程中的作用。

小結

　　一個不容迴避的問題是，一九四〇年代初的袁水拍詩學觀念並非簡單的「大眾化」詩學所能囊括。袁水拍具有一種比較突出的「態度詩觀」[27]，「態度詩觀」有幾個要點：（1）詩歌以人為本位；（2）詩歌致力於精神生活改善、靈魂改造；（3）詩歌恢復個體的敏感，縮短人際距離。這些觀點可以視作五四靈魂改造話語的回聲，雖非卓爾不凡，但跟山歌詩學並不一致。然而，袁水拍的「態度詩觀」內部卻存在遷移空間。「態度詩觀」強調以詩歌改造靈魂，「山歌詩學」強調詩歌針砭時政，雖側重點各不相同，但是它們之間也存在著對接的接口：這是兩種本質化思維在「人」話語中的相遇。「態度詩觀」並不直接強調文學的大眾化，它對詩歌豐富和恢復人的內心以及人際關係充滿了相當烏托邦的想像。袁水拍歌謠認同背後的「人的道路」想像，對於民間文學中的人／物關係的理解也非常烏托邦化。二種截然不同的文學理解，對接於一個「人」字。「態度詩觀」強調以詩育「人」心，既然袁水拍已經認定只有歌謠代表了「人的道路」，那麼歌謠寫作，在袁水拍那裡，與其說是對「態度詩觀」的背叛，毋寧說是一種延續。

　　有必要指出的是，袁水拍所寫的山歌未必是他內心「理想的詩」。他並不認為「馬凡陀的山歌」已經符合了他「態度詩觀」倡導的那種可以恢復人心的敏感、恢復人際關係、改進精神生活、改造靈魂的詩歌要求。這裡也許關涉著袁水拍內心一種「理想的詩」和「現實的詩」的區分。「態度詩觀」是他對「理想的詩」的追求，而山歌詩學及其反諷則是某種「現實的詩」的形式。他雖然也設想了一種詩人和人民良好互動的烏托邦狀態：「在知識分子可以和廣大人民無牽

---

27 參見劉繼業：《新詩的大眾化和純詩化》（頁268）以及陳培浩：《走向山歌：四十年代袁水拍歌謠認同的建立》〔《兩岸新詩博士論壇論文集（2012）》〕的分析。

無礙地結合的地方，詩歌正在正常地活潑地生長。專門寫作的人和並不是專門寫作的人，他們之間正有著一種最有益的來往。真心的人民詩歌在編寫，真正的人民詩人在出現。」[28]但上述境界尚不能實現，「這一幸福的境界是難以達到的，在人民的自由受著酷烈的威脅和摧殘的今天，人為的災荒、內戰、恐怖，使人民救死不暇，哪裡還談得上精神生活，談得上詩歌了，我們來不及哭泣、呼號，哪裡還談得上歌唱？一隻無形的手，扼住了千萬人的咽喉，幾乎連呼吸也不可能了！」[29]這就為所謂的人民的詩歌設置了特定任務：「我們要和受難的人們一起歌唱！我們要歌唱人民的受難！我們要為受難的人民寫詩！我們要寫受難的人民的詩！我們要和爭取民主的人民一起爭取民主！」[30]

這種「理想的詩」和「現實的詩」的分隔，可以在李廣田的觀念中找到呼應。李廣田推崇歌謠，因為它代表著絕對的「人民的文學」——由人民自己創造的文學。但是他也認為，在「人民的文學」尚不可求的情況下，「為人民的文學」不失為值得追求的目標。[31]這裡顯然正是一種「理想的詩」和「現實的詩」切分的思路。

爭取民主，歌唱人民的苦難在四十年代的國統區有著特有的形式——政治諷刺。山歌剛好是最適合擔負這種功能，袁水拍本人的幽默譏諷才能，詩歌歌謠化的時代思潮，四十年代社會場域中創造出來的詩歌政治批判功能，使「山歌」在袁水拍手中被妙手偶得了。

---

28 袁水拍：〈詩人節有感〉，《文匯報》1946年6月4日。
29 袁水拍：〈詩人節有感〉，《文匯報》1946年6月4日。
30 袁水拍：〈詩人節有感〉，《文匯報》1946年6月4日。
31 李廣田：〈從一首歌謠說起〉，《作家雜誌》1947年第2期。

第六章
革命文學體制與民歌入詩
——〈王貴與李香香〉的階級想像及經典化

　　〈王貴與李香香〉無疑是解放區最早獲得經典化地位的民歌體敘事詩。值得注意的是，革命民歌詩首先包含了革命對民歌的改造，在這部作品中，合革命目的性的階級想像如何完成對民間意識的更替？另外，革命民歌詩的經典化絕非審美自為的過程，它跟現實政治需求指引下革命文學體制的介入、引導、建構密切相關。從發表、出版到經典化，〈王貴與李香香〉只用了三年時間，這一切又是如何發生的呢？

第一節　過濾與重構——階級想像與民間意識的更替

　　文學體制的生成通常是由文學批評實踐建構的，解放區的文藝邊界正是由一九四二年前後批判王實味、批判丁玲「雜文時代」論、延安文藝講話、整風等批評實踐完成的。文學批評不僅對已有作品進行臧否，而且通過對文學標準的建構行使文學再生產的功能。其結果是作家們在漸趨定型的文學體制中習得了批評的規範，並以寫作過程中的自我過濾、自我規範的方式為特定文藝體制提供合目的性的產品。

　　從寫作的角度，李季的〈王貴與李香香〉其實提供了一個關於「過濾」的範本。〈王貴與李香香〉是契合革命文學期待視野的作品，它事實上也是文學批評標準通過作者的自我過濾機制反覆遴選的結果。在〈王貴與李香香〉大獲成功之後，李季的寫作幾乎從未在

「政治正確」問題上稍有差池。然而,「優秀革命作家」李季也並非從來如是,在成熟定型之前他也經歷過一番掙扎和彷徨。透過對革命作家尚未定型的「心靈前史」的分析,我們得以窺見革命法則如何在作家的心靈現場發生作用。

知難而退——革命規則的內化

李季坦陳:「雖然學習了《文藝座談會講話》」,「但是,對人民的文藝,對民歌,在感情上卻總是瞧不起的,頑固地認為『只不過就是那麼回事』。」「這之後,不是由於在文藝思想的學習上,而是在政府工作中,所遇到的一件事例,初步地糾正了我對民歌的看法。」[1]

李季對「事例」的回憶,提供了他作為一個解放區寫作者創作心理的切片和樣本:

> 一九四六年下半年,我在《三邊報》工作時,還曾想過以鹽池縣的一首民歌〈寡婦斷根〉為題材寫一個東西。這是在我到三邊工作以前,發生在鹽池縣的一個真實故事,主要情節是:一個貧農(原先是破落地主,他自己又是一個抽大煙的二流子),只有一個寡婦老母和妻子,其妻嫌貧愛富,同一個地主通姦,終而同他離婚,並同地主結了婚。貧農告到區上,縣上。由於主管幹部喪失立場,犯了嚴重的階級路線錯誤,貧農被判輸了。這個貧農氣憤之餘,就跑到白區。一次,當他又返回邊區境內準備偷騎地主的馬,逃往白區途中,被地主趕上,打死在河灘裡。事後,有個名叫王有的民歌手(他是個有名的

1　李季:〈我是怎樣學習民歌的〉,《李季文集》第4卷(上海市:上海文藝出版社,1986年),頁405-406。

民歌作者，鹽池鄉下到處傳唱他的民歌，王有本人又是極其貧苦的放羊老漢），就這件事，編了〈寡婦斷根〉，這首民歌批評縣上、區上的幹部。縣上知道了，就把王有捉起來，關在監獄裡，說他辱侮了政府。放出去以後，王有繼續唱這首民歌，後來又被關押。這個案件和這首民歌，當時在三邊是很出名的。凡在三邊工作的人，一般都知道一些。我當時想從王有編民歌堅持真理、同壞幹部進行鬥爭這個角度來寫，並想過一個題目《三代》，和一些零星的片斷設想。但考慮到這個題材很難處理得好，因之後來也就放下了。當時主管處理這個案件的幹部名叫孫璞，的確犯了錯誤。解放後，聽說在銀川工作時，又犯了同樣喪失立場的嚴重錯誤，受到紀律處分，並在全黨通報過。王有這個民歌作者，解放後仍在鹽池鄉下勞動，他的兒子據說是生產隊的支部書記。就現在記得的情況，我當時感到難以處理的，一個是這個貧農原先是個破落地主，他自己又抽大煙，又是個不愛勞動生產的二流子，事情發生後，他又逃往白區。再一點是，怕為真人真事所局限。因為當時鹽池群眾中和許多幹部都有許多不滿此事的議論，但黨內還沒有傳達過組織上對此事的最後結論。要寫這個故事，即令把名字換了，也會使人一下就知道這是寫的「寡婦斷根」。第三，我當時感到這是一個很複雜的案件，牽連很多黨的具體政策，按照我那時的政治思想水平，是很難處理得好的。所以，最後也就知難而退，把這個題材的寫作打算，放了下來。[2]

這段自述提示了，一個革命寫作者如何自覺在革命文藝視域中運思，使之成為一個合革命目的性作品的過程。李季寫作動機被民歌手

2　李季：〈我的寫作經歷〉，《李季文集》第4卷（上海市：上海文藝出版社，1986年），頁508-509。

王有所喚起，王有的歌唱立場是批判性的──對政府錯誤處理手法的辛辣批評；同時也是現實主義的──「真切地描述了案件的起因、過程和本質的矛盾所在。當時，我正擔負著調查這個案件的任務，這首歌，大大地幫助了我的工作。」民歌手王有以樸素的民歌形式承載鮮明的批判現實主義立場，給了李季巨大的震撼──「我還從沒有見過如此單純易解，而又深刻感人的東西。從此，我對民歌產生了強烈的興趣。」[3]

　　然而，「民歌」並不能透明地在李季的寫作中發揮作用──以什麼立場和方式使用民歌是一個更重要的問題。很快李季就意識到，他不能習用王有的民歌立場，因為這種角度呈現出來的東西具有超出革命期待的「雜質」。表現在：（1）受迫害者貧農身分的複雜性（曾是地主，不愛勞動），缺乏那種熱愛勞動、三代赤貧的典型貧農所有的政治和道德純潔性；（2）矛盾性質的複雜性。李季原定寫王有對抗壞幹部，這種矛盾無法在階級矛盾、民族矛盾等重大的政治話語空間獲得價值，反而有「反政府」的嫌疑。一九四二年前後解放區關於文藝應該「歌頌」還是「批判」的爭論以後者的失敗告終，這種批評實踐的現實效應在李季的寫作選擇中顯示出來。黨內沒有傳達過組織上對此事的具體意見，沒有組織定論，又牽涉太多具體人事，這是李季感到困難之處。這種困難的實質是：寫作者僅僅作為一個寫作工具存在，而在如何判斷現實、採取何種觀照立場這些價值論問題上不能自作主張，必須嚴格與「組織上」一致。在此過程中，我們發現寫作素材在寫作者內化革命視域之後有了如下的改寫。

　　歌頌性對批判性的改寫。王有的民歌是批判政府工作人員的，為此甚至還坐了牢；李季被王有感動，希望保留王有的批判性，表達

3　李季：〈我是怎樣學習民歌的〉，《李季文集》第4卷（上海市：上海文藝出版社，1986年），頁406。

「堅持真理，和壞幹部作鬥爭」的主題，最後自覺放棄，一定是意識到這種「批判方向」存在問題。換言之，當現實素材所具有的批判指向無法跟革命要求合拍時，現實是必須被捨棄的。

純潔性對曖昧性的改寫。人物的身分必須沒有任何政治上可以質疑的地方，為了更強烈、更集中，「貧農」的政治身分一定會被強化，並且使政治身分跟道德進行聯結。李季的自述暗示了他已經逐漸認同了這樣的寫作標準。

李季被王有民歌那種現實批判性所感染，但他所繼承的民歌激情，卻在革命文藝視域中自覺調整到了讚歌的方向。王有及其〈寡婦斷根〉這個素材無法過濾並昇華出具有革命意義的作品，但在合目的性的「過濾」法助力下，李季很快就在〈王貴與李香香〉中獲得了成功。

自在「民間」：「猥褻」和「私情」

一九四六年九月二十二至二十四日，〈王貴與李香香〉在《解放日報》發表之後就迅速經典化，其詩歌文本分析眾多。人們多知李季創造性地用信天游體入詩，卻甚少知道李季本人所搜集的兩千多首信天游在一九五〇年結集出版，這便是《順天游二千首》一書。[4]李季事實上延續了始自五四歌謠運動的歌謠搜集工作，這種工作自一九三九年文藝「民族形式」提出後在解放區同樣獲得了制度授權。[5]事實

4　該書輯錄了李季四十年代收集的順天游民歌，共分二輯：第一輯主要是民間流傳的革命順天游；第二輯則是以歌唱私情為主的民間順天游。該書還附錄了李季的〈關於陝北民歌「順天游」〉、〈我是怎樣學習民歌的〉、〈「順天游」曲譜〉三篇文章，一九五〇年九月由上海雜誌公司出版。

5　搜集民歌是自文藝「民族形式」討論開始以後延安魯藝的重要工作，以下幾段材料可以佐證延安魯藝在這方面的成果：「魯藝在民族音樂創作方面取得的成功，是與其對民歌和民間音樂的廣泛搜集、認真整理和研究分不開的。」「魯藝對民歌和民間音樂的搜集、整理和研究，大約是五四以後規模最大、持續的時間最長、最有成就的一次。」「一九三九年三月五日，音樂系音樂高級班發起成立了民族研究會，

上，這些順天游歌謠，構成了〈王貴與李香香〉重要的形式經驗；有
很多句子甚至被直接用於詩中。因此，將李著〈王貴與李香香〉跟李
季搜信天游民歌進行對讀，便顯得極有必要。流傳於民眾之口的歌謠
如何被革命詩人特定的意識所轉化和改造，在此過程中顯露了何種話
語形態的轉換，都是值得考察的問題。

　　這個轉化過程中，一種極其重要的現象便是「猥褻歌謠」的過濾
及其背後民間意識的階級化。《順天游二千首》中收錄了這樣一首民
歌：

　　　大盒子洋煙你不抽，
　　　你只在妹子的紅鞋上扣。

　　　你要扣來盡你扣，
　　　你不嫌「日髒」妹不害羞！[6]

十九名會員均為音樂系學生。成立後的民歌研究會，把民歌的採集、出版和研究工
作，作為自己的主要任務。他們先是主要在延安地區進行民歌採集活動，出版過呂
驥記錄、整理的《綏遠民歌集》。研究會的成員邵天風還寫了〈論綏遠民歌的旋律
和調式〉、〈綏遠民歌的節奏和曲體〉等研究論文：「民歌研究會的工作在一九四○
年以後，出現了一個新的局面。這一年初，參加魯藝赴前方實驗劇團的安波和張
魯，隨團回到延安，帶回了他們在前方根據地收集到的近兩百首民歌。六月，呂驥
從華北聯合大學返回魯藝，帶來了華北聯大學生採集的五十多首河北和山西民歌。
七月，馬可和莊映到邊區民眾劇團擔任音樂教員，研究會委託他們在隨團赴隴東、
三邊一帶演出時，採集當地的民歌。研究會於十月召開第三次會員會議，決定改名
為中國民歌研究會。之後，研究會採用呂驥設計的民歌記錄紙格式，對會員以前搜
集到的民歌加以重新整理，計約四百餘首。」（1943年）赴綏德、米脂地區開展工
作，「這次活動收穫很大。慰問團從二月初出發，五月下旬才返回延安，歷時近四
個月，共採集民歌400多首。」王培元：《抗戰時期的延安魯藝》（桂林市：廣西師
範大學出版社，1999年），頁142-143。延安魯藝的民歌搜集運動，對音樂、文學都
產生了影響，顯然也對文化人的文學觀產生影響。

6　李季輯錄：《順天游二千首》（上海市：上海雜誌公司，1950年），頁42。

　　這是非常大膽的調情歌謠。「扣紅鞋」在這裡有性的隱喻，這個隱喻的內涵被下面直接赤裸的「你不嫌『日髒』妹不害羞」所揭開。這樣直接的「情色」是民間作品的一大特色，在《順天游二千首》第二輯中可謂比比皆是：

　　　　叫一聲哥哥摸一摸我，
　　　　渾身上下一爐火。

　　　　穀槎糜槎黑豆槎，
　　　　想起哥哥渾身麻。

　　　　你麻你麻盡你麻，
　　　　還敢在人前水喳喳。[7]

　　這一段同樣非常直接地描寫了某種饑渴的性心理，「對話」的運用把這種性話語引入某個戲劇情境中。其大膽與直露，正屬周作人所謂「猥褻的歌謠」。還有描寫兩人親熱場景的：

　　　　一把拉住妹子的手，
　　　　拉拉扯扯口對口。[8]

　　「親嘴」的表達並不忌諱，更熱烈直接的表達也比比皆是：

　　　　一進大門沒拉上話，
　　　　心上揣了個大疙瘩。

7　李季輯錄：《順天游二千首》，頁123。
8　李季輯錄：《順天游二千首》，頁124。

　　一心捉住妹妹奶，
　　心上疙瘩才能解。[9]

以下描寫的則是偷情撞到女性生理週期：

　　遲不來你早不來，
　　剛才你來妹子身上來。[10]

「月經」在男權文化中被視為不潔之物，然而這裡的「月經」煩惱卻源於它對一場突如其來幽會的破壞。表達的不是性的壓抑，而是性的自在，流露的是相當質樸的民間意識。相似的民歌有：

　　遲不來你早不來，
　　單等妹妹紅花開。[11]

　　紅花開開不要怕，
　　拿上燒酒鮮紅花。[12]

　　民間性在意識內容上往往體現為某種自在和混雜，在本能層面上的自在自足，在意識立場上的混雜。上引順天游民歌中涉及了民間大量存在的「偷情」、「交友」現象。丈夫出門日久，或者出門人長期在外，此種背景下締結了極多並不在婚姻愛情框架之內的「交友」現象。它並非通往婚姻的「戀愛」，卻是極為常見的傳統民間社會的情

9　李季輯錄：《順天游二千首》（上海市：上海雜誌公司，1950年），頁112。
10　李季輯錄：《順天游二千首》，頁59。
11　李季輯錄：《順天游二千首》，頁111。
12　李季輯錄：《順天游二千首》，頁112。

愛現場。李季輯錄的順天游便記錄了大量「偷情」文學，其中不乏有趣的場面：

> 半夜裡來了窗子上叫，
> 滿口白牙對我笑。
> 叫一聲妹妹快開門，
> 西北風吹的凍死人。[13]

黑咕隆咚、寒風凍骨的夜裡，男人爬到女人的窗口發出暗號，裡應外合的女人看到的是滿口白牙的笑臉；站在門外的男人急喊（一定又是低聲的）「快開門」，猴急樣子決不僅因為北風「凍死人」。以下唱的卻是幽會天未明的離去：

> 滿天星星沒月亮，
> 叫一聲哥哥穿衣裳。
>
> 雞叫三次天大亮，
> 叫一聲哥哥穿衣裳。[14]

如果說半夜來，天未亮即去的幽會，同樣適用於未婚男女，下面的描寫就是典型的婚外偷情了：

> 我有心留你吃上一頓飯，
> 你看我男人毬眉眼。[15]

---

13 李季輯錄：《順天游二千首》（上海市：上海雜誌公司，1950年），頁75。
14 李季輯錄：《順天游二千首》，頁63。
15 李季輯錄：《順天游二千首》，頁64。

下面則是光棍漢與有夫婦的交往：

> 你賺的銀錢都給我，
> 一輩子不要娶老婆。[16]

　　這是女人對光棍漢子說話的口吻，暗示某種婚外交易。既是交易式交友，便有搞掰的時候：

> 半夜裡叫門門不開，
> 你把我的大洋拿過來。
>
> 你的大洋有你的在，
> 我把我的名譽收回來。
>
> 我的大洋不要了，
> 你的名譽我不收了。[17]

　　在李季輯錄的《順天游二千首》中，關於偷情及「交友」的歌唱俯拾皆是，甚至有這樣的說法：

> 山地麻子葉葉稀，
> 好人都有些乾妹妹。
>
> 胡麻開花五顆顆，
> 好人都有些乾哥哥。[18]

16　李季輯錄：《順天游二千首》，頁77。
17　李季輯錄：《順天游二千首》（上海市：上海雜誌公司，1950年），頁77。
18　李季輯錄：《順天游二千首》，頁124。

　　很多信天游對帶有交易性質的「交友」便抱著一種直白、赤裸的正面態度，顯示了民間話語對私情行為的非道德姿態。以「交友」這類極為中性的詞語來描述婚外的情愛交往，本身便是此種非道德化的證明。道德越界的性交易在這些民歌中往往得到正面的表達：

> 榆林城來四面洲，
> 不賣屄溜子吃什麼。[19]
> 大路畔上種蘇子，
> 一心想我小姨子。[20]
> 馬茹長在深溝崖，
> 有些好婆姨好摸牌。
> 摸牌輸下沒錢開，
> 解開褲帶做買賣。[21]
> 家雞叫明野雞聽，
> 家漢子沒有野漢子親。[22]

　　《順天游二千首》中民間話語的非道德化還常常表現為對及時行樂的強調，顯示了對門戶、婚姻道德規訓的無視，對瞬間、越界的性的追求：

> 白葫蘆開花頭對頭，
> 因要愛玩交朋友。[23]

---

19 李季輯錄：《順天游二千首》，頁123。
20 李季輯錄：《順天游二千首》（上海市：上海雜誌公司，1950年），頁68。
21 李季輯錄：《順天游二千首》，頁96。
22 李季輯錄：《順天游二千首》，頁101。
23 李季輯錄：《順天游二千首》，頁74。

為人不把朋友交，
陽間三世枉活了。[24]

管他班輩不班輩，
只要你對我有情意。

管他久長不久長，
交上三天兩後晌。

管他久長不久長，
偷的東西味口香。

幾時我到了你的身，
旱蛤蟆浮水蹬幾蹬。

你要好來咱就好，
你要不好拉毬倒。[25]

　　民間性與其說表現為絕對的「非道德化」，毋寧說表現為一種
「混雜性」，譬如既有「好人都有些乾哥哥」的「交友」觀，也有相
反的：

半夜裡想起我的妻，
交朋友頂他個媽的屄！[26]

24　李季輯錄：《順天游二千首》，頁126。

25　李季輯錄：《順天游二千首》（上海市：上海雜誌公司，1950年），頁125。

26　李季輯錄：《順天游二千首》，頁76。

　　有趣的是，歌唱者雖然不甚支持「交朋友」，卻不是從道德立場出發的「反對」，很可能是在「交友」中吃了一點虧，受了一點騙，才猛然想起家裡「我的妻」的好來。第二句爆出的粗口再次證實了這句信天游在思想意識上的民間性。

　　考察李季輯錄的《信天游》，敞開的顯然是自在自為的民間話語空間。然而，這種「非道德化」、「混雜性」的情愛話語必然要在革命文藝中被「過濾」掉。李季將這些充滿民間野趣的歌謠收錄進《順天游二千首》中，但在〈王貴與李香香〉中始終不敢保留這份「猥褻」。一九二三年，周作人特別在《歌謠》周刊上著文，呼籲採集歌謠者重視「猥褻的歌謠」。在周作人那裡，猥褻正是民歌民間意識「自然」的一部分，它需要被還原而不是被改造；值得注意的是，同樣強調民歌的民間性，但革命陣營重視的民間性更側重於為群眾喜聞樂見的民間形式。而那份「猥褻」，通常會被視為落後的思想內容在新制作品中過濾掉。民間話語的崛起，民間的神聖化是五四以來不斷持續著的文化思潮。然而，五四和左翼對於民間卻有著不同的期待視野。周作人與李季對猥褻的不同態度，佐證了這一點。

重構「民間」：階級想像的勝利

　　五四以來，「現代」重構「民間」的進程中，歌謠獲得了嶄新的文化身分。歌謠的猥褻在知識分子眼中也有份別樣的學術和審美價值。然而，淳樸的民間性並不能被革命完整接納，對民間性的改造成了李季「民歌入詩」所需完成的工作。一個突出的表現便是，《順天游二千首》中直接的「情欲」歌唱在〈王貴與李香香〉中被完全放逐，僅保留「順天游」中同樣豐富的「愛情」歌唱——主要表現思念。

　　「大路畔上的靈芝草，

誰也沒有妹妹好！」

「馬裡頭挑馬不一般高，
人裡頭挑人就數哥哥好！」

「櫻桃小口糯米牙，
巧口口說些哄人話。」

「交上個有錢的化錢常不斷，
為啥跟我這攬工的受可憐！」

「煙鍋鍋點燈半炕炕明，
酒盅盅量米不嫌哥哥窮。」

「妹妹生來就愛莊稼漢，
實心實意賽過銀錢。」

「紅瓤子西瓜綠皮包，
妹妹的話兒我忘不了。」

「肚裡的話兒亂如麻，
定下個時候，說說知心話。」

「天黑夜靜人睡下，
妹妹房裡把話拉。」

「——滿天的星星沒月亮，

小心踏在狗身上！」²⁷

　　這是〈王貴與李香香〉中〈掏苦菜〉一節中王、李二人的愛情對話，大部分句子直接來自於民間順天游的「集句」。李季對於自己收錄的順天游諳熟於胸，信手拈來。但在句子的選擇中，「天黑夜靜人睡下，／妹妹房裡把話拉」跟上引「滿天星星沒月亮，／叫一聲哥哥穿衣裳」相比，顯然更加含蓄，更突出二人愛情的「純潔性」，或者說「純潔無性」。

　　〈王貴與李香香〉第三部第二節〈羊肚子手巾〉有大段李香香思夫的描寫：

羊肚子手巾一尺五，
擰乾了眼淚再來哭。

房子後面土坡坡，
瞭見寨子外邊黃沙窩。

沙梁梁高來，沙窩窩低，
照不見親人在那裡？

房子前邊種榆樹，
長的不高根子粗。

手扒著榆樹搖幾搖，
我給你搭個順心橋。

27　由於〈王貴與李香香〉具有多個不同版本，本文所引〈王貴與李香香〉文本以一九四六年九月二十二至二十四日發表於《解放日報》的初版為準。

隔窗子瞭見雁飛南，
香香的苦痛數不完。

「人家都說雁兒會帶信，
捎幾句話兒給我的心上的人。」

「你走時樹木才發芽，
樹葉落盡你還不回家。」

「馬兒不走鞭子打，
人不能回來捎上兩句話。」

「一疙瘩石頭兩疙瘩碑，
你不知道妹妹怎麼難。」

「滿天雲彩風吹亂，
咱們的婚姻叫人攪散。」

　　相思情歌是順天游非常突出的題材，《順天游二千首》中不乏細膩的思夫描寫：「端起飯碗想起了你，／眼淚滴在飯碗裡！」「柴濕煙多點不著火，／知心的朋友你想死我。」「前溝裡麋子後溝裡穀，／那噠想你那噠裡哭。」、「白天想你對人說，／到夜晚想你睡不著。」「前半夜想你點著燈，／後半夜想你天不明。」「擦著洋火點著燈，／長下個枕頭短下一人。」「對對枕頭三五氈，／好比孤雁落沙灘。」「倒坐門沿丟了一個旽，／忽然記起了心上人。」[28]但是，〈王貴與李

28　李季輯錄：《順天游二千首》（上海市：上海雜誌公司，1950年），頁49-50。

香香·羊肚子手巾〉與順天游民歌的思夫描寫一個巨大的差別在於：
前者把思念置於崔二爺「搶親」的情節結構中，因此，李香香的思念
便顯出了階級話語上的意義：香香所盼不僅是丈夫情感上、生理上的
慰藉，更是希望丈夫作為一個階級代表對另一個階級代表崔二爺的打
倒，並對自己實施的解救。就此而言，順天游民歌的民間情欲描寫已
經被純化為愛情描寫，而愛情思念描寫的意義又在詩歌的敘事語境中
獲得了階級化的意涵。因此，〈王貴與李香香〉在民歌的轉化過程
中，就內置了民間意識的階級化程序。這在〈王貴與李香香〉中突出
體現為婚戀觀的階級化。非常有趣的是，在李季《順天游二千首》
中，婚戀擇偶的標準是多種多樣的。最符合本能的是一種容貌標準：

> 不交你的銀子不交你的錢，
> 單交哥哥好容顏。[29]

這種以外貌為核心的交友標準符合人的生物性本能，審美作為一
個可能被社會價值標準滲透的指標，並非自足，魯迅說「焦大就決不
愛林妹妹」標示著審美趣味的階級分化。然而，在無產階級想像並不
獲得文化領導權時，民間更豔羨著一種勞心者的審美，如：

> 黑老鴉落在床跟底，
> 鬍子八岔誰要你。[30]

這裡嘲笑男人皮膚黑、鬍子拉殖，看似是一種基於容貌的審美標
準，其實對「黑」和「鬍子八岔」這種帶有勞動者特徵的鄙視，出示

---

29 李季輯錄：《順天游二千首》，頁117。
30 李季輯錄：《順天游二千首》，頁71。

了一種很普遍的以勞心者為貴的審美，這種民間的審美趣味截然不同
於後來興起的無產階級審美。

又如以財富為核心的交友標準：

　　　大綿羊皮襖絲綢緞，
　　　哥哥倒像有錢漢。[31]

以勇力為核心的交友標準：

　　　吃蒜要吃紫皮蒜，
　　　尋漢要尋殺人漢。[32]

以名望為核心的交友標準：

　　　溝裡石頭山裡水，
　　　人有名望也可以。[33]

　　順天游中這些混雜的民間「交友」標準在〈王貴與李香香〉中被
統一於一種階級標準之下。事實上，《順天游二千首》中並非沒有相
似的標準：

　　　二道蓧子混三餐，
　　　我自小就愛莊稼漢。[34]

31　李季輯錄：《順天游二千首》（上海市：上海雜誌公司，1950年），頁119。
32　李季輯錄：《順天游二千首》，頁118。
33　李季輯錄：《順天游二千首》，頁118。
34　李季輯錄：《順天游二千首》，頁74。

　　然而，交友擇偶的階級標準在〈王貴與李香香〉中被絕對化。詩中，階級仇恨嫁接於「殺父奪妻」的現實倫理仇恨中介，由是獲得了更強烈的直接性和衝擊力；而人物的情感模式也得以進行階級化編排──情感邏輯必須與階級邏輯保持同構關係。農民家女兒香香獲得階級敘事的全面價值支撐──長得美，並獲得一份自發的階級立場和階級審美觀：

　　　　香香的性子本來躁，
　　　　自幼就把有錢人恨透了

　　　　二道糜子碾三次，
　　　　香香自小就愛莊稼漢。

　　這裡顯示出革命文學合階級目的性的敘事：「十六歲的香香頂上牛一條，黑死掙活吃不飽」，然而貧困和高強度的勞動並沒有減損香香的美麗，「山丹丹開花紅姣姣，香香人材長得好」、「一對大眼水汪汪，就像那靈水珠在草上淌」。

　　貧寒美少女（雖貧猶美）是階級敘事合目的性的第一步，美少女只愛莊稼漢是階級敘事合目的性的第二步。這種敘事策略執行的正是上述女性婚戀觀的階級化指令。在這樣的階級愛情敘事中，愛情的意義在於為階級話語添磚加瓦，所以，詩中雖然寫王李二人的如膠似漆：

　　　　溝灣裡膠泥黃又多，
　　　　挖塊膠泥捏咱兩個。

　　　　捏一個你來捏一個我，
　　　　捏的就像活人托。

摔碎了泥人再重活，

再捏一個你來再捏一個我。

但終成眷屬在敘事上承載的依然是論證階級革命合法性的任務：

「不是鬧革命窮人翻不了身，

不是鬧革命咱倆也結不了婚！」

「革命救了你和我，

革命救了咱莊戶人。」

「一杆紅旗要大家扛，

紅旗倒了大家都糟糕！」

　　順天游民歌為李季的寫作提供語言、形式，乃至於直接的語句。更重要的是，它使〈王貴與李香香〉在一九四〇年代解放區文藝「民族形式」、「人民性」的闡釋空間中獲得文學批評提供的增值效應。顯然，從順天游民歌到順天游體〈王貴與李香香〉，是一個寫作的過濾過程。革命文學體制完成了李季的主體塑造，使得「過濾」作為一個自覺的過程貫徹於他的構思之中。通過放逐順天游中「猥褻的歌謠」、將情歌的思念話語內置於階級敘事框架中，對人物的情感結構進行階級化處理等手段，〈王貴與李香香〉成功地把順天游這種民間形式改造為承載革命內容的形式中介；把青年婚戀這樣的通俗主題改造為承載「革命歷史」大敘事（三邊解放）的敘事中介，建構了一個合目的性的革命歌謠文本。

第二節　革命期待下的經典化接力

　　一九四六至一九四九年短短三年間，〈王貴與李香香〉就推出了十六個版本並迅速地完成了自身的經典化。這顯然和某種期待視野相關，通過對〈王貴與李香香〉經典化步驟的分析，我們嘗試把握這種文學期待對文學經典的生產。

被忽略的「原創性」

　　一九四六年，李季給《解放日報》副刊編輯黎辛回信答覆投稿修改意見，隨信「作者寄來《三邊報》時他搜集的數千首『順天游』」。[35] 這個舉動被黎辛視為「熱愛學習」和「誠懇坦率」的表現：「作者的學習與寫作態度誠懇感人，他向我們介紹『順天游』並坦率地說，作品裡的詩句有不少就是民間傳誦與歌唱的。」[36]

　　「熱愛學習」與「誠懇坦率」固然無疑，不過如果考慮到當年的印刷條件，李季此舉無疑還包含另外兩個信息：其一是對在《解放日報》發表作品的極端重視；其二是對自己投稿作品〈紅旗插上死羊灣〉（即後來的〈王貴與李香香〉）缺乏把握的心態。寄去親自輯錄的「信天游」既是自我坦白，也是自我證明。那麼，李季沒有把握的是什麼呢？

　　李季自稱「詩句有不少就是民間傳誦與歌唱的」，說到底，他擔心著作品的「原創性」問題。雖然文藝「民族形式」的倡導早在一九三九年就已開始，「民族形式」也常常被直接理解為「民間形式」；一九四二年「講話」之後，「大眾化」和「工農兵方向」更成為主流。在這種背景下，他用信天游寫作當然是「進步」的；可是，他卻沒有

---

35 黎辛：〈〈王貴與李香香〉發表的前前後後〉，《縱橫》1997年第9期。
36 黎辛：〈〈王貴與李香香〉發表的前前後後〉，《縱橫》1997年第9期。

報紙非用不可的自信。否則，又何必冒著輯錄民歌丟失的危險寄去歌
謠呢？對照李季輯錄「順天游」和〈王貴與李香香〉，也許稍微可以
理解他的沒有把握的心情：

〈王貴與李香香〉	《順天游二千首》
「小曲好唱口難開， 櫻桃好吃樹難栽。」	櫻桃好吃樹難栽， 朋友好交口難開。[37]（頁46）
「櫻桃小口糯米牙， 巧口口說些哄人話。」	櫻桃小口糯米牙， 愛得哥哥沒辦法。（頁122）
「紅瓤子西瓜綠皮包， 妹妹的話兒我忘不了。」	紅瓤子西瓜包綠皮， 想死想活不能提。（頁65）
「煙鍋鍋點燈半炕炕明， 酒盅盅量米不嫌哥哥窮。」	燈鍋鍋點燈半炕炕明， 酒盅盅量米不嫌哥哥窮。（頁52）
「莊稼裡數不過糜子光， 人裡頭數不過咱悽惶！」	莊稼裡數不過糜子光， 人裡頭數不過咱悽惶！（頁85）
山丹丹花來背湮裡開， 有那些心思慢慢來。	山丹丹花背凹凹開， 有那些心思慢慢來。（頁52）
「——滿天的星星沒月亮， 小心踏在狗身上！」	滿天星星沒月亮， 小心踏在狗身上。（頁57）
「馬裡頭挑馬不一般高， 人裡頭挑人就數哥哥好！」	馬裡頭挑馬一般高， 人裡頭挑人數你好。（頁60）
「大米乾飯羊腥湯， 主意打在你身上。」	大米乾飯羊腥湯， 主意打在你身上。（頁70）

　　上面僅舉九處，事實上〈王貴與李香香〉中還有大量直接使用民
歌詞句入詩的例子。換在現代詩學的視野中，這是一種不可思議的原

---

37 這是常見歌謠，劉半農《瓦釜集》附錄「江陰船歌」第十九歌便是「山歌好唱口難
　　開，櫻桃好喫樹難栽。白米飯好喫田難種，鮮魚好喫網難抬。」劉半農：《瓦釜集》
　　（北京市：北新書局，1926年），頁83。

創性缺失。在作品沒有經典化以前，李季對此也許依然不無擔心。他把幾千首信天游民歌（自己輯錄抄寫，一定費了大量功夫）寄給編輯，與其說是坦率，不如說是希望用在四十年代解放區的文藝體制中已經具有相當文化權力的「民歌」來為自己撐腰──這是一種真正來自鄉野民間的寫作。在此之前，還沒有人這樣寫過，李季對於能否獲得認可還沒有信心。

　　但是，在後來的接受過程中，我們發現，「原創性」質疑幾乎從來沒有被提起過，甚至談不上迅速地被忽略。對於李季大量使用民歌原句的做法，編輯黎辛認為「當然這並不妨礙作品是創作，中外許多來自民間的名著的先例是不少的」。[38]這裡，寫作和閱讀雙方共同認可了一種更寬泛的「原創」標準。

　　〈王貴與李香香〉從《解放日報》出發，其經典化路線圖並不難給出：（1）發表和來自報刊的價值認定；（2）收入「北方文藝叢書」過程中的意義建構和「增值」；（3）收入「中國人民文藝叢書」並完成經典化。其間，「階級話語」與「人民文學」相互借力，意義不斷被期待視野所發明、掩蓋、扭轉和重寫，共同完成一個階級定義經典的接力故事。

「改名」和「發表」：黨報編輯的文學期待

　　經典化的第一步是進入話語場域，在主流文學體制劃定的權威舞臺上粉墨登場。四十年代的解放區，文學舞臺多不勝數，但黨報《解放日報》才是權威舞臺。[39]在此之前，李季以不同筆名在《解放日

---

38 黎辛：〈〈王貴與李香香〉發表的前前後後〉，《縱橫》1997年第9期。

39 作為共產黨最高領袖毛澤東不但時時關注、親自修改這份報紙的社論，也曾親自委託多位重要人物為這份報紙副刊組稿。《解放日報》在革命政治結構中的重要地位可見一斑。見〈《解放日報》第四版徵稿辦法〉（1942年9月20日），《毛澤東論文藝》（北京市：人民文學出版社，1992年），頁68。

報》上亮相過，發表了三篇作品，分別是報告文學、民間故事和短篇小說。[40]

　　這一次，李季投的依舊是一個「民間故事」，特別的是他嘗試把內容鑲嵌於「民間形式」的表達法中。編輯黎辛如是描述：「〈紅旗插在死羊灣〉是以故事發生的地點取名、採用說唱形式、分行寫的長詩。可以唱，道白可以說與講，像北方的評書與南方的彈詞。」李季自己擬定的題目是「紅旗插在死羊灣」，副標題為「三邊民間革命歷史故事」。民間形式的價值很快就被編輯黎辛辨認出來了：「這是一種創造性的、前所未有的新形式，不僅精彩，簡直是神奇。顯然，這是作者的一次新的嘗試，也是一次大的飛躍。」但也有不滿意的地方：「可是作品太長，說唱部分情節重複，說的部分篇幅更長，故事行進速度緩慢。」[41]

　　這裡的實質問題是：民間說唱形式與報紙的傳播空間之間形成了某種借力和衝突。一開始，李季作品完全是按照口頭說唱藝術來設計的，在「可以唱」、「可以說與講」與通過眼睛讀之間，前者顯然更具「民間性」和「大眾性」。其傳播形式是「口頭傳播」，口傳具有更強的信息承載力。不難發現，李季具有革命意識、大眾化意識和民間化意識，可是卻沒有媒體意識——包含了大量說唱內容的作品跟「報紙」這種媒體並不兼容。於是，黎辛從編輯的視角重新規劃了李季作品，這種規劃甚至堪稱二度創作：

　　　　寫信給李季，說我感到作品太長、標題缺乏力度。李季覆信，

40　「李季一九四三年四月十二日在副刊頭題位置發表過題為〈在破曉前的黑暗裡〉的報告文學。一九四五年七月二十日在副刊發表過題為〈救命牆〉的民間故事，署名里計。一九四五年九月十二日又在副刊頭題位置發表題為〈老陰陽怒打蟲郎爺〉的短篇小說，署名李寄。」黎辛：〈〈王貴與李香香〉發表的前前後後〉，《縱橫》1997年第9期。

41　黎辛：〈〈王貴與李香香〉發表的前前後後〉，《縱橫》1997年第9期。

說他把作品改為敘事長詩，題目改為〈太陽會從西邊出來嗎？〉，不久寄來。這樣，作品精彩和利索多了，但詩題這句口語被使用得過多，有陳舊感，我一直被作品中王貴與李香香這兩個人物的精神力量所感動，就索性把它改為〈王貴與李香香〉，副標題「三邊民間革命歷史故事」仍保留著。為了尊重作者，我又寫信徵求李季的意見，並請他對作品作最後的修改。李季同意改後的標題（建國後出書，李季把副標題也去掉了），這個標題一直沿用下來。[42]

　　黎辛的修改意見實際上是在民間化與媒體化之間進行某種協商和平衡：一方面，民間化是此詩的創造，必須保留並突出；另一方面，沒有經過「提煉」的民間形式難以進入媒體空間並分享現代革命媒體提供的意義增值服務。在一九四二年以後的解放區語境中，「民族形式」已經成為一種強勢的時代共名，而「民間形式」又在某種程度獲得了相對於「民族形式」的代表權。但是，我們不能不看到，在從〈紅旗插在死羊灣〉到〈王貴與李香香〉的轉化中，強化民間性和改造民間性是二個同時存在的過程。這意味著，革命文藝推崇的民間，並非民間意義上的民間，而是革命文藝體制期待的民間，民間形式由此被革命期待所渲染和具體化。

　　從〈紅旗插在死羊灣〉到〈王貴與李香香〉的題名變化，同樣頗堪回味。在〈紅旗插在死羊灣〉、〈太陽會從西邊出來嗎？〉、〈王貴與李香香〉三個題目中，第一個直接採用「紅旗」這個革命符號。「紅旗插在死羊灣」是革命勝利的直接表述，但更像是一個通訊報導的標題（這或是李季以往報告文學寫作思維使然），作為文學題名便顯示出某種不足，也許這便是黎辛所謂的「缺乏力度」。論革命意義的直

42　黎辛：〈〈王貴與李香香〉發表的前前後後〉，《縱橫》1997年第9期。

接性，「紅旗插上死羊灣」完勝。黎辛之所以覺得「乏力」，應該是從文學角度的考量。過於政治口號式的作品，因為缺乏藝術性，也便影響了政治性的表達。對口號式文學的反思，事實上左翼文學內部並非沒有。這個標題的修改也可以說明四十年代解放區文學跟十七年以至於「文革」時期的文學政治性既有延續性，也有區別。

　　〈太陽會從西邊出來嗎？〉依然延續著從革命意義進行命名的方式。原作兩條線索：紅軍打敗白軍，農民鬥倒地主，解放死羊灣的歷史敘事；王貴報了殺父搶妻的仇恨，並和李香香終成眷屬的個人敘事。就作品的展開而言，寓歷史敘事於個人敘事之中，將「個人的仇恨同階級的仇恨交織在一起」，[43]個人仇恨和階級仇恨的對接是革命文學的通用表達式，其實質是政治性對文學性的使用。黎辛和李季的區別在於，李季急於「點題」，而黎辛卻願意使作品顯得更像「文學」。用人物進行命名，作品便擺脫了某種「通訊」性質而多了份文學性質。王貴與李香香這兩個名字都非常具有鄉土氣息、非常大眾化，一個男名和一個女名的並置激發了通俗閱讀心理的愛情想像。在解放區的文學氛圍中，以人物名字命名作品的極為常見，如艾青的〈吳滿有〉、賀敬之執筆的〈白毛女〉、李冰的〈趙巧兒〉，等等。另外，我們應該注意的是，「王貴與李香香」這個名字，跟新文學體制中的「詩題」是有距離的，一九四一年，丁玲不會把〈我在霞村的時候〉命名為〈貞貞〉；「王貴與李香香」這個非常沒有「詩性」的命名，昭示著解放區文藝體制中「詩性」想像的變更。「故事性」、「通俗性」成了這個時代詩歌文體可以兼容的文體特徵。這意味著，所謂的「文學期待」，並非對一般「文學品質」的期待，更是對「合目的性文學品質」的期待。

---

43 〔蘇〕尼·特·費多連柯：《中國文學》第7章〈詩與歌〉第8節，轉引自趙明、王文金、李小為編《李季研究資料》（北京市：知識產權出版社，2009年），頁415。

　　可是，這難道不是跟「講話」的「政治標準第一，文學標準第二」衝突了嗎？何以更政治口號化的題名被黨報編輯視為「乏力」？這是否意味著「文學性」相對於「政治性」獲得了某種釋放和勝利呢？不難發現，李季對作品的設定是「民間故事」，而黎辛卻把它作為「優秀文學」來期待。必須指出的是，黎辛和李季在政治觀、文藝觀上是共享的，他們的差異不是文學立場與政治立場的差異，而是在政治性文學期待中「民間故事」和「偉大新詩」的不同設定。李季既將副標題定為「三邊民間革命歷史故事」，並未自覺在寫詩，不過是寫個「革命民間故事」罷了；黎辛卻驚歎「發現一部非常好的詩」，[44]因此必須竭力去除作品中那種「通訊」氣息、「故事」氣息，而賦予更強的文學氣息。

　　於是，我們便在革命文藝編輯黎辛的期待中感到了一九四〇年代中期，抗戰勝利之後革命文學體制內部對文學經典的饑渴。相對於抗戰初期對街頭劇、活報劇、秧歌劇、街頭詩、報告通訊等利於革命宣傳的速成品饑渴而言，抗戰勝利之後的革命文藝饑渴點發生了轉移。轉入國共對峙以後，左翼文藝的政治迫切性不再表現在為抗戰的革命宣傳服務，而轉化到為左翼政黨及其政治綱領的優越性服務。前者的話語是民族主義的，後者的話語是階級主義的。前者對文藝的要求是急切而速成的，後者的要求卻是創造經典。前者的功用性表現為論證抗戰的重要性，後者的功用性則表現為論證左翼政黨的優越性。前者主要是中／日較量，後者則是國／共較量，從前一種較量轉入後一種較量的過程中，對政治文化產品提出了不同的要求。前者要求輸出宣傳品，後者則要求輸出文藝經典，唯有文藝經典足以完成建構進步政黨形象的意識形態功能。一九三九年在關於文藝「民族形式」問題的討論中，何其芳率先提出「既通俗又藝術」的命題，如果說解放區文

---

44 黎辛：〈《王貴與李香香》發表的前前後後〉，《縱橫》1997年第9期。

藝在一九四二年前後通過「講話」、「整風」等文化程序完成了主體的改造，並主要突出了「通俗」、「大眾化」、「工農兵方向」的話；那麼，在進入一九四五年之後，解放區文藝的迫切任務便是在通俗、大眾化和工農兵方向這一路徑中辨認、發現和建構文藝經典。某種意義上，在抗戰尚未真正勝利的一九四五年初，身在魯藝的周揚便敏感地意識到這一即將發生的轉化。因此，傾全魯藝之力打造中共七大的獻禮之作〈白毛女〉。須知在一九四一年延安魯藝還曾因為傾心「大戲」而受到批評，周揚後來還作了嚴肅鄭重的自我檢討。[45]然而，〈白毛女〉卻是另一種意義上的「大戲」。它是解決了立場問題和普及問題之後合目的性的「提高」。

轉入國共對峙後，解放區亟須用具體的文學成果來證明講話確立的文藝路線的正確性。這甚至已經成了某種革命文藝的文學性焦慮——通訊作品或各種粗糙的急就章並不少，大眾化方向的「文藝精品」成了稀缺品。因此，編輯在〈紅旗插在死羊灣〉身上發現了某種大眾化視域中文學精品的潛質，便努力改變其身上存在的「通訊性」。「政治第一，文學第二」固然深入人心。然而，在具體的歷史情境中，階級政治卻迫切地需要文學經典的背書。因此，一九四五年以後，在政治正確的同時，某種精品化的文學期待隱含在解放區文藝規劃之中。〈王貴與李香香〉無疑呼應了這種規劃，才得以迅速經典化，從一九四六年至一九四九年的短短三年間，便出了十六個版本。並被列入了「北方文叢」、「中國人民文藝叢書」兩個極為重要的叢書系列。

正是在革命文藝的經典饑渴中，黎辛以黨報文藝編輯的敏感促成了從〈紅旗插在死羊灣〉向〈王貴與李香香〉的轉化，這個過程的實質便是帶通訊性質的「民間故事」向更便於建構成文學經典的新詩體的轉化。值得再提一筆的是，在此轉化過程中，「民間故事」、「通訊

45 陳培浩：〈大戲風波中的解放區文藝走向〉，《粵海風》2012年第4期。

報導」跟「新詩」之間的價值等級及文化資本上的微妙關係。一九四〇年代中期的解放區文藝體制中，假「民族形式」之名的「民間文藝」價值日漸自明化。然而，在〈王貴與李香香〉的文化闡釋過程中，值得注意的並非論述者對其「民間性」、「民族性」的強調，而是他們都選擇把民歌體作為「新詩」來闡釋。因此，不但民間形式具有了對民族形式的代表權，革命歌謠也獲得了相對於新詩的代表權。其間深長的意味在於：革命文藝的「民族形式」話語不但在階級框架下徵用著民間資源，同時也在對新文學的批判和改造中汲取新詩從五四以來在現代文化空間中沉澱的文化資本。[46]

事實上，寫作〈紅旗插在死羊灣〉時，李季幾乎沒有意識到他是在創作甚至創造「新詩」。在此之前，他幾乎沒有寫過新詩，至少是沒有新詩發表或保留下來。四卷本的《李季文集》中，除〈王貴與李香香〉外，寫作時間最早的是寫於一九四九年冬的〈三邊人〉。這意味著，在文學闡釋者把〈王貴與李香香〉闡釋成「新詩」之後，李季的新詩認同才被真正建構出來。

李季在對作品進行「改名」等修改後獲得了「發表」。這裡，「發表」代表的不僅是作品從手寫變成鉛字跟更多讀者見面。更意味著，它將在一個具有巨大象徵資本的話語空間中獲得了持續的增值效應。〈王貴與李香香〉連載的第一天，編輯黎辛以「解清」的筆名發表了一篇推薦文章〈從〈王貴與李香香〉談起〉，在文中黎辛強調了作品的民間性，四十年代的「民族形式」話語是這種強調的背景；同時也

---

46 在中國古代，「詩」這種文體一直享有比其他文體更為尊崇的地位；唐代「以詩取士」更是彰顯了這種文體高於其他的文化資本。進入現代以來，詩的這種價值優先地位並沒有被取消，胡適親自嘗試新詩變革，就是為了拿下文學革命最後一個堡壘。顯然，在他那裡，沒有詩歌革命的成功，是談不上文學革命的成功。從一九三〇年代的中國詩歌會起，左翼陣營一直致力於建構歌謠對於新詩的代表性，以及歌謠和新詩的同一性。這裡，既徵用歌謠的通俗性，又徵用新詩繼承和創造的文化位置的雙重徵用意圖非常突出。

在革命文藝體制的訴求中強調著作品內容上的政治正確性（「對土地
革命時期邊區農民鬥爭的真實描繪」、「革命的曲折性和勝利的必然
性」）。但是，〈王貴與李香香〉雖是「值得我們學習的作品」，但「希
望李季同志今後創作出更多更好的作品，也希望產生出更多的像李季
同志這樣的作者」這種表述卻意味著，在當時的編輯眼中，〈王貴與
李香香〉並非不可超越，李季也並非不可複製。黎辛事實上還指出了
〈王貴與李香香〉的一點缺點：「某些應該展開描繪的地方，卻不經
意的忽略過去了，這不能不說是遺憾。」[47]此時黎辛雖然把它當成優
秀新詩，卻並未意識到它在未來會成為不可替代的解放區經典。日後
他在回憶文章中說「詩的優美堪與我讀過的中外名詩相比」，「這是一
種創造性的、前所未有的新形式，不僅精彩，簡直是神奇」，[48]顯然是
在〈王貴與李香香〉經典化之後的修補性回憶。

　　時任中共中宣部部長的陸定一對此詩的迅速回應，成為此詩經典
化過程中的重要一步。「當時的中央宣傳部部長陸定一二十六日送來
文章〈讀了一首詩〉，稱讚〈王貴與李香香〉是『用豐富的民間詞彙
來做詩』，是『內容形式都好的』一首詩，說它是『披荊斬棘、開出
了道路』的『新文藝的開路先鋒的各位同志』中的一項成果。無疑這
使了〈王貴與李香香〉更加為人重視。新華社請美國專家李敦白先生
譯成英文，連同〈讀了一首詩〉一文在一九四六年冬向外廣播。據我
所知，這是延安時期第一次用英語對外廣播文藝作品。」[49]

　　值得關注的是，陸定一開篇就道出了他特殊的觀察角度：「我以
極大的喜悅讀了〈王貴與李香香〉。因為這是一首詩。」顯然，陸定
一是第一個特別強調〈王貴與李香香〉「詩體」勝利意義的人。在他
看來，「文藝座談會」以來，戲劇等文體已經取得了成就，「比較來得

47　解清：〈從〈王貴與李香香〉談起〉，《解放日報》1946年9月22日。
48　黎辛：〈〈王貴與李香香〉發表的前前後後〉，《縱橫》1997年第9期。
49　黎辛：〈〈王貴與李香香〉發表的前前後後〉，《縱橫》1997年第9期。

最遲的，就是詩了」。民族形式新詩，「在外面有袁水拍先生，現在我們這裡也有了」。[50]

　　陸定一雖然強調「詩」，但卻並非本體意義上的詩，而是被革命目標對象化了的「詩」。此時的詩是作為一座「講話」指導下革命文藝必須攻克的城堡而獲得意義的。當年胡適作白話詩，說「白話文學的作戰，十仗之中，已勝了七八仗。現在只剩下一座詩的壁壘，還須用全力去搶奪」。[51]以文學為社會政治文化革命的中介，此種思維在五四之初便已如此。一九二○年代現代漢詩開始了從「主體的詩向本體的詩的位移」，[52]但在一九三○年代以後深重的民族矛盾中，「詩」再次被政治目標工具化。只是此時的詩被用以論證的是「新民主主義文藝運動對於封建的、買辦的、反動的文藝運動的勝利。新的文化在一個一個的奪取舊文化的堡壘」。[53]

　　陸定一文章中有一句話值得特別注意：「反動的文藝，因為它有『民族形式』，雖然內容反動極了，但在人民之中據有地盤，毒害人民。」「民族形式」與「反動的文藝」被聯繫起來，這在一九三九至一九四一年文藝「民族形式」大討論中並不常見，雖然「民族形式」被加了引號。「民族形式」並非解放區文藝體制希望丟棄的武器，卻顯出了某種微調的必要性。「民族形式」的提法有其特殊的政治文化背景，不可忽略的便是抗戰中締結的民族統一戰線。「民族形式」在「民族主義」的話語空間中釋放的不僅是大眾化的訴求，更是民族尊嚴和民族凝聚力的訴求。因此，左翼文藝的「民族形式」出現了階段性的階級性隱匿。當陸定一不但強調「民族形式」，更強調革命進步

50　陸定一：〈讀了一首詩〉，《解放日報》1946年9月28日。

51　胡適：〈逼上梁山——文學革命的開始〉，《胡適文集1》，歐陽哲生編（北京市：北京大學出版社，1998年版），頁155。

52　王光明：〈現代「詩質」的探尋〉，《現代漢詩的百年演變》，石家莊市：河北人民出版社，2003年。

53　陸定一：〈讀了一首詩〉，《解放日報》1946年9月28日。

內容的「民族形式」時，意味著其說話的語境中，民族性的內部必須
提供一種兼容的階級性內涵。這正是當年的革命文藝體制的期待視
野，〈王貴與李香香〉提供了在這種期待視野中進行意義建構的要
素，於是被選擇並派定在革命歌謠體新詩的新位置上。

　　另需要注意的是，〈王貴與李香香〉連同〈讀了一首詩〉一文在
一九四六年冬被用英文向外廣播。英文廣播在此清晰地表述了延安當
局在國際社會中建構延安形象的訴求。事實上，從一九三〇年代起，
一種面向全國乃至全世界，可以稱為「延安形象學」的左翼政治宣傳
策略便在不斷實踐中。埃爾加・斯諾、史沫特萊等西方左翼文化人士
來到中國，向西方輸出中共左翼政權的正面形象。延安的選舉、文
化、婦女解放、土地改革等現實社會材料是這種形象的重要部分，[54]
文藝作品中的解放區也是這種延安形象學的重要組成部分。從英文廣
播起，〈王貴與李香香〉已經被選擇作為建構延安形象學的材料，在
解放區文藝經典化之路上進一步前進。

兩套「文藝層書」的意義建構

　　一九四七年，〈王貴與李香香〉又被「北方文藝叢書」所選擇。
「時任中共華南分局文化工作委員會副書記的周而復等，從一九四六
年初開始在上海、香港主編並於同年四月起，先後由上海的作家書屋
及香港海洋書屋、穀雨社陸續出版發行的『北方文叢』、『萬人叢書』
及『文藝理論叢書』等系列延安文藝作品書籍。」[55]「北方文叢」的
宗旨在於「把〈延安文藝座談會上的講話〉前後的發表和出版的文藝

54　〔美〕愛潑斯坦、高梁主編：《解放區文學書系・外國人士作品》，重慶市：重慶出
　　版社，1992年。

55　王榮：〈宣示與規定：一九四九年前後延安文藝叢書的編纂刊行〉，《陝西師範大學
　　學報》（社會科學版）2012年第3期。

作品介紹給國民黨地區以及香港和南洋一帶廣大讀者」。[56]據張學新描述,「《北方文叢》包括西北、華北、東北各個解放區的各類文藝作品,由周而復主編,用海洋書屋名義出版,實際由黨領導的新中國出版社負責印刷、出版與發行。一九四七年內,共出版三輯。每輯十冊書」。[57]顯然,「北方文叢」正是共產黨所主導下的文化輸出和形象建構工程。

〈王貴與李香香〉被選入「北方文叢」第二輯,作品體裁包括「小說（長篇、中篇、短篇)、戲劇（話劇、平劇、秧歌劇)、詩歌（長詩)、散文、報告、說書、論文」。第一輯選入艾青一九四三年發

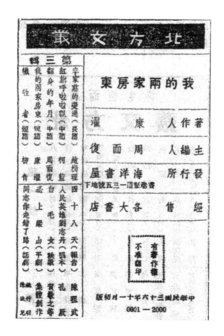

「北方文叢」圖書預告

56 周而復:〈《北方文叢》在香港〉,吉少甫主編《郭沫若與群益出版社》（上海市:百家出版社,2005年版),頁245。

57 張學新:〈周而復與「北方文叢」〉,《新文學史料》2008年第4期。

表的作品〈吳滿有〉，第二輯選入〈王貴與李香香〉，第三輯沒有詩歌
入選。這裡折射的恰恰不是詩的歧視，而是陸定一指出的革命文學對
詩的渴求。

　　「北方文叢」還專門邀請了郭沫若為〈王貴與李香香〉作序，周
而復則為該書寫作後記。正是在「北方文叢」版中此詩被提升為「一
顆光輝奪目的星星，從西北高原上出現，它照耀著今天和明天的文
壇」。[58]如果我們明瞭該文叢的目的在於建構解放區文藝對於中國文藝
道路的代表性和指導性，我們便能明白，關於〈王貴與李香香〉的論
述也必須服務於這個出發點。具體而言，則是把此詩作為中國新詩的
最新、最具指導性道路來論述。這個原則，被郭沫若和周而復牢牢地
遵守著。周而復明確把〈王貴與李香香〉稱為「中國詩壇上一個劃時
代的大事件」，他強調「李季不是文藝工作者」，「他是在群眾當中做
實際工作的」，認為此詩「從第一行，到最後一行，洋溢著豐富的群
眾的感情，生動而富有地方色彩」。在解放區文藝體制中，「在群眾當
中做實際工作」，「群眾的感情」、「地方色彩」都是一種鮮明的正面價
值。作者把「工農兵方向」發展為「人民性」話語，把詩歌劃分為
「詩人的詩」和「人民的詩」，並以此論證上述的「劃時代」論斷：

> 　　如果說過去中國反映人民生活的詩篇，絕大多數的成果，是詩
> 人的詩；這意思是說，是詩人站在旁觀的同情的立場，通過詩
> 人自己的感情，對人民生活的歌唱。那麼，這兒是產生自人民
> 當中的詩篇。它的思想，它的感情，它的生活，它的語言，完
> 全是人民的，是發自人民內心的真實聲音。[59]

　　民間性也許可以某種程度代表「人民真實的聲音」。然而，如上

58　周而復：〈王貴與李香香〉〈後記〉，香港：海洋書屋，1947年版。
59　周而復：〈王貴與李香香〉〈後記〉，香港：海洋書屋，1947年版。

所述，〈王貴與李香香〉的修改過程呈現為一個「民間性的強調和民間性的改造」的雙重過程。此處自明地把〈王貴與李香香〉指認為「人民內心」的絕對代表，其訴求，乃是在解放區以外建構起人民性寫作方向的合法性。

「詩人的詩」和「人民的詩」的二元對立建構事實上被放置於落後／進步的線性歷史邏輯中，這種論述方式在五四時代的「貴族／平民」、「文言／白話」的劃分中已被廣泛採用。為〈王貴與李香香〉作序的郭沫若同樣熟練地運用著此種話語策略，他把「貴族／平民」的五四命題直接改裝為「貴族／人民」的左翼命題，並發展出「金蓮／天足」這樣的比喻性批評概念：「今天在解放區以外的『金蓮』文藝依然占著支配勢力」，「而解放區的文藝確實是到了天足的階段了。」「今天我又看見這首長詩〈王貴與李香香〉。我一律看出了天足的美，看出了文學的大翻身。」[60]

如果說一九四二年的「講話」要在解放區範圍內完成的是無產階級主體的構造和塑形的話，「北方文叢」則力圖向國共內戰期間的國統區、香港、南洋等地區的華人宣告以人民性為價值感召的「無產階級主體」和「無產階級寫作」的歷史進步性。因此，周而復在後記的一段話確實深刻地把握住了解放區以外那些既為新的、獨立民族國家所感召，又希望保持自由的「小資產階級知識分子」的心理糾葛，從而巧妙地喚起了他們在「進步歷史」壓力下的懺悔意識：

> 小資產階級出身的知識分子作家，經過思想改造以後，曾經是，現在也還是為一個問題所苦惱著：舊的人民大眾的思想感情否定了，新的人民大眾的思想感情還沒有完全確立起來。在這個新陳代謝之間，青黃不接之時，舊的那一套思想感情自己

---

60 郭沫若：〈序〈王貴與李香香〉〉，香港《華商報》1947年3月12日。

是很熟習了，現在是棄之唯恐不盡；對新的，雖然相當陌生，
卻要努力學習去掌握。這就是為什麼作家經過思想改造，都紛
紛到群眾當中去，到人民大眾當中去，有些作家甚至暫時沉默
了的道理。只有實際在人民鬥爭生活當中，自己不再有高高在
上的優越感，而成為人民大眾當中的一員，和他們共呼吸，共
患難，共榮辱，這樣才能夠寫出人民偉大的詩篇，而人民的詩
篇也只有在人民大眾當中方能產生出來，亭子間和窰洞裡的藝
術之宮和他是無緣的。[61]

　　這段話鮮明地標識了周而復乃至整個「北方文叢」的目標受眾，
在新與舊、人民與小資、國族與個人的多重二元劃分中，周氏的論述
法（也是左翼通行的論述法）以歷史進步的名義向「小資知識分子」
發出了主體改造的要求。同時又敏銳地把握到了他們那種「欲舊不
願、欲新不能」微妙心理——這種「小資知識分子」在延安事實上也
是比比皆是，何其芳正是其中突出的一位。

　　必須指出，正是因為被選擇成為左翼政黨形象工作的造型材料，
並在新／舊、進步／落後的線性歷史邏輯中，事實上依然粗糙的〈王
貴與李香香〉才得以被充分經典化並建構為劃時代的事件、人民詩歌
道路的新方向。

　　可資比較的是：國統區的袁水拍的「馬凡陀的山歌」就沒有獲得
如此被歷史建構的機緣。袁水拍於一九四四至一九四六年完成了他抒
情詩學向山歌詩學的轉變，我們還記得陸定一在評〈王貴與李香香〉
的〈讀了一首詩〉中說到民歌詩「外面有袁水拍先生，現在我們這裡
也有了」時那種欣喜與釋然。可是，陸定一的話難道不也暗示了國統
區／解放區之間有著他們／我們的分野，即使所謂的「袁水拍先生」
早就是「我們」的人。這裡深刻地暗示著革命文藝體制內部的區域政

---

61 周而復：〈王貴與李香香〉〈後記〉，香港：海洋書屋，1947年版。

治：同為民歌詩，產生於國統區的「馬凡陀的山歌」、產生於延安解放區的〈王貴與李香香〉以及產生於太行山解放區的〈漳河水〉日後都被經典化了，但唯有〈王貴與李香香〉得以被表述為「劃時代的大事件」，人民詩歌道路的新方向。這裡不是創作先後問題，也不是藝術精良與粗糙問題，而是由現實政治牽扯著的文化政治問題。

必須補敘一筆的是，無論是郭沫若的序，還是周而復的後記，都服務於一種整體性的左翼文化動機。「叢書取名『北方文叢』，是因為當時黨中央軍事委員會以及解放軍主力部隊都在西北、華北和東北，『三北』，實際上是代表解放區的稱謂。不言而喻，《北方文叢》即是《解放區文叢》。」[62]「北方文叢」由香港海洋書屋出版，海洋書屋即是香港群益書店分店，郭沫若本人跟「左傾」的群益書店有著極深淵源。[63]因此，郭序對〈王貴與李香香〉的評論立場，不是一種個人判斷標準，而是作為一個代言人宣告的集體標準。

在回憶「北方文叢」的往事時，周而復提到一九四八年隨著國民黨的節節敗退，內戰形勢日漸明朗。「不久，周揚同志為首主編的『中國人民文藝』叢書出版，《北方文叢》完成了歷史使命，便不再出版。」[64]「北方文叢」和「中國人民文藝叢書」各自承擔著左翼革命不同的歷史使命，前者完成的是內戰膠著狀態下對港澳、南洋進行的解放區形象建構和輸出；後者的意識形態功能體現為在國家政權建立以後對左翼革命起源及合法性的確認，以及面向國內人民宣示革命文藝體制唯一正確性。周揚描述為「選編解放區歷年來，特別是一九四二年延安文藝座談會以來各種優秀的與較好的文藝作品，給廣大讀

---

62 周而復：〈《北方文叢》在香港〉，吉少甫主編：《郭沫若與群益出版社》（上海市：百家出版社，2005年版），頁247。

63 參見吉少甫主編：《郭沫若與群益出版社》，上海市：百家出版社，2005年版。

64 周而復：〈《北方文叢》在香港〉，吉少甫主編：《郭沫若與群益出版社》（上海市：百家出版社，2005年版），頁249。

者與一切關心新中國文藝前途的人們以閱讀和研究的方便」。[65]

　　作為此套叢書最初的編輯陳湧回憶道:「早在解放戰爭初期,毛澤東就曾對周揚講要把解放區的文藝作品挑選一下,編成一套叢書,準備全國解放後拿到大城市出版。」[66]一九四八年初,時任華北局宣傳部長的周揚著手組織這項工作並擔任叢書主編。「人民文藝叢書」日後成為一九四九年後最重要的文學叢書,既跟它所承擔的歷史使命的長期性有關,也跟叢書主編周揚一九四九年後長期執掌文藝界帥印有關。於是,在「北方文叢」中已經被建構為人民詩歌新方向的〈王貴與李香香〉,理所當然獲得資格,在「人民文藝叢書」中占據一席之地,完成其經典化過程中最重要的造型。中華人民共和國成立之初的當代文學史對此詩的評定,意味著其經典地位在左翼文學史高度上的成型。

65　周揚:《中國人民文藝叢書·編輯例言》,李季:〈王貴與李香香〉,延安市:新華書店,1949年版。

66　簫玉:〈中國人民文藝叢書:開啟文學新紀元〉,《石家莊日報》2009年9月19日。

第七章
重識民歌詩的「革命」與「現代」
——〈漳河水〉的詩法政治和神話修辭

　　一直以來，〈漳河水〉被視為是一九四〇年代民歌體敘事詩的收官之作，也是藝術上的巔峰之作。跟那種「舊瓶裝新酒」地套用民歌體的作品不同，〈漳河水〉確實在某種程度上使民歌元素融會貫通。因此，這不是一般意義上的「大眾化」作品，而是「大眾化」方向的「藝術化」之作。只是，有必要看到〈漳河水〉的「藝術化」並無法被當代所共享。作為革命文學創作的婦女解放神話，它的神話修辭術值得深究。本章追問的是：（1）〈漳河水〉在文本上創造了什麼樣的「藝術化」？（2）〈漳河水〉的婦女解放主題，跟羅蘭・巴特意義上的神話修辭術有何關係？（3）〈漳河水〉如何回復某種「古典之文」的性質，以支持革命階級神話的成立？

第一節　「詩法政治」與「詩歌想像」

　　眾所周知，散文和詩歌有著不同的語言使用方式，散文遵循的是「語法」，而詩遵循的則是「詩法」。正如王光明教授指出的那樣：（詩歌）「更重視語言要素的綜合運用，更注意語言的音、意、象，更注意通過形式與技藝的運用突破語言的限制，抵達言外之意，弦外之音的境界。可以認為，詩歌語言和形式上的諸多傳統慣例，包括重視感覺和相像，以及分行建節、意象的尋找、結構的安排和節奏的注意，在某種意義上說，都是一種完善語言和增加語言活力的追求。也

正是這種追求，詩歌語言才成為民族語言的寶石，詩歌才有了提升語言的功能。」[1]

　　值得進一步探討的是，「詩法」雖有其共性，但「詩法」也在不斷地變動與「博弈」。換言之，「詩法」與其說是同質的，毋寧說是差異、分裂，甚至是「你死我活」的。更恰當說，「詩法」同樣處於自身的文化政治中。五十年代馮至反思自己二十年代的作品，認為「基本的調子只表達了小資產階級知識青年的一些稀薄的、廉價的哀愁」，[2]而一九四一年寫的二十七首「十四行詩」，「受西方資產階級文藝影響很深，內容與形式都矯揉造作」。[3]這裡觸目驚心地標識出在「革命詩法」視域中「現代詩法」的失效和罷黜。

　　詩歌技藝顯然並不是一個意識形態隔離區，恰恰相反，詩法去意識形態的背後藏著另一種隱蔽的意識形態性。何種詩法將被目為主流正宗，被強勢話語激活並委以重任；何種詩法將被廢黜流放，喪失其在詩歌領域的存身之地，這始終並非一個單純的審美問題。因此，「詩法」與「奠基性話語」之間，便存在著一種詩歌體制意義上的「詩歌想像」。詩歌想像通過對詩歌功能的界定規劃了諸如自律或他律、詩歌與現實、詩歌與自我等核心範疇，在功能被裁定之後，「詩法」的選擇便不再自主，「詩法」只能在詩歌功能劃定的範圍中生成。左翼革命將詩歌界定為「承載沸騰革命的容器」，那麼靜觀內斂、苦思通神的自律性現代詩法必被罷黜，首當其衝的便是折射內心瞬息波瀾的象徵詩法了。反之，當詩歌被界定為內心經驗的凝聚和語言轉化時，與他律性相適應的語言法則便顯得蒼白無力。革命詩法最常見的排比、呼告頓時顯得其「土」無比。

　　既然詩法同樣存在著自身的文化政治，那麼，我們必須警惕的便

1　王光明：《現代漢詩的百年演變》（石家莊市：河北人民出版社，2003年），頁142。
2　馮至：《西郊集》〈後記〉，北京市：作家出版社，1958年。
3　馮至：《馮至詩文選集》〈序〉，北京市：人民文學出版社，1955年。

是站在一種詩法的價值坐標中臧否另一種詩法。三十多年前，當現代詩學作為異端邪說的時候，詩法政治呈現為革命詩法對現代詩法的壓制；而九十年代以後，當現代詩學蔚為大觀並進而成為主流詩歌想像的時候，詩法政治則呈現為現代詩法對革命詩法的排斥。今天，很多研究者對於革命詩歌總難免顯示出某種審美上的優越感。很難說革命詩歌對於當代詩歌具有審美共享性，但對於研究者而言，在歷史化的背景中審視革命詩歌的艱難探索則似乎是一種必需的職業倫理。因此，對於〈漳河水〉這樣一部經典的革命民歌體敘事詩，我們有必要先以足夠的耐心，探究其詩法的獨特性。

　　某種意義上說，阮章競是由於對戲劇寫作指手畫腳的人太多而轉向詩歌寫作的。一九四〇年代，他的寫作熱情有過起伏和轉移。一九四一至一九四三年他在太行山劇團任職，作品頻出，並且以戲劇為主。但一九四四年他參加了太行山的思想整風，這讓他意識到知識分子在革命陣營中的尷尬地位，遂強烈要求離開文藝戰線，參加其他革命工作。直到一九四七年他任太行邊區戲劇部部長，才又重新執筆，並寫出了廣受肯定的新歌劇《赤葉河》。但是，痛感戲劇寫作提意見的人太多，「好菜太多，消化不了」，他的寫作熱情悄然轉移到詩歌上。[4]

　　〈漳河水〉[5]是長篇歌謠體敘事詩，契合了當年「民族形式」的

4　陳培浩、阮援朝：《阮章競評傳》（桂林市：灕江出版社，2013年），頁64。

5　〈漳河水〉最初發表於1949年5月的《太行文藝》第1期，1949年12月修改稿完成於北京，1950年6月發表在《人民文學》第2卷第2期。關於〈漳河水〉的創作過程，阮章競這麼說：「一九四九年三月，我開始寫〈漳河水〉，前後共寫了一個多月，修改了一年多。」「從五月到十二月，可以說是行蹤無定，〈漳河水〉稿帶在身邊，修改過多少次記不住，差不多磨了將近一年，但我感到並未離開太行山。」（阮章競回憶錄《異鄉歲月，太行山》，未刊手稿）。

全詩分為〈往日〉、〈解放〉、〈長青樹〉三部分，第一部分〈往事〉寫解放前漳河邊某村三個閨中密友荷荷、苓苓和紫金英婚後回鄉在河邊哭訴彼此婚姻的不幸。三人婚前對婚姻都抱著美好的想像，但由於「封建」婚姻不自主，「爹娘盤算的是銀和金」，婚後生活很不幸福：「荷荷嫁了個半封建」，「苓苓許了個狠心郎」，「紫金英嫁

時代訴求，它「常常既被當作解放區詩歌的實績，又被當作新中國成立後的收穫，在不同的場合加以論述」。[6] 可以說，「民族形式」這個典型的四十年代文學命題成了阮章競以歌謠體入詩最重要的背景。[7]因此，〈漳河水〉並非其藝術譜系的先行先試者，而是一種藝術潮流的臻於完善者。它某種意義上正是對之前民歌體敘事詩〈王貴與李香香〉的藝術傳承和超越。

　　〈王貴與李香香〉把歌謠體發展為敘事詩，用以敘述當時解放區文學相當流行的「農民反抗地主」的革命母題。在寫作的局部，它又

了個癆病漢，一年不到守空房」。第二部分〈解放〉寫的是解放之後，婚姻自主、婦女翻身。詩歌分別敘述荷荷、苓苓和紫金英三人在新政權新政策的影響下，尋求自由婚姻、獨立地位的故事。三人中，勇敢能幹的荷荷率先與「半封建」丈夫離婚，並和一個「政治好」的對象結婚。再婚後，荷荷還積極幫助那些為舊風氣所壓制的姐妹們「翻身」：苓苓在荷荷的幫助下，對家裡的狠心郎「二老怪」進行鬥爭，並最終改造了「二老怪」，獲得了獨立地位。喪夫的紫金英帶著兒子艱難度日，平時裡難免接受一些男人有目的性的幫助。這讓她感覺抬不起頭來，但由於對婦女自身獨立性認識不足，她又接受了這種幫助。在荷荷的幫助下，紫金英勇敢地和那些有不良目的的男人斷了關係，靠自己的能力在新社會中贏得尊嚴。第三部分〈長青樹〉由「漳河謠」、「翻騰」、「牧羊小曲」三組套曲組成，寫「二老怪」在思想解放的婦女改造下，思想覺悟過來，主動與散布謠言的封建婦女張老嫂思想決裂，獲得婦女們的歡迎和認可。第三部分在敘事同時側重於抒情，以婦女政治解放、思想解放點國家解放之題，以「長青樹」暗喻革命事業的勝利。

6　洪子誠：《當代文學史》（北京市：北京大學出版社，2000年），頁87。

7　事實上，四十年代的民族形式實踐不過是新詩歌謠化的譜系中的一環，方濤（《新詩民歌化的路徑選擇》，海南出版公司，2005年）、張桃洲（〈論歌謠作為新詩自我建構的資源：譜系、形態與難題〉，《文學評論》2010年第5期）等人已經詳細地描述了從五四以降新詩歌謠化的譜系。新詩在擴大自身的合法性過程中，在平民／貴族之辨中，民間被賦予了巨大的文化價值。民歌被以各種各樣的方式化用到新詩中，創辦於一九二〇年的北大歌謠學會刊物《歌謠周刊》對此新詩與歌謠的話題已有頗多討論；二十年代對民歌表露興趣並有所實踐的就包括劉半農、朱湘、沈從文等人。三十年代左翼文學團體中國詩歌會在「大眾化」的階級論視野中提出「新詩歌謠化」的倡導，並出版了《新詩歌》「歌謠專號」。一九三六年由胡適主持復刊的《歌謠周刊》同樣主張新詩以歌謠為資源。一九三九年以至一九四〇年代文藝民族形式的討論成了新詩歌謠化在四十年代延續的現實動因。

保留了較有民間風味的民歌比興手法。因此，李季的〈王貴與李香香〉解決了歌謠體詩歌與革命敘事之間的融合問題（一般歌謠詩在大處難以包裹住革命的宏大敘事，在小處又常失卻民間歌謠獨有的風味和精緻的句法、修辭）。但〈王貴與李香香〉顯然並不完美，鍾敬文就指出它結構上存在的缺陷：「順天游在詩體上的主要特點，第一是兩行一首，第二是首句慣用的比興法。這種小形式的民謠，一般是用來即興抒情的。」而李季的寫作過分拘泥於「信天游」以「兩句為單位安排句意和押韻的慣例」，「在整段敘事的地方」沒有節制地「連用比興法」。[8]這就使得敘事的展開缺乏更有效的形式。

〈漳河水〉正是從〈王貴與李香香〉止步的地方出發，它著力解決的正是長篇敘事詩和歌謠體抒情短制之間的矛盾。為此阮章競事實上從戲劇上遷移來了一種多重對比結構。筆者在另一篇文章中已經指出，〈漳河水〉的成功有賴於一個新——舊對照、總——分交叉的戲劇結構。[9]

和當時的很多解放區文藝作品一樣，〈漳河水〉有一個預定的主題，那就是革命之光普照下人民的解放和翻身。只是，〈王貴與李香香〉寫的是農民翻身，〈漳河水〉寫的則是婦女翻身。相比之下，〈漳河水〉人物線索更多，人物形象更鮮明生動，荷荷、苓苓和紫金英三個婦女形象各有特點，二老怪這個中間人物和媒婆張老嫂這個反面人物同樣令人印象深刻。設若沒有一個合適的結構，長詩的內在張力必將無以附著。

戲劇化結構、多種歌謠形式解決的是敘事詩歌的大框架問題，此外，阮章競還解決了敘事詩大結構和小細節的融合問題、敘事性跟民歌體式相融合問題、詩歌篇幅有限性跟多線人物的複雜性相協調問

8　鍾敬文：《鍾敬文學術論著自選集》（北京市：首都師範大學出版社，1994年），頁722-723。

9　陳培浩：〈民族形式和革命美學的創制〉，《文藝理論與批評》2013年第1期。

題、故事講述與人物塑造問題、詩歌如何進行心理描寫問題。必須承認，在一首詩中把所有這些問題都解決並非易事，然而〈漳河水〉卻進行了努力的嘗試，並且成功了。所以，解放區革命文藝大眾化並非是粗糙化的代名詞。

　　這裡首先涉及敘事詩中敘事與詩的矛盾，這個矛盾可分為兩方面：一方面，詩歌在敘事過程中如何保持語言品質；另一方面，詩歌的有限篇幅如何容納敘事的伸展性內容。〈漳河水〉在這方面都表現出極好的藝術感覺。

　　敘事詩如何既把故事講清楚，符合詩歌的體式，又不損詩歌的語言魅力，這方面，阮章競借鑒了〈王貴與李香香〉的經驗，採用了民歌體。民歌有固定的句式，相當於曲譜；民歌中又有非常豐富的修辭，讓語言更加生動風趣。茅盾在眉批〈漳河水〉時，提得最多的是韻律之美和語言的生動，這兩方面都是詩歌語言的特點。顯然，民歌體幫助阮章競解決了如何既講故事，又保留詩歌語言魅力的問題。詩第一部介紹三位女性：「漳河水，水流長，／漳河邊上有三個姑娘：／一個荷荷一個苓苓，／一個名叫紫金英。」這一節，由於民歌體的採用而朗朗上口，二句一韻，具有民歌的韻律效果。而像「漳河水，水流長／漳河邊上有三個姑娘」、「河邊楊樹根連根，姓名不同卻心連心」中民歌的固有節奏防止了白話的散漫無度；比興手法的運用，又使詩歌展開敘事而不失其語言魅力。像這種例子在全詩中俯拾皆是，又如詩中寫到荷荷離婚後和熱戀中的新情郎相思情急的場面：「乾蒿草，偏偏和烈火碰，／熱得個心兒撲騰騰。／他心藏個猴，她心拴匹馬，／去找主席公開了吧！」

　　這一段寫荷荷離婚後和「政治夠」的心上人熱戀中熾熱難耐的情愛：「窗櫺櫺開花用紙糊，／相思的心兒關不住」，男青年偷跑來會荷荷。詩歌寫得熱烈而不低俗，「乾蒿草，偏偏和烈火碰，／熱得個心兒撲騰騰。」民歌常見的比興描活了兩人的情難自禁。如果僅止於

此，也不過是一個普通比興的用法，阮章競的詩筆再次為兩人的相思加碼：「他心藏個猴，她心拴匹馬，／去找主席公開了吧！」這裡把「心猿意馬」這個習見的成語拆開，還原為兩種充滿動感、生猛有力、活蹦亂跳的動物，巧寫二人之心潮澎湃、情熱難耐，下面這句「去找主席公開了吧」更使兩人情熱中燒的急切溢於言表。後兩句詩突破了亦步亦趨的比興，從對心理的比喻轉入直接表露心聲的言語，真是神來之筆。難怪茅盾在眉批本中情不自禁地點評這四句：前「二句活用成語，極好。」[10]後兩句「極有風趣」，連用二「極」字，在茅盾的眉批中並不多見。

　　如何處理詩的篇幅有限性和敘事的延展性矛盾，〈漳河水〉展示了一種高超的剪裁藝術。詩歌第一部寫到舊時代的包辦婚姻：「斷線風箏女兒命，／事事都由爹娘定。／媒婆張老嫂過河來，／從腳看到天靈蓋。／爹娘盤算的是銀和金，／閨女盤算的是人和心。」這是第一節中對三個姑娘婚姻不自主的敘述，如平鋪直敘、過分展開，不但缺乏感染力，且為篇幅所不允許。所以，第一、二句運用民歌和古詩中常用的比興，概述婚姻的不自主；第三、四句，進入場景描述，是對事件的具體展開，但又不可能充分展開，所以便選取了典型細節。媒婆過河來，從腳看到天靈蓋，寫得實在是形象生動，不過十幾字，人物情態畢現；第五、六句又轉入爹娘、閨女不同心思的對照。短短六行四十七字，卻有三個不同的角度，是概述和具體展開的結合，是形象化和典型化的結合，是多角度敘述的結合。

　　「媒婆張老嫂過河來，從頭看到天靈蓋。」茅盾的旁批是：「此章用經濟的筆墨，故事驟然開展，換韻也好。」[11]茅盾是小說家，關注敘事如何展開，「驟然」說的是第一、二句跟第三、四句之間的跳

10 茅盾：《中國現當代文學茅盾眉批本文庫‧詩歌卷4》（北京市：中國國際廣播出版社，2007年），頁22。

11 茅盾：《中國現當代文學茅盾眉批本文庫‧詩歌卷4》，頁10。

躍：從第一、二句的客觀議論中，迅速地轉入第三、四句的敘事推
演。而這種「驟然」又並非「斷裂」，「事事都由爹娘定」正是「媒婆
過河來」的鋪墊。值得注意的是，第一、二句議論轉入三、四句的白
描，同時也由概述轉入了細節描述。媒人張老嫂見面的場景、寒暄、
家長里短全部省去，單表一個「從頭看到天靈蓋」的動作，此一句中
媒人的神情樣貌躍然紙上，被審視的年輕女子那種羞澀和忐忑隱於紙
背，卻又不難想像。整一節體現了敘事詩非常高超的跳躍之美、省略
之美，對典型場景的剪裁之美和細節的形象美。

　　〈漳河水〉還探索了敘事詩如何進行心理描寫的問題。敘事詩在
進行人物刻畫時，一定會面臨心理描寫的難題，詩歌沒有空間展開小
說意識流般的綿延，剪裁和視角調度便是解決之道。詩中寫到舊式包
辦婚姻中女性的惶恐心理：「不知道姓，不知道名／不知道是老漢是後
生。／押寶押在那一寶，／是黑是紅鬼知道！／／偷偷燒香暗許願，
／觀音菩薩念千遍。／心操碎，人愁死，／三天沒吃完半合米！」

　　第一節描寫被指婚的女兒心理，用的是年輕女子的主體視角；接
下來一節同樣寫被指婚者對未來的焦慮不安、擔心憂愁，但已經悄然
轉換為客觀敘事人的敘述。兩種敘事視角的結合和轉換，如電影中主
觀鏡頭和客觀鏡頭的結合，相互補充，這裡可以很明顯看到詩人寫作
時的匠心獨運。

　　視角轉化與調度事實上也是一種剪裁（類似電影上的蒙太奇），
值得指出的是，不管視角如何轉換，詩人始終把握了細節的形象性，
沒有生硬的說理、議論，把人物的心理蘊含在形象的細節中。茅盾在
這幾句旁邊寫下：「妙在此處不用細描。」[12]說的是詩歌不事鋪陳的剪
裁之妙。

　　以形象化、典型化動作外化人物心理，使詩歌敘事顯出喜劇性，

---

12 茅盾：《中國現當代文學茅盾眉批本文庫・詩歌卷4》（北京市：中國國際廣播出版
　社，2007年），頁11。

也是此詩成功心理刻畫的一部分。詩第二部分寫苓苓鬥爭二老怪，在家裡鬧「罷工」，二老怪回家沒飯吃，氣急敗壞，詩歌通過分解二老怪進院、揭鍋、躺炕上的過程，極其形象地刻畫了夫權思想濃重的二老怪回家吃不到飯暴跳如雷的心理過程。二老怪於是決定使出他的老法寶：「尋根棍，找條繩，／半夜打老婆是老規程。／一根藤繩拋上樑，／吊住她頭髮才揍他娘！／數這玩意兒最利索，／二老怪是老手舊胳膊。／哎呀呀，不能夠，／她娘早剪成短髮頭！」

　　此段寫二老怪準備打妻過程中的心理活動，老規程遇到新事物。「吊住她頭髮才揍他娘」是二老怪心聲的生動流露，可是他卻遇到新事物「哎呀呀，不能夠，／她娘早剪成短頭髮」。這裡以一種漫畫式的筆調刻畫二老怪的氣急敗壞又無可奈何的心理。

　　〈漳河水〉的群像刻畫也相當成功：第三章二老怪被改造後，要討好獲得解放的婦女們，新女性荷荷趁機教育他：「『男女本是連命根，／離開誰也萬不能。去給苓苓陪個情！』／荷荷笑著下命令。／／舉手額前腳立正，／二老怪今天像個民兵。／苓苓捂嘴低聲咋：／『出什麼洋相討厭鬼！』／／『出什麼洋相討厭鬼！』／孩孩們學著苓苓嘴。／人人都笑出歡喜淚，／惹來山雀轉圈飛。」

　　第三部分敘事上主要就是幾個群像場面，認錯的二老怪、得勝的荷荷、起哄的眾人和又喜又羞的苓苓都在這個群像場面中得到展示。本來複雜的敘事場面被整合進疏朗的勾勒和清新的詩歌節奏中，「出什麼洋相討厭鬼」、「孩孩們學著苓苓嘴」都極其形象生動，把敘事內容、人物個性、心理活動都化進了快樂的詩歌節拍中。

　　從「詩法」角度看，民歌體激活了民歌比興手法，又體現了對古典詩詩法的親緣性。如「河邊楊樹根連根，／姓名不同卻心連心」這種源於詩經的起興在文人詩中無以存身，在歐化白話詩、新詩的浪漫主義傳統以及現代詩學傳統中都沒有獲得存在和轉化的機緣，卻在歌謠體新詩中獲得了精彩的發揮。另外，〈漳河水〉對於「剪裁、煉

字」的重視，直接源於古典五、七言詩的傳統。由於中國古體詩篇有定句，句有定字，語言體制有限使得語言的活力必須落實在「字」層面上的千錘百煉；相比之下，現代漢詩當然也強調精緻，但語言活力更訴諸詩歌想像，憑一字活全詩的例子極為罕見。〈漳河水〉的「詩法」既包含了與傳統民歌、古體詩的親緣性，也包含了將邊緣文類技法整合進民歌詩法的鮮明特徵。上面已經分析，表現為對於戲劇化、敘事性（以故事性為核心，殊不同於九十年代詩歌中的「敘事性」議題）、人物塑造等藝術手段的使用乃至於依賴。

　　不妨說，在解放區文學體制的建構過程中，革命詩歌想像不斷催生著跟它相呼應的詩法體系——一種革命視域中的藝術化。因此，我們實在不可簡單以革命詩歌是「簡陋」的而打發之。毋寧說，「簡陋」與「晦澀」是不同價值坐標間的對峙，就「詩法」內部而言自然都有其複雜性。[13]阮章競說，「我沒有天才，我四行詩寫一個星期」，[14]並不僅僅是謙虛。它表明一種既大眾又藝術的革命文藝的內在難度。

第二節　「婦女解放」的神話修辭術

　　對於〈漳河水〉詩法豐富性的闡述，並非簡單地為其經典性張

---

13 值得指出的是，從五四以來新詩取法歌謠的譜系中，一直存在著「化歌謠」和「歌謠化」兩種趨向。前者以歌謠資源為新詩重要參照，然而並不把歌謠作為新詩形式的地位絕對化、唯一化。譬如朱湘、穆旦，他們在某些詩歌中借鑒和轉化歌謠的審美經驗，但並不導向一種排他性的「歌謠體」。後者則把歌謠作為新詩的體式來使用，並將其視為踐行文藝民族形式的唯一方式。在李季、阮章競、李冰、袁水拍等人四十年代的詩歌中，「民歌體」已經成為一種帶有霸權性的自明文體了。因此，民歌體敘事詩實在是一種「不可萬一，不能有二」的新詩壇奇蹟，「萬萬不能學也不必學的。」（蘇雪林：〈《揚鞭集》讀後感〉，《人間世》第17期，1934年）蘇雪林用以評價劉半農山歌詩的話用在這裡，同樣是有效的。

14 阮章競、劉增傑：〈走向詩歌的漫長旅途——阮章競談話錄〉，《許昌學院學報》1985年第3期。

目。革命詩歌中的精品，雖不「簡陋」，但也需要重新反思。革命詩歌獨特的詩法建構始終被現實「政治性」嚴格定義，它更應該被視為一種羅蘭・巴特意義上的神話文本。而〈漳河水〉建構的神話，正關涉解放區文學重要的母題──婦女解放。

　　羅蘭・巴特的「神話」是相對於「現實」而言的，其實質是現實性的虛構和自然化。為了戳穿資產階級意識形態的神話修辭術，巴特提出了這樣的模型：

在巴特看來，「神話」是一種符號學建構，神話符號包含著兩個層級：第一層級是語言層級，它的能指和所指共同構成了第二層級神話層級的能指，並生成其所指，這個二級所指便是被建構出來的「神話」。巴特說「可見神話當中有兩種符號學系統，其中一個分拆開來與另一個發生關聯：一種詩語言系統，即抽象的整體語言（la langue，或與之相類似的表像方式），我稱之為作為對象（工具、素材）的群體語言（langage-objet），因為神話正是掌握了群體語言才得以構築自身系統。另一個系統就是神話本身，我稱之為釋言之言（meta-langage），因為它是次生語言，我們以次生語言談論、解釋初生語言。」[15]巴特以一張黑人青年行軍禮的照片分析了神話學的建構模型：

15　〔法〕羅蘭・巴特，屠友祥、溫晉儀譯：《神話修辭術・批評與真實》（上海市：上海人民出版社，2009年），頁175。

　　　　現在看另外一個例子：我在理髮店裡，店員給了我一期《巴黎
　　　競賽報》。封面上，一位身穿法國軍服的黑人青年在行軍禮，
　　　雙眼仰視，顯然在凝視起伏的三色旗。這是這幅圖片的意思。
　　　但不管是否自然流露，我都領會到了它向我傳達的涵義：法國
　　　是個偉大的帝國，她的所有兒子，不分膚色，都在其旗幟下盡
　　　忠盡責，這位黑人為所謂的壓迫者服務的熱忱，是對所謂的殖
　　　民主義的誹謗者最好的回答。如此，我在此還是發現我面對的
　　　是增大了的符號學系統。[16]

　　巴特給我們的啟示在於，我們完全應該把解放區的革命詩歌視為
一種按照神話修辭術操作的語言。在這個意義上，它顯然截然不同於
巴特所謂的作為「逆行性符號系統」的現代詩。如果我們將〈漳河水〉
看成是一個按照神話學修辭建構的符號，那麼，可以認為：所有詩歌
詞語、民歌體式等語言元素構成了一級能指，它們分別構成了「三女
哭訴」、「荷荷離婚」、「荷荷再婚」、「苓苓訓夫」、「紫金英自強」等以
事件形式出現的一級所指；而一級能指和所指又合起來構成了二級符
號的能指，指向了「在共產黨領導下，隨著國家民族階級問題的解
決，婦女群體也得到了全面解放」這一具有神話性的二級符號所指。
　　正是在這個意義上，〈漳河水〉絕非革命文學所宣稱的「再現現
實」，而是「建構現實」。通過對現實材料的文學化，使文學化的現實
既具有對現實的指涉性，又具有對現實的價值闡發能力，從而把一種
建構的現實（神話）確認為比現實更現實的最高現實，使建構現實充
分自然化。神話修辭中的「現實」，常常將一種主觀性話語植入以
「現實」面目出現的敘述中。比如〈漳河水〉第一部敘述三女悲慘的
婚姻「現實」：

16　〔法〕羅蘭・巴特，屠友祥、溫晉儀譯：《神話修辭術・批評與真實》，頁176。

漳河水，水流長，

三人的心事都走了樣：

荷荷配了個「半封建」，

天天眼淚流滿臉！

苓苓許了個狠心郎，

連打帶罵捎上爹娘！

紫金英嫁了個癆病漢，

一年不到守空房！

　　在神話修辭的視野中，這節詩就不是某種「現實」的敘述，而是某種「現實」的建構。詩中「半封建」一詞被打上引號，原著中還加以注釋。「半封建」注為「封建富農」。按照巴特的符號學觀點，「半封建」的一級語言所指是荷荷被指配的丈夫——思想傳統的富農；二級符號所指，卻隱含著對這個人進行批判的階級話語。「荷荷配了個半封建」在上下文中意味著悲慘，它因此成為一個引而不發的「階級婚戀神話」，一個關於嫁給什麼人是幸福的階級論定義。「半封建」成為一個典型的文化性符碼，[17]既指思想狀況又暗示其階級身分。通過「半封建」這樣的文化符碼的植入，階級話語透明地附著於某種「現實」敘述中。敘述中的階級視野一旦被視為現實本身，「神話」便得以建立。「半封建」在詩歌上下文中形成的價值判斷，事實上包含著對於一個民女婚戀觀的階級論改寫，其深層則是革命對於女性身體及愛情的改造。

　　革命的重大議題是「身體的集體化」，身體是為革命的崇高性所徵用的對象，與身體相關的戀愛、婚姻也成為必須絕對服從革命規劃

---

17 羅蘭・巴特的《s/z》中用五種符碼分析巴爾紮克小說《薩拉辛》的情節單元，其中第五種便是文化符碼，「一切符碼實在說來都是文化符碼」。它是文所涉及的諸多知識或智慧的符碼。

而不容半分個人的僭越的範疇。因此，規範人民的身體和婚戀觀往往
成為革命文學樂此不疲的議題。[18]婚戀觀的改造意味著，革命力圖把
階級論滲透到由生理、審美、情感、精神和世俗等標準綜合定義的情
愛領域，將階級化表述為一種與女性本能和審美一致的需求。階級與
婚戀的聯結，意味著階級在較為生物性的層面上被充分自然化了。革
命文學中，身體是革命的本錢，戀愛必須組織批准。階級進步性必須
是婚戀中最具感召力的價值，女性角色熱愛的是某種階級性身分，而
忽略他們身體上、財富上的條件：

> 自由要自由個好成分，
> 荷荷待見的是莊稼人；
> 自由要自由個好勞動，
> 荷荷待見的是新英雄；
> 自由要自由個好政治，
> 能給群眾辦好事。

「好成分」、「好政治」定義了「新英雄」，荷荷的階級化愛情
觀、擇偶觀當然不是阮章競的獨創，毋寧說是一種革命文學長期凝固

---

18 在一部表現革命信仰的當代大陸電視劇《潛伏》中，革命者的愛情和婚姻同樣必須
服從於革命的調配，由組織根據革命需要予以安排。這種非人道性由於主角從事間
諜工作的特殊性而被相對合理化。劇中，由於工作需要，游擊隊長王翠平被派到天
津潛伏在國軍的共產黨員余則成身邊，假扮他的妻子。即使二人日久生情，他們也
自覺地把愛情、性關係乃至婚姻的確立與否交由組織決定。劇的最後，余則成和王
翠平在組織上安排的假婚姻中成了真夫妻，翠平甚至已經懷孕。可是，由於工作需
要，一九四九年後余則成又被組織安排進另一場婚姻中。婚姻作為革命的絕對附屬
品意在襯托革命者信仰的純潔性，卻無意間反襯了革命愛情觀的神話性。在另一部
電影《色·戒》中，導演李安無意遵循「革命」意識形態，演繹的卻是革命徵用女
人身體和女人身體對革命的反擊這樣一齣革命愛情倫理片。片中，間諜王佳芝最後
放走漢奸易先生，便是對於革命完美改造女性婚戀觀神話的絕佳解構。

下來的傳統：〈白毛女〉中，喜兒的愛情只屬於相同階級的大春；相關研究證明，最初的故事中，喜兒並非對嫁入黃世仁家不抱幻想。[19] 這種不符合階級目的性的婚戀觀當然必須被過濾和改裝。因此，在外國作者傑克・貝爾登所寫的關於延安生活的《婦女的故事》中、在孔厥寫的《一個女人的翻身故事》等作品中，女人都以嫁給一個政治進步者為榮，即使他們是殘疾的、大齡的。〈王貴與李香香〉中，李香香永遠鍾情於自己的階級情人王貴，地主當然必須是一個好色淫邪的愛情破壞者和貪婪陰險的階級迫害者。

在階級民族國家政權尚未全面確立，階級成分尚未轉化為現實的利益和價值補償的四十年代，革命對女性婚戀觀的實際效力有多大，我們暫且擱置。值得注意的是，把女性的生命價值置於階級民族國家話語的價值空間中，對女性的婚戀觀進行階級化改造絕非自來如是，而是一個歷史化的結果。一九四一年丁玲寫《我在霞村的時候》的時候，其啟蒙話語和女性話語觸及了革命徵用女性身體的複雜性。小說中，貞貞作為一個被日本兵侮辱而染病的女性，在家鄉遭到各種鄙夷。換言之，貞貞承受著民族、性別和封建禮法的多重壓榨，階級壓榨卻不甚明顯。尤為有趣的是，貞貞向「我」說：「人家總以為我做了鬼子官太太，享富貴榮華，實際我跑回來過兩次，連現在這回是第三次了，後來我是被派去的，也是沒有辦法，現在他們不再派我去了，聽說要替我治病。」「後來我是被派去的」隱晦地觸及了革命對女性身體的徵用這一議題的複雜性：革命需要貞貞到那邊去，可是在使用了貞貞的有用性之後，那種世俗的鄙夷卻加劇地湧向貞貞。我們可以說，《我在霞村的時候》中，丁玲不是站在階級民族國家立場，而是站在女性立場來思考問題。但一九四二年以後，丁玲的「女性話

19　參見孟悅〈《白毛女》演變的啟示──兼論延安文藝的歷史多質性〉，唐小兵編：《再解讀：大眾文藝與意識形態》，北京市：北京大學出版社，2007年。

語」卻作為革命病症被驅邪療癒了。[20]因此,「荷荷待見好成分」就絕不是作為一個詩人對現實進行的透明再現,而是階級論塑造婚戀觀,革命的主流敘事滲透進詩歌寫作的一種神話性折射。

在將合階級目的性的現實自然化過程中,「刻板印象」和「過濾」成了「神話」建構的重要手段。不妨看一下〈漳河水〉中某個透過「刻板印象」創造的負面神話:

> 斷線風箏女兒命,
> 事事都由爹娘定。
> 媒婆張老嫂過河來,
> 從腳看到天靈蓋。

請關注四句詩中的「張老嫂」,從一級語言所指看,它在漢語語境中暗示了一個傳統社會的中老年婦女形象;但從二級符號所指看,它事實上塑造並強化了解放區文學關於年長女性刻板印象的負面神話──在將青年婦女主要作為受性侵者、勞動者來進行再現的同時,一個伴生的現象便是解放區文學中老婦人形象的負面化。不難發現「張老嫂」在此延續了革命文學中的年長女性的「無名」存在。婦女解放多是由青年女性來代表的,在丁玲、趙樹理的諸多作品中,年長女性是不具有名字的。她們的出場依然延續著丈夫命名(張老嫂)、兒子命名(如趙樹理《傳家寶》中的李成娘)等方式。在解放區文藝中,老婦人往往是婦女解放的障礙,在〈漳河水〉中,張老嫂同樣是作為革命的負面形象出現的。她對婦女解放不理解,在二老怪面前嚼舌頭。年長女性往往被置於婦女解放命題之外甚至反面,很大原因在

---

20 參見黃子平在〈病的隱喻與文學生產──丁玲的〈在醫院中〉及其它〉中的分析,
　　唐小兵編《再解讀:大眾文藝與意識形態》,北京市:北京大學出版社,2007年版。

於她們對於革命有用性的闕如。年輕的女性可以作為受辱者建構階級革命的合法性，也可以作為忠誠的勞動者提供對新時代優越性的詮釋，年老女性卻顯然並不具備這些功能。

關於老婦人的刻板印象內在化於革命文學的階級民族國家神話，這個宏大敘事神話需要想像性地把婦女再生產為革命解救的對象（喜兒、李香香）、革命的勞動者（孟祥英、荷荷）、革命的支持者（水生嫂）；因此，它也需要脆弱的革命反對者。由「老婦人」充任這一符號的重任，既暗合於革命鍾情未來的癖好，（「老婦人」當然屬「過去」），又暗含了革命的父權制視點（「革命母親」是十七年文學方真正產生的形象，解放區文學中並未創制出這一符號位置）。

如果說「張老嫂」表露的是「神話」建構與「刻板印象」的關係的話；「苓苓馴夫」呈現的則是「神話」建構跟「過濾」的關係。「馴夫」情節既是長詩重要的關節，也是支撐婦女解放神話的關鍵。然而，這個敘事卻是建立在各種「過濾」的基礎上。「苓苓馴夫」具有詼諧的戲劇趣味，但為了「馴夫」成功，某種「現實性」也被過濾了。因此，二老怪打妻的老規程在剪了頭髮（代表「革新」和「解放」）的苓苓面前束手無策便顯出了脆弱的現實性：

> 尋根棍，找條繩，
> 半夜打老婆是老規程。
> 一根蔴繩拋上樑，
> 吊住她頭髮才搡他娘！
> 數這玩意兒最利索，
> 二老怪是老手舊胳膊。
> 哎呀呀，不能夠，
> 她娘早剪成短髮頭！

　　在這個戲劇情境中，看上去似乎二老怪打妻只有把頭髮吊起來打這種方式，跳出這種方式，二老怪就束手無策了。但作者顯然並不甚擔憂這種情節脆弱性，而且這種從「現實感」出發提出的疑問似乎從來沒有受到過批評。周揚等人曾對〈漳河水〉提出各種修改意見，卻從未在這類現實脆弱性問題上停留。這意味著，解放區文藝的「現實」確乎是一個被革命編碼的「現實」，只要合政治目的性，情節的戲劇化和脆弱性是可以被批評者進行「假定性」配合的。

　　二老怪憑什麼迅速被苓苓「改造」？答案很明顯，因為婦女有了革命政權的支持，有了自己的組織。這當然是有真實的歷史法律依據的。[21]然而，婦女在家庭內部的性別平權鬥爭並不因為法律的頒布而自動完成，它在實際中常常訴諸暴力手段。在傑克・貝爾登以婚姻解放為主題的調查報告《婦女的故事》中，華北女性金花在舊婚姻制度下，不得與心愛男青年李寶結為伴侶，卻被許配給一個年齡長她二十

21　婦女解放作為國家解放的重要內容，在蘇區政權建立過程中即受到法律的保護。
　　「一九二八年八月，閩西革命根據地在永定縣溪南區蘇維埃政府首先頒布了《婚姻條例》。隨後，龍岩、上梳、永定縣及閩西蘇維埃政府也先後頒布了《婚姻條例》。一九三一年三月，湘鄂贛蘇維埃政府制訂了《結婚、離婚條例》。」「在各根據地頒布《婚姻條例》的基礎上，一九三一年十一月由蘇維埃共和國主席毛澤東簽署的《中華蘇維埃共和國婚姻條例》正式頒布實行（以下簡稱《條例》）。此《條例》共分七章二十三條，包括總則、結婚、離婚、離婚後小孩撫養、財產處理等內容。毛澤東在這個《條例》的前言中提出了『偏保女子』的方針。他說：『女子剛從封建壓迫下解放出來，她們的身體許多受了很大的損害（如纏足）尚未恢復，她們的經濟尚未能完全獨立，所以關於離婚問題，應偏於保護女子』。」「一九三四年四月八日，中華蘇維埃共和國執委會對《條例》進行了修改，補充了保護軍婚、承認事實婚姻、解決離婚婦女土地問題等內容後，正式頒布了《中華蘇維埃共和國婚姻法》。其基本內容是：（一）確定男女婚姻自由的原則，實行一夫一妻制。（二）離婚問題上偏於保護婦女。（三）保護軍婚。這一系列保護婦女的條文，解除了婦女對封建家庭的人身依附關係，把長期以來婦女對婚姻自由和經濟獨立的要求第一次用革命政權的法律條文固定下來，為婦女獲得自身解放創造了條件。」據湖南省婦女聯合會、湖南省婦女學研究會編《毛澤東與中國婦女解放》（長沙市：湖南教育出版社，1994年），頁117-118。

有餘、長相醜陋的男性為妻，婚後還常常受到丈夫和家翁的虐待。一九四五年八月，八路軍小分隊在金花村成立了婦女會，宣布婦女解放獲得了組織支持。婦女會到金花家對金花家翁「做思想工作」，遭到驅趕。隨後，婦女會成員對這個「頑冥不化」的老頭動了武：

> 一個姑娘走開了，其餘的不作聲。不一會兒工夫，那個姑娘帶著十五個婦女回來，人人都帶著棍棒和繩子。老傢伙見勢，大吃一驚。
>
> 老頭子剛要舉起胳膊，四個婦女衝上去一把抓住他。不一會兒工夫，他像網裡的魚一樣兩隻胳膊被繩子捆了起來。金花在一旁驚愕地看著。她生活中的這個災星被乖乖地制服了。[22]

在鬥爭了家翁之後，鬥爭丈夫成了更重要的任務。外出回家的丈夫發現了妻子的改變，非常憤怒，夫妻間爆發了劇烈的爭吵。金花把丈夫的反動思想報到了婦女會，婦女會領導黑玉胸有成竹：「首先派幹部去找你丈夫，盡量勸他坦白。如果他不肯坦白，就用繩子捆著他拖到會場上來。」

實際的鬥爭場面也並非和風細雨：

> 婦女們動了起來，有一個人拿來一根草繩，上前要捆張，他後退了一下，喝道：「滾開！」黑玉和另一個女的衝上去扇他的耳光。
>
> 黑玉惡狠狠地說：「你要是敢亂動，我們當場打死你。」
>
> 金花的丈夫一時給愣住了。婦女們迅速將他捆了起來，不容分

---

22 〔美〕傑克‧貝爾登：《婦女的故事》，〔美〕愛潑斯坦、高梁主編，邱應覺等譯：《解放區文學書系‧外國人士作品編》（重慶市：重慶出版社，1992年），頁53。

說，七手八腳、推推操操地將他弄到街上，然後把他投進婦女
會的一間屋子裡。黑玉矸的一聲將門關上，上了鎖。
「先餓這瘟豬三天飯！」她說。[23]

　　作者傑克・貝爾登是四十年代國際左翼人士，她從婦女命運的角
度力圖證明「中國革命合法性」命題。然而，她無意間透露了婦女解
放中一種更符合常理的暴力問題。暴力法則是革命文藝重要而獲得合
法性的表達法，[24]但它卻沒有出現在趙樹理、阮章競等人的婦女解放
主題的作品中。毋寧說，它是作為一種雜質而被革命再現過濾了。這
裡呈現了一種有趣的糾結：一方面婦女解放問題被透明化地跟民族國
家問題和階級壓迫問題相聯繫，另一方面關於它的再現策略卻顯然沒
有遵循階級壓迫的內在法則。暴力合法化正是階級解放再現法則的重
要教條，可是婦女解放的再現法則卻被作者們自覺地賦予新的表述方
式。筆者當然絕非鼓勵婦女解放的再現必須訴諸暴力法則，正是暴力
法則的現實性及其在文藝作品中的選擇性分配問題，確實耐人尋味。
以暴力法則獲取女性解放無疑將使這些女性形象的「理想性」打些折
扣；更重要的是，象徵性的「弒夫」必將引起與父權體系同構的革命
政權主體的不安。即使過濾了暴力再現法則，〈漳河水〉事實上依然
遭遇了各種父權文化立場的反彈：周揚要求刪去初版中「大總統女人
也能當」的話，作者申辯說「這是列寧原話」，但最終刪去。並且不
斷有人向他抗議，說〈漳河水〉是在「提倡女人不要男人也能過」。[25]
　　〈漳河水〉「過濾」了各種不利於神話建構的雜質，從而使敘事

<hr>

23 〔美〕傑克・貝爾登：《婦女的故事》，〔美〕愛潑斯坦、高粱主編，邱應覺等譯：
　　《解放區文學書系・外國人士作品編》（重慶市：重慶出版社，1992年），頁65-66。
24 參考錢理群：《一種新的小說的誕生》中對丁玲《太陽照在桑乾河上》和唐小兵
　　《暴力的辯證法》對周立波《暴風驟雨》中革命暴力場面的分析。
25 阮章競：《異鄉歲月——阮章競回憶錄》，北京市：文化藝術出版社，2014年。

按照合政治目的性的方式嚴絲合縫地組織起來，由此建構的是典型的「神話」文本。

第三節　重返古典之文：革命神話的觀念基礎

上面已經論述了〈漳河水〉的神話文本屬性，那麼革命神話運作的觀念條件是什麼？其社會條件又是什麼？在上面的分析中，我們清楚地看到，〈漳河水〉的表徵承載著各種自發和外來的過濾，我們不得不問：究竟是什麼讓它某些「脆弱的真實性」在文學接受過程中被讀者省略，共同完成了神話意義的建構呢？

在羅蘭‧巴特看來，神話具有歷史性：「我說過神話概念不會一成不變：它們可以形成、改變、解體，乃至完全消失。恰恰因為神話概念具有歷史屬性，使得歷史能夠輕而易舉地消除它們。」[26]神話的歷史性意味著神話並不自然運作，神話修辭的運作必然跟時代的話語機制、文學體制建構相關。因此，「神話學修辭」的微觀模型是一方面，這種修辭如何在作者、讀者和批評者之間成為一種穩定的尺度則是另一個同樣重要的問題。何以婦女解放這個脆弱的神話沒有被戳穿？最直接的原因是四十年代初的文學話語和思想整風已經構築了一道穩固的革命文藝防火牆，讀者、作者和批評者之間已經分享了基本相近的「觀看」方式。文學批評與文學想像乃至於文學體制關係問題，已經有了相當多的討論。拋開這一層，「文體性」在「神話」建構中也發揮了作用。

在「神話」的建構中，作為文學性的民歌體無疑扮演了重要的角色。還是回到〈漳河水〉中苓苓馴服二老怪的場景，從真實性上說，

26　〔法〕羅蘭‧巴特，屠友祥、溫晉儀譯：《神話修辭術‧批評與真實》（上海市：上海人民出版社，2009年），頁181。

很難相信一個慣於家暴的男人會因為妻子剪了短髮，不能將她頭髮吊到屋樑上打而束手無策。顯然，此處的二老怪被丑角化、漫畫化。然而，作為可唱的詩歌，民歌詩用一種讀者熟悉的節拍沖淡了人們對真實問題的關注，而進入到文學欣賞的假定性情境中。我們知道，文學作為一種真實性和假定性的統一，常常能夠以其文學性部分而強化讀者對其假定性的配合。人們看舊戲，並不因為角色並未真正騎在馬上而無法進入一場馬上打鬥的戲劇情境。恰恰因為它的藝術性，使觀眾進入了一種假定性的接受認同中。所以，也許恰恰是因為〈漳河水〉對民歌體的諳熟使用，轉移了讀者對於具體情節真實性的注意。從而使神話的意義建構得到順滑的推演。

然而，「文學性」並不是全部，值得繼續追問的是：在革命選擇合目的性的文學性時，為何民歌體敘事詩被委以重任？顯然，這跟「革命」對於文學的功能期待有關。革命規劃的文學不僅是宣傳動員的工具，而且是神話建構的手段。只有「古典之文」的表徵形態，才提供了神話建構的觀念基礎。

所謂古典之文，不妨借助周憲提供的一組概念辨析來界定。周憲從表徵範式角度對古典、現代、後現代進行了辨析：古典藝術中，「人們相信，符號和意義之間存在著閱讀的一致性，而藝術和現實之間也存在著同樣的一致性。」、「古典審美文化的意義範式的幾個基本特徵：第一，藝術和現實的關係十分密切，作為日常生活的一部分的藝術，其諸多規則要明顯地受到現實的制約，所以，人們對審美話語的理解和解釋是在日常經驗的範圍內進行的，藝術符號意義解釋的基本規則是對日常世界的參照。換言之，人們用以解釋藝術文本的內在意義的參照系，往往並不是藝術自身，而是藝術所指涉的那個外部世界。某種意義上說，關於古典藝術意義的『元敘述』不是別的，正是人們的日常經驗；第二，由於以上原因，在對藝術符號的解釋構成中，實際上有一個從藝術符號向日常生活的還原過程，即是說，藝術

的文本並不是自我指涉的封閉系統，它是作為實在世界『摹本』或『鏡子』而存在的，所以，對它的解釋規則也就是把藝術的符號再次還原為人們日常經驗中的實在世界，即使是那些帶有非寫實傾向的文本也是如此；第三，在古典文化範圍內，由於藝術符號解釋規則的確定性和普遍共識，在藝術家和普通欣賞者之間存在著相當一致的共識。」[27]

　　以模仿說為基礎的藝術表現（「現實主義」）、現實指涉性（強烈的現實政治性）、共享的批評規則（民族形式、大眾化、工農兵方向）提供了解放區文學作為古典型文學的典型指標。〈漳河水〉作為一種「古典型神話文本」，古典型的表徵範式是其神話性建構的觀念基礎；而神話性則是革命文本政治動員功能的內在訴求。

　　現實主義內蘊的模仿論觀念支撐了革命神話的建構。革命需要人們相信：文學敘述的世界具有跟現實世界的同一性和超越性；因此，文學世界既具有對現實世界的代表性，又具有高於現實世界的話語權力屬性（「源於現實，高於現實」）。模仿論、現實主義和古典表徵範式預設了文學對現實的指涉能力；神話建構則讓革命得以通過文學建構操控現實。因此，合革命目的性的神話（在〈漳河水〉中是婦女解放、婦女解放跟階級民族國家的透明關係）便得以通過文學建構而被確認為一種「更高級的現實」。簡言之，「模仿論」保證了「神話」的「現實化」。只有以模仿論為基礎的神話建構會被直接指認為現實。

　　建構革命神話便要求把革命之文循喚為一種可以進行內容形式兩分，可以方便地存放意識形態神話，同時這種神話性又會被透明化，並指認為「現實」一部分的文體。這種合革命目的性的文體於是具有了如下特徵：（1）以模仿論為基礎的古典之文；（2）具有神話性訴求

---

27 周憲：〈古典的、現代的和後現代的——關於話語的意義形態學〉，《文藝研究》
　　1996年第5期。

的古典之文。在實際的革命文藝實踐中，「革命現實主義」、「工農兵方向」、「人民性」、「民族形式」、「革命浪漫主義」、「二結合」是不同階段對於這種古典型神話文本的轉喻。

換言之，現實主義所構建的文學符號是他律性的，這為神話學的修辭運作提供了天然的有利空間。和古典型寫作相類似，現實主義作品預設了符號與現實的一致性、文本與世界的一致性。通過這種模仿論的觀念橋樑，文本世界的構建的革命神話也便理所當然地獲取合法性，反過來向現實世界的人們索取認同和歡呼。正是因為革命文藝深刻依賴於神話學修辭，革命文藝便締結它跟現實主義的深刻親緣性；同樣是因為其神話性，革命文藝便不得不在現實主義之外再添一把浪漫主義的利刃，這正發展為後來的「二結合」。「二結合」的符號學實質便是在模仿論之文基礎上進行的神話學建構。

明白了古典之文的「模仿說」在把「革命現實」自明化過程中所起的作用，我們便會明白，「現代詩」是為何不適宜於革命的神話需求。如羅蘭・巴特所言，現代詩具有某種程度抵抗神話的能力：「現代詩是一種逆行性符號系統。而神話旨在超意指作用（ultra-signification），旨在初生系統的擴展，詩則相反，力圖發現底層意指作用（infra-signification），發現語言的前符號狀態；」「神話是自信能超越自身從而成為事物系統的符號學系統；詩則是自信能收縮自身從而成為本質系統的符號學系統。」[28]

28　〔法〕羅蘭・巴特，屠友祥、溫晉儀譯：《神話修辭術・批評與真實》（上海市：上海人民出版社，2009年版），頁194-195。但是，巴特並未對現代詩對神話的抵抗作用絕對化，他寫道：「就像數學語言中的情形一樣，正是詩所作出的抗拒本身，使其再度成為神話的理想捕掠物：詩歌面貌的根本秩序就是符號的明顯無序，恰是這點被神話捕獲，並被轉換成空洞的能指，這一空洞的能指用以指謂詩意。這就明白地解釋了現代詩的似乎不大可能的特性：詩頑強地抗拒神話，憑藉此舉，它反而束手縛腳地聽憑神話的支配。與之相反，古典詩的規則構成了一個已被贊同的神話，其顯著的任意性形成了某種完美，因為符號學系統的均衡、協調就源自其中的符號的任意性。」見此書頁195。

　　四十年代革命文學的神話文本屬性必須在古典的表徵範式中獲得支撐。現實主義與神話建構的內在關係，解釋了革命跟現實主義的親緣性，跟現代派詩學的離心性。革命何以特別鍾情「現實主義」，最重要的秘密無意間被巴特道出：「我們的『現實主義』文學常常具有神話性（只不過是作為現實主義的粗糙神話），而我們的『非現實主義』文學至少具有神話性稀少這一長處。」[29]

　　以自律性為基礎的現代詩學就其符號特性而言具有能指的膨脹性，這大大壓縮了各種意識形態進行意指實踐的神話性空間。現代詩作為逆行性符號，不遵循從能指到所指的「正行性」規範，而遵循從所指到能指，從能指到能指的逆行路徑。內容與形式成了凝結在現代詩中不可分割的一體兩面，因此，現代詩極端不適合成為承載革命內容，建構革命神話的工具。

　　以〈漳河水〉為例，作為以模仿說為基礎的「古典之文」，它預設了文本呈現世界的真實性，因此，荷荷、苓苓、紫金英便獲得了對婦女的透明代表性。它雖在技巧上堪稱精緻，但在所指霸權的籠罩下，能指由於嚴格地服從於革命視域中的「現實」，因而並不具有獨立性。在這種古典之文中，能指因為嚴格地對應於現實世界，因此，能指和所指又是可以輕鬆地進行二分切割的。換言之，文藝的形式跟內容之間並不具有不可切割性，歌謠體形式可以輕易地用於裝載任何意識形態內容。而在現代之文那裡，由於能指性的膨脹，文藝的內容即是文藝的形式，這種形式即內容的自我指涉性導致「現代之文」較難成為革命合目的性的形式。

　　此番辨析也許有助於我們觸及革命詩歌的特殊性：從表徵範式看，它是古典的；從修辭手段看，它是神話學的；從文學功用觀看，

---

29 〔法〕羅蘭・巴特，屠友祥、溫晉儀譯：《神話修辭術・批評與真實》（上海市：上海人民出版社，2009年版），頁198-199。

它是革命功利主義的。〈漳河水〉雖實現了革命期待中的精緻和文學性，但這種古典型神話文本的功利性內蘊著粗糙化、定型化傾向。作為新詩中的一種類型，它無疑是某種「現代性」的產物，問題在於如何辨析這種「現代性」。

第四節　革命民歌詩：作為一種特殊的「現代」詩

將〈漳河水〉置於「現代詩歌」的命題之下，必將面臨以下問題：其一，革命詩歌是否屬於現代詩歌？如果是的話，它究竟是何種意義上的「現代」？這很快就引出了第二個問題，已有很多人用「反現代的現代性」[30]分析解放區大眾文藝的現代性品質。那麼，所謂的「反現代的現代性」在構成革命詩歌的歷史可理解性之餘，是否足以構成某種審美經典性？[31]

在二十世紀文學史上，「左翼革命文藝」和「現代派」一開始就是以相互牴牾的方式登場的。三十年代末，中國詩歌會成員和「新月派」、「現代派」的論爭拉開了左翼和現代的第一輪攻防。[32]及至五十年代，革命文藝借助著革命政權成為絕對的中心，革命文藝體制中「現代派」成為和「（小）資產階級」一樣的負面價值。[33]然而，八十年代的新啟蒙思潮中，現代主義、純文學話語透過對極左文學的反思

---

30 「反現代的現代性」這個概念汪暉在論述中國八十年代以後的思想狀況時使用了，直接用於分析解放區文學的是唐小兵在《再解讀》一書的討論中，用這樣概念描述解放區文學的先鋒特質。

31 經典性往往便意味著跟當代共享的可能性。

32 具體可參見劉繼業：《大眾化與純詩化》，北京市：北京大學出版社，2008年。

33 茅盾寫於一九五八年的《夜讀偶記》中認為「超現實主義」這個術語，「可以大體上概括了『現代派』的精神實質」，這就是在「極端歪曲」事物的外形的方式下，來「發洩了作者個人的幻想或幻覺」，「反映了沒落中的資產階級的狂亂精神狀態和不敢面對現實的主觀心理」。充分說明「現代派」在社會主義文學中的負面性。

而獲得先鋒性的文學身分。現代主義自律性與先鋒性合二為一，在八十年代以來的文學體制中，[34]告別革命、反思革命成了主調。九十年代中後期以來，當代文學史的格局發生重大改變，大批十七年時代曾居中心地位的作品遭遇文學史下架。而當代的詩歌研究格局中「現代詩學」體制日益形成，姜濤如是描述這種現代詩學的詩歌想像：

> （現代詩教）在與社會、歷史的對抗性關係中，發展出一整套有關詩歌的完整認識：在詩人形象上，詩人被看作是未被承認的立法者，在世俗生活中應享有治外法權；在功能上，詩歌效忠的不是公共秩序，而是想像力的邏輯，詩人的責任不在於提供清晰的理性認知，而是要不斷開掘、抑或發明個體的情感、經驗；在語言與現實的關係上，詩人更多信任語言的本體地位，相信現實之所以出現於詩行，不過是語言分泌出的風景；在詩歌傳播與閱讀上，詩人與少數的讀者應維護一種艱深的共謀，諸如「獻給無限的少數人」一類說法，由此顯得如此動人。[35]

　　同樣是基於對「現代詩學」自明性的反思，段從學對「詩學」概念的可通約性提出質疑，認為「把某一種特定的、有限的先驗假定設置為不容置疑的起點，再據此演繹和推導出嚴密的理論體系，掩蓋了大量的知識源於某個單一而有限的個人獨斷之事實」。[36]

　　「現代詩學」顯然只是一種歷史情勢的結果，「左翼」與「現

34　對於八十年代文學環境的描述，洪子誠先生認為是一個一元環境解體的過程。李楊則對此提出疑問，認為八十年代以來的當代文學同樣是各種話語及隱形意識形態操控的體制。因此，八十年代文學同樣存在於某種「文學體制」塑形的結果。見李楊、洪子誠：〈當代文學史寫作及相關問題的通信〉，另見洪子誠：《當代文學的概念》，北京市：北京大學出版社，2010年。

35　姜濤：〈當代詩歌情景中的學院習氣〉，《江漢大學學報》2010年第6期。

36　段從學：〈中國現代詩學的可能及其限度〉，《西南大學學報》2009年第4期。

代」之間的區隔，與其說是本質性的，不如說是歷史性的。在中國長期被歸入現代派的布萊希特戲劇就是典型的歐洲文化左翼。首先必須看到的是，如果我們承認現代性的異質性的話，那麼「革命」和「現代」之間的對立就不是截然的，「左翼革命」確乎就是「現代性」背景下才能夠出現的現象。具體到中國四十年代左翼革命民歌詩[37]的話，那麼作為歌謠體新詩，它截然不同於傳統歌謠在於，這種個人仿作的歌謠具有鮮明的政治功利性，它所承載的階級民族主義話語正是中國作為一個深陷民族危機的後發現代性國家的典型症候。那種政治功利主義的文學功用觀也截然有別於古典的載道言志緣情傳統。就此而言，「革命」恰恰是「現代」的。只是這種現代，既有別於啟蒙現代性的「現代」（精英），也有別於審美現代性的「現代」（自律性）。

在「反思現代性」的背景下，很多學者以為，革命之「現代」作為一種「東方現代性」、「獨特現代性」或者「反現代的現代性」獲得了自身的可解釋性和審美合法性。竹內好在闡釋趙樹理的現代性時，以為趙樹理提供了一種有別於「個人英雄」的東方現代性文學景觀。賀桂梅則循著竹內好的思路，進一步闡發趙樹理說書式小說的東方現代性。[38]循此思路，我們似乎不難從〈王貴與李香香〉、〈漳河水〉等作品中提取跟現代主義有別的另類現代性。然而，現在在「現代詩歌」的論述框架中談左翼革命詩歌〈漳河水〉，我希望能夠超越「辯護／攻擊」的二元對立。

筆者不願從日漸體制化的「現代詩學」的合目的性出發，簡單地

---

37 堪為代表的有袁水拍的〈馬凡陀的山歌〉、李季的〈王貴與李香香〉、張志民的〈死不著〉、李冰的〈趙巧兒〉、阮章競的〈漳河水〉等。

38 竹內好在論述趙樹理小說時，用「東方現代性」來區別趙樹理小說跟西方小說以心理刻畫為特徵的敘述特點的所謂「西歐現代性」。賀桂梅繼續運用「東方現代性」概念論述趙樹理小說的現代性，以期引發人們對於現代性內在複雜性的思考。參見賀桂梅：〈趙樹理小說的現代性〉，《再解讀——大眾文藝與意識形態》，北京市：北京大學出版社，2007年。

處理這類詩歌，因此其詩法的複雜性並非不值得認真對待；但筆者也並非以為，這種所謂的「另類現代性」是一種理想詩歌的模型。事實上，革命詩歌關於「民族形式」的探尋並未真正開放詩歌的想像和語言空間，持續解放作者和讀者的感性，反而陷入一種難以避免的悖論：

> 新詩的誕生本來是為了將「舊形式」擠出詩歌領域，但「大眾化」的需要又使新詩不得不重新徵用「舊形式」。這樣，一種以建立「民族形式」為由而回復「民間形式」（「舊形式」）的理論範式，終於置換了「五四」之初以創立新語言、新形式為宗旨汲收方言俗語和「舊形式」的努力取向。[39]

詩歌「民族形式」的悖論事實上可推衍至二十世紀中國左翼文藝實踐：將審美感性的解放能量提升到激進政治的現實批判框架中，而美的解放性卻悖論地導向了美的工具化。馬爾庫塞在對傳統馬克思主義美學的反思中提出了對「革命」理解：

> 藝術可以在幾種意義上被稱為革命的。從狹義上說，藝術要是表示了一種風格和技巧上的根本變革，它可能就是革命的。這種變革可能是一個真正先鋒派的成就，它預示了或反映了整個社會的實際變革。
>
> 進而言之，一件藝術品借助於美學改造，在個人的典型命運中表現了普遍的不自由和反抗力量，從而突破被蒙蔽的（和硬化的）社會現實，打開變革（解放）的前景，這件藝術品也可以稱為革命的。[40]

---

39 張桃洲：〈「新民歌運動」的現代來源〉，《現代漢語的詩性空間》（北京市：北京大學出版社，2005年版），頁65。

40 〔美〕馬爾庫塞，綠原譯：《現代美學析疑》（北京市：文化藝術出版社，1987年），頁2。

　　藝術的政治性是通過美學變革間接呈現的，所以，各種「直接性」的政治化藝術，在馬爾庫塞看來顯然是偽革命的：

> 文學並不因為它為工人階級或為「革命」而寫，便是革命的。文學只有從它本身來說，作為已經變成形式的內容，才能在深遠的意義上被稱為革命的。藝術的政治潛能僅在於它的美學方面。它和實踐的關係斷然是間接的，不能存指望的。藝術品越帶有直接的政治性，便越削弱了疏隔的力量，縮小了根本的、超越的變革目標。在這個意義上說，波特萊爾和韓波的詩，比起布萊希特的說教劇，可能更富於破壞性的潛能。[41]

　　馬爾庫塞直接點中了包括中國左翼革命文學在內馬克思主義文藝實踐的命脈——過於直接的政治投射反而削弱其革命性。以〈漳河水〉為例，我們當然需要看到其內在的詩法複雜性。但是如果迅速地從這種複雜性中提取出「獨特現代性」、「東方現代性」、「反現代的現代性」之類判斷未免太過簡陋。借助馬爾庫塞的視野的話，我們會發現它確實帶有「直接的政治性」的問題；其形式誠然是精緻的，但如果借助羅蘭・巴特的眼睛，我們又會發現它事實上是一種政治神話學的修辭術。在這部作品中，可以提取出無數在其他同時代作品中充滿回聲效應的主題、意義單元和情節模型，而它們都直接服務於、服從於時代的政治表達，它們都自覺地籠罩於一種政治聲音的覆蓋中。如果從文本的表徵範式看，〈漳河水〉事實上體現了典型的古典之文的特徵。

　　透過對革命文藝神話性的分析，我們接著可以來辨識其所謂的「另類現代性」了。正如巴特所說，「現代詩」有著抵抗神話的屬

41　〔美〕馬爾庫塞，綠原譯：《現代美學析疑》，頁3。

性，雖然它依然會被神話所捕獲，但卻是以其作為自律性的純粹語言而被建構為另一個神話。革命文藝顯然並非此種「自律性」意義上的現代性。巴特顯然也並不衷心認同此種「自律性」現代性，他以為真正可以反抗神話的「零度寫作」乃是一種把神話再度神話化的寫作：

> 很難從內部還原、簡化神話，因為為了擺脫神話而作出的舉動，轉而變成為神話的掠獲物：神話最終總是能夠意指那原本用以反對它的抵抗。實際上，抵禦神話的最佳武器，或許就是轉而將神話神話化，就是製造人工的神話：這種重新構織的神話就成為真正的神話修辭術。神話既然劫奪了（某物的）語言，那麼，為什麼不劫奪神話呢？只需使神話本身成為第三符號學鏈的起端，拿神話的意指作用充當次生（第二）神話的第一項，就可以了。[42]

可以認為，在此巴特祭出了走向解構的「反現代」；有趣的是，解放區革命文藝之「反現代」，卻並非反神話，而是擁抱神話；更不是走向解構，而是返回「古典之文」的文學屬性。

革命大眾文藝，如果說是「反現代的現代性」的話，其「現代性」部分體現為革命神話的意識內容—前現代階段，從沒有一種相似的革命意識形態；其「反現代」並非走向現代之後，而是返回現代之前，本質上是一種前現代的古典之文。所以，革命文藝的「反現代的現代性」的實質，正是上面所說的用古典的表徵形態建構現代的革命神話。至此，我們回答了革命文藝的「現代性」究竟是何種意義的現代性問題。某種意義上，我們說它是純然的現代之物，因為古代從來

42　〔法〕羅蘭・巴特，屠友祥、溫晉儀譯：《神話修辭術・批評與真實》（上海市：上海人民出版社，2009年），頁196。

不曾有過此種形態的革命文藝。可是，如果從文學類型屬性分析，它卻是被牢固地釘在反映論土地上的神話學材料，屬典型的古典之文，只是具有更加充分的革命功利性。因此，它雖反對自律性的現代性，卻也並不因此就是後現代的現代性。它的「反現代」，更多體現為「返古典」。它最終導向的不是感性的解放，而是感性的壓縮。這種所謂的反現代的文學症候，雖有歷史的可理解性，卻缺乏成為經典的可分享性。

革命民歌詩作為「古典之文」並非對「古典」原原本本的因襲和複製，也不是對「古典主義」藝術精神的恪守。它是在建構革命神話的要求下，對古典以模仿論為基礎的表徵範式的徵用。它始終內在化於中國文學現代轉型過程中的現實功用化和文學本體化的抗辯張力中。王光明先生將現代經驗、現代漢語和詩歌文類三個要素視為「現代漢詩」複雜運作的三個基本變量。革命詩歌作為現代漢詩的一種特殊類型，無疑表徵了一種極具中國特色的「現代烏托邦經驗」；但這種經驗迅速宰制了詩歌的表達，並將現代漢語和詩歌文類選擇這兩個極其變動不居、不可定型的現代漢詩本體問題予以古典化的解決。事實證明，革命民歌詩作為革命構件參與了階級民族國家的話語建構，卻無法作為有活力的藝術樣式參與到現代感性、現代詩歌語言的開放進程中。將革命民歌詩以至於革命詩歌視為一種值得反思的現代漢詩類型，王光明先生關於現代漢詩內在矛盾的論述依然值得不斷回味：

> 現代漢語詩歌是一種在諸多矛盾與問題中生長，在變化、流動中凝聚質素和尋找秩序的詩歌。它面臨的最大考驗，是如何以新的語言形式凝聚矛盾分裂的現代經驗，如何在變動的時代和複雜的現代語境中堅持詩的美學要求，如何面對不穩定的現代漢語，完成現代中國經驗的詩歌「轉譯」，建設自己的象徵體系和文類秩序。它始終繞不開的矛盾是：現代性要求割斷歷

史，讓渡過去，行色匆匆奔赴未來；詩卻要求挽留、停駐，讓
精神和相像有更多迴旋的餘地。現代時間在不斷地伸延、加
速、擴張，詩歌的美學建構卻要求回望自己的歷史，反芻美好
的記憶，在經驗與語言的互動中得到美學的寧靜。[43]

小結

　　〈漳河水〉具有自身內在的詩法複雜性，它並非那種簡陋的革命
民歌詩，詩法內在化於某種詩歌功能想像，某種意義上說，〈漳河
水〉是解放區文學體制所召喚的政治化和藝術化結合的文學。然而，
止步於為革命文學的「另類現代性」張目是不夠的。深入〈漳河水〉
的文本內部，可以解讀出大量跟解放區文學的互文性，它體現了這類
作品的時代和政治規約性。這類作品既是政治化文本，也是神話文
本。它的藝術觸鬚只能伸展於合政治目的性的空間中。因此，革命把
民歌體敘事詩重新循喚為「古典之文」，一種可以進行內容和形式兩
分，不同內容可以通過穩定的形式去承載的文體。正是在這個意義
上，一九四二年以後的解放區文學如果有所謂「反現代的現代性」的
話，它也是在重返古典的意義上的「反現代」。正如馬爾庫塞所說，
文學的政治性只體現於美學變革的方面。把政治化的內容直接等同於
文學革命的核心，是二十世紀中國左翼文學陷入的重大誤區。這種庸
俗的文學政治化曾經跟「民族形式」等時代話語相遇，即使召喚出
〈漳河水〉這樣甚至可以稱之為精緻的作品，卻必然滑向五十年代
「新民歌運動」那種既政治又粗糙的泥潭。今天的研究，「另類現代
性」、「東方現代性」、「反現代的現代性」等名目在歷史的同情名義
下，事實上混淆了歷史的教訓。

---

43 王光明：《現代漢詩的百年演變》（石家莊市：河北人民出版社，2003年），頁639-
　640。

第八章
歌謠：作為新詩的資源難題

　　二十世紀的不同時代，歌謠作為新詩資源從理論和實踐上得到不同程度的倡導和落實。這些嘗試基於不同的文化立場，也收穫了不同的成果和教訓。取法的文化立場按其主要傾向可以分為政治的和文藝的兩種；取法過程中又呈現出「設限」和「去限」兩種閾限意識。所謂「設限」是指由於意識到歌謠作為新詩資源的條件而強調兩種文類間詩學傳承的限度；「去限」則是一種有意抹平兩種文體之間差異和審美轉換困難的意識。如此，二種文化立場和二種閾限意識構成了四種不同情形，分別是：（1）基於政治立場，強調「去限」意識的；（2）基於政治立場，強調「設限」意識的；（3）基於文藝立場，強調「去限」意識的；（4）基於文藝立場，強調「設限」意識的。這四種情形都有其代表者，第一種可謂代有傳人，從一九二○年代的劉大白、沈玄廬到一九三○年代的中國詩歌會、老舍、柯仲平到一九四○年代的蕭三、袁水拍等人。這種「取法」傾向往往模糊歌謠跟新詩的文體界限，直接借用歌謠穩定的體式，有著明顯以「歌謠」為「新詩」，或將「歌謠體」作為新詩最主要體式來使用的「舊瓶裝新酒」特徵。這種寫作傾向在一九五○年代的新民歌運動中到達了扭曲的巔峰。第二種傾向是秉持政治功利立場又較能注意到文類閾限的，以五十年代的何其芳、卞之琳、李季、阮章競等人為代表。彼時的他們寫作本身並不為了「詩」本身，然而由於切身的寫作體會和嚴肅的思考，他們質疑了「民歌體」的普適性。後面兩種傾向分享著相近的文藝立場，第三種傾向者並未意識到，或有意否認歌謠／新詩的文類差異，寫作過程中同樣有仿作歌謠為新詩、照搬歌謠體式的傾向。以俞平伯、

劉半農為代表。第四種傾向則由於文藝的和設限的雙重趨向，強調新
詩與歌謠的差異，有的否認新詩有從歌謠借鑒營養的必要，如何植
三、朱自清、施蟄存、蘇雪林等人。持此類立場者，即使並不否認歌
謠作為新詩資源，在取法過程中也努力進行以新詩為出發點的創造性
轉化，而非止步於體式、句法和修辭的襲用。如朱湘、穆旦等人。

　　本書將對政治功用／文藝審美的兩種文化立場和設限／去限的兩
種資源意識進行討論，並試圖總結新詩激活、啟用「歌謠資源」過程
中的啟示，探討新詩轉化歌謠資源所應秉持的立場。

第一節　「可歌性」與「去音樂化」：政治與文藝兩種立場的爭辯

　　一九三〇年代，左翼詩歌陣營跟自由派詩人之間發生過一場關於
詩歌「音樂性」和「去音樂性」的論辯。兩種不同的文化立場在他們
的觀念中清晰可辨，頗可以作為我們討論的起點。

　　由於某種現實化、工具化的文學功用觀，「新詩歌」運動及其
「新詩歌謠化」對「歌謠」的使用表現出透明化、直接化的套用傾
向。因此，詩形中的「音樂性」乃至於「歌唱性」便是他們所重視並
且強化的要素。在《新詩歌》創刊號帶有宣言性質的〈關於寫作新詩
歌的一點意見〉中，他們便認為「要緊的使人聽得懂，最好能夠歌
唱。」出於現實傳播考慮，他們特別願意「接受歌謠、小調、鼓詞、
兒歌等的長處，甚至採用歌謠等形式，從摸索中，創造新的詩歌形
式。」「事實上舊形式的詩歌在支配著大眾，為著教育和引導大眾，
我們有利用時調的必要，只要大眾熟悉的調子，就可以利用來當作我
們的暫時的形式。所以不妨是『泗州調』、『五更歎』、『孟姜女尋
夫』⋯⋯等等」。「歌謠在大眾方面的努力，和時調歌曲一樣厲害，所
以我們也可以採用這些形式」。「企求尚未定性的未來詩歌的不斷嘗試

中，借著普遍的歌、謠、時調諸類的形態，接受它們普及、通俗、朗讀、諷誦的長處，引渡到未來的詩歌。」[1]

　　「音樂性」乃至「可歌性」跟左翼的文學大眾化有密切關聯，在彼時也得到左翼文壇領袖魯迅的確認。面對中國詩歌會成員、新詩歌運動幹將竇隱章（杜談）、白曙關於新詩路向問題的請教，魯迅在〈致竇隱夫〉中便著重強調了詩的「可歌性」：「新詩先要有節調，押大致相近的韻，給大家容易記，又順口，唱得出來」。[2]魯迅的觀點無疑大大鼓勵了左翼「新詩歌」的詩人們，「音樂性」和「可歌性」成了他們取法歌謠資源乃至於創制自由詩過程中特別強調的立場。為論證「歌唱性」的合法性，葉流動用了歷史人類學的視角，論證「歌」作為詩歌的生理基礎而存在，[3]這種「歷史透視法」，不但五四被使用，三十年代被使用，一九四〇年代也將繼續使用。而穆木天則使用了一種「世界視野」：「提起歌謠的重要性，不禁令我想起法蘭西大革命時代來。在一七八九年之後，歌謠在法國完成了一種如何的任務，是非常值得我們注意的。〈馬塞曲〉、〈卡爾馬紐爾〉諸作，在當時是如何被民眾所愛唱呢？哪些歌謠作成了革命民眾的血。哪些歌謠是成為革命的推動力的。又如貝德內宜的歌謠體的寓言詩，是如何給他的國家裡的民眾以深厚的陶養啊！這是好多人所知道的。」[4]

　　早在魯迅回信竇隱夫之前，「新詩歌」在寫作內容、資源路徑上都有清晰的定位，但是魯迅的鼓勵，無疑大大增強了他們的「道路自信」。魯迅還向北方的學生、朋友推薦蒲風的詩集《六月流火》，並成批寄給他們。他在一九三六年四月一日致曹靖華的信中曾寫道：「《六月流火》看的人既多，當再寄上一。」《六月流火》為魯迅看重，也

1　〈關於寫作新詩歌的一點意見〉，《新詩歌》（旬刊）1933年2月第1卷第1期。
2　魯迅：〈致竇隱夫〉，《新詩歌》1934年12月第2卷第4期。
3　葉流：〈略談歌謠小調〉，《新詩歌》「歌謠專號」，1934年6月。
4　木天：〈關於歌謠之制作〉，《新詩歌》「歌謠專號」，1934年。

許跟它以左翼視角表現大時代下的農村動亂有關，但是也一定跟其歌唱性形式有關：「詩人創造性地採用了自己故鄉流行的客家山歌的表現形式，廣泛採集了農民群眾中的口語，以『對唱』、『輪唱』、『合唱』等民間歌謠的傳統手法，並創造了『大眾合唱詩』這一旨在抒發『大眾心聲』的新形式」。[5]

　　對「歌唱性」的強調是新詩歌的核心觀點之一。穆木天便說：「新的詩歌應當是大眾的娛樂，應當是大眾的糕糧。詩歌是應當同音樂結合一起，而成為民眾所歌唱的東西。是應當使民眾在歌著新的歌曲之際，不知不覺地，得到了新的情感的薰陶。這樣，才得以完成它的教育的意義。」[6]不難發現，對詩之教育和思想功能的強調，啟動了對歌唱性的強化程序。由是透露了左翼詩歌資源觀背後的政治功用觀。所以，新詩歌強調的不僅是音樂性、歌唱性，而且是一種左翼立場上的音樂性、歌唱性：

　　我們過去的詩歌，是不是同音樂相結合著呢？自然不是絕對沒有。沫若的〈湘累〉中的歌不是被一般青年所歌唱著麼？可是，那是被限制於小的範圍的。它的勢力範圍是比〈毛毛雨〉還要小些。在我們的象徵詩人之中，也曾嘗試過詩歌之音樂化，可是，他們所希望的，是自己陶醉的旋律（Melodie），而離開民眾有十萬八千里。那種旋律的音樂，是與民眾無緣的。[7]

　　「音樂性」和「可歌性」在「新詩歌」的詩學主張中成了一體兩面，成了相互表述、內涵重疊的主張，也成了新詩歌運動者念茲在茲的標準，「歌唱是力量！」「詩人的任務是表現與歌唱。而憤恨現實，毀滅現實；或是鼓蕩現實，推動現實；最要緊的為具體的表現與熱情

5　胡從經：〈魯迅與中國新詩運動〉，《文藝論叢》第6期，上海市：上海文藝出版社，1979年。

6　木天：〈關於歌謠之制作〉，《新詩歌》「歌謠專號」，1934年。

7　木天：〈關於歌謠之制作〉，《新詩歌》「歌謠專號」，1934年。

的歌唱。歌唱為唯一的武器。」[8]他以詩被譜成曲為樂事，「……在目今，作歌更是最迫切的需要。因為所謂自由詩決不能沒有音律，而最能抓住大眾的心情的，又必是最適合於大眾生活，大眾口味的歌唱。」[9]蒲風也明確表示希望「能夠多產生一些可作曲的歌詞，也希望著大家來一致為此而努力的」；他自己的《搖籃歌》的首二節曾由孫慎作曲，刊於三卷一期《婦女生活》上。

　　新詩歌運動者在大眾化詩學坐標中把歌謠化、音樂性、歌唱性等視為新詩出路，但代表著三十年代新詩現代主義探索的「現代派」[10]對同一問題卻有著截然不同的看法。「現代派」詩人戴望舒的〈望舒詩話〉第一條便說：「詩不能借重音樂，它應該去了音樂的成分。」[11]第五條說：「詩的韻律不在字的抑揚頓挫上，而在詩的情緒的抑揚頓挫上，即詩情的程度上。」第七條又說：「韻和整齊的字句會妨礙詩情，或使詩情成為畸形的。倘把詩的情緒去適應呆滯的、表面的舊規律，就和把自己的足去穿別人的鞋子一樣。愚劣的人們削足適履，比較聰明一點的人選擇較合腳的鞋子，但是智者卻為自己製最合自己的腳的鞋子。」[12]

　　戴望舒早期詩歌〈雨巷〉不乏某種婉轉動人的音樂性，然而一九三〇年代初剛剛從法國求學歸來的他對詩歌有著截然不同於中國詩歌會同仁的新理解。他強調「詩情」的內在性，強調詩歌形式與詩情之間的隨物賦形關係。強調新詩這種文體的最獨特部分，因而拒絕像傳統藝術那樣去制訂定於一尊的形式，也拒絕讓詩歌去分享屬於「音

8　蒲風：《搖籃歌・寫在後面的話》，詩歌出版社，1937年。
9　蒲風：《搖籃歌・寫在後面的話》，詩歌出版社，1937年。
10　以施蟄存、戴望舒及其《現代》雜誌為中心。
11　戴望舒：〈望舒詩話〉，《現代》1932年11月第2卷第1期，收入1933年8月出版之《望舒草》。
12　戴望舒：〈望舒詩話〉，《現代》1932年11月第2卷第1期

樂」和「繪畫」的特性。因此，便不難理解他所謂詩「應該去了音樂
的成分」「韻和整齊的字句會妨礙詩情」。

　　戴望舒等人的詩論及實踐，無疑啟動了一九三○年代新詩現代詩
質的建構。這種詩歌觀跟施蟄存「沒有韻」，卻有「完美的肌理」的
詩歌觀相互契合。但在彼時，卻馬上引來新詩歌運動者的批駁。《望
舒詩話》發表於一九三二年十一月，柳倩馬上有〈望舒詩論的商榷〉
回應之，文章寫於十二月二十一日，發表於《新詩歌》第一卷第五
期。在柳倩看來，戴望舒所謂詩應「去了」音樂成分根本沒有可行
性。因為既然強調情緒的抑揚頓挫，「然而情緒之抑揚頓挫用什麼表
現出來的呢？是否不用字呢？如果不用適當的字（字音和字義）來表
現的他情緒，則詩的韻律又如何能表示呢？其次，既然承認有韻律
（自然的韻律），有的他『抑揚頓挫』的和諧的韻律，則無形中變有
音樂的成分的。但何又『去了』音樂的成分呢？進言之，詩之緣起，
是在勞動的時候產生。當時勞動的人們用以調節其勞役的。這時顯然
的借重於音樂。其次再說到由詩而演進的詞曲，當時卻能夠和著紙器
演奏的，這更足以證明詩不必一定要離去音樂的了。」[13]

　　對於戴望舒「韻和整齊的字句會妨礙詩情」，詩應拋了「表面的舊
規律」之說，柳倩也予以重點反駁。戴望舒此處的意思是新詩應該從
對固定形式的依賴中擺脫出來，轉而重視以詩情為核心的詩質建構。
戴望舒思考的無疑正是何謂「新詩之新」的問題，柳倩則反問道：

　　　　形式者，必有「形」有「式」，非「超感官」之物。考諸
　　　　「形」則「表面上」必有字的堆積，考諸「式」必有字的排
　　　　列。然而望舒先生所謂「形式」者，亦若詩之「超感官」的
　　　　麼？[14]

13　柳倩：〈望舒詩論的商榷〉，《新詩歌》1933年第1卷第5期。
14　柳倩：〈望舒詩論的商榷〉，《新詩歌》1933年第1卷第5期。

　　中國詩歌會及《新詩歌》同人對於以《現代》雜誌為陣營的「現代派」頗多攻擊，[15]主編《現代》的施蟄存也有低調的回應。一九三三年十一月，正是新詩歌運動聲勢甚炙之時，施蟄存借闡述《現代》的詩觀表達了對新詩歌謠化輕描淡寫卻立場鮮明的否定：

> 　　現代中的詩，大多是沒有韻的，句子也很不整齊，但他們都有相當完美的「肌理」（texture），它們是現代的詩形，是詩！（有一部分詩人主張利用「小放牛」、「五更調」之類的民間小曲作新詩，以期大眾化，這乃是民間小曲的革新，並不是詩的進步。）[16]

　　施蟄存強調新詩完美的「肌理」，現代的「詩形」，反對「民間小曲作新詩」[17]。這番攻防，彼此都在自己的話語空間和詩歌想像中發言，自然難有相互信服的對話。戴望舒、施蟄存強調的是新詩的審美現代性及現代背景下新詩新的美學生成；而柳倩們則在其大眾化、實用化的文學想像中，強化詩的現實功能，自然遮蔽了現代性跟無以定型的形式之間的複雜互動。

　　由於涉及不同的文化立場及文學功用觀，不同價值坐標派生出來的詩學觀念缺乏相互說服的可能。質言之，「可歌性」和「去音樂化」論辯的背後，其實是文學的政治功用觀和審美自足觀之間的較

---

15 除了在自家陣地《新詩歌》上攻擊「現代派」之外，中國詩歌會成員也會在同情左翼的刊物上發表此類文章，如蒲風的〈評《現代》四卷一至三期的詩〉便刊於當時的一份介紹滬上出版情況的刊物《出版消息》1934年第29期。

16 施蟄存：〈又關於本刊的詩〉，《現代》1933年11月1日第4卷第1期。

17 施蟄存反對「民間小曲作新詩」，卻並非簡單地排斥民間山歌，一九三五年，他還在報上刊登了一篇〈山歌中的松江方言〉，《畫報展望》，1935年第1卷第1期。應該說，他對於山歌的趣味是知識分子化的，不同於左翼革命援引山歌以作政治動員，知識分子欣賞的往往是山歌中民俗及趣味。因此，左翼可能批評知識分子將山歌趣味化，獨立知識分子則反感左翼革命將山歌政治化。

量。前者強調文學的政治屬性，對新詩歌倡導者而言，文學是為大眾、為民族、為階級的。文學通過為「政治」（這個「政治」是一個可以填充的變量）服務而獲得價值。值得注意的是，從政治功用出發徵用文學者，雖強調「政治第一，文學第二」，但並不排斥「文學形式」或技術上的改良和完善。只是，其出發點既然是「政治的」，其形式觀便往往是急功近利並求立竿見影的。而後者則是一種審美自足立場，強調文藝具有獨立的意義。文藝可以在大眾、階級、民族、人民等巨型話語之外謀得自身的立身之地。因而，其出發點是「文藝的」，其形式觀便更關注本體。這種政治功用與審美自足的立場差異，在中國新詩史上演化成一場漫長的「大眾化」和「純詩化」的爭論。[18]在取法歌謠過程中，也不時閃過這兩種差異化立場的身影。比如，戴望舒顯然對於洛爾加謠曲化詩歌充滿好感，但非功利的立場讓他無法接受中國詩歌會那種直接套用歌謠的做法；而由於著眼點在於「大眾」、「教育」等現實目標，曾經服膺象徵主義的穆木天卻開始反思、否定以往的「純詩」思路，轉而認同直接使用歌謠形式的「新詩歌」路徑。因為這在當時背景下是更有利於政治動員任務的達成。

　　反觀劉半農的取法歌謠立場，它雖也表現出某種泛政治化傾向，但總體上依然表現為「增多詩體」的「文藝的」目標。劉半農是早期白話詩創制的急先鋒，而白話詩與文學革命，文學革命跟社會革命之間有著極為密切的關聯。因此，白話詩寫作也投射著社會文化革命的宏大訴求。從具體方面說，文學革命跟國語運動的重疊中，胡適乃有「國語的文學，文學的國語」的設想；而劉半農作為語言學家，對於「國語」創制同樣有著具體觀點與努力。「破壞舊韻」、「重造新韻」便是將文學與國語相聯繫的設計；「增多詩體」也不僅是個人探索，還包含著為後代探求新路的意思。但是，這種泛政治化的文化傾向，

---

18 劉繼業：《大眾化和純詩化》，北京市：北京大學出版社，2008年。

跟從政治目標出發對文學的功利化使用並不相同。劉半農的寫作有其更大文化訴求，但出發點終究在詩歌建設內部。他《瓦釜集》中仿作的江陰船歌，《揚鞭集》中的擬兒歌、擬擬曲等即或有針砭現實指向，卻沒有以詩歌服務於現實政治勢力的立場。因此，他之採集民歌、仿作歌謠便跟服務政治、服務階級的歌謠詩寫作類型在趣味上迥然不同。前面已經指出，劉半農的歌謠趣味是知識分子化的，所以並不避諱其中涉性、猥褻的內容。他對歌謠的觀測點在於節奏、意趣，殊不同於後來李季寫作中對歌謠涉性部分的刻意剔除。劉半農與左翼詩人歌謠趣味的差異，也被沈從文敏感地指出，沈從文激賞劉半農的山歌詩，卻認為左翼詩人楊騷「用中國彈詞的格式與調子，寫成的詩歌，卻得到一個失敗的證據」。[19]

　　劉半農的後輩詩人朱湘、穆旦等人，在取法歌謠資源上有所嘗試，但只是偶一為之。他們所秉持的同樣是基於文藝自足的立場。朱湘〈古代的民歌〉一文對民歌的討論，全在文學內部。他認為民歌具有「題材不限，抒寫真實，比喻自由，句法錯落，字眼遊戲」[20]五種特點，卻並未有借民歌以為「大眾化」服務之類的功用念頭。一九四〇年代初，穆旦有過自由詩鑲嵌民歌的嘗試，但終究只是偶一為之。與同有此嘗試的袁水拍日後完全走向山歌詩寫作不同，他始終堅持深蘊現代張力的自由體。這意味著，即使在抗戰「大眾化」合法性獲得極大擴張背景下，穆旦依然無法認可為政治而詩歌及簡單「舊瓶裝新酒」的詩學路徑。

　　相比之下，新詩取法歌謠的四次大規模實踐中，秉持「政治功用」立場者顯然聲勢更熾，並且呈現了日益激進化的傾向。雖然也產生了較為「藝術化」的作品，如〈馬凡陀的山歌〉和〈漳河水〉，並且某種意義上也觸及了詩歌如何重建公共性的話題。但功利化的文學

19　沈從文：〈論劉半農的《揚鞭集》〉《文藝月刊》1931年2月第2卷第2期。
20　朱湘：〈古代的民歌〉（1925年），《中書集》，生活書店，1934年。

觀，令這些詩歌走向背書式寫作。同時也體現了某種寫作觀上的重返古典之文的傾向，很難垂範後世，成為以後的寫作資源。

第二節　「設限」或「去限」：兩種限度意識的對峙

一九三六年胡適主持復刊的《歌謠》上發生了一場關於歌謠性質的爭論，雙方由歌謠是個人創作的還是集團創作而及「歌謠」與「新詩」的文類界限進行激烈論辯。這場討論並未得出什麼有意義的具體答案，卻顯示了複雜文化背景下人們關於「歌謠」觀念的分化。更重要的是，它內在勾連著新詩取法歌謠過程中某種「設限」與「去限」意識的對峙。因此重返當年的討論，依然不乏意義。

兩種限度意識

一九三六年《歌謠》復刊不久，李長之發表了〈什麼是歌謠〉（1936年第6期）、〈歌謠還是個人的創作〉（1936年第12期）兩篇文章，核心觀點是：一、歌謠和詩歌一樣都應視為個人的創作：「在創作方面看，歌謠和知名的詩人的東西是一樣的，同是個人的產品同是天才的產品。多少有一個程度之差的，就是文化的教養。我們可以這樣說，作『天上的星，顆顆黃，地下小姑無爺娘』的人，就是那些教養差些的作『黃河之水天上來』之類的人，反之，後者也不過是前者受了文化教養而已，其為天才則一，其作品是個人的成績則一。」二、歌謠和詩歌的差別不在作者，而在傳播：「與其說歌謠與詩的分別是在作者，毋寧說是在流傳，與其說那分別是在一為集團所創造，一為個人所創造，不過一為在文化教養上所受的深些的個人，一為在文化教養上所受的淺些的個人而已。」[21]

21　李長之：〈什麼是歌謠〉，《歌謠》1936年5月9日第2卷第6期。

　　由「歌謠是什麼」而及歌謠究竟是「個人」還是「集團」的創作，引發了不小的爭議。復刊後的《歌謠》周刊第九、第十期分別發表壽生〈莫把活人抬進死人坑〉和卓循〈寫給歌謠是什麼的作者〉，對李長之提出反駁。

　　卓循圍繞「個人」或「集團」這個焦點進行反駁：

> 長之先生舉以證明歌謠是個人的產品，而非集團的，是歌謠中常有之「你」、「我」，等字，即個人意識的表現，如果這話屬實，那末，複數人稱的字，豈不是可以證明歌謠之屬於集團的了嗎？
> 我們要瞭解歌謠之民間創造的特徵在那裡，便應先要瞭解詩歌之個人創造的特徵。
> 詩歌是受了文化素養的個人創造的，而且以個人的名義出現的，因為它始終是個人的，形式便固定化了，甲的詩縱然不好，也用不著乙給他改正，縱改正了，仍是個人的，不屬於甲乙二人共有。
> 至於歌謠的情形就不大同了。
> 歌謠的創始可以是個人的，但它一經作成了之後，就被交給了大眾了，一首歌謠不管它是好是壞，總以適合一地域的大眾的口味為止。[22]

　　從學術意義上確實很難確證歌謠個人創作論，李長之的「歌謠觀」似乎也不為歌謠研究界所承認。《歌謠》周刊雖然開放爭鳴，但在爭論不久之後，該刊第二十一、第二十二期刊登了于道源翻譯的理論文章〈歌謠論〉，該文對「個人」或「集團」問題有所涉及，可以

22　卓循：〈寫給歌謠是什麼的作者〉，《歌謠》1936年6月6日 第2卷 第10期。

視為編者對不久前爭論的一點回應。文章認為：

> 歌謠雖然是像一切帶集體性的作品一樣，是整個民族的產業，
> 然而在開頭的時候永遠是獨自一個人由靈感而結出的果子，這
> 一個人在一種特別的恩惠情形之下把這歌曲記錄下來。假若他
> 曉得怎樣可以藉了它使得民眾底靈魂的弦發生顫動，假若他明
> 白如何可以把民眾的共同情感宣揚出來，那麼第一個聽到這首
> 歌謠的人就把它記住而變成他自己的；他重複歌唱它，但是他
> 並不是完全忠實的重複背誦它，因為歌曲有一些是出乎他底靈
> 魂之外了。而且因為我們各人有各自的靈魂，每個人都不自覺
> 的把所唱的歌謠加以修改使它適合於各單個靈魂。兩個絕對相
> 同的靈魂既是不會找到的，所以歌謠經過兩個不同的口中歌唱
> 以後也不能完全相同。每個人都依照他各自的感覺而加以潤飾
> 和改變。所以這件偉大的作品是被民眾全體不自覺的創造出來
> 的。假若有一個人記錄下一首歌，找到一個題目，但是不能夠
> 照著民眾的口味和情調很適宜的去傳布它，不久民眾就以更合
> 適的衣被把它遮掩了，把它所缺少的東西給它加上，把那對於
> 它不合適的東西去掉。[23]

這裡的核心觀點是歌謠創作是個人性和集體性的融合，歌謠創作
原初的個人性必須服從於傳播過程中的集體趣味。可以說，這種觀點
是李長之和反對者卓循、壽生觀點的綜合，對歌謠性質有更客觀準確
的描述。關於歌謠的人稱及個人性，朱自清在《中國歌謠》中事實上
也有所分析，他更強調歌謠「無個性」的集體藝術性質：「歌謠原是
流行民間的，它不能有個性；第三身、第一身，只是形式上的變換，

23　〔西〕卡塔魯尼亞，于道源譯：〈歌謠論〉《歌謠》1936年10月24日 第2卷第21期。

其不應表現個性是一樣——即使本有一些個性，流行之後，也漸漸消磨掉了。所以可以說，第一身，第三身，都是歌謠隨便採用的形式，無甚輕重可言。」[24]歌謠多採用第一人稱，這是李長之用以證明歌謠「個人性」的論據，朱自清這裡的分析雖在李長之文章之前，卻顯得更加嚴謹。

值得注意的是，李長之對歌謠「個人」性質的論述雖然缺乏學術客觀性，他的問題意識卻值得認真對待。事實上，李長之並非單純出於對歌謠的學術興趣而對「歌謠是什麼」進行創新之論斷。他的歌謠個人論更多投射了他對所處時代「集體主義」思潮日益強勢的不滿：「現在這個時代，是一個唯物主義，集團主義，實用主義的時代，換言之，是玄學的，個人主義的，藝術至上主義的思潮被壓抑的時代。」[25]李長之顯然是對一九三〇年代的左翼文學運動不滿，潛臺詞是歌謠的興盛受了集團主義時代思潮的影響。基於一種文化精英主義立場，他對新文化運動崇奉「民間」也是頗多不屑：「因為所謂唯物的，集團的，實用的思潮，實在是屬於平民的，反之，形上的，個人的，藝術的思潮，卻是屬於貴族的。國語運動不是在拋棄少數人的貴族的漢字嗎？新文學運動不是在恢復大多數的平民的表現能力嗎？注意歌謠也就是要以民間的東西作範本呀。」[26]李長之是尊奉精英、個人、教養和天才的，因此，他對於以民間性、集團性而掩蓋文學的個人天才創造便極為不滿：「在現在流行的藝術論中，頗有把天才抹殺，以集團派作是藝術的創造者的論調，這是我所最不同意的。」他舉例說磨磚遞瓦的工作雖是集體的，但建築藝術的部分卻是設計，這部分是由少數天才完成的。如果過分崇拜民間，「因此而認為有了教養的詩人的作品反而是差些，那就根本走入魔道」。[27]

---

24 朱自清：《中國歌謠》（北京市：金城出版社，2005年），頁37。
25 李長之：〈什麼是歌謠〉，《歌謠》1936年5月9日第2卷第6期。
26 李長之：〈什麼是歌謠〉，《歌謠》1936年5月9日第2卷第6期。
27 李長之：〈什麼是歌謠〉，《歌謠》1936年5月9日第2卷第6期。

　　李長之提出「集團性」、「民間性」話語擠壓「個人性」、「精英性」話語空間的問題事實上是值得重視的中國現代文化症候。就新詩史而言，左翼大眾詩觀與純詩之間的對峙，很大程度上正是圍繞「集團」與「個人」詩學而展開。一九三○年代中國詩歌會成員對「新月派」、「現代派」的攻擊，也是以咄咄逼人的「民族主義」、「階級主義」等集團話語為支撐。一九四○年代「大眾化」、「民族化」和「工農兵方向」等強勢話語中文學與政治力量的結合更趨強勢，其實質是倡導集體、張揚政治工具性的「黨文學」話語嚴重擠壓文學中「個人」話語的空間，「個人」在「集體」攻勢之下在文學領域的全面撤退在五、六十年代達到極致，文學表達的個性化和個人情感、體悟部分被歸入「（小）資產階級藝術」、「現代派藝術」等術語予以圍剿。[28]因而，李長之在一九三○年代提出的「集團」話語過分強勢問題，其實既有時代意義，也有歷史前瞻性。可惜這份問題意識投射在「歌謠」寫作屬性的判斷上確實很難引發廣泛共鳴。然而，他的觀點並非毫無同調，在〈歌謠是什麼〉發表後不久撰文回應的林庚，某種意義上正是李長之的知音。

　　林庚文章是對李長之明確的回應，但他另闢蹊徑，繞開李長之的「歌謠是什麼」問題，開篇即說「歌謠是什麼我先不想說它。但歌謠一定不是樂府也不是詩。」[29]「不是什麼」其實是對「是什麼」進行的反向界定，林庚的論述實質上觸及了「歌謠」、「樂府」、「詩」之間的文類界限問題。換言之，李長之的「個人」／「集團」分隔問題，被林庚過渡到歌謠／詩的文類界限問題。林庚的觀點很有趣，他認為

28　譬如馮至在五十年代對之前的作品就自我懺悔道：二十年代的作品，「基本的調子只表達了小資產階級知識青年的一些稀薄的、廉價的哀愁」，馮至：《西郊集・後記》，北京市：作家出版社，1958年版；1941年寫的二十七首「十四行詩」，「受西方資產階級文藝影響很深，內容與形式都矯揉造作」，《馮至詩文選集・序》，北京市：人民文學出版社，1955年。

29　林庚：〈歌謠不是樂府也不是詩〉，《歌謠》1936年6月13日第2卷第11期。

詩和歌謠的分別在於：「詩使我們生活的範圍擴大，歌謠使我們實際的生活中情趣增加」，「對歌謠抱太大的希望以為新詩可以從這裡面找出路，這仍由於把歌謠看作低級的未完成的詩，對於歌謠既太小看，對於新詩亦兩無好處。」[30]在他看來，歌謠與生活的關係是反映的、寫實的，歌謠形象地使現實變得趣味化；而詩歌與生活的關係是重構的，創造增益的，詩歌創造了一個非現實的世界，使「生活的範圍擴大」了。

　　林庚無疑是個詩歌／歌謠設限論者，他並未在歌謠和詩歌之間進行價值判斷，他甚至也沒有在舊詩和新詩之間進行區分，他為歌謠和詩歌區別所進行的界定與其說是客觀真實，毋寧說是有趣的洞見。[31]然而，林庚與李長之心有戚戚焉者在於，他們對詩其實都抱著相當文人化的期待，而他們也都抱持著文人化的精英立場。李長之認為歌謠是「個人的」，他其實是將「歌謠」文人化；林庚則從文體角度將歌謠和詩歌予以區分，真實目的其實是彰顯詩歌擴大生活範圍，再造精神世界的功能。我們不難在林庚的觀點中辨認出強調詩歌想像性思維及構造區別於現實精神空間的現代性詩學觀。傳統詩學，無論是強調詩言志、詩緣情，都並未充分強調「詩本於想像」的思維特徵。古典詩歌當然存在著濃厚的重想像、感覺的一脈，但只有在三十年代現代詩質的建構中，詩本於想像，詩建構有別於現實的精神世界的詩學觀點才被如此清晰地表述。

　　必須指出的是，李長之的問題意識沒有化為堅實的學術論證，林庚的觀點有趣卻並非不可證偽。這啟示了兩點：其一，人們關於「歌謠」或「新詩」的認知，常常不可避免地受著時代話語的正向或逆向

---

30 林庚：〈歌謠不是樂府也不是詩〉，《歌謠》1936年6月13日第2卷第11期。

31 歌謠並非純寫實，如潮汕顛倒歌〈老鼠拖貓上竹竿〉內容是：「老鼠拖貓上竹篙／和尚相拍相挽毛／擔梯上厝沾蝦仔／點火燒山掠田螺／老鼠拖貓上竹枝／和尚相拍相挽辮／擔梯上厝沾蝦仔／點火燒山掠磨蜞（磨蜞：一種河裡小動物）。」顛倒歌在各地民歌中非常常見，很難說它與描寫的生活內容之間是反映的、寫實的。

滲透。李長之的歌謠「個人創造論」顯然是反集團主義的精英話語推動的產物；其二，林庚觀點中透露的歌謠及其他文類之間的設限意識，同樣是某種新詩本體建構漸趨成型之後的產物。

限度之爭的歷史譜系

如果說林庚是一個堅定的歌謠／詩設限論者，新詩早期的俞平伯則是典型的歌謠／詩去限論者。在〈詩底進化的還原論〉中，他一再否認歌謠與詩功能、形式、修辭上的差異，強調「若按文學底質素看，並找不著詩和歌謠有什麼區別，不同的只在形貌，真真只在形貌啊」。[32]歌謠與新詩的兩種「閾限」意識，事實上真切地貫穿了四次新詩取法歌謠的運動中，彼此都可謂代有傳人。

一般來說，白話詩時代的第一批新詩人在新詩之「新」的形式邊界和現代想像方式尚未確立，新詩熱切渴求審美資源的背景下，比較缺乏詩／謠的「設限」意識，甚至不乏俞平伯這樣在某種「文學史透視法」助力下發出的「去限」呼聲。所以，無論胡適、劉半農、俞平伯，還是劉大白、沈玄廬等人從未意識到新詩轉化歌謠資源過程中「體式」的摩擦問題。倒是周作人，雖也認同從歌謠可以引出未來「民族的詩」的可能，但卻把「取法」的範圍有意識地限定為具體的「節調」，而非泛化的體式。相比之下，第二代新詩人對於新詩取法歌謠的有效性便謹慎得多，譬如朱自清、蘇雪林、林庚、梁實秋以至後來的何其芳、卞之琳對歌謠的詩學意義多有反思，其中呈現的便是一種新詩本體「正統以立」之後日濃的設限意識。

然而並非沒有例外。早在《歌謠》創刊之初，新詩與歌謠的關係問題便是討論熱點。何植三雖熱心歌謠採集，卻堅持認為：新詩是一

---

32 俞平伯：〈詩底進化的還原論〉，《詩》第1卷第1號，1922年1月。

種高強度情緒壓力下的產物，而不是借用西方古代詩歌格式或是中國詞調格式。作者認為，這都是「一樣的迷戀遺骸」，「現在做新詩的人，不能因歌謠有韻而主有韻，應該知道歌謠有韻，新詩正應不必計較有韻與否；且要是以韻的方面，而為做新詩的根據，恐是捨本逐末，緣木求魚罷」。[33]何植三在現代「分化」背景下看新詩與歌謠，認識時代與文體的互動，並以「新」的觀念要求「新詩」，這在當時殊為難得。

即使是同一個詩人也可能在時代作用下出現觀念調整和變化。以朱自清為例，早在一九二〇年代，由於自身的詩歌寫作和歌謠研究經驗，他是較為突出設限論者。而且，他的判斷是以詩學分析為支撐的：

> 歌謠的音樂太簡單，詞句也不免幼稚，拿它們做新詩的參考則可，拿它們做新詩的源頭，或模範，我以為是不夠的。[34]
> 歌謠以聲音的表現為主，意義的表現是不大重要的。所以除了曾經文人潤色的以外，真正的民歌，字句大致很單調，描寫也極簡略、直致，若不用耳朵去聽而用眼睛去看，有些竟是淺薄無聊之至。固然，用耳朵聽，也只是那一套靡靡的調子，但究竟是一件完成（整）的東西；從文字上看，卻有時竟粗糙得不成東西。[35]

即使是在一九三七年這樣民族矛盾嚴峻的時代，朱自清也說：

> 在現代，歌謠的文藝的價值在作為一種詩，供人作文學史的研

33　何植三：〈歌謠與新詩〉，《歌謠增刊》1923年12月17日。

34　朱自清：〈唱新詩等等〉，《朱自清全集》第4卷（南京市：江蘇教育出版社，1990年），頁222。

35　朱自清：〈羅香林編《粵東之風》序〉，《民俗》1928年11月28日第36期。

究；供人欣賞，也供人模仿——止於偶然模仿，當作玩藝兒，卻不能發展為新體，所以與創作新詩是無關的。[36]

　　但隨著抗戰背景下「民族形式」討論的展開，他的觀點卻發生了微調，雖然繼續強調「新詩本身接受歌謠的影響很少」，劉半農的《瓦釜集》和俞平伯的《吳聲戀歌十首》在他看來也「只是仿作歌謠，不是在作新詩」。[37]但卻又主張「新詩雖然不必取法於歌謠，卻也不妨取法於歌謠，山歌長於譬喻，並且巧於複沓，都可學」；「我們主張新詩不妨取法歌謠，為的是使它多帶我們本土的色彩；這似乎也可以說是利用民族形式，也可以說是在創作一種新的『民族的詩』。」[38]

　　觀點發生更鮮明轉折的是梁實秋。一九二〇年代梁實秋對於新詩取法歌謠問題表達了直接的質疑：「歌謠因有一種特殊的風格，所以在文學裡可以自成一體，若必謂歌謠勝之於詩，則是把文學完全當作自然流露的產物，否認藝術的價值了。我們若把文學當作藝術，歌謠在文學裡並不占最高的位置。中國現今有人極熱心的搜集歌謠，這是對中國歷來因襲的文學一個反抗⋯⋯歌謠的採集，其自身的文學價值甚小，其影響及於文藝思潮則甚大。」[39]

　　此處他較強調歌謠和新詩的相互獨立性，然而，一九三〇年代他的觀點卻有所改變，在《歌謠》上撰文，指出歌謠採集是一件很新的事，「在文學品位沒有改變的時候，一定沒有人肯理會這街巷俚辭的

36　朱自清：〈歌謠與詩〉，《朱自清全集》第8卷（南京市：江蘇教育出版社，1993年版），頁276。

37　朱自清：〈真詩〉，作於1943年，《新詩雜話》（北京市：生活・讀書・新知三聯書店，1984年），頁79、81。

38　朱自清：〈真詩〉，作於1943年，《新詩雜話》（北京市：生活・讀書・新知三聯書店，1984年），頁87-88。

39　梁實秋：〈現代中國文學之浪漫的趨勢〉，《浪漫的與古典的》（北京市：新月書店，1927年），頁37。

歌謠」。並以英國文學史為例指出：「歌謠使得一部分英國詩人脫下貴族氣的人工的炫麗的衣裳，以平民氣的樸素活潑的面目而出現。」他強調的是「我現在仍然覺得歌謠與新詩是可以有關係的」，「歌謠的影響在新詩方面至今還不曾充分的暴露出來，我希望採集歌謠的人和作新詩的人特別留意這一點」。「我們的新詩與其模仿外國的『無韻詩』、『十四行詩』之類，還不如回過頭來就教於民間的歌謠。」[40]他顯然已經認同了歌謠對新詩的啟發性。

即使是朱自清、梁實秋這樣的嚴謹、具有較高理論修養的學者，詩學觀念依然不免受到主流時代話語的影響（事實上，1943年，當朱自清說出詩歌「也不妨取法於歌謠」的時候，顯然是對抗戰背景下的詩歌大眾化合法性表示部分認同）。更不用說袁水拍等在時代轉折下詩觀發生巨大變化，把歌謠認同為詩歌唯一正確方向的左翼詩人了。因此，所謂的第一代／第二代新詩人這樣的代際尺度之外，文藝的／政治的文化立場尺度，同樣對詩／謠的限度意識產生影響。

同樣是一般而言，站在新詩本體的文藝立場的詩人，更容易產生關於詩／謠的限度意識。而站在政治立場主張整合歌謠資源者，更具模糊兩者文類邊界的傾向。一九三〇年代左翼文學團體中國詩歌會同樣體現了熱烈的民歌愛好，王亞平的長文《中國民間歌謠與新詩》從「民間歌謠是新詩的搖籃」、「歌謠的音節美」、「民間歌謠的創作形式」、「中國歌謠與西洋歌謠之特色」、「中國新詩與歌謠的合流」五方面論述新詩與歌謠的關係，[41]昭示了對新詩取法歌謠限度意識的闕如。一九四〇年代，蕭三曾經撰文認為「發展詩歌的民族形式應根據兩個泉源：一是中國幾千年來文化裡許多珍貴的遺產……二是廣大民

40　梁實秋：〈歌謠與新詩〉，《歌謠》第2卷第9號，1936年5月30日。

41　王亞平：〈中國民間歌謠與新詩〉，收入王亞平等《新詩源》，中華正氣出版社，1943年。

間所流行的民歌、山歌、歌謠、小調、彈詞、大鼓詞、戲曲。」[42]古典、民歌二源泉論在一九五八年新民歌運動中得到官方文件的確認，呈現出新詩對歌謠過度開採的症候。

　　值得注意的是，左翼革命陣營並非無人注意到新詩取法歌謠的限度問題。一九三九年，當新詩「民族形式」問題討論方興未艾之際，何其芳即提出了「既大眾又藝術」的努力方向。[43]然而，他顯然並未把此跟「民間形式」之間進行直接聯結。即使在民間形式、歌謠作為新詩資源已經獲得巨大合法性的五十年代，他依然撰文認為：

> 用民歌體和其他類似的民間形式來表現今天的複雜的生活仍然是限制很多的，一個職業的創作家絕不可能主要依靠它們來反映我們這個時代。[44]

　　一九五八年，當新民歌運動如火如荼之際，他再次表達了冷靜的看法：

> 民歌體雖然可能成為新詩的一種重要形式，未必就可以用它來統一新詩的形式，也不一定就會成為支配的形式，因為民歌體有限制。
> 民歌體有限制，首先是指它的句法和現代口語有矛盾……其次，民歌體的體裁是很有限的。[45]

　　進入一九四〇年代以後，卞之琳放棄了他三十年代所創造的現代詩方向，五十年代以後他更是躬親實踐了一些歌謠體新詩。然而，實

42 蕭三：〈論詩歌的民族形式〉，《文藝突擊》1939年6月25日第1卷第2期。
43 何其芳：〈論文學上的民族形式〉，《文藝戰線》1939年11月16日第1卷第5期。
44 何其芳：〈關於現代格律詩〉，《中國青年》1954年第10期。
45 何其芳：〈關於新詩的百花齊放問題〉，《處女地》1958年第7期。

踐顯然讓他感到了歌謠體的限制。一九五八年新民歌運動興起之後，關於民歌體的局限性問題還引發一場不大不小的爭論。[46]在一篇文章中，卞之琳引用一個工人的話「你要用民歌的調子來寫我們工人的勞動，我看也沒有力量。意思是如何把民歌和我們新的內容創造性地結合起來，變成一種既繼承傳統又新穎的新形式」。[47]在一篇辯解文章中他說：「我在〈幾點看法〉一文中沒有說過民歌體『有限制』這類話，只是說法裡的確也包含了『有限制』的意思。」他的提法是「詩歌的民族形式不應瞭解為只是民歌的形式」。[48]

事實上，在民歌體詩歌上廣獲認可的革命詩人李季和阮章競，同樣表達了民歌體詩歌在進入社會主義時代之後的局限性。李季曾這樣寫道：

> 過去三邊遠鹽大道上成百成千頭毛驢，變成了成隊的汽車，變成了拖拉機……一句話，過去個體農民的汪洋大海，變成了合作化的新農村。這時候，你要用

> 五穀裡數不過豌豆圓，
> 人群裡數不過咱倆可憐；
> 莊稼裡數不過糜子光，
> 人群裡數不過咱倆悽惶。

> 的調子，來描寫這些正在形成中的社會主義新型農民那會是多

46　參見余樹森：〈民歌體有限制嗎？〉（《前哨》1959年1月號）、陸若水〈民歌體有無限制？〉（《前哨》1959年3月號）、唐弢〈民歌體的局限性〉（《文匯報》1959年1月3日）等文章。

47　卞之琳：〈對於新詩發展問題的幾點看法〉，《處女地》1958年7月號。

48　卞之琳：〈關於詩歌的發展問題〉，《人民日報》1959年1月13日，卞之琳吞吞吐吐的論辯側面暗示了當年持民歌體限制論所可能面對的壓力。

麼不協調啊！[49]

　　曾經寫出民歌體敘事詩代表作〈漳河水〉的詩人阮章競在進入五十年代之後，同樣對民歌體的適用範圍表達疑慮，在跟一個友人通信中，他說：

> 工業不同農村那樣到處有柔媚的山樹林泉，它是爆破隆隆、電火閃閃、煙霧騰騰，鋼壓軋軋的場面，「一根扁擔軟溜溜」和「一鋪灘灘楊柳樹」，是壓不住轉輪的聲響的。[50]

　　有必要指出，左翼詩人的新詩／歌謠限度意識其實探討的是「民歌體」局限性問題，即他們雖然承認「民歌體」作為一種詩歌體式不能勝任對所有生活內容的表現，但並未意識到「民歌體」作為一種體式跟新詩格格不入之處。而朱自清等人所強調的「限度」，則是從文類意義上反思：歌謠是否具備被新詩借鑒的可能性和必要性。

第三節　「資源」的難題：新詩與歌謠的糾葛與迷思

　　歌謠作為新詩的潛在資源既為新詩提供了可能性，也為新詩的自我建構帶來待解的難題。這種難題體現在新詩取法歌謠始終不能擺脫「政治的」與「文藝的」兩種偏向以及「設限」、「去限」兩種閾限意識的影響。民族、階級等巨型政治話語也在尋求著在歌謠中發聲的縫隙，並把新詩和歌謠一併循喚成合目的性的對象。不斷激進化的政治功利立場對歌謠的使用是二十世紀新詩取法歌謠過程中最值得反思

49　李季：〈熱愛生活大膽創造〉，《文藝學習》1956年第3期。
50　阮章競：〈阮章競與友人論詩的信〉，《長江學術》2007年2期。

的症候。對於今天的研究而言，探討作為新詩的資源難題的歌謠必須關注：（1）政治的與文藝的、設限和去限的寫作偏向構成的迷思；（2）歌謠在不同時代被新詩激活的話語條件。這些構成了我們反思的出發點。

詩之本體性與社會性的張力

從文類意義上，歌謠和新詩是兩種距離較遠的文學體式。正如王光明先生所指出那樣，它們有著不同的文化功能和象徵權力：

> 在比較純粹的意義上，民歌是不依賴文字流傳而只是在人們「口裡活著」的一種民間表意形式，很少書面文化的歷史、使命和象徵權力，主流文化一般也不對它作價值規範上的強求，因而也往往沒有社會規範和意識形態過程的壓力。民歌作為一種即興表達的「歌」，要求的是滿足。[51]

在他看來，新民歌運動的「形成不源於詩歌創作的內部要求」，「完全是意識形態的推動」。[52]它「不過是一份當代意識形態收編改造民間文化的歷史檔案，一個現代性尋求中的文化悲劇，反映的是特定時代的盲目性和當代意識形態的矛盾性」。[53]「新民歌最大的問題是失去了民歌質樸自然的本性，讓最本真的東西成了最虛假的東西。它不是人民大眾自我滿足的一種表意形式，而是當代造神的頌歌形式，一種被利用來壓抑五四新文學形式的工具。」[54]

---

51 王光明：《現代漢詩的百年演變》（石家莊市：河北人民出版社，2003年），頁353。
52 王光明：《現代漢詩的百年演變》，頁352-353。
53 王光明：《現代漢詩的百年演變》，頁353。
54 王光明：《現代漢詩的百年演變》，頁354。

　　這些都是非常準確的見解，也成為我們繼續思考本論題值得信賴的出發點。值得關注的是二十世紀新詩取法歌謠的歷程內在呈現了詩歌本體性和社會性的矛盾張力問題。

　　一方面，新詩的本體性訴求是詩歌「如何在變動的時代和複雜的現代語境中堅持詩的美學要求，如何面對不穩定的現代漢語，完成現代中國經驗的詩歌『轉譯』，建設自己的象徵體系和文類秩序」[55]的問題。對於中國文學而言，享有尊崇地位的詩歌在從傳統向現代轉型過程中雖然在文化功能、表意策略乃至於詩歌體式等方面發生深刻變化，然而「現代」在促成詩趨於「新」的同時，更強烈地促成詩的本體建構。從文學場域角度看，一個獨立的詩歌場，具有從歷史、政治、文化等場域中分化出來的強大動力。但是，新詩又不斷面臨著被階級、民族等巨型話語裏挾進時政中心，面臨著介入時代、改變時代等社會性訴求施加的壓力。相較而言，胡適、周作人、俞平伯、劉半農、朱湘、穆旦等人是站在新詩的本體性訴求一側來倡導和實踐取法歌謠的資源策略；而劉大白、沈玄廬、蒲風、任鈞、袁水拍、李季、阮章競以至於日後「新民歌運動」中的民歌詩人們，則是在社會性、意識形態性乃至於盲目政治性的推動下選擇和啟用歌謠資源。

　　值得注意的是，詩歌的社會性、政治性訴求作為對詩歌的一種功能設置，常常在各種話語的複雜加持下裝扮成詩歌的本體性規律。這在一九三〇年代的中國詩歌會、一九四〇年代的袁水拍和一九五〇年代的新民歌運動中體現得淋漓盡致。袁水拍的〈重建人的道路〉頗有學理分析的架勢，通過把人民性作為詩歌的起源和前景，把人民性跟民歌無縫對接而論證了民歌作為新詩唯一方向的合理性。在此，我們看到詩的社會性、政治性訴求如何借助「歷史透視法」改變人們對詩歌本體的認知。在某種意義上說，一九四〇年代袁水拍的「馬凡陀的山歌」確實重建了詩歌跟現實、時代對話的公共性面向。在很多新詩

55　王光明：《現代漢詩的百年演變》，頁639。

反對者那裡，公共性的匱乏是新詩的重要罪狀。客觀地說，新詩也不能逃脫它應負的時代責任。然而，當詩的公共性被社會性、政治性無限放大以至於完全被霸權話語劫持而不斷空洞化的時候，其抗爭的文化功能，反而不如堅守詩的本體性的詩歌。顯然不能一味地反對詩的公共性和社會性，而是該如何為詩的本體性和社會性找到平衡的方式。

對於那些在現實政治推動下進行新詩取法歌謠的嘗試者而言，他們最好的時代出現在一九四五至一九四九年。此時，酷烈的民族戰爭轉變成國共戰爭。戰爭性質的變化深刻地影響著寫作。跟民族戰爭相比，階級戰爭的合法性對文學索求更豐富、複雜的故事性和更強的藝術性。簡言之，戰爭中的民族價值不需要論證，階級價值卻需要文學「背書」。

另一方面，身處戰爭環境，袁水拍、李季、阮章競雖然都內在於革命文藝體制，但跟進入五十年代的社會主義寫作相比，他們依然具有相當程度的寫作自由。一個明顯的例子是阮章競的〈漳河水〉在一九五○年的《人民文學》發表時，被周揚要求刪去一些一九四九年在《太行文藝》上發表上的「不合適」內容。這意味著，雖只是一年之隔，革命文學體制在傳承中已經產生了某種新規定性。同時，無論是袁水拍、李季還是阮章競，他們一九四○年代的寫作都具有「深入生活」的特點。長期在解放區基層生活，跟老百姓有廣泛而密切的接觸，甚至也便是百姓中的一員。這是李季、阮章競何以能用好民歌體的重要原因。而一九四六年前後的袁水拍，作為一個共產黨員報刊編輯在重慶、上海等大城市工作，馬凡陀山歌所書寫的市民、文員、一般知識分子階層的現實積怨同樣是作者所親身體驗的。進入一九五○年代之後，為社會主義背書的訴求更加迫切，但寫作者們大部分走上各層級領導崗位，逐漸疏離熱火朝天的生活，寫作素材靠「下基層體驗生活」；寫作自由空間又大大壓縮。「政治化」和「藝術化」脆弱的平衡很容易被打破。

不難發現，政治維度的取法歌謠在一九四五年以前和一九四九年
以後，都缺乏經典作品。一九四五年以前，民族動力推動下的取法歌
謠，強調的是「大眾化」；一九四九年以後，社會主義意識形態動力
推動下的取法歌謠，強調的是政治正確的意識形態性和全民參與的
「人民性」。恰恰是在一九四五至一九四九年期間，社會性、政治性
的詩歌訴求並未完全走向取消詩歌本體性的極端，[56]諸多條件促成了
政治維度新詩取法歌謠的某個高潮。

　　然而，這種政治導向的寫作，依然是值得反思的。此處，有必要
區分詩歌的社會性訴求和詩歌的政治意識形態規約。某種意義上說，
作為人類文明成果的詩歌永遠無法擺脫某種程度的社會性或政治性。
它是由於詩歌總是處於複雜的社會文化場域，跟時代思潮有著密切的
互動而產生。更兼中國傳統一直便有的文學載道傳統，「文章合為時
而著，歌詩合為事而作」的觀念深入人心。因而，寫作者通過詩歌對
深重的民族災難、峻急的時代危機和複雜的社會問題做出回應，既是
必然的，也是必需的。問題是這種詩歌的社會性訴求必須置於作者自
由選擇和尊重寫作本體訴求的前提下。把社會性訴求無限擴大，並進
行一種合政治目的性的建構，必然產生「唯政治性」傾向。這種傾向
在延安文藝講話中被清晰地表述為「政治第一，藝術第二」。就這種
傾向的思想實質而言，它體現的不僅是社會性，而是政治對於詩歌發
出的意識形態規約。即使在某種特殊條件下，這種規約同時向詩歌發
出「藝術化」的指令，這種「藝術化」也是脆弱而「反現代」的。所
謂「脆弱」是指其缺乏「可傳承性」。四十年代「新詩歌謠化」的經
典在五十年代異化為遍地開花的怪胎，很大的原因便在於政治意識形
態規約下的寫作「唯政治性」傾向的內生性困境：意識形態規約性是

56　以阮章競〈漳河水〉為例，其中融合的戲劇結構和精緻的敘事剪裁，都要求著打破
　　單純的「舊瓶裝新酒」模式，而籲求著作者對民歌體和生活材料更全面的融合和再
　　造能力。

絕對的，但其具體內涵卻不斷變化。由此不斷向詩歌要求「媚政」的姿勢。誠然，「民歌不追求個性化的東西，形式技巧比較單純，似乎也比較容易被利用」，[57]然而即使是這樣因為簡單而富有可塑性的民歌也無法應對政治意識形態花樣翻新的功利索取。民歌資源的異化和枯竭幾乎是政治維度取法歌謠的新詩寫作必然面臨的問題。從另一個層面說，這種利用歌謠形式對不同內容的強大黏附性進行的寫作，也是「反現代」的。它背離了詩歌的「現代」軌跡，把內容—形式可分的「古典」形式律重新召喚回「新詩」中。那種以固定體式裝載合目的性內容的寫作，其實是對現代政治和現代詩歌的雙重傷害。必須說，完全去社會性、政治性的文藝立場是不存在的，但「藝術的政治潛能僅在於它的美學方面。」「藝術品越帶有直接的政治性，便越削弱了疏隔的力量，縮小了根本的、超越的變革目標。」[58]直接以政治立場為詩歌立場的寫作，一定是寫作的危機。

難以突破的文體壁壘

　　新詩取法歌謠的歷程中，「設限」和「去限」構成了另一對必須辨析的寫作參數。把歌謠的營養搬運到新詩中，要跨越的不但有「文類」，還有「傳統」與「現代」。因而，在「歌謠」中熠熠生輝的元素移到新詩中，很可能完全失效。一貫主張新詩不必取法歌謠的朱自清，一九四〇年代也有過「新詩不妨取法歌謠」的表述。「不妨取法」便涉及如何取法問題，朱自清說「山歌長於譬喻，並且巧於複遝，都可學」。[59]然而，山歌的譬喻固然形象生動，卻未必適合新詩。

57　王光明：《現代漢詩的百年演變》（石家莊市：河北人民出版社，2003年），頁354。

58　〔美〕馬爾庫塞，綠原譯：《現代美學析疑》（北京市：文化藝術出版社，1987年），頁3。

59　朱自清：〈真詩〉，《新詩雜話》（北京市：生活·讀書·新知三聯書店，1984年），頁87-88。

我們可以劉半農的〈靈魂〉和他收集的〈江陰船歌〉第十首〈門前大
樹石根青〉進行對比：

一

靈魂像飛鳥，世界像樹枝；
魂在世界中，鳥啼枝上時。

二

一旦起罡風，毀卻這世界；
枝斷鳥還飛，半點無牽掛！

　　　　　　　　　　　　　　　　　　　　　　　——〈靈魂〉

門前大樹石根青，
對門姐兒為舍勿嫁人？
你活篤篤鮮魚擺在屋裡零碎賣，
賣穿肚皮送上門！

　　　　　　　　　　　　　　　　　——〈門前大樹石根青〉

　　第一首雖是五言體式，卻明顯是新詩的譬喻。這是一個複合式比
喻，靈魂／飛鳥，世界／樹枝是具有意義相關性的兩個比喻。正是這
二個關聯比喻構成全詩的邏輯基礎。因此，這種比喻不但是複合的，
還是疊加式的：「鳥啼枝上時」、「枝斷鳥還飛」是上述兩個比喻的疊
加遞進。或許可以說，這是一種適合印刷出來用眼睛看的比喻。相比
之下，船歌的比喻生動形象，耳聞可解，但卻不是〈靈魂〉這類新詩
所能夠借鑒和轉化的。因為這涉及新詩與歌謠所依賴的傳播方式對文
學表意方式的影響。雖然同是比喻，但口頭傳播的歌謠不可能強化修
辭的邏輯性和意義深度，所以總是依據一般的經驗範圍創造形象鮮明
但不需假以思索的聲音化修辭；主要通過書面傳播的新詩不可能複製

歌謠口語性和方言性的優勝，便更加著力開拓一種跟「書面」傳播相匹配的意義化修辭。新詩自產生之時起，便有著跟印刷媒體深刻的相關性，也顯現了從「耳聞」向「眼看」的轉化趨勢。雖然這種趨勢受到魯迅及後來眾多「大眾化」詩人的攻擊，然而，印刷現代性卻始終不能被排斥於新詩嶄新表意策略之外。

必須看到，即使是具體到「比喻」這樣的詩歌修辭本身依然難以對新詩／歌謠的優劣進行通約性比較。很難說〈靈魂〉的比喻比〈門前大樹石根青〉的比喻優秀，反之亦然。因此，要在兩種不同的詩歌修辭間進行審美移植，常常只流於美好的期待。由修辭而擴大至體式、節奏，這些文學要素在新詩與歌謠間同樣難以簡單複製。歌謠可以作為新詩資源，但這種資源意義的有效性是有著諸多前提的。王光明先生在談到歌謠與文人詩的差異時就說：

> 與文人詩歌相比，其基本的特點是因物起興、直覺顯示，不執意追求創新，而追求大眾的感受。因此，在修辭方法和展開格式上，文人作詩是立意求新，詩法講奇，格式以繁代簡，而民歌對經驗的處理則追求普遍的效果，樸素、自然、口語化，展開的方法也主要是重複（包括重疊、複沓、連環等）。[60]

歌謠與文人詩表意方式有差異，事實上，社會制度、傳播方式等因素都在深刻地規劃著新詩的走向，使新詩與歌謠在打破了雅／俗區隔的現代依然頗難真正有效互動。

就文學形式跟社會制度的關係而言，歌謠是傳統社會的民間文學形式，而新詩則是現代社會的個人作品。傳統社會向現代社會的轉型，打破了傳統文學樣式（包括歌謠）廣泛存在的土壤。托克維爾在《論美國的民主》中注意到民主制／貴族制這樣的社會政治制度對詩

---

60 王光明：《現代漢詩的百年演變》（石家莊市：河北人民出版社，2003年），頁353。

歌的影響。在他看來，古典的詩歌格律跟貴族制有著內在相關性。[61]
社會制度性質的變化改變了文人詩的形態，推進了從古典詩向現代自
由詩的轉化。現代不斷城市化、閱讀化[62]的社會生活也瓦解了民間歌
謠存在、傳播的社會基礎。

　　歌謠形式的穩定性跟「口傳」屬性有很大關聯，正如耿占春所
說：「（口傳知識中的人文方面）它們的興趣在於傳播對一個社會群體
具有公共性的那些經驗，而很少觸及、更少挖掘屬個人性的那些經驗
範疇。」[63]與之相反，「（閱讀社會）文學性的作品發展完善了個人的
內心經驗，它們廣泛而深入地發掘了個人經驗和個人內心世界，在文
學中，個人的情感、感覺、想像、欲望、夢幻、意識與無意識領域都
得到了極端的和充分的表達。個人的經驗，包括心理的和肉身的經
驗，被賦予了豐富的文學形式。……文學形成了對個人經驗的深度和
廣度的開發，並且無與倫比的細緻、充沛和活躍。文學構成了關於自
我的知識形式，構成了關於個人內在經驗的知識類型。它提供了關於

---

61 托克維爾論述道：「假如有一個文學繁榮的貴族制國家的智力勞動跟政務工作一
　　樣，全被一個統治階級所掌握：它的文學活動跟政治活動一樣，也幾乎全被集中於
　　這個階級或與它最密切的幾個階級之手。這樣，我就足以得到解決其餘一切問題的
　　鑰匙：「當少數幾個人，而且總是這幾個人，同時進行同樣的工作的時候，容易彼
　　此瞭解，共同定出每個人都必須遵守的若干準則。如果這幾人所從事的是文學，則
　　這種精神勞動不久就會被他們置於一些明確規定的守則之下，誰也不得違背。」
　　「如果這些人在國內占有世襲的地位，那末，他們自然要不僅為自己定出一定數量
　　的固定規則，而且要遵守祖先給他們留下的規章。他們的規章制度既是嚴格的，又
　　是世代相傳的。」（〔法〕托克維爾：〈民主時代文學的特徵〉，《論美國的民主》下
　　卷）。

62 所謂閱讀化是指現代社會的重要特徵，閱讀不再是少數貴族享有的權利。普通人的
　　受教育程度越來越高，印刷文本或文字化讀物（網絡化時代閱讀雖不訴諸印刷，但
　　依然訴諸文字）成了人們接受文學的主流方式。眼睛閱讀代替了傳統社會的「口
　　傳」。

63 耿占春：〈閱讀的社會學〉，《敘事與抒情》（北京市：中國社會科學出版社，2005
　　年），頁38。

個人的情感世界、人生歷程、內心探索的知識範式。」[64]

　　「口傳」要求以穩定的體式、有韻的口語來回應耳朵對信息整理的局限性。而進入閱讀社會之後，「書傳」成了主流的傳播範式，現代的個人內心經驗顯然不是歌謠體式所能夠承載。朱自清也認為：「印刷術發明以後，口傳的力量小得多；歌唱的人也漸漸比從前少。從前的詩人，必須能歌；現在的詩人，大抵都不會歌了。這樣，歌謠的需要與製造，便減少了。」[65]書面化能夠建構起一種深度的讀寫交流模式，因為借著閱讀，讀者「能夠與書本及文字建立一種不受拘束的關係。文字不再需要占用發出聲音的時間。他們可以存在於內心的空間，洶湧而出或欲言又止，完整解讀或有所保留，而讀者可以用其思想從容地檢視它們，從中汲取新觀念」。[66]而印刷術的流行和便利則使這種深度交流模式獲得了現代優勢。

　　進入二十世紀以後，只有在非常個別的狀況下，社會才重新回復到某種口傳占優勢的環境。譬如抗戰時代的解放區。[67]因此，有必要看到，二十世紀中國，歌謠被大規模引入新詩都是在較為特別的背景下發生的。五四之初是由於新詩發生期的資源饑渴，之後的三次則是由於在受教育程度極低的群眾中進行革命，政治目標跟大眾化有了「一拍即合」的重疊。為了讓大眾接受而不惜無限制啟用民間形式，並通過文藝批評體制強力建構歌謠與新詩的同一性。在正常並且越來

64　耿占春：〈閱讀的社會學〉，《敘事與抒情》，頁41。

65　朱自清：《中國歌謠》（上海市：復旦大學出版社，2004年），頁37。

66　〔加〕阿爾維托·曼古埃爾，吳昌傑譯：《閱讀史》（商務印書館，2004年），頁61。

67　汪暉就指出，口傳文化環境對解放區文學的影響：「在進行廣泛的抗戰動員過程中，抗戰時期的文學形式已經不僅僅是書面文學形式，而且還大量地包括了各種戲劇、戲曲、說唱、朗誦等表演形式。在廣大的鄉村，印刷文化不再是唯一的主導文化。方言土語和地方曲調問題所以成為一個突出的問題，顯然與文學體裁及其表現方式的變化有關。」汪暉：〈地方形式、方言土語與抗日戰爭時期「民族形式」的論爭〉，《現代中國思想的興起》（北京市：生活·讀書·新知三聯書店，2008年），頁1503。

越現代化的社會生活中，新詩的建設終究要正視自身在印刷現代性背景下的文類位置。「歌謠化」並不可能，「化歌謠」也只能是建構新詩可能性偶一為之的方式。

化歌謠：作為一種資源發生學

　　新詩取法歌謠讓我們追問這樣的問題：既然兩者之間有著巨大鴻溝，何以它們的相遇又會在二十世紀新詩史上不斷重現？這啟示我們，新詩的發展始終無法自外於時代、社會、民族、政治構成的混雜場域。而新詩歌謠資源的選擇和啟用，顯然無法進行脫社會的純審美分析。在歌謠作為一種資源被激活、改裝、化用的背後，顯然內在化於一個更大的時代認知範式。一種詩歌資源顯然也不可能自明地發揮作用，在文學社會學背景下考察歌謠資源進入新詩的大語境——「文化動力機制」，並探究一種資源發生學，或許是一件值得認真對待的事情。

　　對於一九二〇年代的胡適、劉半農等人而言，歌謠被援引進新詩中，新詩立身未穩的資源饑渴固然重要，但歌謠文化身分在五四時代的改變，五四知識分子在現代轉型背景下借助民間話語確立現代的歌謠觀、建構中國歌謠譜系，賦予歌謠「學術的」和「文藝的」雙重價值則是更為內在相關的知識型構。因此，在傳統社會詩／謠的雅／俗文化想像中，詩歌取法歌謠是主流文化不可想像之事。正是在新詩的新／舊、白話／文言、民間／貴族的多重二元話語基礎上，詩歌文化身分之「新」被建構為與白話、民間的親緣性，此時長期被貶抑的歌謠才獲得在現代背景下登堂入室的機緣。相比之下，由劉大白、沈玄盧開啟，在中國詩歌會處得到推廣，四十年代「新詩歌謠化」傾向中催生了經典，五十年代在新民歌運動中在政治維度取法歌謠傾向，則有著不同的話語動力。它們繼承了五四民間高於貴族的價值標準，因

此歌謠的文化價值被進一步自明化。但是，他們是站在現實政治立場上強化對詩的「利用」。在這種功利化視野中，歌謠以其對政治的有用性獲得了進入新詩的資格。雖然政治功利立場相同，但不同時代新詩取法歌謠的實際政治動機和文化動力依然迥異：一九二〇年代劉大白、沈玄廬的歌謠詩的政治功利性跟五四人道主義有著歷史性重疊；一九三〇年代中國詩歌會的新詩歌謠化則包含了左翼社團建構無產階級主體想像的政治訴求；一九三七年抗戰之後，老舍等人「舊瓶裝新酒」的歌謠化新詩顯然由階級動力而轉化為民族主義動力；抗戰背景下的解放區左翼詩歌寫作同樣在文化策略上做出了調整，階級化的訴求更多被包裹在「民族形式」的民族話語中。新詩的「民族形式」也更多停留在「大眾化」的政治動員層面，顯見了此時民族主義動力相對於階級動力歷史勢能的上揚；一九四五年抗戰勝利之後，新詩歌謠化實踐主要被階級動力所推動。〈王貴與李香香〉、〈漳河水〉等作品當然是用「歌謠化」形式包裹、論證階級化內容；就是袁水拍的馬凡陀山歌，雖然並未以頌歌形式確認階級主體性，但作為國共文化攻防中共產黨投向國民黨諸多武器之一的「馬凡陀的山歌」，同樣內在於「階級的」文化博弈。進入社會主義階段的新民歌運動，其文化動力則來自於意識形態激進化及其現實政治綱領─「大躍進」。

　　顯然，「新詩取法歌謠」並不是一個單純的審美命題。如果捨棄時代風潮，將歌謠作為新詩合審美目的性的資源動機，很可能在一九二〇年代、一九三〇年代新詩現代詩形、詩質建構有所創制時衰竭。然而事實是，一方面新詩「正統以立」和場域自主性日益增強；另一方面將歌謠作為新詩合政治目的性的資源動機卻不斷被強化。因此，探討「新詩」和「歌謠」，便唯有進入一種資源發生學才能辨清「歷史的可理解性」。它給予我們的啟示在於：不僅歌謠，任何審美資源被啟用的過程，都無法脫離複雜的政治、文化因素交織而成的社會學情境。文學資源研究，籲求著審美尺度之外社會學尺度的進入。

小結

　　歌謠作為一種資源誘惑，促成了新詩四次大規模的取法歌謠運動；作為一個資源難題，卻需要更審慎的辨認。基於政治立場的新詩寫作，簡單借用歌謠的傳播效果，忽視新詩與歌謠的文類閾限。雖然在某些個案中存在著政治化與藝術化趨同的可能，但終究於新詩和健康政治兩無收益。站在文藝立場上取法歌謠的詩人，也可能因為欠缺設限意識而難以有真正創制。劉半農的仿作民歌雖是新詩史經典，但對當代詩歌寫作卻缺乏啟示。回眸這段新詩的歌謠資源史，既要對文化話語作用於傾斜的詩歌場域有足夠認識，對探索者有歷史的同情；更要在新詩的文類位置上辨認歷史曾有的迷思。

結語

　　新詩取法歌謠在二十世紀的不同時代留下了清晰的軌轍。五四現代轉型之際，它主要是作為新詩自我建構、合審美目的性的民間文藝資源來使用。無論是胡適、周作人、俞平伯、劉半農，還是朱湘、沈從文，他們都立足於文藝基點來思考歌謠對於新詩的啟示和營養。新詩和歌謠本為兩種現代與傳統社會中性質極為不同的文類，新詩取法歌謠的有效性便需要諸多的限定和前提。從文藝維度對歌謠之於新詩資源意義的探索本來很可能隨著一九三〇年代新詩本體建設的深入而中止。然而，歷史為新詩取法歌謠提供了另一個合政治目的性的維度。無論是一九三〇年代中國詩歌會的「新詩歌謠化」倡導、抗戰背景下「舊瓶裝新酒」的「大眾化」文藝、一九四〇年代以詩歌「民族形式」為話語中介的歌謠體敘事詩，還是一九五八年政治主導、全民參與的新民歌運動，都是某種直接政治意圖對歌謠資源的使用。此間，歌謠由於形式技巧簡單，容易被改裝並承載政治意識形態內涵而被看重。歌謠也由「人民大眾自我滿足的一種表意形式」被改造成「當代造神的頌歌形式」。[1]

　　新詩取法歌謠的這段歷程提醒我們以一種社會學的眼光來看待新詩審美資源的激活和使用。每個時代「歌謠」被「新詩」發現、採納，都是在複雜話語場的博弈、對壘的縫隙中發生的。歌謠被五四知識分子所看重，離不開現代「學術的」和「審美的」話語對「民間」的重構和對歌謠嶄新文化身分的賦予。《歌謠》週刊創辦之初，尚有

1　王光明：《現代漢詩的百年演變》（石家莊市：河北人民出版社，2003年），頁354。

人譏諷蔡元培居然放任教員這般胡鬧，把歌謠這等不入流的東西弄到大學中來。

《歌謠》主辦者設想的通過官廳通道搜集歌謠的辦法也被證明此路不通。[2]可是，進入一九三〇年代，從教育部到多省教育官廳，卻都明令各地方教育單位搜集歌謠。歌謠合法性的積累，正是其現代新文化身分得到官方承認的結果。有趣的是，日後中國詩歌會眾詩人對歌謠的興趣，卻是源於階級話語對大眾化、便利傳播形式的期待。一九三〇年代，在識字率低下的中國民眾中構建無產階級文學，「階級化」和「大眾化」便不可避免地重疊。「階級」所看重「歌謠」的，是簡單輕便的形式裝載意識形態內容的便利性，更是可歌可誦的口傳形式在民眾中傳播的便利性。同樣，進入抗戰以後，不同時期興起的歌謠詩看似同質，卻有著不同的文化動力。抗戰初期以老舍為代表的「舊瓶裝新酒」式歌謠詩，其文化動力來自於國族危難之際空前強大的民族主義話語；而一九四五年之後的「馬凡陀的山歌」、〈王貴與李香香〉及〈漳河水〉等，卻主要來自於共產黨的階級民族主義話語。如果說前者是一種直接的政治語言的話，後者則具有了某種向文學化的釋言之言轉化的需求。前者的動力來自於民族，所以並不憚於假以口號式的行動語言；後者的動力來自階級，因而需要文學化的釋言之言的裝飾。

一九四〇年代的新詩歌謠化傾向在整個新詩取法歌謠譜系中承上啟下，它上承一九二〇年代劉大白、沈玄廬的歌謠作詩，一九三〇年代中國詩歌會的「新詩歌謠化」；下啟一九五八年的新民歌運動。然而，由於戰爭和地理區域的差異，一九四〇年的新詩歌謠化為歌謠體新詩提供了更多異質性和藝術化空間。國統區／解放區的政治區隔，形塑了歌謠詩「刺」（以諷刺詩形式出現的「馬凡陀的山歌」）和

2　參見常惠：〈一年的回顧〉，《歌謠增刊》1923年12月17日。

「美」（以革命頌歌形式出現的〈王貴與李香香〉、〈漳河水〉等作品）的功能分化。這是同一革命文藝體制在不同區域的不同規劃。同時，無論是「馬凡陀的山歌」還是〈漳河水〉都不同程度地打破了簡單的「舊瓶裝新酒」而在藝術上有所新創。在政治利用歌謠尚沒有走向極端化的一九四〇年代，它以開創和局限為我們留下了諸多值得重視的個案，諸多值得反思的議題。

　　透過何其芳，我們發現了「新詩」寫作在自身軌道上所面臨的誘惑和壓力。已經在自由體抒情詩寫作中生成獨特而穩定風格的詩人何其芳，在轉折的大時代加入革命陣營。起初，他堅持認為「我們寫著自由詩。這不但是中國的，而且是全世界的詩目前所達到的最高級的形式」。[3]可是隨著話語氣氛的劇變，他不但面臨著寫作立場、寫作目標的改變，而且不得不面臨著隨之而來寫作資源和寫作體式的調整。在「民族形式」成為強勢話語的背景下，歌謠等民間資源成了某種「政治正確」的方向，給他帶來了巨大的壓力。一九四〇年代何其芳寫作的掙扎和擱置，很大部分原因來自於歌謠資源的格式詩法跟新詩「自我抒情」機制的內在衝突。何其芳不是寫作歌謠詩的代表者，他以「缺席」的方式呈現了「資源」被內化為文學規範所產生的壓抑性，他以沉默的內傷詮釋著現代漢詩面臨的最大考驗是「如何在變動的時代和複雜的現代語境中堅持詩的美學要求」。[4]

　　透過袁水拍，我們窺見以「進化論」為基礎的「歷史透視法」如何將「人民性」跟「歌謠詩」無縫對接，進而完成袁水拍的詩觀轉換。「歷史」很多時候並不呈現為「真相」，而呈現為有關「真相」的敘述。歷史敘述中的「透視法」始終發揮著過濾雜質、邏輯拼接、提純現實的作用。胡適為論證白話作詩的可能，而訴諸歷史，並得出中

3　何其芳：〈論文學上的民族形式〉，《文藝戰線》1939年11月16日第1卷第5期。
4　王光明：《現代漢詩的百年演變》（石家莊市：河北人民出版社，2003年），頁639。

國歷史上詩歌的三次大解放，都是語言從不自然向「自然」轉變的過程。[5]因而，白話作為最近口語「自然」的言說方式，便是詩的嶄新方向。這種經過移花接木、邏輯拼接的歷史敘述，創造的便是「透視法」，它使特定的結論在「歷史」的加持下出場，獲得客觀真實的面目。在常惠尊歌謠而貶李杜的論述中，[6]我們看到了「透視法」；在俞平伯模糊「歌謠」跟新詩界限的「進化的還原論」[7]中，我們看到了「透視法」；在袁水拍把中國詩歌傳統二分為「人的道路」和「文的道路」的分裂，在其論述中，「歌謠」代表了「人的道路」，文人詩代表了「文的道路」對「人的道路」的異化和背叛。因而，回歸歌謠才是回歸「人的道路」。這番論述中我們更是看到了「歷史透視法」淋漓盡致的發揮。歷史研究，唯有對這種「透視法」進行話語還原，才能透視「透視法」的運作機制。

透過阮章競，我們發現革命歌謠詩作為神話文本的屬性。進入一九四五年之後，戰爭性質發生變化，革命向詩歌索取的不再是口號的、直接的政治語言，而是文學化、具有神話性質的釋言之言。在左翼「歷史透視法」中，歌謠詩被作為一種全新詩歌來想像，「藝術化」的歌謠詩成了一九四五年之後左翼陣營的內在渴求。然而，這種「藝術化」只是使它走向了形式與內容兩分的古典文本屬性，並強化了穩定的形式裝載革命內容的格式詩法。在羅蘭‧巴特看來，「專門的革命語言不可能是神話語言」，[8]「神話具有右翼屬性」[9]，所謂左翼神話是「簡陋、枯瘠的神話，本質上貧薄的神話。它不懂繁殖；它按照指令（訂單）生產，只具有短暫而有限的視野（觀點），創造力不

5　胡適：〈談新詩——八年來的一件大事〉，《星期評論》「雙十節紀念號」，1919年。

6　常惠：〈我們為什麼要研究歌謠〉，《歌謠》1922年12月24日第2號。

7　俞平伯：〈詩底進化的還原論〉，《詩》1922年1月第1卷第1號。

8　〔法〕羅蘭‧巴特，屠友祥、溫晉儀譯：《神話修辭術批評與真實》（上海市：上海人民出版社，2009年），頁207。

9　〔法〕羅蘭‧巴特，屠友祥、溫晉儀譯：《神話修辭術批評與真實》，頁209。

足。」[10]這同樣可以作為對〈王貴與李香香〉、〈漳河水〉等民歌詩構建的階級神話之絕佳詮釋。

「神話純化事實，使之簡單、純粹，使之以自然和永恆為基石」，「神話以簡省的方式操作：它消除了人類行為的複雜性，賦予其本質的簡單性，它排除一切辯證法，一切對越出直接可見物之外的回溯，它構織了一個因沒有深度從而沒有矛盾的世界，一個一目了然的敞開的世界。」[11]顯然，歌謠詩建構的階級神話具有了神話的效應，然而問題是，簡陋的神話何以被認同？透過李季〈王貴與李香香〉的經典化和革命文學體制的內在聯繫，我們得以窺視革命神話的壓抑和補償。

在李季的《我的寫作經歷》[12]中，我們看到了革命觀念如何植入寫作者的運思過程，使其自覺地進行自我過濾，以符合建構階級神話的期待。在〈王貴與李香香〉對民歌的使用中，我們清晰地看到「階級意識」對「民間意識」的更替。革命體制建構了寫作者的階級意識，寫作者再把這種階級意識投射到作品中。和其他體制一樣，作為體制的革命文學，其「體制性」便體現為「罰與獎」。在一九四一年針對解放區「大戲風波」的批評和一九四二年針對解放區雜文運動的拔刺中，體制之罰建構了革命文學的邊界。「文學體制在一個完整的社會系統中具有一些特殊的目標；它發展形成了一種審美的符號，起到反對其他文學實踐的邊界功能；它宣稱某種無限的有效性（這就是一種體制，它決定了在特定時期什麼才被視為文學）。這種規範的水平正是這裡所限定的體制概念的核心，因為它既決定了生產者的行為

---

10 〔法〕羅蘭・巴特，屠友祥、溫晉儀譯：《神話修辭術批評與真實》，頁209。

11 〔法〕羅蘭・巴特，屠友祥、溫晉儀譯：《神話修辭術批評與真實》，頁204。

12 李季：〈我的寫作經歷〉，《李季文集》第4卷（上海市：上海文藝出版社，1986年版），頁508-509。文章寫於一九六八年，是作者被剝奪政治自由後的思想交代材料。

模式，又決定了接受者的行為模式。」[13]革命文學體制之罰宣示了「在特定時期什麼不可以被視為文學」，革命文學體制之「獎」則頒布了「什麼才被視為真正的文學」的典律。因而，革命體制之「獎」便體現為對合目的性作品的經典化塑造。獎勵體現著革命對文學方向的想像和引導：革命文學體制不但將李季的「民間故事」引導成「新詩」，將〈王貴與李香香〉塑造成「今天和明天的文藝」[14]，同時也將「通訊作者」李季，塑造成「新詩人」李季。必須指出的是，革命的獎勵絕不僅是現實的名聲，更是創造全新文藝的想像。革命文學批評為革命作品提供的意義承諾、意義補償才是維持革命寫作再生產的能量供給站。

　　二十世紀新詩取法歌謠所催生的詩歌，雖然不乏經典，但作為新詩「面對新語言，發現新世界」旅程中一段獨特景觀，也暴露了新詩現代性追尋過程中的諸多迷思：對於將歌謠視為合審美目的性資源的詩人來說，他們顯然缺乏對新詩之「新」文類內涵的認知。對於一九三〇年代以後愈演愈烈，將歌謠視為新詩合政治目的性資源的論者來說，由於過分追求詩歌反映現實、改變現實的工具化功能，詩歌作為一種想像的語言被改造成一種行動的語言，並直接植入中國革命的歷史進程。由於服膺政治意識形態立場，把美學創造納入社會承擔的體系，這類詩歌很難擺脫「粗糙的大眾化」和「精緻的政治化」兩種弊端。前者是政治訴求對藝術訴求的直接擱置，後者同樣是借助詩歌為政治背書。政治功利性視野中的歌謠入詩，激活的是以「格式詩法」為主的古典詩觀，這既偏離了新詩人獨立的精神立場，又偏離了新詩的現代文類位置。一旦意識形態壓力加劇，則「精緻的政治化」之「精緻」迅速不保，僅剩圖解式的政治化。回溯這段歷史，對於詩歌

13　〔德〕彼得・比格爾，周憲譯：〈文學體制與現代化〉，《國外社會科學》1998年第4期。

14　郭沫若：〈序王貴與李香香〉，香港《華商報》1947年3月12日。

的社會承擔不能簡單排斥，但對於詩歌在政治話語作用下被取消本體的寫作機制，反思依然不能停止。

　　新詩如何取法歌謠，它激發的問題包括：站在現代性一側的新詩如何面對本土「傳統」，民間資源之於新詩在傳統／現代的區隔間如何被創造性地轉化？在現代性諸種面孔的壓力和誘惑下，新詩面對傳統應基於什麼樣的語言和文化立場？新詩如何在現代經驗、現代漢語和詩歌文類錯綜複雜、變動不居的張力體系中開放對包括歌謠在內的各種資源的審美觸覺，這依然有待探索。

參考文獻

主要報刊

《歌謠周刊》　北大歌謠研究會　1922-1925年、1936-1937年

新詩歌　中國詩歌社編輯　1932-1935年

《解放日報》文藝副刊　1941-1947年

《新華日報》　1938-1947年

《中央日報》　1938-1949年

《新民晚報》（上海）　1946-1949年

主要著作

作品（全集・文集）

魯　迅　《魯迅全集》第12卷　北京市　人民文學出版社　1981年

胡　適　《胡適文集》　北京市　北京大學出版社　1998年

俞平伯　《俞平伯全集》第1卷　石家莊市　花山文藝出版社　1997年

瞿秋白　《瞿秋百文集》　北京市　人民文學出版社　1989年

艾　青　《艾青全集》　石家莊市　花山文藝出版社　1991年

何其芳　《何其芳文集》（1-6卷）　北京市　人民文學出版社
1982-1984年

卞之琳　《卞之琳文集》　合肥市　安徽教育出版社　2002年

朱自清　《朱自清全集》第4、8卷　南京市　江蘇教育出版社　1990
年

老　舍　《老舍文集》　北京市　人民文學出版社　1988年

蕭　軍　《蕭軍全集》　北京市　華夏出版社　2008年

李　季　《李季文集》　上海市　上海文藝出版社　1986年

作品（選集）

袁水拍　《袁水拍詩選》　北京市　人民文學出版社　1985年

李　季　《李季詩選》　北京市　人民文學出版社　1980年

阮章競　《阮章競詩選》　北京市　人民文學出版社　1985年

阮章競　《異鄉歲月——阮章競回憶錄》　北京市　文化藝術出版社
　　　　2014年

阮章競主編　《解放區文學大系·詩歌卷》　重慶市　重慶出版社
　　　　1992年

愛潑斯坦、高粱主編　《解放區文學書系·外國人士作品》　重慶市
　　　　重慶出版社　1992年

茅　盾　《中國現當代文學茅盾眉批本文庫·詩歌卷4》　北京市
　　　　中國國際廣播出版社　2007年

穆旦、李怡編　《穆旦作品新編》　北京市　人民文學出版社　2011年

謝冕總主編　《中國新詩總系》（1-8卷）　北京市　人民文學出版社
　　　　2010年

作品（單行本）

胡　適　《嘗試集》　上海市　亞東圖書館　1920年

胡　適　《白話文學史》　上海市　上海古籍出版社　1999年

郭沫若、宗白華等　《三葉集》　上海市　亞東圖書館　1920年

劉半農　《瓦釜集》　北京市　北新書局　1926年

劉半農　《揚鞭集》　北京市　北新書局1926年

朱湘譯　《路曼尼亞民歌一斑》　上海市　上海商務印書　1924年

朱　湘　《草莽集》　上海市　開明書店　1927年

朱　湘　《中書集》　生活書店　1934年

梁實秋　《浪漫的與古典的》　上海市　新月書店　1927年

蒲　風　《搖籃歌》　詩歌出版社　1937年

柯仲平　《邊區自衛軍》　讀書生活出版社　1938年

袁水拍　《冬天，冬天》　桂林市　遠方書店　1943年

李　季　〈王貴與李香香〉　香港　香港海洋書屋　1947年

馮　至　《西郊集》　北京市　作家出版社　1958年

馮　至　《馮至詩文選集》　北京市　人民文學出版社　1955年

歌謠（選集・研究）

〔明〕馮夢龍　《山歌》　明崇禎刻本

〔清〕杜文瀾輯　《古謠諺》　中華書局　1958年

李季輯錄　《順天游二千首》　上海市　上海雜誌公司　1950年

鍾敬文主編　《歌謠論集》　北京市　北新書局　1928年

朱自清　《中國歌謠》　北京市　金城出版社　2005年

〔美〕阿蘭・鮑爾德著，高丙中譯　《民謠》　北京市　昆侖出版社
　　　　1993年

鍾敬文　《二十世紀中國民俗學經典・學術史卷》　北京市　社會科
　　　　學文獻出版社　2002年

顧頡剛等　《孟姜女故事研究集》　上海市　上海古籍出版社　1984年

丘玉麟選注　《潮汕歌謠集》　香港　香江出版公司　2003年

顧頡剛等輯　《吳歌・吳歌小史》　南京市　江蘇古籍出版社　1999年

賈克非編　《中國歷代歌謠精選》　太原市　北岳文藝出版社　1987年

中國民間文藝研究會上海分會　《中國民間文學論文選（1949-1979）》
　　　　上冊　上海市　上海文藝出版社　1980年

洪長泰著，董曉萍譯　《到民間去——1918-1937年的中國知識分子與
　　　　民間文學運動》　上海市　上海文藝出版社　1993年

研究資料集（資料、日記、傳記）

毛澤東　《毛澤東論文藝》　北京市　人民文學出版社　1992年

茅　盾　《茅盾日記》　太原市　山西教育出版社　1997年

龍泉明　《國統區抗戰文學研究叢書‧詩歌研究史料選》　1989年

韓麗梅編著　《袁水拍研究資料》　北京市　中國國際廣播出版社
　　　2003年

徐逎翔編　《文學的「民族形式」討論資料》　北京市　知識產權出
　　　版社　2010年

劉增傑等編　《抗日戰爭時期延安及各抗日民主根據地文學運動資
　　　料》（上、中、下）　北京市　知識產權出版社　2010年

趙明等編　《李季研究資料》　北京市　知識產權出版社　2010年

劉福春等編　《中國現代文學總書目‧詩歌卷》　北京市　知識產權
　　　出版社　2010年

文振庭編　《文藝大眾化問題討論資料》　上海市　上海文藝出版社
　　　1987年

李小為編　《李季作品評論集》　長春市　時代文藝出版社　1986年

趙為、王文金、李小為編　《李季研究資料》　北京市　知識產權出
　　　版社　2009年

劉增傑編　《抗日戰爭時期延安及各抗日民主根據地文學運動資料》
　　　北京市　知識產權出版社　2010年

中國社會科學院文學研究所《左聯回憶錄》編輯組編　《左聯回憶
　　　錄》　北京市　中國社會科學出版社　1982年

吉少甫主編　《郭沫若與群益出版社》　上海市　百家出版社　2005年

程光煒　《艾青傳》　北京市　十月文藝出版社　1999年

文學史、文學理論

王　瑤　《新文學詩稿》　上海市　新文藝出版社　1954年

錢理群、溫儒敏、吳福輝　《中國現代文學三十年》　北京市　北京
　　　大學出版社　1998年

王光明　《現代漢詩的百年演變》　石家莊市　河北人民出版社
　　　2003年

王光明主編　《中國詩歌通史‧現代卷》　北京市　人民文學出版社
　　　2012年

張桃洲　《現代漢語的詩性空間——新詩話語研究》　北京市　北京
　　　大學出版社　2005年

姜　濤　《新詩集與中國新詩的發生》　北京市　北京大學出版社
　　　2005年

劉繼業　《新詩的大眾化和純詩化》　北京市　北京大學出版社
　　　2008年

陳泳超　《中國民間文學研究的現代軌轍》　北京市　北京大學出版
　　　社　2005年

唐小兵編　《再解讀：大眾文藝與意識形態》　北京市　北京大學出
　　　版社　2007年

呂聚周等　《中國現代詩歌文體的多維透視》　北京市　山東人民出
　　　版社　2009年

汪　暉　《現代中國思想的興起》　北京市　生活‧讀書‧新知三聯
　　　書店　2008年

劉　禾　《語際書寫——現代思想史寫作批判綱要》　上海市　三聯
　　　書店　1999年

周　憲　《現代性的張力》　北京市　首都師範大學出版社　2001年

耿占春　《敘事與抒情》　北京市　中國社會科學出版社　2005年

〔法〕皮埃爾・布爾迪厄著，劉暉譯　《藝術的法則：文學場的生成與結構》　北京市　中央編譯出版社　2011年

〔法〕羅蘭・巴特著，屠友祥、溫晉儀譯　《神話修辭術・批評與真實》　上海市　上海人民出版社　2009年

〔美〕赫伯特・馬爾庫塞著，綠原譯　《現代美學析疑》　北京市　文化藝術出版社　1987年

〔加拿大〕阿爾維托・曼古埃爾著　吳昌傑譯　《閱讀史》　北京市　商務印書館　2002年5月版

〔法〕托克維爾著，董果亮譯　《論美國的民主》　北京市　商務印書館　1989年

重要論文

胡　適　〈北京的平民文學〉　《胡適文集》第3卷　北京市　人民文學出版社　1998年

胡　適　〈《歌謠周刊》復刊詞〉　《歌謠》第2卷第1號

周作人　〈中國民歌的價值〉　《歌謠周刊》第6號

周作人　〈歌謠〉　《自己的園地》　北京市　北新書局　1923年

鍾敬文　〈詩和歌謠〉　《蘭窗詩論集》　北京市　北京師範大學出版社　1993年

鍾敬文　〈江蘇歌謠集・序〉　《民眾教育》第2卷第1號

顧頡剛　〈我和歌謠〉　《民間文學》1962年第6期

朱自清　〈民間文學談〉　《時事新報・文學旬刊》　1921年10月10日

朱自清　〈歌謠與詩〉　《朱自清全集》第8卷　南京市　江蘇教育出版社　1993年

朱自清　〈歌謠裡的重疊〉　《華北日報・俗文學》周刊　1948年第27期

蕭　三　〈論詩歌的民族形式〉　《文藝突擊》　1939年6月第1卷第7期

向林冰　〈論「民族形式」的中心源泉〉　《大公報》（重慶）副刊《戰線》　1940年3月24日

王亞平　〈中國民間歌謠與新詩〉　《新詩源》　中華正氣出版社　1943年

鍾敬文　〈談〈王貴與李香香〉──從民謠角度的考察〉　《蘭窗詩論集》　北京市　北京師範大學出版社　1993年

劉　禾　〈一場難斷的「山歌」案：民俗學與現代通俗文藝〉　《語際書寫──現代思想史寫作批判綱要》　上海市　三聯書店　1999年

張桃洲　〈「新民歌運動」的現代來源──一個關於新詩命運的癥結性難題〉　《社會科學研究》2001年第4期

賀仲明　〈論民歌和新詩發展的複雜關係──以三次民歌潮流為中心〉　《中國現代文學研究叢刊》2008年第4期

張桃洲　〈論歌謠作為新詩自我建構的資源：譜系、形態與難題〉　《文學評論》2010年第5期

王　榮　〈論四十年代「解放區」敘事詩創作及其形式的「謠曲化」〉　《陝西師範大學學報》2004年第3期

王　榮　〈論〈王貴與李香香〉的版本變遷與文本修改〉　《復旦學報》2007年第6期

王　榮　〈宣示與規定：1949年前後延安文藝叢書的編纂刊行〉　陝西師範大學學報（社科版）　2012年第3期

作者簡介

陳培浩

　　一九八〇年生，現為福建師範大學文學院教授、博士生導師，福建師大現代漢詩研究中心副主任。兼任中國現代文學館特邀研究員、廣東省文學評論創作委員會副主任。近年已在《文學評論》、《中國現代文學研究叢刊》等重要學術刊物及《人民日報》、《文藝報》等權威報紙發表論文近百篇。已出版《互文與魔鏡》、《正典的窄門》、《阮章競評傳》等著作。曾獲《當代作家評論》、《中國當代文學研究》優秀論文獎、首屆廣東青年文學獎文學評論獎等獎項。

本書簡介

　　歌謠與二十世紀中國新詩是一個歷久彌新的話題。自「五四」起，新詩取法歌謠構成了二十世紀詩歌史上一條或隱或顯、或穩健或激進的思路。本書對新詩取法歌謠的歷史譜系及其內在文化動力進行深入描述，並以何其芳、袁水拍、李季、阮章競為個案，透視一九四〇年代「新詩歌謠化」傾向內在的糾葛；最後從新詩取法歌謠的立場和閾限角度對這段資源糾葛史予以理論反思。概言之，將一九四〇年代「新詩歌謠化」傾向置於新詩取法歌謠的歷史譜系中，闡明它在歷史語境中的位置，又敞開研究對象本身的復雜性，進一步把歌謠與新詩話題問題化和歷史化。

福建師範大學文學院百年學術論叢·第七輯 1702G09

歌謠與中國新詩
——以一九四〇年代「新詩歌謠化」傾向為中心

作　　者　陳培浩
總 策 畫　鄭家建　李建華
發 行 人　林慶彰
總 經 理　梁錦興
總 編 輯　張晏瑞
編 輯 所　萬卷樓圖書股份有限公司
　　　　　臺北市羅斯福路二段 41 號 6 樓之 3
　　　　　電話 (02)23216565
　　　　　傳真 (02)23218698

發　　行　萬卷樓圖書股份有限公司
　　　　　臺北市羅斯福路二段 41 號 6 樓之 3
　　　　　電話 (02)23216565
　　　　　傳真 (02)23218698
　　　　　電郵 SERVICE@WANJUAN.COM.TW
香港經銷　香港聯合書刊物流有限公司
　　　　　電話 (852)21502100
　　　　　傳真 (852)23560735

ISBN 978-986-478-812-5
2023 年 1 月初版二刷
定價：新臺幣 480 元

如何購買本書：

1. 劃撥購書，請透過以下郵政劃撥帳號：
　　帳號：15624015
　　戶名：萬卷樓圖書股份有限公司
2. 轉帳購書，請透過以下帳戶
　　合作金庫銀行 古亭分行
　　戶名：萬卷樓圖書股份有限公司
　　帳號：0877717092596
3. 網路購書，請透過萬卷樓網站
　　網址 WWW.WANJUAN.COM.TW

大量購書，請直接聯繫我們，將有專人為
您服務。客服：(02)23216565 分機 610

如有缺頁、破損或裝訂錯誤，請寄回更換

國家圖書館出版品預行編目資料

歌謠與中國新詩：以一九四 0 年代「新詩歌
謠化」傾向為中心/陳培浩著. -- 初版. -- 臺北
市：萬卷樓圖書股份有限公司, 2023.01 印刷
　　面；　　公分. -- (福建師範大學文學院百年學
術論叢；第七輯)
ISBN 978-986-478-812-5(平裝)
1.CST: 新詩　2.CST: 詩歌　3.CST: 研究考訂

831.8　　　　　　　　　111022317